Veröffentlicht von
DREAMSPINNER PRESS

5032 Capital Circle SW, Suite 2, PMB# 279, Tallahassee, FL 32305-7886 USA
www.dreamspinnerpress.com

Die Spürnasen sind zurück
Urheberrecht der deutschen Ausgabe © 2023 Dreamspinner Press.
Originaltitel: Skin and Bone
Urheberrecht © 2019 TA Moore
Original Erstausgabe. Februar 2019
Übersetzt von Teresa Simons.

Umschlagillustration
© 2019 Bree Archer
http://www.breearcher.com
Umschlaggestaltung
© 2023 L.C. Chase
http://www.lcchase.com
Die Illustrationen auf dem Einband bzw. Titelseite werden nur für darstellerische Zwecke genutzt. Jede abgebildete Person ist ein Model.

Deutsche ISBN. 978-1-64108-544-1
Deutsche eBook Ausgabe. 978-1-64108-543-4
Deutsche Erstausgabe. Januar 2023
v 1.0

Gedruckt in den Vereinigten Staaten von Amerika.

DIE SPÜRNASEN SIND ZURÜCK

TA MOORE

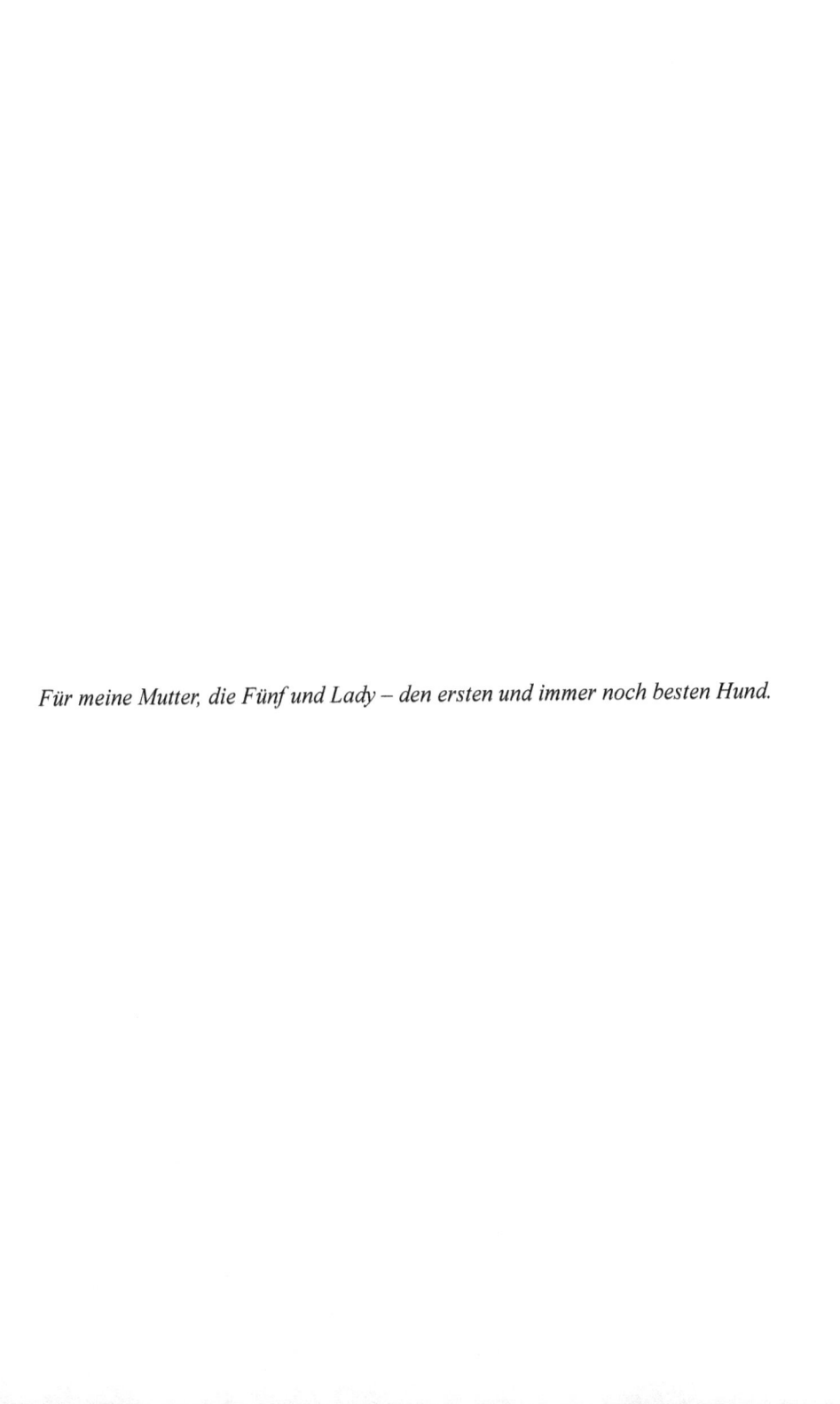

Für meine Mutter, die Fünf und Lady – den ersten und immer noch besten Hund.

1

DAS UNWETTER fegte bei Sonnenuntergang mit den Pendlern herein, ein nasser Schlag ins Gesicht, der die Straßen gefährlich machte und dafür sorgte, dass alle das Fahren verlernten. Es würde nicht lange bleiben. Der Vorhersage zufolge würde es bis morgen die Straße hinab zu den hellen Lichtern von San Diego weitergefegt sein. Plenty würde etwas nasser sein, nicht viel dazugelernt haben und viele frisch verbeulte Autos vorweisen können.

Unglücklicherweise hatte Janet Morrow das Pech, an diesem Abend zu verschwinden.

Ein Idiot in einem glänzenden, käfergroßen Auto schnitt den Challenger, als Cloister auf die Hot Springs Road abbog. Cloister trat auf die Bremse und stieß mit zusammengebissenen Zähnen einen Fluch hervor. Bourneville, die wegen des Manövers über den plastikbedeckten Boden im hinteren Teil des Wagens rutschte, protestierte winselnd. Nachdem der Fahrer des kleinen Autos Cloister den Mittelfinger entgegengestreckt hatte, schlingerte er unsicher Richtung Ausfahrt.

Es war eine lange Schicht gewesen. Cloister presste die Zähne fester aufeinander und widerstand dem Teil von ihm, der die Lösung von Konflikten auf den Spuren seines Stiefvaters gelernt hatte. Egal, wie oft man jemanden seine Fäuste spüren ließ, er lernte niemals wirklich daraus, also folgte er dem Käfer nicht. Außerdem hatte er zu tun.

„Er bringt sich sowieso um, Bon", sagte er, während er sich vorbeugte, um durch die Windschutzscheibe zu spähen. Der Regen war so stark, dass man kaum sehen konnte, ein dichter Wasserstrom, der wirkte, als hätte jemand einen Hahn aufgedreht. Gelegentliche Blitze erhellten den Abend wie grelles Feuerwerk, verbesserten jedoch absolut nicht die Sicht. „Manchmal muss ein Mann da einfach drüberstehen, stimmt's?"

Sie bellte.

„Na schön, ein Mann und/oder Hund. Zufrieden?"

Ein weiteres Bellen.

Cloister notierte sich das Nummernschild des Mannes. Ganz so sehr stand er nicht darüber.

Aus dem Regen tauchte plötzlich der Abzweig nach Delacourt auf. Die Fahrbahn war bereits mit Streifen von Gummispuren überzogen und an der Leitplanke befanden sich Schrammen mit rotem Lack einer Fahrertür. Morgen würde ein guter Tag für die Autowerkstätten in Plenty sein.

„Scheiße", brummte Cloister.

Er ließ das Blaulicht aufblitzen – ein Farbklecks, der von der nassen Straße zurückgeworfen wurde – und wechselte die Spur, als der Lastwagen hinter ihm gehorsam bremste. Er spürte das Rutschen der Reifen, als er über Nässe und ausgelaufenes Öl hinweg abbog. Ein leichteres Auto mit einem Fahrer, der das Fahren nicht auf beschissenen Landstraßen in Montana gelernt hatte, hätte sich vielleicht zu dem roten – so viel Rot er nach der Begegnung mit der Leitplanke eben noch hatte –, kantigen Prius im tiefen Straßengraben gesellt.

Ein stämmiger Deputy, dessen Identität von einem bis zu seiner Nase herabhängenden durchnässten Regenmantel verschleiert wurde, winkte Cloister mit seiner Taschenlampe weiter. Als Cloister stattdessen am Straßenrand anhielt, joggte er auf ihn zu.

„… ist unter Kontrolle", sagte er. Anhand seiner Stimme und der Aknenarben an seinem Kinn identifizierte Cloister ihn als Collins und öffnete das Fenster einen Spalt, durch den der Wind einen Spritzer kalten Regens hereinstieß. „Fahren Sie einfach weiter …"

„Das würde ich, wenn ich könnte", antwortete Cloister. „Was ist passiert?"

Der Funkspruch hatte eine vermisste junge Frau und einen Autounfall auf der Delacourt erwähnt. Mel hatte keine Zeit gehabt, ihm mehr Details zu geben. Regen sorgte stets für arbeitsreiche Schichten.

„Oh, du bist es, Witte." Collins schob die Kapuze zurück und rieb sich grob mit der Hand übers Gesicht. Dann schüttelte er Regenwasser und Rotz von seinen Fingern auf das Autofenster. „Entschuldige. Es liegt am Regen. Man sieht die Hand vor den Augen nicht."

„Ja, ich hätte beinahe den Abzweig verpasst", gab Cloister zu. „Wo ist Tancredi?"

Collins wandte sich um und deutete mit der Taschenlampe auf den Prius. Das Licht markierte Tancredi wie ein Laserpointer. Sie hatte sich unter ihrer Jacke zusammengekauert, während sie Plastik über die Autotür klebte. Als sie das flimmernde Licht auf dem Lack bemerkte, drehte sie sich um, schaute mit zusammengekniffenen Augen durch den Regen und winkte Cloister mit eindringlicher Geste zu sich.

„Soll ich die Straße sperren?", fragte Collins hoffnungsvoll. Danach hätte er nicht länger im Regen stehen müssen.

Cloister dachte einige Sekunden darüber nach, aber schüttelte dann den Kopf.

„Noch nicht", antwortete er. „Sorg nur dafür, dass vorbeikommende Autos weiterfahren."

Nachdem Collins aus dem Weg gegangen war, fuhr Cloister noch weiter auf den Seitenstreifen, bis die Räder den bröckelnden Rand des Asphalts erreichten. Dann stieg er aus und schlug die Tür zu. Der Regen trommelte auf ihn herab, als er zum hinteren Teil des Autos eilte, um Bourneville zu holen.

Sie warf ihm einen vorwurfsvollen Blick zu, als er sie losschnallte und in den Regen hob. Dieser verwandelte ihr dichtes Fell in durchnässte schwarze

Strähnen und sorgte dafür, dass die Spitzen ihrer vor Wasser schweren Ohren herunterhingen. Als er sie auf dem Boden absetzte, nieste sie und presste sich an sein Bein. Obwohl es nicht möglich sein sollte, noch nasser zu werden, hätte Cloister schwören können, dass ihre Feuchtigkeit in seine Hose sickerte.

„Alles okay mit ihr?", erkundigte sich Collins misstrauisch aus seiner Meinung nach sicherer Distanz. Er fürchtete sich vor Hunden, aus irgendeinem Grund besonders vor Bon.

Cloister befestigte Bons Leine an ihrem Geschirr und rieb liebevoll über das nasse Fell ihres Kopfes. Er fühlte ihre Rippen an seinem Bein, als sie einen leidenden Seufzer ausstieß. „Sie ist nicht gern im Regen draußen", antwortete er. „Sobald sie versteht, dass es um die Arbeit geht, kommt sie klar."

Er konnte sehen, wo der Prius von der Straße abgekommen war. Tiefe, schlammige Furchen zogen sich in zwei unebenen Linien durch das struppige, sonnengebleichte Gras, bis sie an den abgenutzten Hinterreifen endeten. Cloister wich den Spuren aus, als er den Hang hinabstieg. Die lockere, rutschige Erde fühlte sich unter seinen Füßen wie Treibsand an. Er musste sich beeilen, um an der Oberfläche zu bleiben, und Bourneville nutzte die Länge der Leine aus, um sich selbst einen Weg zu suchen.

„Vorsicht", warnte ihn Tancredi trocken, als er rutschend den Sumpf am unteren Ende erreichte. „Es ist tückisch."

Er war bereits nass, doch das Wasser, das nun über seine Schuhe schwappte und in seine Socken sickerte, fühlte sich noch kälter an.

„Danke." Er prustete Wasser von seinen Lippen, schob sich das nasse Haar aus dem Gesicht und stellte fest, dass das Vorderteil des Prius bereits halb in der wachsenden Pfütze versunken war. Die zersplitterten Scheinwerfer waren mit Schlamm gefüllt und die Vorderräder bis zur Achse eingegraben. „Was ist passiert?"

Tancredi streckte ihre Hand aus. Cloister ergriff sie und half ihr, aus der Pfütze zu platschen, woraufhin sie gegen einen Stein trat, um die schweren Schlammklumpen von ihren Schuhen zu lösen.

„Sieht aus, als wäre sie einfach von der Straße abgekommen", sagte Tancredi. Sie blinzelte Wasser von ihren Wimpern, während sie in ihre Tasche griff, um einen von einer Plastiktüte umhüllten Führerschein herauszuholen. Sie musste erst Wassertropfen vom Plastik wischen und noch einen Blick auf die Fahrerlaubnis werfen. „Janet Morrow aus Ithaca in New York. Süßes Mädchen."

Sie gab die Brieftasche an Cloister weiter.

Zwar hatte sich das Leder eindeutig im Wasser befunden, doch das beschichtete Foto auf dem Führerschein war im Licht von Tancredis Taschenlampe noch gut zu erkennen. Süß war untertrieben. Foto-Janet besaß eine Fülle locker geflochtener roter Haare, ein ebenmäßiges, ovales Gesicht und große Augen, die das New Yorker Kraftfahrzeugamt als grau bezeichnete. Sie war wunderschön und neunzehn Jahre alt – gut für Selfies, aber nicht so gut, wenn eine junge Frau im Dunkeln in einer ihr unbekannten Stadt verschollen war.

„Hat es jemand gemeldet?"

„Der Automobilclub", antwortete Tancredi. Sie nahm die Brieftasche wieder entgegen und verstaute sie in ihrer Jacke. „Sie hat angerufen, damit sie jemand abholt, aber als sie den Ort angeben sollte, hat sie die Tankstelle die Straße runter genannt. Wahrscheinlich wollte sie einen Kaffee, bevor sie sich mit jemandem unterhalten musste."

Cloister zog die Augenbrauen hoch.

Tancredi presste missbilligend die Lippen aufeinander. „Auf dem Beifahrersitz liegt ein leerer Flachmann und sie ist nun mal von der Straße abgekommen. Aber als der Abschleppwagen bei McGuire's ankam, war sie nicht dort. Nach einiger Zeit sind sie die Straße entlanggefahren, um nach ihr zu suchen, und haben das Auto gefunden, aber keine Spur von Janet."

„Ihre Eltern?"

Tancredis Schulterzucken drückte ihren Kenntnisstand zu diesem Thema aus. Über ihnen grollte Donner mit einem lang gezogenen Knurren wie ein unzufriedener Magen. Tancredi verzog das Gesicht und wartete, bis es vorbei war, bevor sie fortfuhr. „Ich schätze, dass sie hier nicht zurück auf die Straße kam", sagte sie, „und deshalb eine Abkürzung gesucht hat. Nur wenn sie sich im Dunkeln bei diesem Regen verirrt hat, könnte sie kilometerweit in die falsche Richtung gelaufen sein."

Das war übertrieben. Selbst wenn sie im Kreis lief, käme sie irgendwann irgendwo an. Die Gefahr bestand nicht darin, dass Janet sich in die Wüste verirrte und ihre Knochen im Sand verschwanden, sondern darin, dass sie sich in einem Schlagloch den Knöchel brach und die Nacht im Freien in der Kälte verbringen musste.

Oder dass sie jemandem begegnete, der mit ihr in die Wüste fuhr und sie dort zurückließ.

Delacourt war einst eine recht ruhige Gegend gewesen, bis neue Wohngebiete und Straßen die Landkarte umgestaltet hatten. Von den Lebensadern der Stadt abgeschnitten und von Neuankömmlingen umfahren mussten Geschäfte schließen und die Menschen zogen fort. Es war zu einem sterbenden Ort geworden, was Ärger anzog.

Cloister schaute auf Bon hinunter, die sich an sein Bein gedrückt hatte und deren Rippen scharf an seiner Wade zu spüren waren, wenn sie hin und wieder ein demonstratives Niesen ausstieß. Er stupste sie mit dem Knie an.

„Bourneville", sagte er. Sie spitzte die Ohren und schaute zu ihm hoch, ganz Aufmerksamkeit und eifrige Nase. „Es geht an die Arbeit."

Das war das Zauberwort. Sie erhob sich hastig auf ihre vier Pfoten und wedelte begeistert, die Betrübnis über den Regen völlig vergessen, wobei ihre Rute wie eine Peitsche gegen Cloisters Bein schlug. Er fasste mit einer Hand

4

in ihr Geschirr, damit sie nicht plötzlich eine Fährte aufnehmen und ohne ihn davonsausen konnte. Sie lehnte sich mit ihrem ganzen Gewicht gegen seinen Arm, begierig darauf, loszulegen.

„Hat Janet irgendetwas anderes im Auto gelassen?", fragte er Tancredi. „Jacke? Sonnenbrille? Du kennst das ja."

Sie nickte und platschte zurück in die Pfütze. Das Licht ihrer Taschenlampe hüpfte durch die Dunkelheit, als sie sich wieder zum Prius kämpfte.

„Kann sie so überhaupt etwas aufspüren?", fragte Tancredi über ihre Schulter hinweg, während sie mit der verbeulten Autotür kämpfte. Schließlich nahm sie die Taschenlampe zwischen die Zähne, um beide Hände benutzen zu können, weshalb ihre letzten Worte verzerrt klangen. „Es ist ein Sauwetter."

Cloister zuckte mit den Schultern. „Die Voraussetzungen könnten besser sein." Er fing den Mantel auf, den Tancredi ihm zuwarf. Er war bereits nass und sein billiges Kunstfell fühlte sich verfilzt und klebrig an. Halb getrockneter Schlamm hatte die Bündchen steif gemacht. „Aber Bon hat es schon bei schlechteren geschafft."

Am stärksten würde der Geruch im Innern sein, am Nacken und an den Ärmeln, wo sich Schweiß und Haut in das Futter gerieben hatten. Cloister schob den Stoff des Mantels mit beiden Händen zusammen und hockte sich hin, damit Bourneville die Nase hineinstecken konnte. Kurz schnupperte und schnaubte sie, dann setzte sie sich hin und sah aufmerksam zu ihm hoch. Die Muskeln ihrer Hinterbeine waren unter dem dicken Fell bereits angespannt, während sie wartete.

Cloister ließ eine Hand an ihrem Geschirr, als er sich wieder erhob, und warf Tancredi den Mantel zu.

„Wir geben unser Bestes", teilte er ihr mit. Dann ließ er Bourneville los und bellte das Kommando: „Such!"

Mit einem Ruck sprang Bourneville auf die Beine und suchte im Schlamm und der festgetretenen Grasmatte um Cloisters Füße herum die Fährte. Nach zwei größer werdenden Kreisen winselte sie frustriert, weil sie nichts fand. Entweder hatte Janet gar nicht erst versucht, den schlammigen Hang zu erklimmen, oder ihr Geruch war bereits fortgespült worden.

Als sie nach dem letzten Kreis noch immer nichts entdeckt hatte, hielt sie inne und sah Cloister erwartungsvoll an.

Er schnippte mit den Fingern und deutete auf die andere Seite des trüben Tümpels mit dem halb ertrunkenen Prius.

„Voraus", befahl er energisch. „Geh rüber."

Bourneville schnaubte eifrig und sprang ins Wasser. Es reichte ihr fast bis zum Bauch, als sie sich einen Weg bahnte, um platschend die andere Seite zu erreichen und die Leine, die sie hinter sich herzog, war anschließend durchnässt. Cloister folgte ihr mit weit weniger Leichtigkeit, als er sich durch den Schlamm am Boden kämpfte.

Während er zur anderen Seite watete, schnupperte Bourneville kurz an Tancredis Füßen. Dann bellte sie einmal und hob die Rute zu einem zaghaften Wedeln, als sie den Geruch des Mantels erhaschte, den Tancredi nun in den Armen hielt.

„Bourneville, nein", mahnte Cloister scharf. Er krümmte die Hand für das Signal, das sie auf die andere Seite des Autos schicken sollte. „Geh drum herum."

Sein Verneinen brachte sie zum Seufzen. Doch nachdem sie einmal so heftig den Kopf geschüttelt hatte, dass ihre Ohren schlackerten, senkte sie die Nase wieder zum Boden und tappte um das Auto herum. Tancredi löste sich aus ihrer Starre und senkte den Kopf, um sich ihr Gesicht an der Schulter abwischen zu können.

„Wenn sie nichts findet", sagte sie, „glaubst du, dann würde Special Agent Merlo die Verwendung von ein bisschen FBI-Technologie genehmigen? Die Drohnen, die er letzten Monat bei der Razzia in den Hügeln eingesetzt hat, die haben Infrarot. Er hat mir gezeigt, wie sie funktionieren."

Sie klang beeindruckt. Cloister war nicht sicher, ob der Grund die Technologie war oder „Special Agent Merlo". Sein Gewissen stieß ihn mit dem Hinweis an, dass er es ihr nicht ernsthaft vorwerfen könnte, wenn es Zweiteres war. Cloister hatte sich in den letzten paar Monaten bereitwillig für Javi zum Narren gemacht, bis er beschlossen hatte zu sehen, was passieren würde, wenn er alles zerstörte. Er konnte sich nicht einmal mehr an den Grund für den Streit erinnern. Das war eine Lüge. Es war um Javis Essen mit diesem heißen Privatdetektiv gegangen und um das Bier, das er nicht mit Cloister hatte trinken wollen. Seitdem hatten sie nicht mehr miteinander geredet.

Es war erst eine Woche her – nicht einmal eine ganze Woche –, doch Cloister war sich der Bedingungen seiner Beziehung zu Javi bewusst. Er wusste, dass er es kaputt gemacht hatte und das zumindest teilweise mit Absicht. Das tat er üblicherweise.

Sie waren nicht direkt ein Paar gewesen und selbst als Nicht-Paar hatten sie nicht allzu lange durchgehalten. Dennoch spürte Cloister ein schmerzhaftes Ziehen, wie ein Krampf in seinen Gefühlen, wenn er daran dachte, dass es nun vorbei war.

Cloister biss die Zähne zusammen und schob den Schmerz ungeduldig zurück in seinen Hinterkopf. Es war nicht der richtige Zeitpunkt. Er musste seine Arbeit erledigen, einen Hund führen und ein verschwundenes Mädchen finden. An seinen Krusten konnte er später kratzen, wenn er wollte.

„Infrarot würde gerade nicht viel helfen", antwortete er mit einer Geste in Richtung des schweren, aufgewühlten Himmels. „Ich bezweifle, dass die Drohnen überhaupt fliegen könnten. Vielleicht morgen. Wenn wir nichts finden, könntest du ihn fragen. Schaden kann es nicht."

Sie nickte mit einem unglücklichen Stirnrunzeln und legte den Mantel über ihrem Arm zusammen. „Hoffentlich wird das nicht nötig sein."

Bevor Cloister antworten konnte, stieß Bourneville ein einzelnes Bellen aus – ein tiefer, kehliger Laut, erstickt vor Begeisterung. Er schenkte Tancredi ein kurzes aufmunterndes Lächeln.

„Hoffentlich."

Er holte die lange, nasse Leine ein, während er in Bournevilles Richtung joggte, die über einer Vertiefung in der Erde wartete. Es hätte nichts Besonderes sein können oder aber ein vom Regen verwaschener Fußabdruck.

„Braves Mädchen", lobte Cloister und klopfte ihr die Schulter. „Guter Hund, Bourneville. Jetzt such."

Sie schüttelte sich, um ihr Fell von Wasser zu befreien, und lief los, senkte ihre Nase auf die unsichtbare Spur, die sich über den durchnässten Untergrund des Mittelstreifens wand und schlängelte und letztendlich auf das unebene Pflaster vernachlässigter Straßen.

2

UM DIE aufgeblähten neuen Siedlungen herum waren die Außenbezirke von Plenty von toten Straßen durchzogen wie von städtischer Zellulitis. Einige waren niedergerissen und von einem eifrigen Bauunternehmer neu aufgebaut worden. Andere wurden sterbend zurückgelassen, bis ausgeweidete Gebäude in sich zusammensackten und der Asphalt von den Straßen abblätterte.

Cloister löste beim Gehen die Taschenlampe von seinem Gürtel und schaltete sie ein. Die Lichtpfütze vor seinen Füßen half ihm, den schlimmsten Schlaglöchern auszuweichen, aber Bourneville lenkte sie nicht ab. Sie bewegte sich am Ende der Leine vor ihm her und bemühte sich, der vom Regen abgeschwächten Witterung zu folgen.

Zweimal verlor sie die Spur und sie mussten durch den Regen zurückgehen, um sie wiederzufinden. Jedes Mal dauerte es länger, bis sie den schwächer werdenden Geruch in den feuchten Flecken des Rinnsteins und den Klumpen aus Abfall aufspürte. Auf dem nassen Streifen Ödland zwischen den Fahrbahnen, wo sich der Geruch in Pfützen festsetzte und im verworrenen Gras verfing, war es leichter gewesen. In der stärker bebauten Umgebung – Streifen aus eingezäuntem Beton und unebene Gehwege – hatte die Spur keine Chance zum Überdauern. Stattdessen wurde sie in die verstopften Abflüsse gespült oder von den weiten Straßenflächen geweht.

Möglich war es dennoch, aber je öfter Bourneville die Spur verlor, desto unwahrscheinlicher wurde es, dass genug davon übrig sein würde, um sie wiederzufinden.

Ein Blitz zuckte aus dem Himmel hervor und schlug irgendwo im Labyrinth verlassener Gebäude ein. Cloister verzog das Gesicht und rieb sich die Augen, während er versuchte, das hinter seinen Lidern zurückgebliebene Nachbild fortzublinzeln. Als die verschwommenen Lichter endlich verschwunden waren, sah er, dass Bourneville bereits wieder kehrtmachte.

„Verdammt", brummte Cloister.

Er griff nach seinem Funkgerät. „Zentrale. Hier Witte. Tancredis 10-57 hat nicht zufällig allein zurückgefunden?"

Kurz herrschte Stille, dann kämpfte sich Mels vertraute Stimme durch das knisternde Rauschen.

„Nein. Wenn du nichts gefunden hast, mach Schluss für heute und geh zurück zum Auto. Wenn Tancredi richtigliegt, wird das Mädchen irgendwann ausgenüchtert sein und nach Hause stolpern."

8

Cloister wischte sich mit der Hand übers Gesicht, schüttelte das Wasser ab und eilte hinter Bourneville her. Es war sinnlos, da der Regen gleich wieder aus seinem nassen Haar hinabtropfte. Er war nicht optimistisch, was die Chancen bei der Suche nach Janet anging, aber … Er dachte an das selfiegeeignete Führerscheinfoto und den unpraktischen grellen Kunstfellmantel, den sie im Auto zurückgelassen hatte.

Sie war neunzehn und hatte sich verlaufen. Dass es ihre eigene Schuld war, wäre für sie kein Trost. Und würde Cloister auch nicht beim Einschlafen helfen, falls ihr etwas zustieß.

„Ich gebe der Sache noch fünf Minuten." Er erreichte Bourneville und ging in die Hocke, um ihr ein wenig Aufmerksamkeit zukommen zu lassen. Es war nicht ihre Schuld, dass sie die Fährte verloren hatte. Sie schob ihren Kopf unter seine Hand und brachte schnaubend ihre Zweifel daran zum Ausdruck. „Sie ist fast noch ein Kind."

„Fünf Minuten", räumte Mel seufzend ein. „Nicht länger. Wir haben noch andere Notrufe."

Das Funkgerät verstummte.

Cloister zog Bourneville mit einem Arm an sich und kraulte sie unter dem Kinn. „Braves Mädchen", versicherte er ihr. „Nur noch ein Versuch."

Mit einem letzten liebevollen Klaps auf ihre Schulter richtete er sich wieder auf und ließ den Strahl der Taschenlampe über die Umgebung flackern, während er überlegte, welchen Weg eine Neunzehnjährige bei Dunkelheit und Regen wählen würde.

Dicht über dem Boden warf in einer Gasse etwas Größeres als eine Katze roten Augenglanz zurück, vermutlich ein Waschbär. In der Gegend gab es Kojoten – die Anzahl vermisster Katzen war leicht gestiegen und in der Nachbarschaft hatte es Würfe von Kojoten-Hunde-Mischlingen gegeben –, doch diese machten normalerweise einen großen Bogen um Bourneville. Waschbären war sie vollkommen egal.

Er bog nach links ab. Bisher hatte Janet das immer getan. Bourneville durchstreifte grob bogenförmig seine nähere Umgebung, immer auf der Suche nach einer letzten Nase voll Janet. In den Häusern um sie herum brannten nur wenige Lichter – der letzte Widerstand gegen den Verfall – und in den ersten Etagen bewegte sich nur hin und wieder ein staubiger Vorhang. Hier hatten die meisten Menschen genug mit ihren eigenen Problemen zu tun. Auf die der anderen konnten sie verzichten.

Cloister streckte die fünf Minuten eher auf zehn, doch die Spur war verschwunden. Selbst Bournevilles Eifer ließ nach und sie sah sich mit herabhängender Rute und angelegten Ohren immer wieder nach Führung suchend zu ihm um.

„Ich weiß", sagte er mitfühlend. „Aber es ist nicht deine Schuld, Bourneville. Du bist ein guter Hund."

Sie stieß einen gewaltigen Seufzer aus und schüttelte sich. Es sorgte dafür, dass ihr Fell in ungleichmäßigen Stacheln hochstand, und brachte die Leine in Cloisters Hand zum Schwingen. Er seufzte ebenfalls und griff nach dem Funkgerät, um Mel mitzuteilen, dass er sich auf den Rückweg machte.

Es war kaum ein Schrei – so fern und erstickt klang es. Wäre Cloister allein gewesen, hätte er es vielleicht als ein Geräusch des Unwetters oder einen verärgerten Vogel abgetan. Es war schon mehrmals vorgekommen, dass er von etwas abgelenkt wurde, das wie ein Massenmord klang und sich dann als Streit einiger Möwen um einen Fisch entpuppte.

Bournevilles Gehör war besser. Sie winselte und spitzte die Ohren, während sie sich in das Geschirr lehnte.

„Warte", sagte Cloister streng. Er wusste nicht, was passiert war, und wollte Bon nicht ins Unbekannte schicken. Sie könnte Janet erschrecken oder sich verletzen oder beides. Einige Häuser standen nur leer, aber andere waren völlig entkernt.

Er hielt die Leine gespannt, als er sich ihr näherte. Ungewöhnlicherweise ignorierte sie seine Stimme und drängte weiter vorwärts. Das Geschirr schnitt in ihre Schultern ein, als sie sich mit ihrem ganzen Gewicht hineinwarf, um ihn mit sich zu ziehen.

„He. Nein." Cloister wickelte die Leine um seinen Arm und klemmte sie sich hinter den Ellbogen. Es fiel ihm nicht leicht, sie festzuhalten, obwohl er ein kraftvoll gebauter Mann war. Die Knochen kamen von den Wittes – die Familie seines Vaters neigte zu groß und gefährlich – und vor seinen Problemen davonzulaufen hielt ihn schlank, doch Bourneville bestand aus fünfunddreißig Kilo Muskeln ohne Zurückhaltung. Er zog sie zurück und schüttelte sie, um zu ihr durchzudringen. „Fuß, Bourneville! Sofort!"

Er hatte sie selbst ausgebildet. Sie kannte englische Kommandos, doch bei der Arbeit benutzte er die deutschen. Rief er sie normal zu sich, war es eine Empfehlung. „Fuß" war das Wort Gottes. Sie gab gehorsam nach, doch ihre Aufmerksamkeit war weiterhin draußen in der Dunkelheit verankert, aus der das Geräusch gedrungen war. Auch wenn es zumindest für Cloisters Ohren nun still zu sein schien, versetzte sie irgendetwas da draußen in Alarmbereitschaft.

Cloister stupste sie mit dem Knie an. Auch wenn sie sich nicht zu ihm umsah, richtete sie ein Ohr nach hinten, um zu hören, was er sagte. „Bring", befahl er und ließ die Leine locker.

Da es das gewesen war, was sie hatte hören wollen, rannte sie los. Cloister ließ sie ein wenig enteilen, jedoch nicht so weit wie gewöhnlich. Er blieb ihr auf den Fersen, über die Straße und um einen nur mit Grundierung bedeckten Pick-up herum, der rostend auf verbeulten Felgen zurückgelassen worden war.

Bald schnitt eine nach Urin und Sprühfarbe stinkende Unterführung den Regen ab. Ihr Eintreten scheuchte Ratten auf, die sich mit ihren dicken Körpern und dünnen Schwänzen wieder in den Schatten zurückzogen und der Schwarm von Landstreichern, die hier wegen des Regens kauerten, beobachtete ihn mit stechenden, unfreundlichen Blicken. Ein halbherziges missmutiges Murmeln sprudelte aus ihnen hervor und klang wieder ab.

Cloister konnte es ihnen nicht vorwerfen. An einem anderen Tag wäre er vielleicht hier gewesen, um sie zum Weitergehen aufzufordern, auch wenn niemand je einen guten Vorschlag dafür hatte, wohin staubige Obdachlose gehen sollten.

Ein verwahrlostes Bündel aus Kleidung und Zeitungen an der anderen Seite der Unterführung zuckte zurück, als sie sich näherten.

„Hier war ein Geist", krächzte der Mann. Unter einer fettverfilzten Kappe aus borstigem, grauem Haar schaute ein wilder Blick hervor und er musste vor Kurzem verprügelt worden sein. Die rauen Stoppeln an seinem Kinn waren blutverkrustet und seine Nase schien noch nicht lange in diese Richtung zu zeigen. Er presste sich gegen den feuchten Beton und wandte das Gesicht ab. „Ich habe ihr gesagt, dass sie ein Geist ist, aber sie hat mir nicht geglaubt. Arme verdammte Geister, stimmt's? Denken einfach, sie leben noch. Vielleicht sind wir die Geister. Wäre das nicht toll? Vielleicht sind wir es, die eigentlich tot sind. Sag's weiter und mach das verdammte Glas voll."

Bevor Cloister etwas tun musste, hatten seine Beine nachgegeben. Der Mann sank zu Boden, während sich seine Hand bereits zu einer Flasche Gin mit suspektem Etikett ausstreckte, und begann hysterisch zu lachen. In Bournevilles Brust grollte beim Vorbeilaufen ein kaum hörbares warnendes Knurren.

Dann waren sie wieder auf der Straße und Cloister verzog das Gesicht, als es vom Regen überspült wurde. Er senkte den Kopf, um es sich an der Schulter abzuwischen. Hinter ihnen murmelte der Obdachlose weiterhin gegen die Wand.

Plötzlich zerrte Bourneville seinen Arm nach rechts und bellte zweimal kurz und deutlich – ihr „Gefunden"-Signal. Gut, dass Cloister nicht aufgegeben hatte.

Janet Morrow lag mitten auf der Straße, als hätte sie jemand dort fallen lassen. Ihr leuchtendes, puppenrotes Haar breitete sich wie versprüht auf dem Asphalt aus und ihre Füße waren nackt. Cloisters Magen verkrampfte sich mit dem üblichen sauren Bedauern, recht behalten zu haben.

Es war das Witte-Glück. Hatte man bei irgendetwas ein ungutes Gefühl, hatte man vermutlich recht, aber nie bei etwas Gutem. Es war niemals der richtige Tipp beim Lotto oder eine Ahnung zu einem schnellen Pferd, nur traurige Trennungen und leblose Leichen im Regen.

Was allerdings nicht Bournevilles Schuld war.

„Gut gemacht", lobte er sie. „Bester Hund des Reviers. *Platz.*"

Er unterstrich das Wort mit einer Handbewegung und Bourneville ließ sich gehorsam auf den Asphalt sinken. Sie legte das Kinn auf ihre Pfoten und folgte ihm mit dem Blick, während sie auf seine nächste Anweisung wartete.

Cloister lief über die Straße und ging neben Janet in die Hocke. Das Rot auf dem Asphalt war nicht nur Haar. Rinnsale aus Blut gingen von ihrem Kopf aus und hatten sich mit dem Regenwasser vermischt. Ihre Kleidung war schmutzig und beschädigt, ihr aufgerissenes Oberteil zeigte blasse Haut und ein grünes Eidechsen-Tattoo, das unter ihrem ungewaschenen grauen BH hervorschaute.

Vermutlich hatte sie nicht erwartet, dass ihn jemand sehen würde.

„Hallo, Janet", sagte Cloister, falls sie ihn hören konnte, während er mit zwei Fingern unter ihrem Kiefer nach einem Puls suchte. „Mein Name ist Deputy Witte. Ich habe Sie gesucht."

Ihre Haut hatte dieselbe Temperatur wie der Regen und fühlte sich klamm an. Es dauerte eine lange Sekunde, bis Cloister das Flattern des Blutes spürte, das sich durch ihren Hals bewegte. Sie lebte noch. Er ließ sich auf die Fersen sinken und drückte den Knopf an seinem Funkgerät, um sich mit der Zentrale in Verbindung zu setzen.

„... brauche einen Krankenwagen an der Ash Street in Delacourt." Als er sich nach einem gut sichtbaren Orientierungspunkt umsah, fiel sein Blick auf den Parkplatz gegenüber. Mit zusammengekniffenen Augen bemühte er sich, das schmutzige Schild über den leeren Geschäften zu erkennen. „Vor der Conroy-Galerie. Wir haben hier eine Kopfverletzung, Anzeichen einer Tätlichkeit und sie ist nicht ansprechbar. Ich ..."

Bourneville bellte. Diesmal nicht, um sich zu verständigen. Es war eine wütende, dunkle Salve, die tief aus ihrer Brust zu kommen schien. Als Cloister sich umsah, entdeckte er den Pick-up, der mit ausgeschalteten Scheinwerfern in seine Richtung fuhr.

„He." Cloister stand auf und winkte. Der Lichtstrahl der Taschenlampe zuckte über die Windschutzscheibe und fand die vermummte Silhouette des Fahrers. „Sheriff's Department", schrie er. „Halt. Umdrehen."

Stattdessen schaltete der Fahrer das Fernlicht ein – wie ein Blitz in Bodennähe, der Cloister blendete – und trat auf das Gaspedal. Der Motor heulte rau unter der Haube auf und das Fahrzeug raste mit immer höherer Geschwindigkeit die Straße entlang. Ein Stück entfernt, wo sie durch Cloisters Befehl an ihren Platz gebunden war, bellte Bourneville aufgebracht.

Der Fahrer hatte ihn gesehen. Die letzten Zweifel daran schwanden, als er die Richtung korrigierte, um genau auf sie zuzufahren.

Fuck.

Cloister schleuderte seine Taschenlampe Richtung Windschutzscheibe. Sie prallte mit der Unterseite gegen das Glas, direkt vor dem Gesicht des Fahrers, und ein Spinnennetz aus Rissen zog sich von der getroffenen Stelle bis zu den Ecken der Scheibe. Der Fahrer zuckte zusammen und das Auto wurde langsamer, als er dabei den Fuß vom Gaspedal hob. Es war nicht viel, aber es musste reichen.

Bevor sich der Fahrer wieder fangen konnte, beugte Cloister sich zu Janet hinunter und packte sie bei den Armen. Ihr Körper war schlaff, als er sie vom Asphalt hob und ihr Kopf hing von ihrem mit Blutergüssen bedeckten Hals hinab. Er war nicht einmal sicher, ob sie überhaupt noch lebte, aber die Chance darauf musste genug sein. Er hievte sie hoch und warf ihren schlaffen Körper von der

Straße auf den Gehweg. Sie landete unbeholfen und mit ungelenk verdrehten Armen und Beinen auf dem Boden wie eine fortgeworfene Puppe.

Cloister stürzte sich hinterher und schaffte es beinahe. Der größte Teil von ihm schaffte es. Es hätte schlimmer sein können.

Der Rand des Kühlergrills streifte seine Hüfte und warf ihn auf die Motorhaube. Seine Schulter schlug gegen die Scheibe und der Seitenspiegel traf seinen Ellbogen, bevor er ihn mit dem Oberschenkel abbrach, als er hinunterrollte und auf dem Gehweg aufschlug. Sein Kopf prallte mit einem dumpfen, lauten Geräusch vom Bordstein ab und füllte sich mit grauem Rauschen und Übelkeit.

Er hörte, wie der Motor des Autos in den Leerlauf überging, als es neben dem Gehweg abbremste. Die Tür öffnete sich, doch Bourneville stieß ein kehliges Knurren aus, das durch ihre Brust ratterte, und warf sich dagegen. Ihr Gewicht traf auf Metall und schlug die Tür zu, bevor sie erneut knurrte und mit den Zähnen daran zerrte, bis der Fahrer aufgab und davonfuhr.

Sie würde ihm nachjagen. Cloister kämpfte sich durch den Nebel aus Schmerzen und durchgeschütteltem Gehirn, um das richtige Kommando zu finden. „Komm", stieß er heiser hervor. Mitten im Wort versagte ihm die Stimme und er versuchte es erneut. „Bourneville! Komm!"

Bournevilles Nase war kühl und ihr Atem heiß, als sie ihm besorgt und verwirrt ins Ohr prustete.

Im Augenblick hatte er keine Schmerzen. Cloister hatte ihn schon erlebt, diesen stumpfen, stupiden Moment des Schocks, und wusste, dass es tatsächlich kein gutes Zeichen war.

„Tu mir einen Gefallen, Janet", murmelte er. „Sei nicht tot, okay? Sonst war das hier dämlich."

Beinahe so dämlich wie der Streit mit Javi. Cloister wusste nicht, warum sich sein Gehirn gerade jetzt entschloss, Salz in die Wunden zu streuen, doch ihm fehlte die Energie, dagegen anzukämpfen. Eigentlich war es nicht der Streit gewesen, sondern die lang gezogene Stille danach.

Oh, da war er ja. Cloister legte seinen Kopf auf den Gehweg und verzog das Gesicht, als er die Augen schloss. Der Schmerz hatte begonnen.

3

JAVI MERLO hatte sich für den Beruf FBI-Agent entschieden, als er neunzehn Jahre alt gewesen war – alt genug, um sich keinerlei romantische Illusionen darüber zu machen, dass die Arbeit auch nur das Geringste mit ihrer Darstellung in Fernsehserien zu tun hatte. Er hatte sich informiert, dem Druck seiner Familie widerstanden, die ihren Sohn lieber als den jüngsten amerikanischen Staatsanwalt mit mexikanischer Abstammung in Washington County gesehen hätte, hatte sein Hauptfach gewechselt und seine Karriere in dem Wissen geplant, dass sie sich eher um Bürokratie als Schießereien drehen würde.

Trotzdem war es ihm irgendwie gelungen, die Menge an Papierkram zu unterschätzen, die die Behörde täglich allein für seine Beschäftigung dort verlangte. Ob man nun heiraten wollte oder sich scheiden lassen, gegen ein multinationales Drogenkartell ermitteln oder eine Woche Urlaub in Frankreich machen, für alles musste man zunächst das entsprechende Formular ausfüllen.

Dass es heute überwiegend online möglich war, machte es nur auf andere Weise lästig.

Javi stellte das Protokoll zur Befragung der Freundin eines kleinkriminellen Drogendealers fertig – das blaue Auge hatte ihrer Loyalität keinen Abbruch getan, doch das Tütchen Koks in der Wickeltasche ihres Babys hatte das Fass zum Überlaufen gebracht –, um anschließend seine digitale Signatur auf drei Abhöranfragen zu hinterlassen, die nun auf die Genehmigung warten würden. Javi lehnte sich auf seinem Stuhl zurück, rieb sich den Nacken und warf einen Blick auf den schmalen Stapel von Papieren und Pappakten an der Schreibtischecke. Sie lagen dort seit einer Woche, während er seine eigentlichen Aufgaben abarbeitete, bis er den Zeitaufwand für einen Gefallen rechtfertigen konnte.

Über sich selbst schnaubend griff er nach der ersten Akte. Nach dem Berg von Onlinedokumenten, durch den er sich soeben gearbeitet hatte, fühlte sie sich zu lächerlich dünn an, um jemandes Tragödie zu sein – nur die Aktenmappe und die allernötigsten kopierten Berichte. Offensichtlich hatte das Plenty Police Department bei den Ermittlungen seine übliche hundsmiserable Arbeit geleistet.

Manchmal war Javi versucht, sich das Archiv anzusehen. Er wusste, dass das San Diego Sheriff's Department vor fünf Jahren in der Stadt aufgeräumt hatte, aber er wollte Genaueres über den Beginn des Verfalls wissen. Denn selbst – er überprüfte das Datum auf der Akte – vor zehn Jahren hatte die Polizei von Plenty offenbar nicht einmal so getan, als bemühte sie sich, solange dabei nicht etwas für sie heraussprang.

Javi ignorierte die Ironie dabei, dass er sich selbst nur für den Fall interessiert hatte, weil er ihm als Vorwand dienen konnte, nach ihrem Streit Cloister anzurufen – oder, vorzugsweise, sich von Cloister anrufen zu lassen. Das würde es Javi wesentlich leichter machen, weiterhin sein falsches Spiel mit seiner „Nur-One-Night-Stands"-Regel zu spielen. Und es war ja nicht so, dass Cloister gesagt hätte, er wolle mehr – nur dass Javi ihn nicht einfach für ein besseres Angebot sitzen lassen konnte.

Vermutlich wäre alles besser gelaufen, wenn Javi erklärt hätte, dass Sean einen Klienten hatte, der behauptete Zeuge eines Mordes gewesen zu sein. Stattdessen war er wütend geworden und hatte Cloister daran erinnert, dass Javis Leben ihn nichts anging. Das „Schön", das Cloister beim Gehen ausgestoßen hatte, war das Letzte gewesen, was er von ihm gehört hatte.

Wenn er anrufen musste … Javi öffnete die Akte und betrachtete mit gerunzelter Stirn das darin festgeheftete schlecht abgedruckte Foto. Beim ersten Kennenlernen hatte er Deputy Witte für einen Mann mit Heldenkomplex gehalten, der unbedingt den Cowboy spielen und alle retten musste. Doch Mrs. Kreusik war bei ihrem Verschwinden vierundachtzig Jahre alt und todkrank gewesen und ihre Nachbarn hatten sie als vermisst gemeldet, nicht ihre Stiefkinder. Niemanden würde es interessieren, ob sie gefunden wurde, und doch wollte Cloister sie heimbringen.

Es war nicht gesund, aber es war … gutherzig.

Javi verzog das Gesicht. Sein Sexleben war wesentlich unkomplizierter gewesen, als er Cloister nur für einen Knackarsch gehalten hatte, der sich an einem Hinterwäldler mit schlichtem Gemüt befand.

Jetzt musste er sich entscheiden, was ihm wichtiger war – Freundschaft oder Ficken. Wenn Javi den ersten Schritt machte, wäre es das Ende der heißen Treffen mit Cloister. Wenn es bei jemandem nur um Sex ging, versuchte man nicht, sich mit ihm zu versöhnen. Das hob man sich für Freunde oder seinen Freund auf. Javi war sicher nicht das, was man sich als festen Freund wünschte.

Wäre er es gewesen – Javi schloss die Akte und warf sie auf den Stapel, um sich an einem anderen Tag damit zu beschäftigen –, hätte sich die Frage nach Freundschaft oder Ficken wohl leichter beantworten lassen.

Genug. Es war zu spät, um jemanden anzurufen, selbst eine Nachteule wie Cloister und Javi war es tatsächlich gelungen, den Rückstau an Papierkram abzuarbeiten. Er sollte nach Hause gehen, bevor sich das änderte.

Er meldete sich ab, schaltete den Computer aus und stand auf. Als er gerade seine Jacke von der Stuhllehne nahm, klopfte jemand an die Tür. Er drehte sich um, konnte allerdings hinter dem Glas, wo die Verwaltung die Lichter gedämpft hatte brennen lassen, nur eine unbestimmte Gestalt erkennen. Aber es war unwahrscheinlich, dass die Sicherheitsleute unten jemanden durchgelassen hatten, der nicht hier sein sollte.

„Herein", sagte er.

Die Tür öffnete sich und Deputy Tancredi zögerte auf der Schwelle. „Agent Merlo", sagte sie. Dann verzog sie das Gesicht und setzte erneut an. „Agent."

„Deputy", antwortete Javi. Er schlüpfte in seine Jacke und rückte sie über seinem Holster zurecht. „Was führt Sie her? Haben Sie von der Akademie gehört?"

Sie wirkte überrascht, als hätte er sich nicht an das Drehbuch gehalten, obwohl sie niemals über etwas anderes als ihren Wunsch redeten, sich dem FBI anzuschließen.

„Nein. Noch nicht." Sie fuhr sich mit den Fingern durch ihr feuchtes, gekräuseltes Haar, um es zu glätten. „Ich, ähm … möchte nichts Unangebrachtes sagen, Agent. Ich dachte nur … ähm … Sie würden es wissen wollen."

In Javis Magen verfestigte sich abwartende Anspannung, während er im Geiste schon den Rest des Gesprächs vorwegnahm. Er führte es nicht zum ersten Mal. Er verheimlichte seine Neigungen nicht, bevorzugte jedoch Diskretion anstelle von öffentlichen Zuneigungsbekundungen, und das ermutigte die Klatschmäuler, die glaubten, etwas gegen ihn in der Hand zu haben. Immerhin wollte Tancredi vermutlich wirklich, dass er es wusste, und war nicht nur neugierig auf seinen Gesichtsausdruck, wenn er die Beleidigungen hörte.

„Wenn jemand ein Problem mit meiner Sexu…"

„Nein", stieß Tancredi hastig hervor und errötete so heftig, dass es die Sommersprossen verbarg, die sich von ihrem Hals aus über ihr Gesicht zogen. „Darum geht es nicht. Oder doch, aber nicht … Deputy Witte wurde im Dienst verletzt. Er lebt. Es ist nichts Gefährliches, aber ich weiß, dass Sie und er … Ich dachte, Sie würden es wissen wollen."

Javi starrte sie an. Er hatte sich so sehr auf Wut vorbereitet, seine Verärgerung bereits anlaufen lassen und gut vorgekühlt, dass er eine Sekunde brauchte, um sie abzuschütteln. Als sie fort war, ließ sie ihn mit einem bitteren metallischen Geschmack im Mund und einem frustrierten Knäuel von Gefühlen zurück, das er absolut nicht entwirren wollte.

„Danke fürs Bescheidgeben", sagte er kühl. „Gibt es sonst noch etwas?"

Tancredi starrte ihn kurz an, bevor sie missbilligend ihre Lippen aufeinanderpresste und den Kopf schüttelte.

„Nein, Sir", antwortete sie. „Ich dachte nur, es würde Sie interessieren."

Als sie ging, schlug sie die Tür hinter sich zu.

Bei Javis letztem – und erstem – Aufenthalt im Gemeindekrankenhaus von Plenty war er dehydriert, mit Blutergüssen bedeckt und mit Halluzinogenen vollgepumpt gewesen, die ihm ein Serienentführer verabreicht hatte. Im nüchternen Zustand wirkten die Stationen weniger grauenhaft.

„Also, was ist genau passiert?", erkundigte er sich bei Lieutenant Frome, während sie zügig durch den weiß-blauen Krankenhausflur gingen. Trotz des

Übelkeit auslösenden Drucks auf seiner Brust achtete er auf einen kontrollierten, angemessen besorgten Tonfall. „Hatte es jemand auf Deputy Witte abgesehen?"

Frome verteilte sorgfältig Desinfektionsalkohol zwischen seinen Fingerknöcheln. „Um ganz sicher zu sein, ist es natürlich noch zu früh", antwortete er steif. „Aber unsere Arbeitshypothese ist Fahrerflucht. Und nicht die einzige heute Abend. Die Straßen waren nass, die Sicht war schlecht und Deputy Witte hatte einfach Pech. Wir benötigen hier keine Unterstützung des FBI, Agent Merlo."

Der hochrangige Gesetzeshüter von Plenty wusste die Ressourcen des FBI vielleicht zu schätzen, wenn sie ihm wirkungsvoll gegen die zunehmenden Drogenprobleme der Stadt halfen, weshalb er jedoch noch lange nicht wollte, dass es sich in andere Fälle einmischte. Javis ehemaliger Partner hatte ihm erzählt, Frome hätte ein Auge auf den Sheriffstern geworfen und eine solche Beförderung erreichte man nicht, wenn die Agenten die Anerkennung für alle seine Erfolge einstrichen.

„Hoffentlich nicht", sagte Javi. „Aber da Witte bei einigen Razzien in örtlichen Drogenlaboren mit uns zusammengearbeitet hat, möchte ich gern sichergehen, dass es sich nicht um eine Vergeltungsmaßnahme handelt. Sie halten mich dabei auf dem Laufenden, Lieutenant?"

Die Bitte sorgte dafür, dass Frome verstimmt die Lippen schürzte, doch er musste nachgeben. Das FBI hatte hier einen Agenten, weil Plenty von Drogenkartellen als eine Art Trichter für die Drogeneinfuhr in die USA genutzt wurde. Wenn Javi es von diesem Blickwinkel aus ansprach, konnte ihm Frome ohnehin nicht mit Zuständigkeit kommen.

„Natürlich", kapitulierte er. „Auch wenn ich bezweifle, dass hier Vorsatz im Spiel war. Witte leistet gute Arbeit, aber wenn die Kartelle jemanden angreifen wollten, hätten sie öffentlichkeitswirksamere Ziele. Tancredi stand öfter im Vordergrund und sie ist auf dem Weg nach oben. Wenn die es auf jemanden abgesehen hätten, wäre es eher sie."

Javi nickte. „Trotzdem", sagte er. „Ich würde den Fall gern im Auge behalten."

„Wie gesagt: natürlich."

Frome blieb vor einem Einzelzimmer stehen und musterte mit finsterem Blick den an der Tür stationierten Deputy. Der Mann hing mit geschlossenen Augen und an die Wand gelehntem Kopf auf einem der betont unbequemen Plastikstühle.

„Collins!"

Der Mann grunzte sich wach, sah Frome blinzelnd an und schoss ungeschickt auf die Beine. Er wischte sich mit dem Handrücken über den Mund.

„Tut mir leid, Sir", murmelte er noch immer blinzelnd. „Lange Schicht."

Frome schüttelte den Kopf. „Gehen Sie nach Hause", sagte er. „Witte geht es gut. Holen Sie etwas Schlaf nach und sagen Sie Tancredi, sie soll dasselbe tun."

„Ja, Sir“, erwiderte Collins. Mit einem verlegenen Blick in Javis Richtung und einem weiteren „Tut mir leid, Sir“ eilte er durch den Flur davon.

Frome schob den Stuhl aus dem Weg und klopfte mit den Fingerknöcheln gegen den Türrahmen, wartete jedoch keine Antwort ab, bevor er die Tür aufstieß.

„Witte, der Special Agent wollte …“ Er verstummte, als er das Innere des Raums registrierte. „Was zum Teufel machen Sie da, Deputy?“

4

CLOISTER HATTE sich in einer abgetragenen, nicht zugeknöpften Jeans und einem hochgeschobenen Krankenhaushemd auf die Bettkante gesetzt. Es war ihm gelungen, einen seiner Schuhe anzuziehen, doch mit dem linken kämpfte er noch, was hauptsächlich an dem schweren, strahlend weißen Gips an seiner linken Hand lag. Er schaute nicht auf, als er Fromes Frage mit einem Brummen beantwortete.

Zum ersten Mal seit Tancredis Besuch in seinem Büro löste sich die zusammengeballte Anspannung in Javis Magen. Er hatte sich etwas wesentlich Schlimmeres vorgestellt als ein sauberes Krankenhauszimmer, das vermutlich schöner als Cloisters Wohnwagen war – zumindest besaß es einen Fernseher –, und einen einzigen Gips.

Blut auf dem Boden und dem Laken und die Maschinen, die schließlich abgestellt worden waren. Klumpen blutdurchtränkten Mulls und fleckige Schläuche in den Ecken. Der Geruch – Blut und Fleisch. Stücke.

Javi schluckte die alte Galle herunter und schob den Gedanken ungeduldig von sich. Mit einer gereizten Mischung aus Erleichterung und Verärgerung beschloss er, dass es eindeutig nicht so schlimm war. Vermutlich war der Idiot über seinen Hund gestolpert und vor ein Auto gestürzt.

„Ich ziehe mich an, hole Bourneville und fahre nach Hause", erklärte Cloister, als er endlich den Schuh über seine Ferse zerrte. „Es geht mir gut."

Frome schnaubte spöttisch. „Die Ärzte sagen etwas anderes, Witte", antwortete er. „Und da die eine medizinische Ausbildung haben und Sie einen nachgeholten Schulabschluss, schlage ich mich auf ihre Seite. Zurück ins Bett."

Cloister richtete sich auf. „Es geht mir gut."

Da Javi nun sein Gesicht sehen konnte, war die Lüge offensichtlich. Ein genähter Schnitt zog sich vom Ende seiner Augenbraue bis in sein Haar – eingerahmt von geschwollenen, blau-roten Blutergüssen – und sein Wangenknochen war aufgeschürft. Außerdem würde er bald ein blaues Auge haben. Die Schwellung unter dem Auge hatte bereits eingesetzt und musste sich nur noch färben.

Die grob verheilte gebrochene Nase war älter. Doch obwohl er dieses Merkmal bereits bei ihrer ersten Begegnung besessen hatte, trug es zum allgemeinen „Soeben-verprügelt-worden"-Eindruck bei.

Aus irgendeinem Grund machte das Javi nur noch wütender.

„So sehen Sie nicht aus. Eher beschissen", sagte Javi trocken. Er verschränkte die Arme und fügte mit hochgezogenen Augenbrauen hinzu: „Was ist passiert? Haben Sie vergessen, dass das hier kein Schafskopfdorf in Iowa ist und sind auf die Straße gelaufen, ohne auf Autos zu achten?"

Frome zuckte zusammen und warf Javi einen stechenden Blick zu. „Das reich…"

„Schafshorndorf in Montana", unterbrach Cloister amüsiert. „Und glauben Sie mir, ich werde lieber von einem Stadtauto angefahren. Das ist wenigstens nicht voll Kuhmist. Nichts Besseres zu tun heute Abend, Agent Merlo?"

„Die können warten", antwortete Javi. „Ich wollte überprüfen, ob das hier mit den Kartellen zusammenhängt."

Cloister stemmte seine langen Beine in den Boden und sah Frome mit schroffem Blick an. Er hatte diese Art von rauem, kantigem Gesicht, die sich selbst ohne Blutergüsse gut für grimmige Mienen eignete.

„Ich habe dem Lieutenant bereits meine Theorie mitgeteilt", sagte er. In seiner Stimme schwang ein herausfordernder Unterton mit.

Frome schüttelte den Kopf. „Sie sind nicht für den Fall zuständig, Witte", antwortete er. „Sie *sind* der Fall. Wir werden ermitteln. Sollte es Hinweise geben, finden wir sie. Jetzt bleiben Sie hier und reden mit Agent Merlo, während ich Ihren Arzt suche."

Mit einem knappen Nicken in Javis Richtung drehte er sich um und verließ das Zimmer. Vermutlich die Erlaubnis, Cloister einige Fragen zu stellen. Frome hielt sich für zu wichtig, wen er glaubte, dass Javi diese brauchte.

„Was war deine Theorie?", fragte Javi.

Cloister zuckte mit den Schultern und entledigte sich ungeschickt des dünnen Papierhemds. Darunter war sein Oberkörper mit Blutergüssen bedeckt, die an seiner Schulter begannen und schließlich im lockeren Bund seiner Jeans verschwanden. Sie kreuzten das alte Wirrwarr aus Narben und Tattoos an seinen Rippen, gingen unter der alten Verletzung verloren.

„Du bist auch nicht für den Fall zuständig", erinnerte ihn Cloister, während er aufstand. Die Bewegung seiner Muskeln unter nackter Haut, die von ihrer üblichen Whiskeybräune zu Bernsteingold verblasst war, machte Javi auf ablenkende Weise bewusst, wie lange er sie nicht mehr berührt und ihren salzigen Schweiß geschmeckt hatte.

Cloister schnappte sich das Department-T-Shirt – zumindest war es das einst gewesen, bevor Jahre von salziger Luft und Wäschen im Waschsalon es zu sehr ausgebleicht hatten, um als solches durchzugehen – vom Fußende des Betts und schüttelte es einhändig aus. Während er es sich ungeschickt über den Kopf zog und mit den Ärmeln kämpfte, fuhr er mit durch den Baumwollstoff gedämpfter Stimme fort: „Es ist eine Staatsangelegenheit und Frome wird euch hier nicht um Hilfe bitten."

„Und ich dachte, du hättest Probleme mit Autorität."

Cloister schnaubte. Endlich gelang es ihm, seinen Gips durch den Ärmel zu schieben und das T-Shirt über den Kopf zu ziehen. Sein dunkelblondes Haar stand in unbändigen Strähnen ab, als wäre er gerade aufgestanden und er kämmte es abwesend mit den Fingern glatt, während er sich im Raum umsah.

„Tja, nun, es ist so, wie du gesagt hast", begann er gedehnt. Javi wartete. Er wusste bereits, dass ihn das, was Cloister zu sagen hatte, wütend machen würde. Es war niemals angenehm, wenn einem die eigenen Worte ins Gesicht geworfen wurden – vor allem, wenn sie einen daran erinnerten, was für ein Arschloch man gewesen war. Cloister zog mit einer Hand seine Jeans höher und nahm sein Portemonnaie und seinen Schlüssel aus dem Nachttisch. „Mein Leben geht dich nichts an."

Javi hatte recht gehabt. Das hörte er nicht gern. Die Tatsache, dass es stimmte, machte es nur noch schlimmer. Es war die Bedingung für ihr Zusammensein gewesen, doch eigentlich sollte es Cloister sein, der auf Abstand gehalten wurde.

Es war nicht unbedingt fair. Das wusste Javi. Genauso wenig war es fair, wütend auf Cloister zu sein, weil er verletzt worden war, aber es fiel ihm wesentlich leichter, als eines der anderen möglichen Gefühle spüren zu müssen, die bedeutet hätten, dass er alte, entzündete Wunden aufreißen musste, um das Gift herauszulassen.

Verärgerung fühlte sich wesentlich angenehmer an und erfüllte denselben Zweck.

Noch während er eine Handvoll von Cloisters T-Shirt packte und sich vor ihm aufbaute, hatte er vor ihn anzufahren. Die barschen, ungeduldigen Worte lagen ihm schon auf der Zunge, doch als er Cloister so nah zu sich gezogen hatte, kam es ihm wie Zeitverschwendung vor, ihn nicht zu küssen.

Schließlich hatte Javi noch vor einer Stunde gedacht, er würde ihn vielleicht nie wieder küssen können.

Also tat er es. Seine Lippen schlugen grob und frustriert zu, prickelnd durch Verärgerung und die Bartstoppeln des langen Tages. Kurz blieben Cloisters Lippen unter seinen fest, bevor sie dem Kuss nachgaben. Er schmeckte leicht nach Blut und Orangensaft, eine scharfe, süß-salzige Note auf seiner Zunge.

Es wäre ein Leichtes gewesen, ihn wieder auf das Bett mit der harten Matratze und den schlaffen Kissen zu stoßen, ihm die Jeans über die schlanken Hüften zu ziehen und das alte T-Shirt hochzuschieben, um seine Blutergüsse mit dem Mund zu erkunden. Für das „Nur-Freunde"-Gespräch war es nun ohnehin zu spät, also warum nicht?

Selbst der Gedanke, von Frome überrascht zu werden, besaß eine Art perversen Reiz, der die besitzergreifende Hitze in Javis Bauch aufwallen ließ. Eigentlich gehörte Sex in der Öffentlichkeit nicht zu seinen Vorlieben, aber Frome bitten zu müssen, damit er Cloister sehen konnte, war ihm gegen den Strich gegangen. Fromes hoher Rang in Plenty bedeutete nicht, dass Cloister von ihm beschützt werden musste – nicht vor Javi.

Glücklicherweise setzte sich Javis gesunder Menschenverstand durch und er unterdrückte den Drang, bevor er mit ihm durchgehen konnte. Nach dem Chaos in Phoenix war ein weiterer Skandal das Letzte, was seine Karriere jetzt brauchte.

„Dein Leben ist deine eigene Angelegenheit", knurrte Javi, als er sich aus dem Kuss löste und eine Hand in den Bund von Cloisters Jeans schob, um sie auf seinen knackigen Hintern zu legen. Er drückte einmal so fest zu, dass Cloister ein Zischen ausstieß. „Aber dein Arsch gehört mir. Also verrat mir, warum du ihn vor ein Auto geworfen hast."

Cloister lehnte sich an das Bett, um Javi für einen langen Moment nachdenklich anzusehen. Dann hob er einen Mundwinkel zu einem halbherzigen Ansatz seines üblichen breiten, offenen Lächelns und kratzte abwesend an den Näharbeiten über seinem Auge.

„Genau genommen war es ein Pick-up."

„Ist das wichtig?"

Cloister zuckte schief mit den Schultern, da er Rücksicht auf seinen gebrochenen Arm nehmen musste, und grinste breiter. „Nicht dass du denkst, ich wäre von einem Prius fertiggemacht worden." Er schaute an Javis Schulter vorbei zur Tür und stieß sich wieder vom Bett ab. „Machen wir's so: Du fährst mich nach Hause und ich erzähle dir, was passiert ist."

Seine Jeans rutschte gefährlich weit hinab, als er sich bewegte, und blieb soeben am scharfen Vorsprung seiner Hüftknochen hängen. Er packte sie automatisch und zog sie hoch, als er in Richtung Tür humpelte. Javi betrachtete stirnrunzelnd die breiten Schultern.

„Du könntest eine Gehirnerschütterung haben", wandte er ein.

„Die hätte ich nicht zum ersten Mal. Da wird man sowieso nur beobachtet." Cloister zuckte mit den Schultern. „Das schaffe ich auch allein. Es hat mich mit fünfzehn nicht umgebracht und das wird es auch jetzt nicht."

Um nach der Türklinke zu greifen, musste er seine Jeans loslassen, woraufhin sie wieder hinabrutschte. Gegen seinen Willen folgte Javi ihr mit dem Blick. Sein Mund war so trocken wie beim ersten Mal, als er die festen oberen Rundungen von Cloisters Hinterteil gesehen hatte. Er riss sich von dem Anblick los und bemühte sich, seine zerstreuten Gedanken wieder in eine gerade Linie zu kehren.

„Du hast ein gebrochenes Handgelenk und eine Kopfverletzung", widersprach Javi. „Du kannst nicht einfach zu deinem Wohnwagen zurückgehen."

Cloister öffnete die Tür und zerrte seine Jeans wieder hinauf, bevor sie weit genug rutschen konnte, um Strafbares zu verursachen. „Wetten?", fragte er mit einem Blick nach hinten zu Javi. „Mir ist es egal, wie ich hier rauskomme – du kannst mich fahren oder ich rufe ein Taxi –, aber ich werde nicht mehr hier sein, wenn Frome zurückkommt. Es liegt an dir."

Er lehnte sich an den Türrahmen und wartete. Normalerweise wusste Javi den Anblick von Cloisters langgliedrigem Körper zu schätzen, den eleganten Knochenbau unter den Muskeln eines Schlägertyps, doch in diesem Moment wirkte er, als hielte er sich allein mithilfe des Türrahmens auf den Beinen. Wenn diese Erschöpfung Cloister nicht zum Bleiben bewegen konnte, bezweifelte Javi, dass es ihm selbst gelingen würde.

Und ... es war lange her, dass Javi an diese Nacht in der Notaufnahme gedacht hatte. Er hatte sie abgeschliffen wie altes Holz, bis die Details undeutlich wurden – abgesehen vom Blut –, und so tief vergraben wie möglich. Krankenhäuser brachten ihn nicht aus dem Konzept, aber wenn jemand eingeliefert wurde, den er mochte – auch wenn es sich um einen sturen Idioten handelte – war das offensichtlich anders.

„Na schön", gab er sich geschlagen. „Glaubst du, du schaffst es bis nach draußen zu meinem Auto?"

Cloister stieß sich mit einem verächtlichen Laut von der Tür ab. „Es ist ein gebrochenes Handgelenk und ein paar blaue Flecken", sagte er. „Du solltest den anderen Kerl sehen."

OBWOHL DAS Schild im Fenster des Cafés „Hunde verboten" verkündete, gefolgt vom mit Filzstift geschriebenen Zusatz „keine Ausnahmen", sah die Kellnerin hinter dem Tresen sie nur ein einziges Mal an – vor allem Cloister und den gerade noch sichtbaren Sheriff-Schriftzug – und beschloss sichtbar, sich die Mühe zu sparen. Stattdessen führte sie sie zu einer Nische mit einem Resopaltisch, der kreisförmig abgenutzte Stellen hatte, an denen Schmierereien entfernt worden waren. Es wirkte geradezu aggressiv kitschig. Das Café hatte erst vor zwei Wochen im Gerippe einer ehemaligen Buchhandlung eröffnet, die ausgetrocknet und fortgeblasen worden war.

Allerdings servierte es angeblich sehr guten Kaffee, und mehr Authentizität brauchte Javi nicht.

„Regnet da draußen immer noch, was?", merkte die Kellnerin an, als Javi seine Hände mit einer Serviette trocknete. „Wenn es so weitergeht, muss ich nach Hause schwimmen."

Javi unterdrückte den Drang, dieser banalen Bemerkung etwas Vernichtendes zu entgegnen. Es waren einstudierte Phrasen, die Mabel, wenn man ihrem Namensschild glaubte, seit dem Beginn des Unwetters vermutlich an jedem Tisch wiederholt hatte. An einer echten Unterhaltung war sie wahrscheinlich noch weniger interessiert als Javi.

Es war nicht ihre Schuld, dass Cloister sich beinahe umgebracht hatte. Sie wollte ihnen nur Kaffee bringen, um sich dann wieder an die Kasse zurückziehen und sich mit ihrem Handy beschäftigen zu können.

„Kaffee", sagte Javi, während er sein Jackett abstreifte. Da die Manschetten seines Hemdes vom Sprint durch den Regen durchnässt waren, schlug er sie um, damit sie trocknen konnten. „Schwarz, ohne Zucker."

Mit einem „Aha" kritzelte sie es sich auf ihren Block, bevor sie Cloister ansah. „Und Sie, mein Lieber?"

Cloister lehnte sich auf der billigen Plastikbank zurück, legte einen Arm um seinen Hund, als wäre sie sein Date, und studierte mit zusammengekniffenen Augen die Liste an der hinteren Wand des Cafés. Während er nachdenklich den Kopf zur Seite neigte, kraulte er Bourneville unter dem Kinn.

„Die heiße Schokolade mit Zimt", sagte er schließlich. „Ist der Käsekuchen aus dem Tagesangebot gut?"

Mabel drehte sich um, als müsste sie das Angebot erst lesen, um sich zu erinnern. „Der ist leider ausverkauft. Wie wäre es stattdessen mit einem Stück Red-Velvet-Cake? Der schmeckt jedem."

„Dann packen Sie mir den ein und ich nehme ihn später mit", entschied Cloister mit einem ungezwungenen Lächeln. „Danke, Mabel."

Kichernd legte sie eine Hand auf das Namensschild. „Die Besitzer haben die mit den Uniformen ausgegeben", erklärte sie. „Ich heiße Kimberly. Ich hole Ihnen die Getränke und etwas für Ihre süße Freundin."

Mit einem letzten warmen Blick in Cloisters Richtung wandte sie sich ab und ging zur Theke zurück. Die Gummisohlen ihrer Sneaker quietschten auf dem feuchten Boden. Offenbar konnte der durchnässte Mopp neben der Tür nicht mit dem Regen mithalten.

Bourneville winselte – ein mitleiderregendes *Au-wau-au* – und schob ihre Nase gegen Cloisters Hals. Ihre wedelnde Rute klopfte gegen die Unterseite der Tischplatte, während sie jammervoll schnaufte und mit der Pfote gegen seinen Arm stieß, bis er ihr den Gips zeigte. Sie schnupperte erst daran und versuchte dann, den Rand zwischen die Zähne zu nehmen.

„Siehst du", sagte Javi. „Jetzt hast du den Hund beunruhigt."

Cloister rollte die Augen und rettete seinen Gips vor Bourneville. „Sie durfte nicht ins Krankenhaus", erklärte er und vergrub die Finger im dichten schwarzen Fell ihres Halses. „Da hat sie sich Sorgen gemacht."

„Sie war nicht die Einzige", sagte Javi. Die Worte kamen barscher aus seinem Mund als erwartet, geschärft durch den mürrischen Bodensatz von Verärgerung, die er nicht abschütteln konnte.

Es sorgte dafür, dass Cloister ihn über den Tisch hinweg misstrauisch ansah, doch er konnte es nicht wegerklären. Eigentlich wusste er überhaupt nicht, warum er so wütend war – weil sich Cloister verletzt hatte? Weil es ihm naheging, dass Cloister sich verletzt hatte? Weil Cloister über nichts davon wütend zu sein schien? Was es auch war, sein Satz hing gereizt und verlegen zwischen ihnen in der Luft, bis Javi das Thema wechselte und zu Cloisters Geschichte zurückkam. „Also glaubst du, dass dich das Auto absichtlich angefahren hat?"

Erst glaubte er, Cloister würde ihn nicht so leicht davonkommen lassen, doch dann kehrte Kimberly zurück und balancierte ihre Getränke und eine in Frischhaltefolie gewickelte so dicke Scheibe Kuchen, dass man sie als Türstopper hätte benutzen können. Als sie alles verteilt hatte, zusammen mit einigen Hundekuchen für Bourneville, war der Moment vorübergezogen.

„Ich glaube, es wollte das Mädchen treffen", verbesserte ihn Cloister, während er die Hundekuchen einsteckte. „Ich war nur im Weg. Niemand hasst mich genug, um sich so große Mühe zu geben, mich zu töten."

„Du bist Polizist. Du hast dir sicher Feinde gemacht."

Cloister zuckte mit den Schultern und streckte sich ungeschickt über den Tisch, um Javis Kaffeetasse zu stibitzen. „Ich finde alte Damen, die sich verirrt haben, und nehme den ein oder anderen Dealer fest", sagte er. „Niemand mag den Kerl, der ihm den Hund auf den Hals hetzt, aber ein Junkie, der seiner Frau die Schneidezähne ausgeschlagen hat, lockt mich nicht in eine wohldurchdachte Falle. Der pisst mir eher in den Tank. Willst du mich fragen, woher ich das weiß?"

Er schob die Tasse mit heißer Schokolade, deren mit Zimtzucker bestäubter Sahneberg gefährlich schief aufragte, zu Javis Seite des Tisches. Bournevilles Aufmerksamkeit wandte sich kurz von den wartenden Hundekuchen auf die Sahne. Als diese jedoch nicht von der Tasse rutschte, legte sie ihre spitze Nase auf den Tisch und starrte die Hundekuchen an, als könnte sie diese durch reine Willenskraft näher zu ihrer Zunge bewegen.

„Du hättest dir einfach einen Kaffee bestellen können", sagte Javi.

„Oder du dir einfach die heiße Schokolade", entgegnete Cloister und nahm einige Zuckertütchen aus der übervollen Schüssel beim Fenster. Er trank seinen Kaffee mit so viel Zucker, dass er praktisch zum Kuchen wurde. Einhändig hantierte er mit den Tütchen, während er zu den Geschehnissen des Abends zurückkehrte. „Niemand hätte vorhersehen können, dass man mich für die Suche nach Janet einsetzen würde. Wäre Collins allein gewesen, hätte er nur einen Strafzettel auf das Auto geklatscht und Feierabend gemacht. Nein. Jemand wollte die Sache mit Janet zu Ende bringen. Ich war nur im Weg."

„Nichts Persönliches", sagte Javi.

Er war sarkastisch, doch Cloister nickte nur und schüttete Zucker in seinen Kaffee. „Genau. Aber das würde den Vorfall mit Janet zu versuchtem Mord machen – oder Mord, falls sie stirbt – und Frome ... würde bevorzugen, wenn es das nicht wäre."

Zum ersten Mal machte so etwas wie Verärgerung Cloisters Stimme schneidender. Sein eigenes Streifen einer Stoßstange tat er achselzuckend ab, doch er wollte nicht, dass jemand Janet dasselbe antat. Irgendjemand musste ihm irgendwann einmal übel mitgespielt haben. Vielleicht mehr als nur ein Jemand.

Der geringe Anspruch, den Javi an sich selbst gestellt hatte, war es, seinen Namen nicht ans Ende dieser Liste zu schreiben. Es war der Grund, aus dem er den Anruf hätte tätigen sollen, eine Freundschaft hätte schließen sollen. Stattdessen löffelte er den größten Teil der Sahne von seiner Tasse und lud sie auf Cloisters Kaffee ab.

„Die Überprüfung der Fördermittel beim Gemeinderat", sagte er, während er sich auf der Bank zurücklehnte und einen Schluck trank. Es war keine schlechte heiße Schokolade – nicht so gut, wie seine Großmutter sie früher gemacht hatte, mit Raspeln von Zartbitterschokolade aus einem im Kühlschrank aufbewahrten eingewickelten Block, aber gut. Etwas Chili hätte nicht geschadet.

Cloister nickte. „Nicht leicht zu behaupten, dass die Kriminalität abgenommen hat, wenn ein frischer Mord in der Bilanz steht." Er trank einen Schluck Kaffee. „Fahrerflucht macht sich besser. Wenn er die Anhaltspunkte sieht, wird er die richtige Entscheidung treffen, aber im Moment hofft er, dass ich … die Situation falsch eingeschätzt habe."

„Er sollte es besser wissen."

Über seine Kaffeetasse hinweg bedachte Cloister ihn mit einem müden, schiefen Grinsen. „Sagt der Mann, der Drohnen mehr zutraut als mir und meinem Mädchen."

Er zupfte sanft an Bournevilles Ohr. Sie neigte den Kopf nach hinten und zur Seite, um ihn anzusehen. Als er nichts von ihr verlangte, ging sie wieder dazu über, die Hundekuchen zu betrachten.

Javi schnaubte. Es war schwerer, seinen Standpunkt zu verteidigen, seit er Bourneville bei den Hartley-Ermittlungen in Aktion erlebt hatte. Sie hatte ihm das Leben gerettet. Das bedeutete jedoch nicht, dass er so schnell nachgeben würde.

„Drohnen haben keine schlechten Tage."

„Bon auch nicht."

„Drohnenpiloten werden nicht von Autos angefahren."

Das gestand ihm Cloister mit einem Lachen zu, welches er dann allerdings abbrach, um stattdessen das Gesicht zu verziehen und seinen Kopf an die Bank zu lehnen. Sein Gesicht war von einer Blässe überzogen, ein Hauch von Grau unter der gebräunten Haut seiner Schläfen und unterhalb seiner Wangenknochen, begleitet von einer Anspannung um seine Mundwinkel herum. Es reichte aus, um Bourneville von ihren Hundekuchen abzulenken und sie stupste winselnd mit der Pfote seinen Ellbogen an.

„Bist du sicher, dass du nicht lieber zurück ins Krankenhaus willst?", fragte Javi.

„Ja. Es geht mir gut." Mit einer groben Handbewegung rieb er sich die Erschöpfung aus dem Gesicht. „Bei meinem letzten Krankenhausaufenthalt hat die Schwester mir Schlaftabletten verabreicht, ohne es mir zu sagen."

„Ich kann nicht behaupten, das nie in Erwägung gezogen zu haben", scherzte Javi trocken. Er bevorzugte es, allein zu schlafen, bevorzugte kühle Laken und Platz für sich selbst, doch wenn man beim Einschlafen jemanden bei sich gehabt hatte, war es beunruhigend, in seiner Abwesenheit aufzuwachen. „Hat es funktioniert?"

Ein gequälter Blick streifte Cloisters Augen und er lächelte schwach, während er sich mit der gesunden Hand über den Nacken rieb.

„Ich habe trotzdem Albträume", antwortete er. „Ich kann nur nicht aufwachen."

Albträume hatte Javi ebenfalls. Einige waren aus seiner Erinnerung heraufgezerrte Geisterbahn-Schrecken, andere waren Unsinn – wütende Clowns und nackte Prüfungen. Obwohl ihn keiner davon verfolgte, wie Cloisters es taten, lief es ihm beim Gedanken daran, in einem gefangen zu sein, kalt den Rücken herunter.

„Na gut", sagte er. „Keine Tabletten in deinem Bier und kein Krankenhaus. Sorg nur dafür, dass ich es nicht bereue, Witte. Gestorben wird nicht."

Cloister lachte, zuckte zusammen und sog die Luft zwischen den Zähnen ein, während er einen Arm um seine Rippen schlang. Dann stupste er Bourneville an, damit sie von der Bank sprang, und schob sich vorsichtig hinterher.

„Ich dachte, du magst keine Versprechen."

Steif beugte er sich vor, um einige Geldscheine unter den Teller zu schieben und seinen Kuchen mitzunehmen, bevor er mit Bourneville auf den Fersen zur Tür humpelte. Javi sah ihm finster nach. Er musste aufhören, anderen die Gelegenheit zu geben, seine eigenen Worte gegen ihn zu richten. Es fühlte sich niemals besser an.

„Noch einen schönen Abend", flötete Kimberly, die von ihrem Handy aufsah, um sie zu verabschieden. Sie hob ihre Stimme, damit sie ihnen durch die Tür und in den Regen hinaus folgte. „Und gute Besserung, mein Lieber." Javi hob seine Anzugjacke über den Kopf, um sich auf dem Weg zum Auto vor dem Regen zu schützen, und starrte finster auf Cloisters Rücken.

„Ich werde nicht sterben", sagte Cloister schließlich.

„Ich weiß", antwortete Javi, als er sich nahe genug am Auto befand, um es zu entriegeln. „Ich bleibe nämlich bei dir und stelle sicher, dass es nicht passiert."

Cloister öffnete die hintere Tür, damit Bourneville hineinspringen konnte. Ihr kraftvoller schwarzer Körper wirkte überraschend kompakt, als sie sich auf dem alten Handtuch zusammenrollte, das er dort ausgebreitet hatte.

„Das brauchst du nicht", widersprach er müde, als er sich auf den Beifahrersitz fallen ließ.

„Was ich nicht brauche, ist Lieutenant Frome, der mich dafür verantwortlich macht, wenn du stirbst", sagte Javi schroff. Cloister nahm es ihm nicht ab – vermutlich nahm es ihm nicht einmal der Hund ab –, aber es sorgte dafür, dass er sich weniger entblößt fühlte. „Also würdige einfach die Opfer, die ich für dich bringe."

„Du bist ein guter Freund", spottete Cloister, während er die Tür schloss.

Javi wünschte, das wäre wahr. Dann wäre sein Leben wesentlich leichter gewesen. Das Nächstbeste, was er tun konnte, war, als einzige Person in Cloisters Leben wütend darüber zu sein, dass er von einem Auto angefahren worden war.

AUCH IN einer Wohnwagensiedlung gab es neugierige Nachbarn. Misstrauische Gesichter spähten durch schmutzige, salzglasierte Fenster, als Javi Cloister über den furchigen, unebenen Weg half. Ein magerer Mann in einem T-Shirt mit Schweißflecken, dessen arbeitsgebräunte Haut an Gesicht und Armen fünf

Schattierungen dunkler war als an Brust und Schultern, saß auf den Stufen seines Wohnwagens und trank Bier, während er zusah, wie sie vorbeistolperten.

„Freundliche Leute, deine Nachbarn", merkte Javi an.

Cloister schnaubte. „Hast du überhaupt welche?"

Theoretisch. Der Besitzer des Restaurants gegenüber wohnte im selben Gebäude, wenn er in die Stadt kam. Das war allerdings nur einmal im Monat.

„Darum geht es doch gar nicht", sagte Javi.

Als sie Cloisters ramponierten Wohnwagen erreichten, der einer silbernen Pistolenkugel glich, schob sich Bourneville um seine Beine herum, lief die Stufen hinauf und stieß mit der Pfote die Tür auf.

„Du kommst wohl wirklich aus einer sehr kleinen Stadt", sagte Javi. „Eines Tages wirst du ausgeraubt."

Cloister zuckte mit den Schultern. „Ist bisher nicht passiert", antwortete er. „Und ehrlich gesagt würde es mehr kosten, die Tür zu reparieren, wenn sie jemand beim Einbruch kaputt macht, als irgendetwas von meinen Sachen zu ersetzen."

Da Javi dagegen kein gutes Argument hatte, folgte er Cloister in den Wohnwagen.

Kaffee und eine Schüssel Billigfrühstücksflocken hielten Cloister fünfzehn Minuten lang wach, seine übliche Schlaflosigkeit weitere dreißig. Schließlich ließ er die Müdigkeit siegen und kroch für ein Schläfchen in sein Bett. Javi stellte den Timer seiner Uhr auf zwanzig Minuten und sah auf Cloister hinab, auf seine geradezu lächerlich langen und eleganten Glieder, die sich über das saubere, raue Laken erstreckten. Er hatte sich nicht die Mühe gemacht, mehr als seine Schuhe auszuziehen.

Das Hundebett hatte vermutlich mehr gekostet als Cloisters.

„Was ist?", fragte Cloister. Er hatte ein Auge einen Spalt weit geöffnet und spähte zu Javi hoch.

„Ich versuche zu entscheiden, ob du eher wie ein Student lebst oder wie ein geschiedener Vater mit miesem Anwalt", erwiderte Javi, während er Cloisters Jeans aufknöpfte, um sie ihm von den langen Beinen zu ziehen.

„Oder wie ein Herumtreiber."

„Spielen wir jetzt Rollenspielchen?", fragte Cloister mit schiefem Grinsen. Er half, die Jeans von seinen Füßen zu schütteln, und setzte sich auf, um sich das T-Shirt auszuziehen. Cloisters Schwanz lag schlaff zwischen seinen Schenkeln und Javi unterdrückte gereizt das Aufzucken unangebrachter Lust in seinem Unterleib. „Normalerweise wählen Leute dabei etwas Glamouröseres."

Er ließ das an seinem Gips verfangene T-Shirt hängen und warf sich wieder auf sein Kissen. Aus irgendeinem Grund sahen die Blutergüsse und Schrammen, die seinen Körper befleckten, im gedämpften Licht aus dem Badezimmer schlimmer aus als unter den hellen Krankenhauslampen. Mit etwas Abstand zur ersten großen

Erleichterung, dass Cloister nicht tot war, konnte Javi sich vorstellen, wie leicht er es hätte sein können.

„Du musst nicht bleiben", sagte Cloister. „Ich komme zurecht."

„Schlaf einfach", teilte Javi ihm mit, während er das T-Shirt befreite und auf die Schmutzwäsche warf. „Ich gehe nicht weg. Nicht heute Nacht."

5

DER WECKER klingelte um fünf Uhr morgens. Normalerweise war Cloister um diese Zeit seit einer Stunde – oder seit Stunden – wach. Im schlimmsten Fall lag er im Halbschlaf da und versuchte dieses „gemütliche Ausschlafen", von dem andere Leute redeten, was das Sirenengeheul dann zu einem angenehmen Vorwand machte, es aufzugeben.

Ihm war nie klar gewesen, um was für ein grauenhaftes Geräusch es sich handelte, wenn man tatsächlich schlief.

Cloister stieß das schweißverhedderte Laken zum Fußende des Bettes und zerrte sich unter dem klammen Gewicht der Erschöpfung hervor. Wie sich herausstellte, war die einzige schlimmere Sache als Schlaflosigkeit eine Person, die einen alle zwanzig Minuten aus dem Schlaf riss, um zu sehen, ob man noch atmete. Er hätte Javi einfach versprechen sollen nicht zu sterben, anstatt Sprüche zu klopfen.

Der Wecker klingelte noch immer, als Cloister sich aufsetzte und seine Beine über die Bettkante schob. Die plötzliche Bewegung löste in seinem Kopf übelkeiterregenden Schwindel aus und er musste kurz die Augen schließen, bis er sich beruhigt hatte. Lag es am Schlafmangel, fragte er sich trocken, oder daran, von einem Pick-up angefahren worden zu sein? Vielleicht beides.

Er rieb sich energisch die Augen – selbst die Trübe hinter seinen Lidern hatte die Farbe von Blutergüssen – und widmete sich endlich dem Wecker. Es dauerte eine Weile. Das Muskelgedächtnis, das dafür sorgte, dass er ihn sonst ganz nebenbei ausschalten konnte, war unter schmerzenden Knochen und der feuchten Watte in seinem Kopf vergraben. Keiner der Knöpfe, die er drückte oder drehte, schien den gewünschten Effekt zu haben.

Außerhalb des Schlafzimmers hatte Bourneville begonnen zu bellen und bearbeitete die Tür kräftig genug mit den Pfoten, um sie zum Beben zu bringen.

„Ach, was soll's", brummte Cloister. Er riss das Kabel aus der Steckdose und der Wecker jammerte sich aus. Nachdem er wieder auf dem Nachttisch gelandet war, hob Cloister die Stimme – oder bemühte sich zumindest. Beim ersten Versuch blieben die Worte in der Klebrigkeit stecken, die seine Kehle verstopfte. Er hustete und versuchte es erneut. „Bon. Ruhig. Platz."

Sie gab beinahe dasselbe vorwurfsvolle Jammern von sich wie der Wecker und dann hörte er, wie sich fünfunddreißig Kilo gut bemuskelter Schäferhund auf den Boden des Wohnwagens warfen. Still war es dennoch nicht. Das war einer der Vorteile an einer solchen Siedlung – es gab immer einen Hund, der eine Möwe anbellte, oder ein Baby, das sich nicht für die Uhrzeit interessierte, wenn es eine frische Windel wollte. Hintergrundgeräusche. Zumindest wusste er, dass er nicht als Einziger wach war.

Obwohl Cloister als Kind mit seiner Familie weit am Ortsrand gewohnt hatte, war stets etwas zu hören gewesen. Das Klappern und Fluchen seines Stiefvaters, wenn er an seinem Bastelprojekt, einem alten Motorrad, gearbeitet hatte, die laut gebellte Warnung der Hunde, wenn der Sheriff in ihre Zufahrt abgebogen war, und das Klirren von Bierflaschen und lautes Gelächter bis spät in die Nacht, wenn sein Stiefvater Freunde eingeladen hatte.

Damals war Schlaf nie ein Problem für Cloister gewesen. Oft hatte er ihn abwehren müssen, um die Geschichten von Onkel Drake bis zum Ende zu hören, bis irgendwann sein Stiefvater kam, um ihn ins Bett zu schicken, weil seine Augen sonst angeblich austrocknen würden wie Rosinen. Erst später, als das Bett über ihm leer war und alle aus Mitleid die Stimmen senkten, lag er nachts wach. Wenn es im Haus kein anderes Geräusch gab, drangen die Gebete seiner Mutter, dass Gott seinen Bruder zurückbringen und stattdessen ihn mitnehmen möge, durch den Zimmerboden.

Cloister wich vor dieser Erinnerung zurück und stieß sich vom Bett ab. Es war Jahrzehnte her – und sie hatte es nicht so gemeint. Das wusste er. Zumindest hatte sie nicht gewollt, dass er es hörte, und er war jetzt ein erwachsener Mann und kein verlorener kleiner Junge. Manchmal – an manchen Tagen – schien das keine Rolle zu spielen. Um diese Jahreszeit war es stets leicht, an alte Wunden zu rühren und Blut fließen zu lassen … leichter, als es nicht zu tun.

Seine Jeans lag noch von der letzten Nacht zerknüllt am Boden. Allein beim Gedanken daran, sich hinunterzubeugen und sie aufzuheben, schmerzte sein Kopf und seine Rippen pochten. Stattdessen zog er das Laken vom Bett und schlang es mit einer Hand ungeschickt um seine Hüften, während er sich auf den Weg machte, um Bon die Tür zu öffnen.

Sie kam hastig auf die Beine, beehrte ihn mit einem knappen Morgenbellen und tappte vielsagend zur Tür. Ihre Rute schwang beim Warten langsam hin und her. Sie hatte ihre Morgenroutine, egal ob Cloister von einem Pick-up angefahren worden war.

„Vermutlich wäre ich auch ein Gewohnheitstier, wenn ich nicht selbst die Toilettentür öffnen könnte", murmelte Cloister, humpelte hinüber und schob die Tür für sie auf. Sie schoss die Stufen hinunter in den kleinen Garten, dessen niedriger Zaun eher die Kinder aus der Umgebung abhalten sollte, als Bon einzusperren.

Der Regen hatte in der Nacht aufgehört. Zurückgeblieben war ein feuchter, frischer Geschmack in der Luft und er hatte den Staub und das Salz eines ganzen Jahres von den Wohnwagen gewaschen. So sauber waren sie seit Jahren nicht gewesen, auch wenn der Regen die Beulen und Kratzer freigelegt hatte, die einige der älteren trugen.

Eine hellrote Katze schlich unter einem Wohnwagen hervor, um aus einer Pfütze zu trinken. Sie hatte einer Familie aus Nevada gehört, die es für eine gute

31

Idee gehalten hatte, ihre Katze bei einem Roadtrip mitzunehmen. Sie war Fluffy oder Fluffers genannt worden, zumindest bis der Vater die weinende kleine Vierjährige am Arm fortgezerrt hatte, damit sie sich auf den Weg nach Disneyland machen konnten.

Alle waren davon ausgegangen, dass sich die Kojoten die Katze holen würden – oder einer der Habichte, die manchmal zur Küste segelten, um Revierkämpfe mit den Möwen anzuzetteln. Die Möwen schlugen sie meist in die Flucht, aber Leute hatten schon kleine Hunde und Hühner verloren. Und Fluffers war eindeutig eine Hauskatze mit weichen rosa Zehenballen und rötlicher Siamzeichnung. Das war ein Jahr her. Fluffers hatte seine dunkelrote Schwanzspitze und ein Stück Ohr verloren, während sein Fell von der salzigen Luft aufgeraut und ausgebleicht worden war. Zahm war er nicht mehr, aber lebendig und eher schlank als mager.

Cloister zog das Laken sicher über seine Hüften und lehnte sich an den Türrahmen. Er beobachtete, wie die helle Katze mit dem entstellten Ohr zuckte und aufsah, als habe sie etwas gehört. Wasser tropfte von den langen weißen Schnurrhaaren, als sie überlegte, wie sie reagieren sollte.

Einiges blühte in einem neuen Umfeld auf. Wie die Katze. Wie Cloister. Er atmete ein und spürte einen Krampf an den Rippen, gezerrte Sehnen zwischen Knochen, die „vielleicht einige Haarrisse, aber keine Brüche" erlitten hatten.

So viel Glück hatte Janet Morrow nicht gehabt. Vielleicht hatte sie eine beinahe ländliche Stadt in Kalifornien für sicherer gehalten als die Straßen von New York. Oder sie hatte eine Abkürzung über die falsche Straße zum richtigen Zeitpunkt für irgendeinen Perversen genommen.

Das würde ihnen höchstens Janet sagen können ... wenn sie durchkam.

Cloister war von einem Auto angefahren worden und mit einem gebrochenen Handgelenk und ausreichend Blutergüssen davongekommen – beziehungsweise davongeschleudert worden –, um seinen Irgendwie-Ex so zu verärgern, dass er wieder mit ihm sprach. Ohne seine kugelsichere Weste wäre es ernster gewesen, aber er hatte trotzdem Glück gehabt. Janet hatte es schlimmer getroffen. Die Ärzte waren nicht bereit, ihm irgendetwas außer Plattitüden anzubieten – sie befand sich in stabilem Zustand, sie war in guten Händen, es war zu früh, um mehr zu sagen –, aber er hatte zufällig etwas über Hirnblutungen und innere Verletzungen mitgehört. Worte wie *schwerwiegend* und *nicht ansprechbar* waren gefallen.

Bon hatte die Katze bemerkt. Winselnd stellte sie sich auf die Hinterbeine und legte ihre Pfoten zwischen die Latten des Zauns, um hinübersehen zu können. Als die Katze zu ihr hochschaute, wedelte sie heftig, während ihre Hinterpfoten ein aufgeregtes Tänzchen im sandigen Schlamm vollführten. Die Katze erhob sich, streckte sich ausgiebig vom Schwanz bis zu den Ohren und kroch wieder unter den Wohnwagen. Bons Rute senkte sich vor Enttäuschung und sie sah sich zu Cloister um, als könne er etwas dagegen unternehmen.

„Die Katze möchte nicht mit dir befreundet sein, Bon", erklärte er. „Finde dich damit ab."

Mit einem geringschätzigen Zucken ihres Ohrs wandte sie sich von ihm ab, um die Stelle anzustarren, an der die Katze gewesen war. Sie liebte Katzen und es war eine wiederkehrende Quelle der Enttäuschung, dass die meisten von ihnen das Gefühl nicht erwiderten. Der Streuner hatte einen besonderen Platz in ihrem Herzen, wollte jedoch nichts davon wissen. Fluffers hatte es schon einmal bereut, sich zähmen zu lassen, und wusste nun, dass er allein besser zurechtkam.

Immerhin hatten sie Janet gefunden. Wären sie umgekehrt, als es vernünftig gewesen war, hätte die Person am Lenkrad des Pick-ups sie vermutlich in die Wüste gebracht. Menschen verirrten sich dort manchmal von allein, zum Beispiel bei schlecht geplanten Wanderungen, und wurden oft erst nach Jahren gefunden. Wenn jemand eine Leiche verschwinden lassen wollte, war es ein naheliegender Ort. Nun, selbst wenn Janet sterben würde, war sie wenigstens nicht allein und ihre Familie hatte einen Leichnam zum Bestatten.

Er und die Katze … Bon war die Einzige, die sie vermisst hätte.

Cloister schüttelte verärgert den Kopf und stieß sich von der Tür ab, um sich anzuziehen. Es reichte jetzt. Um diese Jahreszeit gestattete er sich hin und wieder, ein schwieriger Mistkerl zu sein, aber bei Selbstmitleid zog er die Grenze. Es gab Menschen, die ihn vermissen würden. Er war kein Einsiedler und man würde ihn nicht den Möwen überlassen, die seine Knochen sauber pickten.

Sein Tod würde vielleicht niemandes Leben ruinieren, aber das wollte er ohnehin nicht. Es war eine zu große Verantwortung, so sehr geliebt zu werden.

TANCREDIS ZUNGENSPITZE schaute aus ihrem Mundwinkel hervor, als sie dem Ratten-Opossum-Waschbär, den sie auf seinen Gips zeichnete, den letzten Schliff verlieh. Der Filzstift quietschte auf dem Gipsverband, als sie die rosa Herzen ausmalte, die schief um seinen Kopf herum schwebten.

„Ich sollte wohl dankbar sein, dass das Revier keine Glitzergelstifte hat", bemerkte Cloister.

„Allerdings", sagte Tancredi, während sie die Kappe auf den Stift schob. Nachdem sie kurz den Kopf zur Seite geneigt und ihr Werk gemustert hatte, nickte sie zufrieden, wobei eine einzelne Locke über ihre Stirn hüpfte. „Mit einem Glitzerstift hätte ich mich richtig ausgetobt."

Cloister bewegte seinen Arm, um sich die Kritzelei von der richtigen Seite anzusehen. „Soll das Bon sein oder eine Art Gute-Wünsche-Waschbär?"

„Unverschämtheit!" Tancredi warf den Stift auf ihren Schreibtisch und betrachtete Bon, die sich auf Cloisters Füßen ausgestreckt hatte. „Es ist ihr perfektes Ebenbild."

„Ich weiß nicht, ob ich mich in ihrem Namen gekränkt fühlen oder dir einen Sehtest vorschlagen soll." Cloister grub seine Füße unter Bons Bauch aus und lehnte sich mit der Hüfte an Tancredis Schreibtisch. Es gab einen Stuhl, den er jedoch nicht riskieren wollte. Selbst mit den stärksten Tabletten, die er ohne Rezept hatte bekommen können, zog sich ein dumpfer Schmerz von seiner Augenbraue bis zu seinem Hinterteil. „Irgendwelche Neuigkeiten vom Krankenhaus?"

„Nur, dass du letzte Nacht abgehauen bist." Tancredi ließ sich auf ihren Stuhl fallen und zupfte nervös an ihren Nägeln, als sie zu ihm aufsah. „Ich war diejenige, die SA Merlo von der Sache erzählt hat. Ich weiß, dass ihr zwei … irgendetwas wart. Ich hoffe, das war okay."

Cloister fuhr mit der Zunge über die Innenseite seines Mundes, als könnte er dort noch Javis wilden, wütenden Kuss schmecken, selbst unter Zahnpasta, Ibuprofen und dem giftgrünen Sportgetränk, das sich mit Massen von Elektrolyten rühmte. Er wusste nicht, ob es etwas geändert hatte – Javi war die Nacht über bei ihm geblieben, aber am Morgen verschwunden gewesen –, doch es hatte etwas bedeutet.

„Mach dir deshalb keine Sorgen", sagte er. Tancredi biss sich auf die Lippe und zog vielsagend die Augenbrauen hoch. Er runzelte die Stirn. Mit den meisten Leuten vom Revier kam er gut aus – nicht mit allen, nicht mit dem Typen, der den Hund seines Kindes erschossen hatte, oder dem, bei dessen Frau immer irgendwo ein gelb-brauner Bluterguss zu sehen war –, doch Tancredi hatte offenbar beschlossen, dass sie richtige Freunde waren. Die Einladungen zum Grillen oder zum Bier nach der Arbeit hatte er erfolgreich abgewehrt, aber als sie dann an seinem Geburtstag mit selbst gebackenen Muffins aufgetaucht war, hatte er aufgegeben. Was allerdings nicht bedeutete, dass er mit ihr über sein Sexleben reden wollte, ganz sicher nicht über die Hintergrundgeräusche – Tastaturklappern, Gähnen und gemurmelte Unterhaltungen – des restlichen Büros hinweg. „Und mach auch keine große Sache draus. Also wissen wir immer noch nicht, was Janet zugestoßen ist?"

Tancredi nahm die Abfuhr anstandslos hin. Sie lehnte sich auf ihrem Stuhl zurück und schüttelte den Kopf. „Das Auto hat sie gemietet, vor zwei Tagen in San Diego. Darauf, wo sie danach hingefahren ist, gibt es keine Hinweise, aber sie hat sechshundert Meilen auf den Tacho gebracht und hatte für die nächsten zwei Wochen ein Zimmer im Hampton Inn gebucht. Keine Ahnung, weshalb sie in der Stadt ist. Vielleicht können ihre Angehörigen uns weiterhelfen, wenn wir sie finden."

„Du hast niemanden erreicht?"

Bourneville kroch näher, bis sie den Kopf auf Cloisters Schuhe legen konnte.

„Nein. Als Kontaktperson für den Notfall war auf dem Formular der Mietwagenfirma eine Ruth Belford angegeben, aber mit ihrer Büronummer bei …" Tancredi wühlte sich durch ihre Unterlagen, bis sie einen zusammengefalteten gelben Klebezettel gefunden hatte, den sie befragen konnte. „… der Parsons School of Design. Dort wird man sich mit ihr in Verbindung setzen. Oder es zumindest versuchen. Die Sekretärin war ziemlich sicher, dass Dr. Belford ein handyfreies Wochenende mit ihrer Partnerin geplant hatte."

„Ist Janet Studentin?"

„Das wäre zu leicht. Eine Studentin mit dem Namen Janet Morrow gibt es nicht und sie sagte, ihre Beschreibung würde schon auf ungefähr zwanzig Studentinnen passen, die sie gerade aus dem Fenster sehen könnte. Also …"

Sie verstummte mit einem entmutigten Schulterzucken und faltete den Klebezettel auseinander, um ihn auf die Akte zu pressen. Als sie den Blick hob, wurde sie plötzlich von etwas hinter Cloister abgelenkt und sie richtete sich auf ihrem Stuhl auf. Ihr Mund öffnete sich, doch ihre Lippen formten lediglich die erste Silbe eines Wortes, das sie nicht hervorbrachte.

„Was zum Teufel machen Sie hier, Witte?", knurrte Frome, der sich mit energischen Schritten dem Schreibtisch näherte. Unter der auf seine Stirn geschobenen Brille begegnete ihnen ein finsterer Blick. „Sie sind krankgeschrieben. Nach der Nummer letzte Nacht können Sie froh sein, dass ich Sie nicht suspendiert habe."

„Ich mag keine Krankenhäuser."

Frome kräuselte verächtlich die Lippen. „Ich mag weder schlechten Kaffee noch alte Donuts", erwiderte er, „aber ich bin Polizist, also finde ich mich damit ab. Gehen Sie nach Hause, Witte. Schlafen Sie etwas. Sie sehen furchtbar aus."

Er warf einige Papiere auf Tancredis Tisch. „Wir haben Beschwerden über eine Demonstration vor der Bank, bei der die Teilnehmer zu weit gehen. Kümmern Sie sich drum. Zeigen Sie Ihnen die Grenzen. Nehmen Sie Ellie mit."

„Das Fingerspitzengefühl einer Frau?", fragte Tancredi leicht schneidend.

„Von zwei Frauen", korrigierte sie Frome. „Und Sie sind von hier. Ellie hat einen Jungen aus der Stadt geheiratet. Bei der Demonstration sind vor allem ortsansässige Leute, denen ich nicht das Gefühl geben möchte, dass wir von Hartley bezahlte Außenseiter sind."

Obwohl Tancredi immer noch gereizt wirkte, hielt sie sich zurück und schürzte lediglich die Lippen, als sie nickte. „Sir."

„Und Deputy? Das war keine Erklärung", fuhr Frome fort, während er die Brille von seiner Stirn nahm, um sie in seine Brusttasche zu stecken. „Es war eine Anordnung, wie Sie die Situation anzugehen haben."

„Verstanden, Sir."

Sie sprang auf die Füße und nahm ihre Jacke von der Stuhllehne. Mit einer Hand zupfte sie ihren Pferdeschwanz aus dem Kragen, während sie sich an Cloister vorbeischob.

„Lass dich nicht wieder anfahren", sagte sie ihm, als sie sich auf den Weg zu Ellies Schreibtisch am anderen Ende des Großraumbüros machte. „Das hält deine Nase nicht durch."

Das quittierte er mit einem einzelnen höhnischen „Ha", welches jedoch seine beinahe vergessenen Rippen schmerzen ließ.

„Gehen Sie", sagte Frome. „Nach Hause oder ins Krankenhaus, solange Sie nicht hier sind."

Dann wandte er sich ab, um in sein Büro zurückzukehren.

„Als was untersuchen Sie Janet Morrows Fall?", wollte Cloister wissen.

Frome blieb stehen, seufzte und drehte sich um. „Tja. Gar nicht. Es war ein Unglücksfall. Das Mädchen war betrunken, hat sich verirrt und vermutlich Angst bekommen, ist gestürzt und hat sich den Kopf aufgeschlagen. Es ist traurig, aber kein Verbrechen."

„Das ist lächerlich." Cloister sagte es nicht laut, sondern stieß die Worte gereizt zwischen den Zähnen hervor. Dennoch hielt das allgemeine Gemurmel kurz inne, als andere Deputies aufsahen und hastig wieder den Blick senkten.

„Auch wenn Sie krankgeschrieben sind, stehen Sie immer noch unter meinem Befehl", sagte Frome frostig. „Achten Sie auf Ihren Ton, Witte."

Enttäuschte Frustration durchspülte Cloister. Er wusste, dass Frome die „Fahrerflucht" nicht in den Fall einfließen lassen wollte, doch Janet war eindeutig angegriffen worden. Jemand hatte versucht sie zu töten, war dann zurückgekommen, um jeden Hinweis darauf zu entfernen, dass sie überhaupt dort gewesen war und dann sollte in der Akte nichts als „Unfall im alkoholisierten Zustand" stehen?

Das war nicht richtig.

„Sie hatte keine Schuhe. Ihre Kleider wurden ihr halb vom Körper gerissen", sprudelte es verärgert aus Cloister hervor. Es fiel ihm stets leichter, wegen anderer Menschen wütend zu werden. Die Spannung in der Luft sorgte dafür, dass Bourneville aufstand und sich gegen sein Bein lehnte, wobei das Grummeln in ihrer Kehle mehr Vibration als Geräusch war. „Etwas ist ihr zugestoßen und dann kam es zurück, um es zu beenden."

Kurz wirkte Frome schuldbewusst, dann setzte sich frustrierte Gereiztheit durch.

„Oder sie ist gestürzt. Bis ich einen Beweis für das Gegenteil bekomme – bis ich irgendeinen Beweis bekomme –, hatte Janet Morrow einen tragischen Unfall und Sie sind krankgeschrieben. Also lassen Sie es gut sein, Witte."

Er drehte sich um und stolzierte davon. Als Bourneville in Fromes Richtung schnaubte, streckte Cloister eine Hand nach unten und zupfte an ihrem Halsband. Sie war ein guter Hund, der beste, mit dem er je gearbeitet hatte, aber er spürte, wie sie schmollte. In ihrem Weltbild hatte Frome keinen höheren Rang als Cloister, selbst wenn er verletzt war und dass er das nicht wusste, verstieß gegen ihre Sicht der Dinge.

Doch das Zupfen an ihrem Halsband ließ sie nachgeben und sie nieste und setzte sich hin, um sich zu kratzen, als hätte sie das ohnehin vorgehabt.

Als Frome seine Bürotür erreicht hatte, blieb er noch einmal stehen. Er sah sich zu Cloister um und zeigte mit seiner Brille auf ihn.

„Sie sind Hundestaffelspezialist und darin sind Sie gut. Detectives habe ich genug. Also konzentrieren Sie sich auf Ihre Angelegenheiten." Alle Anwesenden sahen wieder auf und diesmal schien die Stille irgendwie lauter zu sein. Aus dem Augenwinkel konnte Cloister Dongrey sehen, der mit über der Computertastatur gekrümmten Fingern erstarrt war. „Das können Sie auch Ihrem Freund ausrichten, dem Special Agent." Frome sah sich mit finsterem Blick im sehr interessierten Raum um. Dann fügte er mit ungeduldig ausgestoßenen Worten hinzu: „Und alle anderen zurück an die Arbeit! Das hier ist kein Zuschauersport."

Das Geräusch von Tastaturen, auf die ein halbes Dutzend Polizisten nun betont eifrig einhämmerten, kehrte zurück. Nach einem letzten empörten Blick in ihre Richtung verschwand er in seinem Büro und schlug die Tür zu.

„Meine Güte", murmelte Dongrey, „das war hart. Ich meine, wir halten dich ja alle nicht für einen richtigen Detective, aber wir sagen es dir nicht."

Der Scherz zerschmetterte die Anspannung. Einige Leute kicherten und jemand brummte: „Klappe, Dongrey."

Cloister warf Dongrey einen strengen Blick zu. „Bourneville ist ein besserer Detective als du, Dongrey", sagte er.

Das selbstgefällige Grinsen auf Dongreys knochigen, nicht harmonierenden Gesichtszügen wurde breiter. „Über den *Hund* habe ich nichts gesagt", merkte er an. „Nur über dich. Sie ist scheißgut."

Er lachte vor sich hin und widmete sich wieder seinem Bericht. Cloister ließ ihn das letzte Wort haben. Er stieß sich steif von Tancredis Schreibtisch ab und humpelte mit Bourneville auf den Fersen zwischen den anderen hindurch. Einige Deputies warfen ihm aus dem Augenwinkel Blicke zu, doch dann sahen sie kurz zu den langen Fenstern von Fromes Büro hinüber und schwiegen.

Tancredi holte ihn auf dem Parkplatz ein, als er die Tür seines Autos öffnete, um Bourneville hineinspringen zu lassen.

„Witte ... Cloister, warte." Sie sprang über die letzte Stufe auf den Boden, lief auf ihn zu und packte seinen Arm. Zwei Falten tauchten in der mit Sommersprossen bedeckten Haut zwischen ihren Augenbrauen auf, als sie seinen Pick-up musterte. Was sie eigentlich hatte sagen wollen, wurde vorerst verdrängt von: „Solltest du wirklich fahren?"

Er zuckte mit den Schultern. „Auf einen Schaltwagen hätte ich eher keine Lust, aber hiermit habe ich es hergeschafft. Mir geht es gut, Tancredi. Du musst mich nicht bemuttern."

Sie rümpfte die Nase und schob sich das Haar aus dem Gesicht, strich die Strähnen mit plumpen Fingern wieder in ihren Zopf. „Ich mag es ja nicht mal, meinen eigenen Sohn zu bemuttern", antwortete sie. „Und der ist großartig, also bilde dir nichts ein. Ich wollte nur sichergehen, dass ... Wo willst du hin?"

Cloister schob Bournevilles Kopf aus dem Weg, damit er einsteigen konnte. „Zum Krankenhaus", sagte er. „Es klingt nicht, als würde Janet viele Besucher bekommen."

Er ließ den Motor an. Tancredi machte einen großen Schritt nach hinten, verschränkte die Arme und vergrub ihre Finger unzufrieden in ihrer Armbeuge. „Witte, Frome hat gesagt, du sollst es lassen."

„Ja", sagte Cloister, während er den Gips am Lenkrad abstützte. „Das habe ich gehört."

6

CLOISTER SCHLOSS die Autofenster nicht. Er war zuversichtlich, dass es niemand stehlen würde. Bourneville befand sich auf dem Rücksitz, ihre Wasserschüssel auf dem Boden neben ihr, und wartete darauf, dass er sie herausließ.

„Ich glaube ja, du würdest Leuten helfen, sich besser zu fühlen", erklärte Cloister und streckte eine Hand ins Auto, um sie unter dem Kinn zu kraulen. „Aber die da oben sehen das anders. Es dauert nicht lange. Bleib. Benimm dich."

Mit einem verstimmten Schnauben legte sie sich hin. Ihre Rute zuckte auf dem alten, geflickten Kunstleder, als hoffte sie, dass es sich nur um eine Prüfung handelte und er seine Meinung noch ändern würde. Doch anstelle von Bourneville schnappte er sich nur die Schachtel Tylenol vom Beifahrersitz und schluckte auf dem Weg zum Eingang zwei trockene Tabletten.

Der Eingangsbereich erinnerte an ein Wellnesscenter. Weiße Fliesen, Glas und in einem Zartrosaton gestrichene Wände, die irgendein Berater vermutlich als beruhigend empfohlen hatte. Cloister erinnerte die Farbe an die widerlichen dickflüssigen Antibiotika, die er als Kind hatte nehmen müssen, wenn er krank war. Es war kaum jemand anwesend – nur Grüppchen von Menschen, die erschöpft oder traumatisiert wirkten oder nicht zu wissen schienen, wohin sie gehen mussten.

Cloister wusste es. Auch wenn er alles dafür tat, dem Krankenhaus fernzubleiben, landeten andere Menschen manchmal trotzdem hier. Ein Meth-Dealer, der ein verunreinigtes Produkt probiert hatte, war mitten durch eine Flachglasscheibe gelaufen, gleich wieder aufgestanden und noch eine Runde durch die Nachbarschaft spaziert. Dann waren da die Wanderer mit gebrochenen Knöcheln und leeren Wasserflaschen, die er aus der Wüste führte. Er vermutete, dass er sich eines Tages an diesen Ort gewöhnt haben würde, wenn harmlose Besuche alte Traumata ausglichen, doch bisher war es noch nicht so weit.

Er humpelte den Gang entlang zur richtigen Station und sprach einen Pfleger an.

„Entschuldigung, ich bin auf der Suche nach Janet Morrow." Er zog seine Brieftasche aus der Gesäßtasche seiner Jeans und präsentierte seinen Stern. „Deputy Witte."

Der Pfleger – Luke Ivan, laut Namensschild – sah erst die Dienstmarke an und dann Cloister, von seiner mit Hundehaaren bedeckten Jeans – Bon war heute besonders freigiebig gewesen – bis zu der genähten Wunde an seiner Stirn. Nachdem er alles registriert hatte, zog er die Augenbrauen hoch.

„Ich wusste nicht, dass das Sheriff's Department seinen Angestellten legere Tage erlaubt", sagte er skeptisch.

„Tut es nicht", gab Cloister zu. Er war nie ein guter Lügner gewesen. „Ich bin derjenige, der sie gefunden hat. Ich …"

„Sie wurden von einem Auto angefahren und haben sich weggeschlichen, bevor die Ärzte mit Ihnen fertig waren", beendete Ivan den Satz für ihn. Als Cloister ihn verwirrt ansah, legte sich ein leichtes Grinsen auf seine Lippen. „Oh, die Geschichte haben wir alle gehört. Sie haben mich soeben zwanzig Dollar reicher gemacht, indem Sie in der Nacht nicht draufgegangen sind."

„Gern geschehen?"

Ivan ließ ein kurzes, trockenes Lächeln aufblitzen und zeigte den Gang entlang. „Ms. Morrow ist da runter. Zimmer 141. Ihre Kollegen sind schon bei ihr."

Das war ihm neu. Cloister runzelte die Stirn, doch bevor er weitere Fragen stellen konnte, verabschiedete sich Ivan mit einem knappen Nicken und eilte den Flur entlang, um einen ernst dreinblickenden jungen Arzt in OP-Kleidung abzufangen und zu einem anderen Zimmer zwei Türen weiter umzuleiten.

Cloister hatte bereits eine Hand gehoben, um sich bei Mel zu erkundigen, als ihm wieder einfiel, dass er keine Uniform trug – kein Funkgerät, keine Waffe und keine Ahnung, wer sich in Janets Zimmer befand, wenn er doch wusste, dass Frome niemanden geschickt hatte.

„Scheiße."

Er lief eilig los, wobei er den Menschen und Gerätschaften im Flur ausweichen musste. Eine alte Frau in pinkfarbenem Morgenmantel schnaubte, als er sie überholte und ihr weiches, faltiges Gesicht wirkte erbost, als sie bellte: „Im Flur wird nicht gerannt!" Er warf eine Entschuldigung in ihre Richtung, während er rutschend vor der Tür zum Stehen kam und sie einen Spalt weit öffnete.

„… wüsste ich Informationen zum Bericht zu schätzen …" Die vertraute Stimme hielt inne und wurde dann schneidender, als Javi fauchte: „Ja, was ist denn?"

Cloister schob die Tür ganz auf und trat ein. Das Bett war wegen der Privatsphäre hinter einem sterilen blauen Vorhang verborgen. Er war so dünn, dass Cloister dahinter eine Silhouette ausmachen konnte, die sich um das Bett herumbewegte. Javi stand in der Zimmerecke neben dem einzigen schmalen Fenster mit Blick auf den Parkplatz. Als er Cloister sah, runzelte er die Stirn und ein Aufflackern von Gereiztheit verfinsterte sein scharf geschnittenes, attraktives Gesicht.

„Special Agent Merlo", sagte Cloister unbehaglich. „Ich wollte nachsehen, wie es Janet – Ms. Morrow – geht. Ich hatte hier sonst niemanden erwartet."

Es fühlte sich seltsam an, als ob er mit einem Fremden redete und nicht mit dem Mann, mit dem er zwei Monate lang geschlafen hatte – oder dem Freund, der ihn letzte Nacht alle zwanzig Minuten wachgerüttelt hatte. Er hätte Javi gern andere Dinge gesagt – zum Beispiel, dass er sich für letzte Nacht bedanken wollte, dass er wahrscheinlich ausnahmsweise nicht gut allein zurechtgekommen wäre, dass ihm die schlechte Laune bei Tagesanbruch leidtat. Was hatte der Kuss bedeutet? Er war nicht sicher, ob er das wirklich fragen wollte, aber vermutlich musste er das.

Cloister wusste, wie leicht man sich selbst davon überzeugen konnte, dass ein Fetzen Zuneigung mehr bedeutete, dass man davon leben konnte wie ein Teenager mit fünfzig Dollar in der Tasche und zwei Monaten, bis er in die Armee eintreten konnte, der Tankstellenkaffee und Hotdogs für eine ausgewogene Ernährung hielt. Menschen nahmen, was sie bekommen konnten, und redeten sich ein, dass sie überhaupt nicht mehr wollten. Es war besser, wenn man wusste, wo man stand.

Allerdings war das weder der richtige Ort noch der richtige Zeitpunkt für dieses Gespräch. Hier waren Ärzte, die nichts über ihr Privatleben erfahren mussten, und ein sterbendes Mädchen, das dafür sorgte, dass Cloister sich mit seinen Sorgen egoistisch vorkam. Also ließ er die Worte an den Grund seines Bewusstseins sinken und wartete darauf, dass Javi etwas sagte.

Nach einem kurzen Moment schob Javi das Handy in seine Jackentasche und trat aus der Ecke hervor.

„Ich musste mit Dr. Galloway über einen anderen Fall reden", erklärte er mit einem Nicken in Richtung des Bettes. „Und da sie hier war, dachte ich, ich hake noch einmal wegen Ms. Morrows Fall nach. Lieutenant Frome geht nicht von einem Zusammenhang mit den Kartellen aus, aber da möchte ich sicher sein. Falls sie die städtische Polizei angreifen, ist das eine Eskalation, mit der man sich befassen muss."

Javi war immer schwer einzuschätzen. Er verbarg seine Gedanken diskret hinter diesem ernsten, gut aussehenden Gesicht. Er hatte gern alles unter Kontrolle, selbst im Bett ... selbst in Cloister. Dennoch klang er nicht, als wären unausgesprochene Worte in seiner Brust gefangen. Vielleicht waren dort keine. Möglicherweise konzentrierte er sich auf Janets Fall, ohne sich von anderen Dingen ablenken zu lassen. Cloister verlagerte sein Gewicht und kratzte an dem Stückchen Handgelenk, das er unter dem Gips erreichen konnte.

„Soweit Tancredi es sagen kann, ist Janet nicht aus der Gegend", erklärte er, während er seine eigenen Gefühle für später zur Seite schob. Nachdem er das getan hatte, fielen ihm die Worte leichter, als er Javis Beispiel folgte. Meistens arbeiteten sie nicht gut zusammen – Cloister hatte noch immer den Eintrag in seiner Akte, weil Javi einmal beinahe Bekanntschaft mit seiner Faust gemacht hatte –, doch manchmal funktionierten ihre unterschiedlichen Herangehensweisen. „Sie ist vor einigen Tagen aus New York hergeflogen."

„Weshalb?"

Cloister zuckte mit den Schultern. „Keine Ahnung", antwortete er. „Wir konnten noch keine Angehörigen finden und die einzige Kontaktperson, die wir haben, ist an diesem Wochenende nicht erreichbar. Wir kennen ihren Namen, aber davon abgesehen könnte sie genauso gut ein Geist sein."

Der Vorhang am Bett wurde zurückgezogen und Galloway trat hervor. Mit einem Schnappgeräusch zog sie sich die Latexhandschuhe von den Fingern, knüllte sie zusammen und warf sie in Richtung des Plastikmülleimers in der Ecke. Nachdem sie ihn erfolgreich getroffen hatte, musterte sie Cloister kritisch.

„Was ist mit Ihnen passiert?"

„Ich wurde von einem Auto angefahren."

„Na schön", sagte Galloway. Sie schob sich ihre Brille auf die Stirn, wobei sich schlaffes, blondes Haar im Gestell verfing, und rieb über die auf ihrer Nase hinterlassenen Abdrücke. „Dann sagen Sie es mir eben nicht."

Cloister setzte zu einer Erklärung an, beschloss dann aber, dass es keine Rolle spielte, als Galloway sich wieder dem Bett zuwandte. Sie zog das zerknitterte Laken über Janets dünne, mit Blutergüssen bedeckte Beine.

„Ich habe hier immer noch Privilegien und es ist sinnvoll, diese zu pflegen, aber es ist schon eine Weile her, dass ich eine Untersuchung an einer Person durchführen musste, die noch warm ist", sagte sie, während sie das Laken glatt strich. „Oder die es stören würde, dass sie jemand nackt sieht. Es ist verwirrend."

Sie begann, die Proben in den Tüten zu beschriften, die sie auf dem Nachttisch ausgebreitet hatte. Mit kantigen, stumpfen Fingern machte sie beim Reden automatisch ihre gewohnte Arbeit.

„Ich muss die Proben ins Labor bringen, bevor ich Genaueres sagen kann", erklärte sie. „Und meine Untersuchung war natürlich weniger gründlich als sonst. Ein lebendiges Opfer kann Ihnen sagen, was passiert ist, ein totes Opfer kann mir sagen, was passiert ist, aber das hier lässt uns alle im Dunkeln."

„Verstanden", antwortete Javi. „Gibt es trotzdem irgendetwas, das Sie mir sagen können?"

Sie nahm die verpackten Proben und verstaute sie in der Kühlbox. Das Mädchen im Bett wirkte auf den weißen Laken noch kleiner als auf dem nassen Asphalt. Abgesehen vom Haar, das mit einem dicken Zopf gezähmt über einer Schulter hing, sah Janet dem Führerscheinfoto nicht sehr ähnlich. Ihr Gesicht war mit Blutergüssen übersät und geschwollen, ihre Augen lagen tief in den Höhlen und beide Arme waren mit einem Gips versehen. Eine Reihe von Geräten klickte und tickte, als sie ihren Zustand überwachten.

„Wie geht es ihr?", fragte Cloister.

Galloway sah von ihm zu Javi und zog die Augenbrauen hoch. Es löste die Brille von ihrem Platz, sodass sie ihr wieder auf die Nase rutschte.

„Viel kann ich keinem von Ihnen sagen", antwortete sie. „Ms. Morrow befindet sich in labilem Zustand. Die nächsten Tage werden zeigen, ob sich ihr Zustand verbessert, verschlechtert oder einfach … andauert. Meine Untersuchung und die Röntgenbilder bei ihrer Aufnahme deuten darauf hin, dass ihre Verletzungen eher die Folgen eines Angriffs als eines Unfalls sind. Zu diesem Zeitpunkt ist das allerdings nicht mehr als meine sachkundige Meinung."

Sie hielt inne, um Cloister einen missbilligenden Blick zuzuwerfen, bevor sie ihr Handy hervorholte, um sich ihre Notizen anzusehen.

„Beide Unterarme haben Brüche, die zu einem Sturz passen." Sie hob einen Arm und markierte mit der anderen Hand die Stellen an ihrem Ärmel. „Colles-Fraktur an der linken Hand, Fraktur am Radiuskopf beider Arme und links am Schlüsselbein."

Sie tippte ihr Handgelenk, ihren Ellbogen und ihr Schlüsselbein an.

„Allerdings haben wir auch Drehfrakturen an Humerus und Ulna jeweils am linken und rechten Arm festgestellt." Sie bohrte einen Finger in ihren Oberarm und berührte dann die Vorderseite ihres Unterarms. „In Ermangelung von Maschinen oder extremer sportlicher Betätigung ist die wahrscheinlichste Ursache, dass ihr jemand bei einer Auseinandersetzung die Arme verdreht hat."

Cloister sah zum Bett hinüber. Selbst mit dicken Gipsverbänden wirkten ihre Arme so dünn wie Bournevilles Beine im nassen Zustand, nur Haut und Knochen. Es konnte nicht schwer gewesen sein, sie ihr zu brechen.

„Hat sie sich die Drehfrakturen vor oder nach den anderen zugezogen?", fragte er.

Galloway hob beide Zeigefinger, um sicherzustellen, dass sie ihre volle Aufmerksamkeit hatte. Ihre Nägel waren bis zum Nagelbett abgeschnitten, die Haut in der Umgebung rau und an ihren Fingerspitzen klebten Puderspuren. „Ganz sicher kann man nicht sein, ohne hineinzuschauen und sich die Muskelpartien direkt anzusehen, aber nach den Schwellungen und den zusätzlichen Anzeichen von Knochentrauma um die Drehfrakturen herum zu urteilen würde ich auf vorher tippen."

Javi kniff die Augen zusammen. „Also hat jemand heftig genug mit ihr gekämpft, um ihr beide Arme zu brechen, und sie dann bis auf die Straße verfolgt, wo sie gestürzt ist und sich beim Aufkommen zusätzlich verletzt hat?" Er demonstrierte es, indem er beide Arme hob, wie um einen Sturz abzufangen. Als Galloway nickte, richtete er seine Aufmerksamkeit auf das Bett und runzelte die Stirn. „Woher stammt dann die Kopfverletzung an der Rückseite ihres Schädels?"

Ein zustimmendes kleines Lächeln wölbte Galloways Lippen. „Eben", sagte sie. „Ich sehe nicht, wie Ms. Morrows Kopfverletzung, im Zusammenhang mit den anderen, zu einem Unfall passen könnte. Sie wurde an zwei Stellen getroffen – hier und hier." Sie drehte sich um und schob ihre Finger durch ihr helles Haar, einmal an der Schädelbasis und einmal seitlicher. Dann wandte sie sich wieder dem Bett zu und deutete auf Janets Gesicht, wenige Zentimeter über der Haut. „Außerdem zeigt die Haut an den Wangenknochen und hinter den Ohren der Patientin eindeutige Blutergüsse, wo jemand ihren Kopf gepackt hielt, bevor er den Boden traf. Zumindest ist das meine Theorie. Wenn ich die Ergebnisse der Proben habe, kann ich Ihnen etwas mehr sagen. Aber nicht viel mehr."

„Was wissen wir über eine Vergewaltigung?", fragte Javi.

Galloway zögerte. Sie warf einen kurzen Blick auf das Mädchen im Bett, verzog das Gesicht und deutete auf die Tür. Es war das erste Mal, dass Cloister Galloway so zimperlich erlebte, obwohl manche der Leichen, mit denen sie sich befasste, Cloister den Magen umgedreht hatten. Sie folgten ihr in den Flur und Javi schloss die Tür.

„Wurde sie vergewaltigt?", wiederholte er.

„Nein", antwortete Galloway. „Tut mir leid, es ist albern, aber es gibt Hinweise darauf, dass manche Komapatienten wahrnehmen können, was um sie herum passiert. In Ms. Morrows Fall bezweifle ich es, aber … ihr Wochenende war schon schlimm genug."

„Wie meinen Sie das?", fragte Cloister. „Ich bezweifle, dass sie ungern hören würde, dass sie nicht vergewaltigt wurde."

„Sie würde wahrscheinlich ungern hören, wie der Zustand ihres Körpers diskutiert wird", antwortete sie. „Es gibt keinen Hinweis auf eine Vergewaltigung, aber es gibt Anzeichen von umfangreichen chirurgischen Eingriffen in diesem Bereich. Nach meinen Untersuchungen gehe ich davon aus, dass Ms. Morrow eine Geschlechtsangleichung durchlaufen hat. Ich weiß nicht, ob der Angriff auf sie damit zusammenhängt, aber es könnte eine Erklärung dafür sein, warum es so schwer ist, Kontakt mit ihrer Familie aufzunehmen. Ich habe Blutproben und Fingerabdrücke genommen, die ich gleich überprüfen kann, wenn ich zurück im Labor bin. Vielleicht finde ich sie in der Datenbank."

„Machen Sie das", sagte Javi. „Melden Sie sich, wenn Sie etwas herausfinden?"

Galloway rümpfte die Nase. „Eigentlich schulden Sie mir noch etwas fürs letzte Mal, Agent Merlo, aber ich halte Sie auf dem Laufenden, zumindest bis jemand etwas anderes sagt. Deputy Witte, Sie sollten nach Hause gehen und sich ausruhen. Sie müssen heute niemanden für uns finden."

Mit einem kurzen Nicken zum Abschied schritt sie den Flur entlang davon.

„Dr. Galloway hat recht", sagte Javi. Er legte Cloister eine Hand auf die Schulter. „Du hast sie gefunden. Sie ist in Sicherheit. Vielleicht musst du dich diesmal nicht verantwortlich fühlen."

Cloister zuckte unter dem Gewicht von Javis Hand mit den Schultern. „Nur dass sie nicht zu Hause ist, oder?", widersprach er. „Wir wissen, wo sie ist, aber es weiß niemand, dem sie wichtig ist. Wenn man sie fragen würde, glaubst du, sie hätte das Gefühl, wir hätten sie heimgebracht?"

Javi legte seine Hand fester auf Cloisters Schulter. „Wenn man sie fragen würde, würde sie vielleicht sagen, dass sie überhaupt nicht zu Hause sein möchte."

Er begriff es nicht. Javi hatte eine Familie. Aus dem Wenigen zu schließen, was er erzählt hatte, war sie nicht perfekt – etwas zu anspruchsvoll, etwas zu distanziert –, doch sie reichte ihm aus. Sein Zuhause suchte er zu Weihnachten auf, flüchtete sich zu Neujahr erleichtert dorthin. Wenn man nicht damit aufgewachsen war … wollte man trotzdem ein Zuhause, aber man suchte es sich selbst.

„Aber ich glaube, hier möchte sie auch nicht sein", sagte er.

7

ALS SIE Delacourt erreichten, waren die Tatortreiniger schon zur Stelle. Die beiden Männer hatten sich die obere Hälfte ihrer Overalls um die Taille geschlungen und hielten schmutzige Mopps in den Händen, und der ältere betrachtete Javi mit finsterem Blick, als er sein Auto bis zum lockeren Streifen Absperrband rollen ließ, der die Straße abriegelte. Er warf den Mopp seinem Kollegen zu und eilte zu ihrem Van, um ein Klemmbrett herauszuholen, während Javi ausstieg.

„Die Straße ist gesperrt. Anweisung vom Sheriff's Department", erklärte der Mann und duckte sich unter dem gelb-schwarzen Band hindurch. Er schob das Klemmbrett in Javis Hände und Javi überprüfte es aus Gewohnheit. Gleich dort unten war Fromes Unterschrift. Der Lieutenant tat wirklich alles, um diesem Fall auszuweichen. Der Mann verschränkte die Arme und wippte in seinen Stahlkappenstiefeln ungeduldig auf die Zehenballen, während Javi die Vollmacht las. „Wenn Sie in irgendeines dieser Gebäude wollen, müssen Sie warten, bis wir mit der Reinigung fertig sind. Es sollte nicht länger als eine Stunde dauern."

„Eigentlich benötige ich Zugang zum Tatort", erklärte Javi, „bevor Sie ..."

Javi unterbrach sich mitten im Satz, als Cloisters Auto, von den Reifen bis zu den Seitenspiegeln mit Staub bedeckt, in die Straße einbog und neben ihnen anhielt. Wenn man Cloister sagte, er solle nach Hause gehen und sich ausruhen, verstand dieser offenbar: „Folge mir zum Tatort." Da Javi das Auto nicht im Rückspiegel gesehen hatte, mochte es aber auch sein, dass Cloister von sich aus entschieden hatte vorbeizukommen.

Die Verärgerung darüber, ignoriert worden zu sein, flackerte auf und erstarb. Es war sinnlos, so zu tun, als erwartete Javi von Cloister ernsthaft die klügere Entscheidung, wenn er stattdessen etwas Dummes und Selbstloses tun konnte. Außerdem war er froh, ihn zu sehen.

Dieser schneidende, kompromisslose Gedanke hing eine Sekunde lang in Javis Kopf, bevor er etwas Relativierendes fand, um ihn zu entschärfen. Cloister konnte gut mit Menschen umgehen und das Reinigungsteam schien ihn zu kennen. Der sture Ausdruck im schmalen Gesicht des Mannes wich nämlich einem Grinsen, als er Cloister aus dem Auto steigen sah. „Deputy Witte", sagte er, während er mit behandschuhten Händen sarkastisch langsam applaudierte. „Sie sind ja echt fit."

Er kicherte über seinen Reim und klopfte sich auf den Oberschenkel. Cloister verdrehte die Augen und öffnete die Tür, damit Bourneville herausspringen konnte.

„Zum Glück hat sich ja heute noch niemand über mein Aussehen lustig gemacht", sagte er trocken, als er sich zu ihnen gesellte. „Hewitt, können Sie uns zehn Minuten am Tatort geben?"

Hewitt kratzte sich an der Nasenspitze und schien zu zweifeln. „Wofür?", wollte er wissen. „Die Spurensicherung war schon hier und hat jedes bisschen Zeug eingesackt und eingepackt. Wir wären nicht gekommen, wenn das Department hier nicht fertig wäre."

Javi gab das Klemmbrett zurück und zeigte ihm seinen Ausweis. „Fünf Minuten. Deputy Witte soll mir nur erklären, was gestern Abend passiert ist."

Man konnte beinahe hören, wie Hewitt die Puzzleteile zusammensetzte. Sein Blick glitt von Javis leuchtend goldener Dienstmarke zu Cloisters Handgelenk und dann zum Arbeitsauftrag auf seinem Klemmbrett. Dieser war nicht sehr detailliert – die Reinigungskräfte gehörten nicht direkt zum Sheriff's Department –, gab jedoch die groben Umstände der Fahrerflucht wieder. Es war nicht schwer für Hewitt, sich das Ganze zusammenzureimen.

„Oh, ach so", sagte er. Er verzog das Gesicht. „Sorry. Ich wusste nicht, dass es um Sie geht, Witte. Geben Sie mir eine Minute, um den Van abzuschließen, dann gehen wir Ihnen eine Weile aus dem Weg." Hewitt wandte sich ab, zögerte und drehte sich noch einmal um. „Ich bin froh, dass es Ihnen gut geht. Manchen Leuten sollte man echt das Fahren verbieten, stimmt's?"

Er wartete nicht auf ihre Zustimmung. Während er seinen Mitarbeiter informierte und mit ihm die großen Kanister voller Chemikalien in den Van schleppte, schaute Javi sich auf der Straße um. Er hatte bisher nie einen Grund gehabt, herzukommen. Wenn man sich die Gegend ansah, ging es den meisten Menschen ähnlich. Da mehrere geparkte Autos zu sehen waren, mussten einige Gebäude noch in Benutzung sein, allerdings nicht für den ursprünglichen Zweck – er sah zugenagelte Schaufenster, zerbrochene Scheiben und Türen, die man durch Sperrholzplatten ersetzt und mit robusten Vorhängeschlössern gesichert hatte. Die Wände waren mit Graffiti bedeckt, das nicht einmal vorgab künstlerisch zu sein, sondern lediglich aus mit kruden schwarzen Buchstaben hingeschmierten Beleidigungen wie *Schlampe* und *Wichser* bestand.

„Was hatte Janet Morrow hier vor?", fragte er.

„Tancredi glaubt, sie hat eine Abkürzung zur Tankstelle an der Hauptstraße gesucht, wo sie jemand vom Automobilclub abholen sollte, und hat sich nur verirrt", erklärte Cloister. „Was ist mit dir?"

Javi runzelte die Stirn, während er im Kopf eine Karte erstellte. Auch in seinem gedanklichen Navigationssystem gab es leere Flecken – Orte, durch die er nie gefahren war und die er sich nie auf einer Karte angesehen hatte –, aber das hier erschien ihm doch sehr verirrt, selbst wenn es geregnet hatte und dunkel gewesen war …

„Ein kluges Mädchen aus New York gerät in diese Gegend?", sagte er. „Da würde sie umdrehen, zu ihrem Auto zurückkehren und noch einmal anrufen, anstatt weiterzugehen."

„Nein, ich meinte: Was ist mit dir?", wiederholte Cloister. Er lehnte sich an die Motorhaube von Javis Auto, streckte seine langen Beine aus und stützte sich mit abgenutzten alten Stiefeln am Boden ab. Bourneville saß gesittet neben ihm und sah den wie Hasen umhereilenden Männern zu. Ein Grummeln begann tief in ihrer Brust, nicht ganz ein Knurren, bis Cloister sie beim Nackenfell packte. „Frome möchte den Fall unter den Teppich kehren, also wird er deine Hilfe nicht wollen. Und ich habe dir ja schon gesagt, dass ich nur im Weg war, nicht das eigentliche Ziel. Also bist du nicht zuständig."

„Und du bist krankgeschrieben."

Cloister grinste schief und verschränkte die Arme, schlug träge mit einer Ferse gegen den Asphalt. „Wir wussten beide, dass ich das nicht auf sich beruhen lassen würde. Im Augenblick hat Janet niemanden, der auf sie aufpasst, und einem Underdog kann ich einfach nicht widerstehen. Was ist deine Entschuldigung?"

Vor dem Krankenhausbesuch wäre es eine schwerere Frage gewesen. Er hätte die Ermittlungen dem Sheriff's Department überlassen sollen. Fahrerflucht war keine Angelegenheit des FBI und er wollte nicht, dass Cloister seine war. Doch Dr. Galloway hatte ihm einen weiteren Grund gegeben, der alles einfacher machte.

„Ich brauche keine", teilte er Cloister mit, als Hewitt sich eilig wieder näherte. „Falls du diesen Tag an der Polizeiakademie vergessen hast, kann ich dir sagen, dass Hasskriminalität eine Bundesangelegenheit ist."

Cloisters grimmige Miene verriet ihm, dass er bei dem Angriff auf Janet bereits in eine ähnliche Richtung gedacht hatte.

„Armes Mädchen", sagte er und stieß sich vom Auto ab.

Hewitt hob das Absperrband an, damit sein stummer Arbeitskollege, ein dünner junger Mann mit unstetem Blick, sich vor ihm durch die Lücke ducken konnte, bevor er selbst den Limbo machte.

„Nur zu", forderte er Javi auf. „Wir gehen Ihnen aus dem Weg. Nur, ähm … lassen Sie sich nicht zu viel Zeit? Der Chef ist sehr kleinlich, was Pünktlichkeit angeht."

„Wir geben uns Mühe", versicherte Javi.

Hewitt nickte, bevor er Cloister mit einem kurzen frechen Grinsen bedachte. „Ich wette, in Ihrem Zustand könnte ich es mit Ihnen aufnehmen." Er deutete einen Faustschlag gegen Cloisters Kinn an, nur um dann mit einem Schrei zurückzuweichen, als Bourneville mit wütendem Knurren aufsprang. Sie baute sich steifbeinig vor Cloister auf, ihr Nackenfell gesträubt wie ein Irokesenschnitt, und bellte wütend, während Hewitt beinahe stürzte, als er sich von ihr entfernte. „Scheiße. Gott. Rufen Sie sie zurück, Witte."

Auch Javi machte einen Schritt zurück – eine primitive Reaktion auf alles, was so viele scharfe weiße Zähne besaß. Sonst tat er nichts. Die meiste Zeit über war Bourneville für ihn so undurchsichtig wie jedes andere wilde Tier. Er war nicht mit Hunden aufgewachsen – seine Eltern hatten sogar das Schulmeerschweinchen zurückgeschickt, als seine Schwester es für die Sommerferien mitgebracht hatte –, doch ihre Leine hing noch locker von Cloisters Hand herab, was darauf hindeutete, dass sie nicht ernsthaft vorhatte Hewitt aufzufressen.

Cloister schnaubte. „Sie hat Sie nicht einmal berührt.“ Trotzdem schürzte er die Lippen und pfiff. Der kurze, schrille Ton sorgte dafür, dass Bourneville ihre Ohren in seine Richtung neigte. „Bon. Das reicht. Ruhig. Braves Mädchen.“

Mit einem Brummen verstummte sie und schlich wieder an Cloisters Seite, ohne jedoch Hewitt aus den Augen zu lassen, als er sich fing und über seinen Overall strich.

„War das nötig?“, brummte Hewitt, während er sich zu seinem Kollegen gesellte. „Verdammt verrückt, der Hund.“

„Idiot“, sagte Cloister kaum hörbar. Er stupste Bourneville mit dem Knie an, als sie wieder knurrte. „Und du benimmst dich jetzt.“

Bourneville schnaubte verstimmt und schüttelte sich, um ihr Fell zu glätten.

„Ist sie okay?“, fragte Javi.

„Ja.“ Cloister betrachtete sie kurz. „So sehr beschützerisch gefallen mir meine Hunde nicht, aber sie hatte trotzdem nicht ganz unrecht. Hewitt hätte wissen müssen, dass er so etwas nicht versuchen sollte.“

„Nicht jeder verbringt so viel Zeit mit Hunden wie du.“ Javi duckte sich unter dem Band hindurch. Dann fügte er trocken hinzu: „Genau genommen verbringt niemand so viel Zeit mit Hunden wie du.“

„Die meisten Leute sind auch keine ehemaligen Polizisten“, sagte Cloister, als er ihn einholte. „Hewitt war Deputy. Er hat schon mit Leuten von der Hundestaffel zusammengearbeitet. Damit hat er immer angegeben, wenn er zum Aufräumen an einen Tatort gekommen ist, an dem ich war. Also war es dumm.“

Javi überprüfte, wohin sich Hewitt und sein dünner Freund zurückgezogen hatten. Sie saßen auf der Bordsteinkante und teilten sich eine Zigarette. Rauch stieg von ihren Fingern auf, als sie diese hin und her reichten.

„Tja, jetzt reinigt er Straßen, anstatt in Galloways Labor zu arbeiten“, sagte er. „Vielleicht hat Dummheit etwas damit zu tun.“

Cloister zuckte mit den Schultern und ging nicht weiter darauf ein.

„Da habe ich sie gefunden.“ Er zeigte auf die Fahrbahnmitte. „Auf dem Rücken. Sie war schon bewusstlos.“

Javi näherte sich der Stelle und ging in die Hocke. Beim Einatmen schlug ihm der scharfe Chlorgeruch eines öffentlichen Schwimmbads entgegen. Die Reinigungsleute hatten dort bereits begonnen und der größte Teil des Blutes war entfernt worden, doch an einer Stelle klebten noch einige leuchtend rote Haare am Asphalt.

48

„,Erklären' heißt nicht, dass du mir eine Sache sagen und dann wieder aufhören sollst", merkte Javi an. „Wie hat sie gelegen?"

„Ihre Füße haben in diese Richtung gezeigt", sagte Cloister hinter ihm. „Es sah aus, als ob jemand versucht hätte, sie auszuziehen. Deshalb war ich überrascht, als Galloway gesagt hat, sie wäre nicht vergewaltigt worden. Wir hatten im Regen ihre Spur verloren, aber dann haben wir einen Schrei gehört. Wäre ich etwas schneller gewesen, hätte ich vielleicht …"

Es war immer „wir", außer wenn es um Schuld ging. Nicht dass er von Javi dafür respektiert worden wäre, wenn er dem Hund die Schuld in die Schuhe geschoben hätte, aber es fiel ihm dennoch auf.

„Wenn der Täter nicht unterbrochen wurde, warum hat er es dann nicht beendet und sie stattdessen liegen lassen, um das Auto zu holen?"

Cloister ging an ihm vorbei, sodass sich schwere Stiefel mit Sand in den Nähten und lange Beine in abgetragenem Jeansstoff durch den Rand von Javis Sichtfeld bewegten. Bourneville folgte einen Wimpernschlag später, fest an die Position gebunden, an der sich in ihrem Kopf „bei Fuß" befand.

„Janet sah tot aus", sagte er, als er am Bordstein stehen blieb. „Ich glaube, ihr Angreifer war davon überzeugt, sie getötet zu haben, und hat das Auto geholt, um die Leiche fortzuschaffen."

„Wenn das stimmt, muss er einen guten Grund gehabt haben", antwortete Javi. Er stieß sich vom Boden ab und rieb sorgfältig die Hände aneinander. „Er musste zum Tatort zurückkehren, sein Auto kontaminieren und das Risiko eingehen, an einem anderen Ort angehalten oder gesehen zu werden. Bei einem ungeplanten Verbrechen bestünde kein Anlass, so viel zu riskieren."

„Ein Psychopath?", schlug Cloister vor. Er musterte etwas auf dem Boden. Bourneville nutzte die lange Leine bis zum Ende aus und schnupperte an Rissen im Gehweg und dem Unkraut, das sich mit schmutzigen Wedeln vor den verwahrlosten Häusern in die Höhe reckte.

„Vielleicht. Einige Serienmörder wählen ihre Opfer scheinbar zufällig aus. Die zwanghaften, rituellen Elemente kämen dann erst später ins Spiel", gab Javi widerstrebend zu. „Das macht es schwerer, sie aufzuspüren."

Er hatte an der FBI-Akademie die vorgeschriebenen Kurse über abnormale Psychologie und Verhaltensanalyse belegt, hatte allerdings nicht zu den Möchtegern-Analytikern gehört, die sich möglichst schnell in die entsprechende Abteilung hocharbeiten wollten. Im Fernsehen war es beeindruckend – die Jäger der Serienmörder – und es handelte sich um eine prestigeträchtige Aufgabe, die allerdings beinahe so häufig zu einem Burn-out wie zu einer Beförderung führte. Bei den Fällen des Behavioral Analysis Unit schien es um wahllose Hinweise und unklare Motive zu gehen, wenn man nicht gerade auf drei bestimmte Dinge in einem Zeitraum von zwanzig Jahren stieß und selbst wenn man den Täter fasste, war es selten unkompliziert. Fast immer kam es zu Kollateralschäden.

Also war es ihm lieber, sich nicht auf diesen gewundenen Pfad zu begeben. Nicht zuletzt, weil er Frome keinen weiteren Grund geben wollte, den Fall unter den Teppich zu kehren. Ein ungelöster Mordfall machte einen schlechten Eindruck, aber mehrere sahen schlechter aus.

„Ausschließen können wir es nicht", sagte Javi widerwillig, als er sich zu Cloister gesellte. „Allerdings glaube ich nicht, dass es hier passt. Wenn es sich um einen Serienmörder handeln würde, und nicht gerade um seinen ersten Mord, kann ich mir nicht vorstellen, dass er geflüchtet wäre, nachdem er dich angefahren hat. Selbst wenn du nicht das warst, was er wollte …" Ein unangebrachter, finsterer Teil von Javis Verstand nutzte die Gelegenheit, um ihn daran zu erinnern, wie unwahrscheinlich das war – und fügte eine Diashow von Cloisters straffen Bauchmuskeln, den mit Sommersprossen bedeckten Rundungen seines Hinterteils und dem schweren Gewicht seines Schafts in Javis Hand hinzu. „… hätte er doch problemlos Janet mitnehmen können, nachdem er dich ausgeschaltet hatte."

„Wenn es also kein Serienmörder war und auch kein ungeplanter Überfall", sagte Cloister, „dann war es jemand, den sie irgendwoher kannte?"

„Für gewöhnlich ist das so."

Das wussten sie wohl beide. Nicht dass Cloister jemals über seinen vermissten Bruder sprach – er erinnerte sich einfach nicht daran und schlief nicht –, doch andererseits hatte Javi ihm auch niemals von der blutigen Notaufnahme oder dem Grund für seinen Umzug aus Phoenix erzählt. Und da er das auch niemals vorhatte, besaß er nicht das Recht, Cloister zu drängen. Er hatte nicht einmal das Recht, es überhaupt wissen zu wollen.

Gereizt konzentrierte er sich wieder auf Dinge, bei denen er sehr wohl auf eine Antwort drängen konnte.

„Was ist mit dem Auto …"

„Es war ein Pick-up", korrigierte Cloister.

Javi hielt inne, um ihm einen genervten Blick zuzuwerfen. Für einen Mann, der normalerweise ohne jegliches Ego zu existieren schien, wählte Cloister merkwürdige Dinge, um seinen Stolz zu zeigen. Die Tatsache, dass er von einem Pick-up und nicht von einem Prius angefahren worden war, gehörte offensichtlich dazu.

„Erinnerst du dich dabei an irgendetwas?", fragte er dann. „Die Farbe, das Nummernschild, Aufkleber oder Beulen?"

Cloister rieb sich beim Überlegen nachdenklich die Stirn, wobei er dem genähten violetten Streifen, der bis in seine Augenbraue hinabsank, weit auswich.

„Es war ein Pick-up, er war dunkel …" Cloister dachte angestrengt nach, bis er schließlich kopfschüttelnd aufgab und mit den Schultern zuckte. „Ich glaube, dass ich im Fallen den Seitenspiegel abgerissen habe, aber sonst ist nichts hängengeblieben."

„Ich kann mit dem Hauptbüro in L.A. reden", bot Javi an. „Die haben einen Fallanalytiker. Er könnte herkommen und eine kognitive Befragung mit dir durchführen. Vielleicht hilft das …"

Cloister schüttelte den Kopf. „Nein."

„Es kann dir helfen, dich an Details zu erinnern, die du zu dem Zeitpunkt nicht bewusst wahrgenommen hast. Ich habe selbst schon …"

„Ich sagte Nein."

Javi hatte diese ausdruckslose Endgültigkeit in Cloisters Stimme schon früher gehört, immer wenn er einen Punkt erreichte, an dem sein unbekümmertes Wesen an Grenzen stieß. Dann kam es zu den seltenen Momenten, in denen jemand Cloister so weit gedrängt hatte, dass er auf stur schaltete. Manchmal hatte es mit dem Hund zu tun, aber häufiger ging es um Frome oder einen seiner Mitarbeiter, der glaubte, dass der einzige offen schwule Deputy seinen Spott hinnehmen würde.

Es war das erste Mal, dass Cloister es gegen Javi gerichtet hatte. Es hätte ihn verärgern sollen. Javi mochte es, das Sagen zu haben. Er mochte Fügsamkeit und Cloisters lächerlich schönen Körper, der sich ihm gehorsam hingab. Auf beruflicher Ebene irritierte es ihn tatsächlich – er hatte Cloister ein Angebot gemacht und dieser hätte ihm wenigstens entgegenkommen können. Doch etwas an dieser barschen Zurückweisung, an den festgesteckten Grenzen, brachte den dunklen, heißen Teil von Javi dazu, zu knurren und sich zu strecken wie eine große Katze. Unangebracht war es trotzdem.

„Also gut", sagte Javi nach einer Pause, die nur teilweise dazu diente, seine weiteren Möglichkeiten abzuschätzen. Er konnte die Idee mit der Befragung später noch einmal thematisieren, wenn er herausgefunden hatte, ob Cloister sich mehr oder weniger schuldig fühlen musste, um zuzustimmen. „Was ist mit anderen Zeugen? Hat Frome jemanden geschickt, um sich in der Umgebung umzuhören?"

Cloister musterte ihn misstrauisch. Dann zuckte er mit den Schultern und wedelte mit der Hand in Richtung der heruntergekommenen Häuserreihe.

„An der Ecke ist ein Waschsalon. Aber der Besitzer war im Hinterzimmer, um den Rausch einer Flasche Whiskey auszuschlafen. Hat nichts gesehen und nichts gehört und hätte es wahrscheinlich auch dann nicht gesagt", erklärte er. „In einer der Wohnungen lebt noch eine Familie – kein Wasser, unzuverlässige Stromversorgung und acht Personen – und die hat etwas gehört. Aber sie haben nicht nachgesehen, bis der Krankenwagen kam. Offenbar hören sie hier nachts ziemlich viel."

Wenn man davon absah, dass es ihm nicht gelungen war, Janet zu töten, hatte ihr Angreifer entweder einen sehr guten Plan oder viel Glück gehabt.

Cloister zeigte auf die Unterführung, die selbst im hellen Nachmittagslicht feucht und wenig einladend wirkte. „Wenn jemand etwas gesehen hat, dann die Obdachlosen, die dort das Unwetter abgewartet haben", sagte er. „Allerdings waren es Vagabunden auf dem Weg zu einem besseren Ort und nachdem der Krankenwagen und die Polizeiautos eintrafen, dürften sie sich verstreut haben. Sie werden nicht leicht zu finden sein."

Natürlich nicht. Javi verzog das Gesicht, als er sich in dem öden Streifen toten Handels umsah. Von der anderen Straßenseite, aus der Galerie, starrte ihm mit ihrem verbleibenden Auge eine nackte Schaufensterpuppe entgegen, deren Brustwarzen und Genitalien grellrosa bemalt worden waren. Wie es aussah, war sie seine beste Zeugin, obwohl das geschmolzene Plastik des restlichen Gesichts sie mundtot machte.

„Was hast du geglaubt, hier zu finden?", fragte Javi und wandte sich wieder Cloister zu. „Wofür die Mühe?"

Auch wenn es vielleicht spöttisch klang, wollte Javi es wirklich wissen. Zwar kümmerte sich Cloister „um Hunde, nicht um Ermittlungen", aber in manchen Angelegenheiten hatte er entweder gute Instinkte oder einfach zu viele traurige Geschichten in seinem Kopf gespeichert. Javi hätte einen klaren, eindeutigen, von der Spurensicherung entdeckten Hinweis bevorzugt, doch er nahm, was er bekommen konnte.

Nach kurzem Zögern zuckte Cloister mit den Schultern und gab zu: „Deinetwegen. Ich dachte, wir könnten … ich weiß nicht. Ich hatte nicht mit Zuschauern gerechnet."

Javi sah sich zu den Reinigungsleuten um, die er beinahe vergessen hatte. Sie hatten ihre Zigarette aufgeraucht und ihre Geduld für Verzögerungen erschöpft. Hewitt und sein Kollege standen nun wartend am Absperrband und warfen hin und wieder Blicke auf ihre Handys.

„Es ist nicht der beste Zeitpunkt", gab Javi zu.

„Ich könnte heute Abend bei dir vorbeikommen?", bot Cloister an. Sein Mundwinkel hob sich zu einem Lächeln, das sogleich wieder verschwand. „Dieser Grillhähnchentyp durfte wieder öffnen."

„Klingt entzückend", antwortete Javi trocken.

Seine Lippen fühlten sich salzig an und seine Hoden schmerzten, als würde der von einem Auto angefahrene Mann irgendetwas anderes als eine Unterhaltung wollen. Doch er hatte an diesem Abend noch sechs Stunden Arbeit und am nächsten Tag zwei geplante Videokonferenzen mit der Polizei in Mexiko-Stadt und dem aufsichtsführenden Special Agent von Los Angeles. An beiden Tagen konnte er froh sein, wenn er sein Büro vor Mitternacht verließ und nach einem Gespräch mit Kincaid würde seine Laune furchtbar sein.

Und … wenn sie dann redeten, würde er sich Cloister ausreden.

„Aber nicht heute. Vielleicht ein anderes Mal?"

„Klar", sagte Cloister. „Hör zu, ich sollte mich auf den Weg machen. Ich muss Termine auf dem Trainingsplatz für Bon buchen, wenn wir eine Weile nicht einsatzbereit sind. Sagst du du Bescheid, wenn du etwas über Janet herausfindest?"

„Oder über den Mann, der dich mit seinem Auto umbringen wollte?", schlug Javi vor.

Cloister wirkte amüsiert. „Oder den."

Er pfiff Bourneville von der Mauer zurück und machte sich auf den Weg zu seinem Auto. Das langbeinige, lässige Cowboyschlendern, das stets Javis Blick auf sich zog, wurde noch durch ein leichtes Humpeln gestört. Wieder an den Vorfall erinnert, senkte Javi den Blick zum Bordstein, wo Cloister gestanden hatte.

Er betrachtete den Rest Blut, der nicht vom Regen fortgespült und noch nicht von den Reinigungsleuten entfernt worden war, nachdem die Sanitäter es in den Asphalt getrampelt hatten. Es war in die Risse geronnen. Javi erinnerte sich selbst daran, dass der Großteil vermutlich von dem Mädchen stammte. Sie war diejenige, die beinahe ihr Leben verloren hatte. Cloister war schon wieder auf den Beinen und kompliziert.

Aber nicht alles war ihres. Javi starrte den Fleck an, biss die Zähne zusammen und verdrängte bewusst alle Gedanken. Dann zwang er sich dazu, sich abzuwenden.

Cloister war bereits losgefahren. Mit Bourneville neben ihm auf dem Beifahrersitz entfernte er sich, während Javi zu seinem Auto zurückging.

„Wir sind fertig", teilte Javi Hewitt mit, als er das Absperrband aus seiner Halterung riss, anstatt sich zu bücken. „Machen Sie sich wieder an die Arbeit."

Hewitt wirkte erleichtert und schob seinen jüngeren Mitarbeiter auf den Van zu.

„Danke", sagte er und hüstelte ein nervöses Lachen. „Sie wissen ja nicht, wie der Chef sein kann, wenn es darum geht, zügig einen Auftrag zu erledigen. Entspannt ist der Mann nicht."

„Gut", antwortete Javi. „Entspannt sollte man beim Aufräumen eines Tatorts auch nicht sein."

Javi stieg in sein Auto, doch bevor er die Tür schließen konnte, packte Hewitt sie mit kräftigen behandschuhten Fingern.

„Deputy Witte … geht es ihm gut?"

„Er wurde angefahren", sagte Javi. „Aber das Krankenhaus scheint sich keine großen Sorgen zu machen. Warum?"

Hewitt zuckte mit den Schultern und ließ die Tür los. „Ich ziehe ihn manchmal auf, aber er ist … tja, ein guter Kerl. War nie der beste Polizist, aber ein guter Kerl. Ich bin froh, dass er in Ordnung ist."

Nachdem er die Tür losgelassen hatte, schlug Javi sie zu und fuhr los. Am Ende der Straße warf er einen Blick in den Rückspiegel. Hewitt und sein Kollege hatten den Gehweg bereits mit Bleichmittel abgespritzt, um das Blut loszuwerden.

Doch so sehr man sich auch bemühte, alles sauber zu halten, es gab immer Begleitschäden. Das durfte Javi nicht vergessen.

8

EINEN LATINO-AGENTEN in Plenty stationiert zu haben, brachte politische Vorteile mit sich. Das sagte niemand direkt, doch was sie bewusst nicht sagten, sprach Bände. Das war in Ordnung. Javi war ein guter Agent, doch bei seiner Ankunft in Plenty hatte er eine Chance gebraucht, es zu beweisen. Einem geschenkten Gaul hatte er nicht ins Maul schauen wollen.

Falls seine Vorgesetzten der Meinung gewesen waren, ihre Kollegen in Mexiko würden es zu schätzen wissen, kannten sie Inspector Damaso Yuen von der Policía Federal Ministerial schlecht. Der dunkelhaarige, drahtige Mann hasste es, für die Kriminellen seines Landes dem FBI gegenüber Rechenschaft ablegen zu müssen, und interessierte sich nicht dafür, ob ein Agent Lateinamerikaner der fünften Generation war.

Yuen verzog das Gesicht, als er einer Vereinbarung zum Informationsaustausch über Alfredo Infante – einen Drogenhersteller, der auf beiden Seiten der Grenze arbeitete – zustimmte, falls dieser Mexiko-Stadt verließe. Dann senkte er den Blick zu seinem Schreibtisch und ließ seinen Blick über unsichtbare Unterlagen gleiten.

„Und falls es weitere Angriffe auf Ihre Leute gibt", sagte Yuen kühl, als er wieder aufsah, „erwarte ich, darüber informiert zu werden. Für meine Männer und ihre Familien ist es so schon gefährlich genug."

„Selbstverständlich", sagte Javi. Er lehnte sich auf seinem Stuhl zurück und versuchte zu entscheiden, ob das Stück Büro, das er hinter Yuen sehen konnte, schöner als sein eigenes war. Weniger Glas, mehr Massivholzregale … Er war nicht sicher, was das über die Qualität aussagte. „Aber wie gesagt, ich glaube nicht, dass es mit unserer Stilllegung der Drogenlabore zusammenhängt."

Yuens Mund verzog sich kurz zu einem schwachen Lächeln. Ihm fehlte Wärme. „Meine Mutter glaubt, dass ich es zum Abendessen nach Hause schaffe", sagte er. „Aber ich weiß, dass ich noch drei Stunden an meinem Schreibtisch sitzen werde. Wenn das Kartell mit dieser Sache in Verbindung steht, wie gering diese auch sein mag, muss ich es wissen, Agent Merlo."

„Inspector Yuen."

Der Bildschirm wurde schwarz, als Yuen den Videoanruf ohne Umschweife beendete. Er war kein Mann, der Zeit mit Abschiedsworten vergeudete, was Javi begrüßte. Javi schob seinen Stuhl nach hinten und erhob sich, um auf dem Weg zur Kaffeemaschine seine Rückenmuskeln zu lockern. Der Rest aus der Glaskanne füllte kaum ein Drittel seiner Tasse. Javi verzog das Gesicht, schwenkte die teerartige Neige ein wenig hin und her und stürzte sie schließlich hinunter. Sie war schwarz und bitter, aber um diese Tageszeit trank man Kaffee ohnehin nicht wegen des Geschmacks.

Er bewegte den Kopf von rechts nach links, was seine Halswirbel zum Knacken brachte, doch die Spannung grub sich lediglich tiefer in seine Schultern. Hätte er Sauls Whiskey nicht während des Hartley-Falls ausgetrunken, hätte er sich nun einen Schuss gegönnt. Stattdessen trank er seinen Kaffee aus und betrachtete finster den schmutzigen Tassenboden.

Es hatte eine Zeit gegeben, zu der er nervös gewesen wäre, weil er Kincaid hatte beeindrucken wollen – zu der er alles getan hätte, um ihn zu beeindrucken.

Der Computer gab eindringliche Töne von sich, während sich der Bildschirm mit dem Hinweis auf einen eingehenden Anruf füllte.

Es war zu früh. Natürlich war es das. Javi stellte die Tasse ab und kehrte zum Schreibtisch zurück. Er setzte sich, rückte seinen Hemdkragen zurecht, atmete tief durch und drückte „Enter".

Ein Fenster in das Büro in L.A. erhellte den Bildschirm und in der Mitte war Everett Kincaid zu sehen. Als er Everetts grau-blondes Haar und scharf geschnittenes Gesicht sah, regte sich kurz die alte Abneigung. Sie wurde in Kincaids hellen Augen, die unter schweren Lidern hervorblickten, reflektiert.

Obwohl seine Zeit in Phoenix Javis Karriere beinahe zum Scheitern verurteilt hätte, war Kincaid verärgert darüber, dass sie nicht ganz zerstört worden war. Darüber konnte Javi sich nicht beklagen. Er war selbst immer noch der Meinung, sie hätte Kincaids zerstören sollen.

„Special Agent Merlo", begann Kincaid. Hinter ihm ging das Büroleben weiter, als Agenten und Analytiker sich auf der anderen Seite der Glaswand zum Konferenzraum bewegten. Ein kurzes Lächeln verzog seinen Mund und verflog. Javi wappnete sich. „Man hört, Sie hätten beinahe einen Deputy von den Sheriffs auf dem Gewissen gehabt? Also wirklich, Mann, so sollte behördenübergreifende Zusammenarbeit nicht aussehen."

Das schiefe, entwaffnende Lächeln kehrte zurück. Es nahm der Anschuldigung nicht ihre Schärfe, sondern machte es lediglich schwerer, im gleichen Ton zu antworten. Kincaid konnte Freundlichkeit als Waffe einsetzen. Deshalb leitete er an der Akademie auch Kurse zum Thema Verhörtechnik. Dass Javi all seine Ticks und Tricks kannte, hätte helfen sollen, tat es aber nicht.

„Deputy Witte", antwortete Javi. „Er ist schon wieder auf den Beinen. Es war weniger eine Nahtoderfahrung als ein unerwartetes Nickerchen. Und es hatte nichts mit seiner Unterstützung bei den …"

Kincaid unterbrach ihn mit einem „Hmm" und setzte eine gespielt verwirrte Miene auf. „In diesem Fall, Agent, warum sind Sie dann noch, ähm, daran beteiligt? Lieutenant Frome sagt, er hätte nicht um Ihre Hilfe gebeten. Nicht hierbei." Er saugte geräuschvoll zwischen den Zähnen hindurch Luft ein und schüttelte den Kopf. „Das wirft ein schlechtes Licht auf unsere Behörde. Und auch kein tolles auf Sie."

In seiner Stimme schwang aufrichtige Freude mit, als er das sagte. Es mit Javi zu treiben schien ihm nicht so viel Vergnügen bereitet zu haben, wie seine Spielchen mit ihm zu treiben.

„Janet Morrow, das Opfer des Überfalls, den Lieutenant Frome als Unfall betrachtet, ist eine Transfrau", informierte in Javi ausdruckslos. Er war nicht so töricht, sich in die theatralische Seite des Gesprächs hineinziehen zu lassen – da war ihm Kincaid überlegen. Javi konnte lediglich seine gute Arbeit als Agent vorweisen. „Das … schlechte Licht … das die örtliche Polizei und das FBI treffen würde, wenn sie ein mögliches Hassverbrechen, wegen dem das Mitglied einer angreifbaren Minderheit im Koma liegt, als Unfall abtäten? Das wäre schlimmer."

Kincaids Abbild auf dem Monitor blinzelte und schürzte säuerlich die Lippen, als er die Informationen verarbeitete.

„Sie sind sicher, dass es sich um ein Hassverbrechen handelt?", fragte er.

„Ich bin sicher, dass es alle so sehen werden, wenn wir nicht ermitteln."

Kincaid verzog das Gesicht und lehnte sich auf seinem Stuhl zurück. Sein Knie schob sich über den Bildschirmrand, als er einen Fuß auf seinen Oberschenkel legte und er zupfte mit nervösen Fingern an einem losen Faden in der Naht, während er sich die Worte durch den Kopf gehen ließ.

„Also gut. Ich kläre das mit Frome", sagte er schließlich, nachdem er vermutlich abgewogen hatte, was am heftigsten auf ihn zurückfallen könnte. „Ein weiterer imageträchtiger Fall. Ich dachte, dieser Serienentführer, über den Sie gestolpert sind, wäre die einzige große Chance, die Sie in diesem Jahrzehnt bekommen würden." Er lachte, ohne dass es seine Augen erreichte, während er nach einer Akte griff. „Obwohl Sie sich deshalb nicht mehr allzu lange sorgen müssen", fuhr er fort. „Wir haben endlich einen erfahrenen Agenten gefunden, um Special Agent Lee zu ersetzen, sodass Sie bald nicht mehr allein für diese wichtigen Fälle verantwortlich sind."

Die Enttäuschung setzte sich in Javis Kehle fest wie ein Stein. Es war keine Überraschung. Sein berufliches Ansehen hatte er in den letzten Jahren teilweise zurückgewonnen, allerdings nicht genug von seinem persönlichen, um befördert zu werden. Selbst wenn es nicht die Bremsschwelle in Phoenix gegeben hätte, wäre es in seinem Alter nicht sehr realistisch gewesen. Und dennoch kratzte es in seiner Kehle, als er es schluckte.

„Kennen Sie denjenigen?", fragte er.

Er wusste schon, dass es ihm nicht gefallen würde. Kincaid hätte nicht so gelächelt, wenn es sich um jemanden gehandelt hätte, mit dem Javi sich gut verstand.

„Das tun wir beide", sagte Kincaid, als hätte er nur auf die Frage gewartet. „Erinnern Sie sich an Supervisory Special Agent Tracy Joel?"

Javi holte Luft. *Die Ohrfeige bohrte sich wie brennende Nadelstiche in seine Wange, während er schockiert keuchte und seine eigenen salzigen Tränen schmeckte.* Doch selbst mit Luft in der Lunge fühlte er sich, als hätte ihm jemand den Sauerstoff entzogen. *Scharfe Nägel bohrten sich in seinen Arm, als die wütende Frau ihn herumdrehte, damit er sich das blutige Grauen ansah. Tracys Stimme war verächtlich, als sie in sein Ohr fauchte: „Das ist Ihre Schuld. Sie haben das getan. Sie haben nicht das Recht, zu weinen. Sie haben nur die Pflicht, es in Ordnung zu bringen."* Er atmete aus.

„Ich erinnere mich an SSA Joel", antwortete er ruhig. Mit Kincaids Theatralik konnte er nicht mithalten, doch er konnte ihm die gewünschte Reaktion verwehren. Das Pokerface, das Javi von seiner Mutter gelernt hatte – deren ausdruckslose Missbilligung ihn heute noch erschüttern konnte –, brachte Kincaid stets zur Weißglut. Er wusste nicht, wo er angreifen sollte, wenn man ihm dafür keine Fläche bot. „Sie war eine gute Agentin, auch wenn ich dachte, sie wäre noch im Mutterschaftsurlaub."

Kincaid neigte den Kopf zur Seite und zuckte ruckartig mit den Schultern, während er den Ordner auf seinen Tisch warf. „Einige Wochen noch", antwortete er. „Aber sie freut sich schon darauf, wieder mit Ihnen zusammenzuarbeiten, Javier."

Das sandte eine zuckende Reaktion über Javis Rücken und er musste kämpfen, um sie nicht auf seinem Gesicht zu zeigen. Niemand außer Kincaid nannte ihn Javier. Schon im Kinderbett war er von seiner Großmutter zu Javi gemacht worden, da sie selbst bei ihrem Enkel nicht den Namen ihres toten Mannes ertragen hatte und alle wussten, dass man sich ihr am besten fügte. Kincaid hatte den Namen gemocht, ihn über seine Zunge rollen lassen und Javi hatte es erlaubt. Der Name seines Großvaters im Mund dieses Arschlochs.

Und wie bei allem, was Kincaid tat, gab es keinen Ansatzpunkt, um ihn zur Rede zu stellen.

„Ich freue mich ebenfalls darauf, sie wiederzusehen", sagte Javi.

Etwas musste sich auf seinem Gesicht oder in seiner Stimme gezeigt haben, denn Kincaid wirkte selbstzufrieden, als er sich zurücklehnte. Er drehte den Kopf und kratzte sich über den Nacken.

„Ich wollte Ihnen die gute Nachricht nur persönlich überbringen", sagte Kincaid. „Gibt es bei Ihnen noch etwas? Wenn ich irgendwie helfen kann, bis Tracy eintrifft, müssen Sie es nur sagen."

Das *Nein* lag ihm schon auf der Zungenspitze, doch das wäre gewesen, was Kincaid erwartete.

„Tatsächlich würde ich nächste Woche gern eine kognitive Befragung mit Deputy Witte durchführen", antwortete Javi also. „Ich wüsste es zu schätzen, wenn Sie einen unserer Analytiker herschicken könnten."

Kurz herrschte Schweigen, dann lachte Kincaid. Er bewunderte es, wenn ihn jemand überraschte.

„Natürlich", sagte er. „Ich sehe nach, wann einer zur Verfügung steht, und melde mich dann. Passen Sie auf sich auf, Agent. Sie haben da unten nicht viele Freunde. Wenn Sie sich den Lieutenant zum Feind machen, wird es nicht gut ausgehen."

Nach einem letzten Austausch leerer Plattitüden beendete Kincaid das Gespräch. Javi lehnte sich auf seinem Stuhl zurück und starrte den Bildschirm an. Am liebsten hätte er ihn vom Schreibtisch gestoßen. Am liebsten hätte er den hässlichen Briefbeschwerer aus zusammengeschweißten Kugeln, den er von Saul geerbt hatte, durch die Glasscheibe geworfen, hätte er es dann nicht am nächsten Morgen erklären und die Rechnung begleichen müssen.

Zwar nahm er ihn vom Tisch, wog ihn aber lediglich in der Hand. Saul hatte behauptet – oder vielleicht nur gelogen –, dass jede Kugel in dem runden Metallstück auf ihn abgefeuert worden war und eine aus der kleinen Smith & Wesson seiner Frau stammte. All das und dann starb er einfach an einem Herzinfarkt.

„Ich hätte dich jetzt lebend gebrauchen können, alter Freund", teilte Javi der Stille mit. „Wenigstens für ein Jahr. Selbst wenn du in den Ruhestand getreten wärst, hätte ich mit jemandem über alles reden können."

Tracy Joel. Sie hasste ihn und das konnte er ihr nicht vorwerfen, doch dieses Problem musste noch warten. Javi platzierte die schwere Metallkugel wieder auf dem Tisch und erhob sich.

Im Büro mochte es keinen Whiskey mehr geben, aber in seiner Wohnung war ganz sicher eine Flasche.

Die örtlichen Medien waren anscheinend interessierter an „Deputy der San Diego County Sheriffs bei Unfall mit Fahrerflucht verletzt" als an „während der Suche nach einer verletzten Touristin", doch das würde sich ändern. Javi schloss das Fenster auf dem Display des Tablets und ließ sich tiefer in den schwarzen Ledersessel sinken, der vor dem breiten Fenster des Lofts stand.

Die Aussicht gefiel ihm, allerdings nicht wegen des Restaurants gegenüber. Das grelle Licht neu angebrachter Straßenlaternen war so hell, dass Javi die umgedrehten Stühle auf den Tischen und die miesen Kunstwerke an den Wänden sehen konnte. Wobei er zugeben musste, dass er an Abenden, an denen es bei seiner Heimkehr noch geöffnet war, die Mischung aus Mexikanisch und Thailändisch durchaus interessant fand. Vor allem mochte er jedoch den Blick, weil er ihn daran erinnerte, wie Cloister sich an die Scheibe gelehnt hatte, mit beim Abstützen angespannten breiten Schultern unter gebräunter Haut, während Javi ihn gefickt hatte und die schwache, schattenhafte Spiegelung seines Gesichts von der Fensterscheibe zurückgeworfen worden war.

Normalerweise sandte dieses Bild Javis Hand zu seinem Schwanz, doch an diesem Abend konnte er es nicht aufrechterhalten. Es zerbrach in schlechte Erinnerungen, alte und neue. *Blutiger Mull. Mit Blutergüssen befleckte honiggoldene Haut.*

„*Javier.*"

Javi verzog das Gesicht und trank einen Schluck Whiskey. Die beißende Kälte in seiner Kehle durchbrach den Gedankengang. Um Joel konnte er sich später sorgen. Er musste sich darauf konzentrieren, dass er Janet Morrows Fall als seine Angelegenheit verkauft hatte, obwohl ihm soeben klar geworden war, dass der Fall in einer Sackgasse zu stecken schien – keine Zeugen und keine Anhaltspunkte, bis sie vom Labor hörten, nur ein halb totes Mädchen in einem Krankenhausbett und ein Krimineller, der so weit ging, einen Deputy anzugreifen, um sie ganz zu töten.

Sie musste den Angreifer gekannt haben – vielleicht nicht persönlich, aber gut genug, um ihn identifizieren zu können.

Javi trank einen zweiten Schluck und hob das Tablet, um zwischen seinen E-Mails noch einmal Tancredis knappe Nachricht mit den Berichten des Sheriff's Department zu suchen – Datum und Uhrzeit ihrer Flüge, die Buchung im Hampton und der noch zu genehmigende Durchsuchungsbeschluss für ein zwei Generationen altes iPhone.

Er stützte seine nackten Füße auf dem Fußhocker ab – wobei sich das schwarze Leder unter seiner Haut klebrig-heiß anfühlte – und schickte ihr eine knapp formulierte Frage zu Janets Gepäck. Da es sich bei Janets Notfallkontakt um die Professorin einer Modeschule handelte, war es unwahrscheinlich, dass sie mit nur einem Satz Kleidung über den Kontinent gereist war.

Die Entschuldigung für sein schroffes Verhalten am Freitag brachte es auf fünf Wörter. Sein Dank dafür, von ihr über Cloisters Verletzung informiert worden zu sein, auf acht. Beides löschte Javi, bevor er die Nachricht abschickte. Er schuldete ihr ein „Tut mir leid", aber der beste Dank war es, dieses nicht auszusprechen. Joel würde Tancredi eher mögen, wenn sie nicht mit Javi befreundet war.

Er rieb sich die trockenen Augen und widmete sich wieder dem dürftigen Bericht. Janet schien in der Welt keinen großen Eindruck hinterlassen zu haben, zumindest nicht als Janet. Nachdem Galloway sie in der Datenbank gesucht hatte, würden sie vielleicht mehr darüber wissen, wo sie vorher gewesen war.

Das Klopfen von Fingerknöcheln an seiner Tür unterbrach ihn auf der Mitte der Seite, die Janets Verletzungen auflistete. Galloway hatte sie bereits im Krankenhaus aufgezählt, doch die weniger anschauliche, nüchterne Beschreibung des Operationsberichts war erdrückender. Es war eine Erleichterung, ihn beiseitezulegen.

Javi löste sich aus dem Sessel und tappte zur Tür. Er schaltete den Monitor an und die Kamera fing Cloisters langen Körper ein, der sich an die Wand vor der Tür lehnte, Kopf in den Nacken gelegt und sein altes graues T-Shirt vor Schweiß an der Haut klebend. Es war eine gute Kamera. Javi konnte jede Schattierung von Blau und Gelb erkennen, die sich bis zu Cloisters Haaransatz hinaufzog.

Obwohl er noch immer nicht in der Stimmung war, mit jemandem zu reden, öffnete er die Tür. Bourneville saß zwischen Cloisters Füßen auf den Stufen. Ein schweres Stück speicheldurchnässtes Seil baumelte aus ihrem Maul und ihre Rute klopfte kurz auf den Boden, als sie Javi sah.

„Weißt du, wie spät es ist?", fragte er und lehnte sich gegen den Türpfosten. Cloister neigte seinen Kopf zur Seite und öffnete ein Auge. Im schwachen Licht wirkte die Iris eher grau als blau. „Kurz vor zwei", sagte er. Ein schiefes Lächeln hob einen Mundwinkel, als er das andere Auge öffnete, um Javi von Kopf bis Fuß zu mustern. Das Aufflackern ungenierter Anerkennung in diesem rauen Gesicht traf Javi wie immer an einer unangenehm verletzlichen Stelle. „Du siehst nicht aus, als hättest du schon geschlafen."

„Nicht unbedingt dein Fachgebiet."

Cloister schnaubte amüsiert. „Zugegeben." Er stieß sich mit den Schultern von der Wand ab und kratzte über die goldenen Stoppeln an seinem Kiefer. Er warf einen Blick über Javis Schulter, bevor er ihn wieder ansah. Hinter seinen Augen schien sich etwas zu klären und er zuckte mit den Schultern. „Entschuldige. Ich habe nur gesehen, dass noch Licht brennt, und wollte etwas mit dir besprechen. Ich hätte erst anrufen sollen."

Er machte einen Schritt zurück auf die Stufe hinter ihm, was in Javi jedoch empörte Verärgerung auslöste. Vielleicht hatte er keine Gesellschaft gewollt, doch das war immer noch seine Entscheidung, nicht Cloisters.

„Warte." Er packte Cloisters Arm. „Jetzt bist du schon hier. Dann kannst du ebenso gut reinkommen."

Es war eine widerstrebende Einladung, weshalb Javi nicht wusste, warum er die Luft anhielt, als er auf Cloisters Antwort wartete. Vermutlich war das auch egal, da Cloister nach kurzem Zögern nickte.

„Ja", sagte er. „Da hast du wohl recht."

Bourneville seufzte laut, wie um „endlich" zu sagen, stand auf und lief um Javis Beine herum in die Wohnung. Einige Wochen nicht hier gewesen zu sein schien sie nicht daran zweifeln zu lassen, dass sie willkommen war. Sie tappte zum Sofa, sprang hinauf, drehte sich in drei flinken Kreisen um sich selbst und warf sich hin. Ihre Nase senkte sich auf ihre Pfoten und sie begann, auf ihrem Spielzeug zu kauen.

„Dabei habe ich ihr eine Decke hingelegt", brummte Javi, während er die Tür hinter Cloister schloss.

„Wo würdest du lieber schlafen? Auf der Couch oder auf einer Decke am Boden?", fragte Cloister trocken. Er schnippte mit den Fingern, woraufhin sich Bournevilles Ohren aufmerksam spitzten. „Bon …"

„Lass sie", unterbrach ihn Javi. „Jetzt sind die Haare sowieso drauf."

Cloister zuckte mit den Schultern und ersetzte sein Kommando durch „braves Mädchen".

Der Hund schlug zweimal halbherzig mit der Rute gegen die Polster und widmete sich wieder seinem Seil.

„Drink?", fragte Javi und deutete auf die offene Flasche Whiskey.

Cloister schüttelte den Kopf. „Schmerztabletten", erinnerte er Javi. „Aber Bourneville könnte etwas zu trinken vertragen."

„Tu dir keinen Zwang an", sagte Javi. „Du weißt, wo der Wasserhahn ist."

Während Cloister eine schwarz-weiße Design-Suppenschüssel mit geometrischem Muster für den Hund füllte, nutzte Javi die Gelegenheit, um ihn sich genauer anzusehen. Das T-Shirt war nicht das einzige Verschwitzte. Cloisters kurzes, sandblondes Haar klebte in zerzausten, feuchten Locken an seinem Kopf und auch auf seinen nackten Armen glänzte Schweiß. Der Gips, bereits schmutzig und vollgekritzelt, sah am Rand nass und leicht angekaut aus.

„Bist du etwa hergejoggt?", fragte er unwillkürlich.

Laut ausgesprochen war es eine so offensichtlich alberne Frage, dass er trotz aller Hinweise damit rechnete, von Cloister ausgelacht zu werden.

Stattdessen zuckte dieser nur mit den Schultern. Das dadurch angehobene T-Shirt ließ einen Streifen von Cloisters Bauch aufblitzen – nichts als pure Muskeln und ein gekrümmtes Stück Tinte. „Ich konnte nicht schlafen."

„Du bist ein Idiot", sagte Javi. „Wie kann man mit einem gebrochenen Handgelenk joggen? Tut das nicht weh?"

Cloister hob seine Hand, um den Gips anzusehen, als hätte er ihn vergessen. „Schon. Aber irgendwann tut es immer weh", erklärte er. „Man läuft gegen diese Wand, an der der Körper aufhören will, und da muss man durch."

„Warum?" Es war die vermutlich persönlichste Frage, die er Cloister je gestellt hatte. Er wusste nicht, ob er das traurig oder beängstigend finden sollte. „Warum muss man das?"

Cloister zögerte mit einem Stirnrunzeln, als hätte er darüber nie zuvor nachgedacht. Dann zuckte er lachend mit den Schultern und das längliche Grübchen blitzte auf seiner Wange auf, als er sagte: „Wahrscheinlich, weil man sonst niemals irgendwo ankommt. Außerdem bin ich dadurch auf den Gedanken gekommen …"

„Können wir heute Nacht irgendetwas tun?", unterbrach ihn Javi grob, während er mit ungeduldigen Fingern sein Hemd aufknöpfte. „Wird das, was dir eingefallen ist, Janet in diesem Augenblick helfen?"

Es war nicht der richtige Zeitpunkt. Javi war frustriert, wütend über Dinge, die er nun nicht ändern konnte – die er vermutlich niemals hatte ändern können – und er hatte zugelassen, dass Kincaid wieder seine Finger in seinen Verstand eintauchte. Andererseits war auch ihr erster Kuss eine dumme Idee gewesen. Aber damals hatte es Javi nicht davon abgehalten, also weshalb sollte das nun anders sein?

„Ich weiß es nicht." Cloister schluckte schwer und riss seinen Blick von Javis nackter Brust los. „Ich … glaube nicht."

„Gut."

Javi packte eine Handvoll von Cloisters T-Shirt – der abgetragene Stoff war feucht und kühl durch den Schweiß – und zog ihn für einen Kuss herunter.

61

Seine Lippen waren nass und scharf vom Salz, sein Atem traf heiß auf Javis whiskeykühlen Mund. Cloister legte ihm eine Hand in den Nacken, presste raue Finger auf Javis Haut. Das kratzige Gefühl kroch Javis Wirbelsäule hinab und bis in seine Hoden – ein lustvolles Ziehen, das an seinem Schwanz zupfte.

„Ich dachte, du wolltest schlafen", murmelte Cloister gegen seine Lippen.

„Das will ich", antwortete Javi. Er wickelte sich Cloisters T-Shirt um die Faust und zog ihn mit sich Richtung Schlafzimmer. „Aber später. Jetzt will ich dich ficken und alles andere bis morgen vergessen."

Ineinander verschlungen stolperten sie ins Schlafzimmer. Javis Hände waren unter Cloisters T-Shirt – wo seine Finger sich aufs Neue im Puzzlespiel der alten Narben auf Cloisters Rippen verloren – und sein Hemd hing achtlos fortgeworfen am Türgriff. Als sie sich dem Bett näherten, machte Cloister sich an Javis Hose zu schaffen. Mit nur einer einsatzbereiten Hand war er ungeschickt.

Schwarze Seide empfing sie, kühl wie Wasser, als sie auf das Bett sanken. Javi zog seine Lippen an Cloisters Kiefer entlang, ein gemächlicher Pfad aus Küssen von seinem Mundwinkel bis zum verletzlichen Puls an seiner Kehle.

Er roch nach Seeluft, Zitronenseife und dem sauberen Aroma von frischem Schweiß, bevor er trocknete – wie Sex ohne den dunklen, moschusartigen Nachgeschmack.

Javi zog Cloister das T-Shirt aus und ließ es an seinem Gips hängen, während er nun Küsse auf Cloisters breiter Brust verteilte. An einer festen rosa Brustwarze hielt er inne – das leichte Kratzen seiner Zähne brachte Cloister dazu, sich zu winden – und bewegte sich dann weiter hinunter zum Gewirr von Narben, Tattoos und blauen Flecken, das Cloisters Rippen zierte.

Über die letzten Monate hinweg hatte er das Muster der Tinte zusammengesetzt. Ohne die Narben wäre es ein mieses, unpersönliches Tribal-Tattoo gewesen, wohl genau das, was ein trotzköpfiger vierzehnjähriger Cloister ausgesucht hätte. Erst das Narbengewebe, mit dem es durchsetzt war, machte es zur Kunst, erst die Zerrissenheit machte es schön.

„Du und Straßen, ihr kommt nicht gut miteinander aus", stellte Javi fest, während er über eines der glatten erhöhten Kommas aus Narbengewebe leckte, das auf einem Bluterguss schwebte. Er schob eine Hand über Cloisters Bauch bis in den Bund seiner Jogginghose, wo er seine Finger um die feste, interessierte Erhebung von Cloisters Schwanz legte. „Hast du mal über einen Bürojob nachgedacht?"

Cloister lachte und löste das T-Shirt von seinem Gips. Er warf es zur Seite. „Kannst du dir mich in einem Anzug vorstellen?", fragte er.

Es war ein Scherz. Abgesehen von seiner Uniform bestand Cloisters Garderobe aus alten Jeans und alten T-Shirts aus Secondhandshops. Das einzige, wofür er Geld ausgab, waren seine Stiefel und Sneaker, und das nur, damit er sie abtragen konnte, bis sie aussahen wie auf einer Müllhalde gefunden.

Dennoch konnte Javi ihn sich plötzlich in Business-Kleidung vorstellen. Das Bild von Cloister in einem gut geschnittenen Anzug, der sich über breite Schultern spannte und schmale Hüften umschloss, sank durch Javis Kopf an den Ort, an dem er seine Fantasien aufbewahrte – große Hände, die sich fügsam gegen kaltes Glas pressten, der Nachdruck eines Befehls, als Cloister in Javis Ohr knurrte, und nun auch Cloister in einem Anzug, den Javi ihm ausziehen konnte.

„Meine Anzüge magst du", sagte er.

„Dir stehen sie auch", antwortete Cloister keuchend. Seine Hüfte hob sich vom Bett, als Javi ihn streichelte. „Ich sehe darin aus wie eine Katze, der jemand Kleider angezogen hat – halb erwürgt und komplett angepisst."

Der Gedanke gefiel Javi trotzdem.

„Nenn mich Javier", sagte er, während er Cloisters Schwanz losließ – woraufhin Cloisters Brust ein tiefes, protestierendes Stöhnen entwich – und die Augen schloss.

„Warum?"

„Weil ich es dir gesagt habe."

„Leck mich."

Javi schob sich hoch. Er setzte sich auf Cloisters Hüften und beugte sich über ihn, vergrub seine Finger in dem kurz geschnittenen Gewirr aus blondem Haar und kam ihm so nahe, dass er Cloisters Atem auf seinem Gesicht spürte. Dann schloss er wieder die Augen.

„Weil ich dich darum gebeten habe."

„Javier."

Es trug keine Lyrik in sich, wenn Cloister es aussprach, keine unberechenbare Sinnlichkeit, als er die Silben in den Mund nahm. Es war lediglich ein Name, gedehnt gesprochen von einem Mann, dessen Spanisch einen stärkeren Montana-Akzent besaß als sein Englisch. Das einzig Raffinierte an dieser Zunge war ihre Art zu küssen.

Selbst wenn Javi die Augen schloss, lag unter ihm noch immer Cloister, niemand sonst. Dafür dankte er dem Gott seiner Großmutter.

„Ist alles in Ordnung?", erkundigte sich Cloister. Er streifte mit einer Hand Javis Rippen, bevor er sie in seinen Hosenbund hakte.

Javi öffnete die Augen und blickte auf ihn hinab. Es war nicht in Ordnung. Er hatte geglaubt, Kincaid könnte ihn nicht mehr verletzen, und hatte sich geirrt … schon wieder. Und diesmal gab es keinen Saul, der eingriff und ihm, aus Gründen, die Javi vermutlich niemals verstehen würde, einen Ausweg bot.

Dennoch glaubte Javi im Augenblick, dass *er* in Ordnung war. Er war nicht sicher, weshalb und er war noch immer verärgert über Kincaids Spielchen, doch plötzlich hatte er nicht mehr das Gefühl, in all seinen alten Fehlern zu ertrinken. Nicht, wenn er so viele neue machen konnte.

Er neigte Cloisters Kopf nach hinten und streifte seinen Mund mit einem rauen Kuss.

„Du bist nicht nackt", sagte er. „Also ist es das noch nicht."

9

DER GIPS war nervtötend. Das Problem bestand nicht so sehr darin, dass Cloister seine Hand nicht benutzen konnte – er hatte eine zweite, einen Mund und eine Zunge –, sondern darin, dass er im Weg war. Das Material war schwer und rau und Cloister schätzte immer wieder falsch ein, wo er sich befand und wie viel Kraft er einsetzen musste, um ihn zu bewegen. Er fühlte sich wie nach seinem letzten Wachstumsschub, als die bis dahin zuverlässige Karte seines Körpers über Nacht verunstaltet worden war und er plötzlich Dinge umgestoßen hatte, die zuvor nicht in Reichweite gewesen waren.

„Sorry", murmelte er, als er zum zweiten Mal geräuschvoll mit dem Gips gegen das Kopfende stieß. Er besiegelte die Entschuldigung mit einem Kuss, zog Javi mit seiner unverletzten Hand im Nacken zu sich herunter.

„Muss ich die Handschellen holen, Deputy?", fragte Javi. Er packte Cloisters Arme gleich unter den Ellbogen und presste sie links und rechts von Cloisters Kopf auf die Matratze. Sein schmales Gesicht, elegant geschnitten und mit frischen Stoppeln bedeckt, blickte forschend auf ihn herab. „Halt still. Benimm dich."

Javi presste sich mit seinem ganzen Gewicht auf ihn, um den Befehl zu unterstreichen, und die langen Muskeln seiner Arme spannten sich unter seiner Haut, bis Cloister sich tatsächlich festgehalten fühlte. Es sorgte für ein Engegefühl in seiner Brust – der Adrenalinstoß von Kampf oder Flucht, nur deutlich abgeschwächt – und sein Schwanz und seine Hoden zogen sich zwischen seinen Beinen zusammen.

Eines war Instinkt, das andere eine erlernte Reaktion. Eines Tages würde er bei einer Trainingsübung mit Handschellen erklären müssen, wieso sein Schwanz soeben gemischte Signale erhalten hatte.

„Bring mich doch dazu."

Ein finsteres Lächeln legte sich langsam auf Javis Lippen. Es blieb nicht lange dort, doch seine träge Verheißung klang nach, als Javi sich herunterbeugte, um in Cloisters Ohr zu flüstern: „Wir wissen beide, dass das nicht nötig ist."

Er hatte nicht unrecht. Aber darum ging es nicht. Dass man etwas wollte, war noch lange kein Grund, zu tun, was einem gesagt wurde. Cloister schlang ein Bein um Javis, hob die Hüften und vertauschte ihre Positionen.

Die abrupte Bewegung fühlte sich in seiner gezerrten Taille wie heiße Nadeln an und sandte den dumpfen, tiefen Schmerz einer Prellung von seinem Hüftknochen bis in den Oberschenkel. Doch für das Aufblitzen frustrierter Sehnsucht in Javis Gesicht hatte es sich dennoch gelohnt.

„Benimm dich", spottete Cloister und streifte mit den Lippen Javis Mundwinkel, als könne er die Strenge herauslocken. Javis langer, schlanker Körper war unter ihm ausgestreckt und sein Schwanz presste sich hart gegen Cloisters Bauch. Seine Finger schlossen sich fester um Cloisters Unterarme, als er sich gegen Cloisters schweren Körper stemmte. „Halt still."

Javi kniff die Augen zusammen. „Weißt du, die Leute bezeichnen dich als sympathisch. Ich verstehe es nicht."

„Wirklich?" Cloister küsste ihn langsam und sanft. „Überhaupt nicht?"

Er zeichnete mit der Zunge die Wölbung von Javis Unterlippe nach, bevor er sie in die feuchte Wärme seines Mundes tauchte. Dann war es vorbei mit der Sanftheit, als Javi ihm mit Zähnen und Zunge entgegenkam – ein Schuss Lust so scharf wie der Whiskey, den Cloister abgelehnt hatte … und berauschender.

Für Cloister gab es viele gute Gründe, sich von Javis Bett – oder wo sie es sonst noch trieben – fernzuhalten. Javi stand für schwarze Seidenlaken ohne feste Bindung, ein Tütchen Gleitgel in Reisegröße in der Brieftasche und die Nummer eines heißen Anwalts auf seinem Handy. Währenddessen wurde Cloister häufiger das Herz gebrochen, als er neue Bettwäsche kaufte – einmal im Jahr bei Target – und das Spielchen ohne Verpflichtungen konnte er zwar eine Weile mitspielen, doch letztendlich würde er sich darin verfangen.

Er würde verletzt werden. Es war schlicht eine Tatsache, und doch kam er zurück. Auch dafür gab es viele gute Gründe – Javi war attraktiv, auf aggressive Weise gut im Bett und machte sich unter seiner demonstrativen Reserviertheit mehr Gedanken um Dinge, als er zugeben wollte.

Doch es war dies hier – die besitzergreifenden Zähne an Cloisters Lippen, der sehnsüchtige Druck von Javis feuchtem Schwanz an seinem Bauch –, was seinen Weg in Cloisters Träume fand. Die verführerische Vorstellung, wie sehr Javi ihn wollte, so vollständig und doch ohne die Komplikation, ihn dabei zu lieben.

Diesen Aspekt hatte Cloister bisher nicht gemeistert.

Javi ließ endlich Cloisters Arme los. Stattdessen glitten seine Hände über Cloisters Rücken, an gespannten Muskeln entlang, und packten seinen Hintern. Ein lustvolles Zucken zog Cloisters Loch zusammen und schoss bis in seine Eier.

„Du musst dich nicht um Komplimente bemühen", sagte Javi, als er sich von Cloisters Lippen löste, um kurze, beißende Küsse an seinem Kiefer zu verteilen, sodass seine Zähne über goldene Stoppeln kratzten. „Schließlich habe ich dich doch hereingebeten, oder?"

„Also bin ich besser als ein Zeuge Jehovas?", neckte Cloister. Er schob eine Hand zwischen ihre Körper, damit er seine Finger um Javis Schwanz legen konnte. Seine Fingerknöchel streiften Javis flachen Bauch, als er seinen Daumen hinaufschob. Javis Schwanz war hart mit einer Schicht weicher, samtiger Haut, die den steifen Schaft und das pochende Blut umhüllte. „Das ist ja schon mal was."

Javi flüsterte ein ersticktes „Fuck" und bog den Rücken durch. Sein Schwanz schob sich gegen Cloisters Handfläche und durch seine Finger, berührte feucht mit seinem Lusttropfen Cloisters Bauch.

„Wobei ich nie einem Zeugen begegnet bin, mit dem ich es treiben wollte", stieß Javi keuchend hervor. Mit feuchten Lippen streifte er Cloisters Schulter und biss in das vorstehende Schlüsselbein. „Also könnte sich das noch ändern."

Er schob Cloister von sich und drehte sich auf die Seite, um die Nachttischschublade zu erreichen. Während er in der Schublade suchte, streckte sich Cloister auf dem Rücken aus und nahm seinen eigenen Schwanz in die Hand. Mit noch von Javi feuchten Fingern spielte er mit dem schweren Schaft, während er die Bewegungen der Muskeln in Javis Rücken bewunderte. Neben Javis dunklem Haar und der glänzend schwarzen Bettwäsche besaß seine gebräunte Haut einen beinahe kühlen Ton, der Cloister an den Herbst in Montana erinnerte – das perfekte Beigebraun der Blätter, direkt bevor sie von den Bäumen fielen.

Cloister setzte sich mit steifem Schwanz auf und beugte sich vor, um mit offenem Mund einen Kuss auf Javis Schulterblatt zu pressen. Er strich mit der Hand über die Seite von Javis Brustkorb, an der Kurve seiner Taille entlang und bis zu seiner Hüfte.

„Danke, dass du in dieser Nacht bei mir geblieben bist", sagte er gegen die Wärme von Javis Schulter. „Es war nicht so gemeint, als ich gesagt habe, du sollst abhauen."

Mit einer Flasche Gleitgel und einem Kondom drehte sich Javi wieder in seine Richtung. Sex ohne Versprechungen hieß geschützter Sex. Das war Teil ihrer Absprache.

„Doch, das war es", behauptete Javi, bevor er mit den Zähnen die Verpackung des Kondoms aufriss. Er lehnte sich mit gespreizten Beinen zurück und streifte das Gummi über seinen Schaft.

Cloister schnaubte und schob eine Hand an Javis Oberschenkel hinauf, wobei feine, dunkle Haare seine Fingerspitzen kitzelten, damit er sie um Javis Hoden legen konnte. Als er zudrückte, zog sich die weiche Haut unter seiner Hand zusammen und Javi fluchte, als sein Schwanz zwischen seinen Fingern zuckte.

„Das war es", gab er zu. Er streichelte mit dem Daumennagel über das feste Stück Haut hinter Javis Hoden. Javi ließ seinen latexglänzenden Schwanz los, um als Reaktion darauf die Fäuste zu ballen. „Trotzdem weiß ich es zu schätzen."

Javi drückte eine Handvoll Gleitgel auf seine Handfläche und verteilte sie mit zwei langsamen, sorgfältigen Bewegungen auf seinem Schaft.

„Beweis es", sagte Javi mit tiefer, dunkler Stimme. Er lehnte sich mit den Schultern an die Kissen und spreizte die Beine, sodass sich sein Schwanz feucht und obszön im Winkel zwischen seinen Schenkeln erhob. „Komm her."

Verlangen zog sich fest in Cloisters Bauch zusammen und schlug seine Krallen in seinen Schwanz. Er zuckte steif und willig gegen seinen Bauch und Cloister wand sich, als ein dumpfes, schweres Pochen in seinen Eiern schmerzte.

Kurz zögerte er – die Vorstellung seines ramponierten schlaksigen Körpers auf Javis Schoß war eher unbeholfen als erotisch –, doch Javi packte sein unverletztes Handgelenk und zog ihn über das Bett.

Er ließ sich auf Javis Oberschenkeln nieder und stützte seine Hände – Hand, nachdem Javi bei einem Stoß des Gipses gegen seine Haut zusammenzuckte – an Javis Schultern ab. Sein Schwanz wippte in der Luft zwischen ihnen und die Matratze gab unter seinen Knien nach, als er sein Gewicht nach vorn verlagerte. Javi streckte eine Hand zwischen seine Beine und schob kühle, gleitgelglatte Finger in ihn, um Cloister zu öffnen.

„Fuck", stöhnte Cloister und vergrub seine Finger in Javis Schulter. Die langen Muskeln seiner Oberschenkel spannten sich und zitterten wie Drähte unter seiner Haut.

„Das ist der Plan", sagte Javi.

Er löste seine Finger – Cloisters Loch zuckte durch die plötzliche Leere – und umfing damit fest seinen Schwanz. Während er wartete, schob er seinen Daumen langsam und fest streichelnd über die große Vene.

Cloister senkte sich hinab. Der Druck gegen den engen Muskelring sandte einen scharfen Ruck der Lust in seine Hoden. Er holte tief Luft und senkte sich tiefer hinunter, bis er Javis Oberschenkel unter seinem Hintern fühlte und spürte, wie Javis schwerer Schwanz ihn dehnte.

„So siehst du wunderschön aus", sagte Javi. Er schob seine Hände über Cloisters Oberschenkel bis zu seiner Hüfte und legte seine Daumen in den Knick an der Leiste. „Wenn du fickst und wenn du rennst sind deine Knochen und Muskeln wie Seide unter deiner Haut."

Cloister beugte sich vor, bis er beinahe auf Javi lag. Seine Hand nahm er von Javis Schulter und legte sie stattdessen um die Metallstäbe am Kopfende des Bettes.

„Und sonst?", fragte er.

Javi lächelte schwach und küsste den Schweiß aus der Vertiefung von Cloisters Schlüsselbein. „Sonst siehst du wie jemand aus, mit dem man sich nicht bei einer Kneipenschlägerei anlegen möchte."

„Gut", antwortete Cloister atemlos, während er seine Hüften bewegte. Er spürte das Zucken von Javis Schaft, als dieser sich ihm entgegenschob. „Das ist das Ziel."

Lust siedete wie warmer Honig in seinem Innern und tröpfelte in seine Hoden hinab. Es war lieblich und langsam, beinahe sanft, doch es war nicht genug. Er schloss die Finger fester um das Bett und spannte seine Beinmuskeln an, um sich grob auf Javis Schwanz zu schieben.

Unter ihm ausgestreckt ließ Javi Zähne und Zunge über Cloisters Schultern und Brust wandern – feuchte, raue Küsse, wo niemand ihre Spuren sehen würde. Er biss in eine aufgestellte Brustwarze – und in diesem Moment konnte Cloister nicht unterscheiden, ob das durch seinen Körper zuckende Gefühl Lust oder Schmerz war – und ließ seine Hände anerkennend über die festen Flächen von Cloisters Körper gleiten.

In Cloisters Oberschenkel machten sich Schmerzen bemerkbar, als er sich schneller und drängender auf Javi bewegte. Das heiße Stechen breitete sich in der Landkarte aus Blutergüssen aus, drang bis in seine Hüfte und das untere Ende seiner Rippen vor. Jeder keuchende Atemzug zerrte daran, doch das, was auf der anderen Seite der Wand wartete, war es ihm wert.

Cloister ließ das Bett los und setzte sich auf, damit er seine kühlen Finger um seinen Schwanz legen konnte. Ungeduldig bewegte er seine Faust auf und ab, während er auf Javi hinuntersah. Verlangen spannte die Muskeln in Javis Kiefer und überzog seine Brust und den dunklen Streifen Haar auf seinem flachen Bauch mit Schweiß.

„Fick mich", sagte Cloister. Die Worte klangen rau wie ein Befehl, doch die verzweifelte Sehnsucht, mit der er es wollte, ließ ihn ein heiseres „Bitte?" hinzufügen.

Es sorgte dafür, dass Javi schluckte und sich die Lippen leckte. Erst schloss er die Finger fester um Cloisters Schenkel, dann lockerte er sie wieder. „Ich will dir nicht wehtun", antwortete er.

„Dann tu mir nur genug weh", sagte Cloister.

Dunkles, hungriges Verlangen flackerte in Javis honigbraunen Augen auf und er packte wieder fester zu. Es waren nicht die angebotenen Schmerzen. Das war nicht Javis Ding. Er wollte die Kontrolle anstelle von Blut und blauen Flecken und die hatte Cloister ihm soeben überlassen.

„Ich habe ja versucht, nett zu sein", knurrte er und schob Cloister wieder unter sich.

Cloister fluchte keuchend, als Javis Schwanz beim Herausrutschen den Winkel veränderte und heftig seine Prostata traf. Sein eigener Schwanz war zwischen den harten, verschwitzten Flächen ihrer Körper gefangen, als sie sich wieder in Position brachten. Er sah Sterne und die lustvolle Erschütterung explodierte in seinem Rückgrat. Sein Handgelenk schmerzte, als der Gips auf die Kissen prallte, doch er registrierte das heiße Stechen kaum.

„Verdammte Scheiße", stöhnte er atemlos, während er seine Beine um Javis schmale Taille schlang und ihn für einen klebrigen Kuss zu sich zog, mit dem heiseren Hinweis: „Ich habe dich nicht darum gebeten, nett zu sein."

Javi verlagerte sein Gewicht wieder auf die Knie, stützte seine Hände gegen die Rückseiten von Cloisters Oberschenkeln und schnaubte. „Das tut nie jemand."

Dann schob er sich mit einem raschen, tiefen Stoß in Cloister hinein. Cloister keuchte und kam ihm entgegen. Ungeschickt schob er eine Hand zwischen ihre Körper und umfasste seinen Schwanz, um ihn im Rhythmus der Stöße zu streicheln. Lust brachte Cloisters angehobene Schenkel zum Zittern und zog sich wie ein Draht um seine Hoden.

Das Laken warf Falten, als es an ihren schweißnassen Körpern kleben blieb. Javi vergrub sich bis zum Anschlag mit schnellen, heftigen Stößen in Cloister, die das Bett unter ihm erschütterten. Seine Zähne waren zusammengebissen, die Muskeln unter der Haut angespannt und er bohrte seine Finger in Cloisters Oberschenkel.

Plötzlich zog er sich zurück. Cloister bog mit einem protestierenden Stöhnen den Rücken durch und zog sich um die plötzliche Leere herum zusammen, doch Javi brachte ihn mit einem Kuss zum Schweigen. Er beugte sich über Cloister, während er eine Hand zwischen seine Beine schob. Dann warf er das Kondom neben das Bett und schob seinen nackten, samtigen Schaft gegen Cloisters Bauch.

Cloister legte ungeschickt seine Finger um beide Schwänze, um sie zusammenzupressen. Atemlos stöhnend kam er, schmierte die Flüssigkeit zwischen seinen Fingern über Javis Schwanz. Eine Sekunde darauf rollte sich Javi von Cloisters Körper, streckte sich auf dem Bett aus und brachte sich mit schnellen, schnörkellosen Bewegungen seiner Hand zum Höhepunkt.

Er wischte die Hand an seinem Oberschenkel ab und blieb einen Moment lang entspannt und befriedigt liegen. Dann schob er sich an die Bettkante, setzte sich auf und suchte im Nachttisch nach einem Feuchttuch.

„Wenn du willst, kann ich verschwinden", bot Cloister an. „Auf dem Sofa schlafen."

Noch mit dem Rücken zu ihm sitzend, während er seine Hände und seinen Schwanz säuberte, stieß Javi ein Schnauben aus. „Das wirst du mich niemals vergessen lassen, oder?"

Cloister dachte darüber nach, während er sich streckte. Schmerzen hatte er noch immer, doch nun schienen sie sich wenigstens gelohnt zu haben. „Wahrscheinlich nicht."

Javi legte sich wieder hin und reichte Cloister ebenfalls ein Tuch. An seinem Bauch fühlte es sich kühl an, an seinem Schwanz noch kühler. Anschließend fühlte er sich klebrig, aber er konnte einfach am nächsten Morgen duschen.

Er schloss die Augen und wartete ab, ob er einschlafen würde. Bevor ihm das ganz gelingen konnte, strich ihm Javi das Haar aus der Stirn und seine Finger verweilten am Rand der genähten Wunde über seiner Augenbraue.

Cloister öffnete ein Auge, um ihn anzublinzeln.

„Ich treibe es mit niemand anderem in diesem Bett", sagte Javi. „Mehr kann ich dir nicht geben, aber ich würde auch niemanden hinter deinem Rücken ficken, okay?"

„Ich weiß", antwortete Cloister nach einem Augenblick. Das stimmte sogar. Was auch immer Javi sonst war, er war stets ehrlich, was ihre Beziehung zueinander anging. Das Problem war Cloister, weil er sich nur eine einzige Nacht lang jemanden gewünscht hatte, der log. Allerdings erschien es ihm nicht wie der richtige Zeitpunkt, all das zu erklären. Also strich er nur grinsend mit der Rückseite seiner Finger über Javis Arm und neckte: „Willst du kuscheln?"

Wie erwartet sorgte der Vorschlag dafür, dass sich Javi – der wie eine tote Eidechse schlief und zweimal in der Woche seine Bettwäsche wechselte – eilig auf seine Seite des Bettes zurückzog. „Nein", antwortete er in nun wieder gereiztem Tonfall, während Cloister lachte. Javi drehte ihm den Rücken zu. „Jetzt schlaf, bevor ich dich doch noch rauswerfe."

Vermutlich würde es nicht schaden, wenn Cloister dieses eine Mal tat, was man ihm sagte ... zumindest für eine Weile.

CLOISTER HATTE immer nur den einen Albtraum – zumindest nur einen, an den er sich erinnerte. Es war jedes Mal dieselbe Nacht, nur dass nicht alles in derselben Reihenfolge ablief.

Das kleine Metallauto gehörte nicht Cloister. Es war leuchtend rot und glänzend mit weißen Farbstreifen und allen Reifen. Er hatte niemals ein Spielzeug besessen, in das nicht der Name seines Bruders geritzt war, in das nicht der Spaß seines Bruders geschrammt war.

Es war nicht Cloisters, aber er hatte es. Er umklammerte es, als wäre es weich, als könnte es trösten, als er sich im langen, trockenen Gras versteckte. Es war heiß hier unten und staubtrocken. Die Kanten des Pick-ups gruben sich in Cloisters schweißweiche Hände, als er es umklammerte.

Draußen in der Dunkelheit war ein Pfiff zu hören. Die Hunde hörte er noch nicht.

Etwas packte ihn, der Kragen seines T-Shirts schnitt ihm in den Hals wie ein Draht und er bepinkelte sich. Kurz schämte er sich zu sehr, um sich zu fürchten. Für solche „Unfälle" war er zu alt. Das sagte jeder. Die Hand zerrte ihn aus seinem Versteck und ...

Cloister zuckte zusammen und wachte auf, wurde grob aus seinem Albtraum geschleudert. Er war kurzatmig, nassgeschwitzt und der traumklaren Überzeugung, dass er sich bepisst hatte. Das hatte er nicht. Nachdem er sich davon überzeugt hatte, lag er da und starrte an die kahle Decke, während er zusammenwob, wer er war und wo. Es dauerte eine Minute, bis die schlichten Wände und schwarzen Seidenlaken wirklicher waren als das scharfe Gras und das schicke rote Matchbox-Auto. Schließlich setzte er sich auf, sorgte dafür, dass sich kalter Fliesenboden unter seinen nackten Füßen befand, und rieb sich müde das Gesicht.

Alle paar Wochen – alle paar Tage, wenn es schlimm war – zerrte ihn sein Unterbewusstsein in die Vergangenheit, um erneut das Verschwinden seines Bruders zu durchleben. Es half nie. Große Stücke dieser Nacht waren entweder verschwunden oder sein Gehirn wollte nicht zugeben, dass sie da waren. Die Erinnerung ruckelte und sprang wie eine beschädigte Filmrolle, sobald sie auf etwas Brauchbares stieß.

Wenn es überhaupt eine Erinnerung *war*. Er hatte nie ein Matchbox-Auto besessen. Vielleicht hatte er niemals gesehen, von wem sein Bruder entführt

70

worden war. Nach so langer Zeit mochte es sich nur um einen Versuch seines Unterbewusstseins handeln, die Lücken zu füllen.

Vermutlich spielte es keine Rolle. Er würde es nie erfahren. Er stand auf und nahm seine Jogginghose vom Boden. Ein kurzer Blick auf das Bett zeigte ihm, dass Javi noch schlief – flach auf dem Rücken und mit einem Arm hinter dem Kopf. Er schlief sogar ordentlich.

Die Straßenlaternen leuchteten noch und warfen lange, schmale Streifen auf Javis entspannten Körper. Es wirkte wie Kunst. Obwohl Cloister lediglich hatte sehen wollen, ob Javi seinetwegen aufgewacht war – die Entschuldigung für solche Situationen hatte er über die Jahre perfektioniert –, blieb er stehen, um den Anblick zu bewundern.

Selbst ohne seine teuer geschneiderten Anzüge und mit einem teuren Haarschnitt, der nun von Cloisters Fingern zerwühlt war, sah Javi elegant aus. Schlanke Muskeln, ebenmäßige Konturen und eine Haut, die mit Spuren von Cloisters Mund und Händen bedeckt war. Der Schlaf milderte die kantigen, ungeduldigen Gesichtszüge und hob stattdessen die üppige Wölbung seiner Lippen hervor und wie seine kurzen Wimpern sich geradezu lächerlich dicht an seine Haut schmiegten.

Der Mistkerl besaß nicht einmal den Anstand, im Schlaf zu schnarchen oder zu sabbern. Er lag nur da und sah … zum Anbeißen aus.

Trotz seiner Erschöpfung und des dumpfen Hintergrundschmerzes seiner mitgenommenen Knochen durchzuckte träges Interesse Cloisters Schwanz. Cloister dachte darüber nach, wieder ins Bett zu kriechen und all die dunklen Vertiefungen zu küssen, die das Licht zeigte. Sex eignete sich beinahe so gut wie Jogging, um die letzten klebrigen Fäden eines Albtraums abzuschütteln.

Das Interesse zwischen seinen Beinen war nicht mehr ganz so träge. Kurz fühlte er sich versucht, doch letztendlich hatte er zu viele Nächte wach verbracht, um jemand anderem seinen Schlaf zu stehlen. Er schluckte schwer und riss sich los.

Barfuß tappte er aus dem Schlafzimmer und schloss leise die Tür. Bourneville schlief auf dem Sofa in ähnlicher Position wie Javi, auf dem Rücken mit dem Bauch nach oben. Ihre Pfoten zuckten hin und wieder, als sie im Traum einer Spur folgte.

„Bon", sagte Cloister leise, als er in seine vom Schweiß steife Hose schlüpfte. „Komm."

Sie ging unelegant von schlafend zu wach über, als sie sich auf die Beine kämpfte. Ihre Ohren spitzten sich aufmerksam in seine Richtung und sie wedelte. Cloister verspürte einen Anflug von Schuldgefühlen. Sie war gelangweilt. Eine Runde durch die Straßen von Plenty zu joggen und dabei ihr geliebtes Stück Seil zu apportieren, reichte nicht aus für einen Hund, der daran gewöhnt war, nachts kilometerweit Drogendealer zu verfolgen.

Selbst wenn das Department die Geduld verlor und Cloister zwang, seinen angesammelten Urlaub zu nehmen, füllte er die Tage normalerweise mit freiwilligen Rettungsarbeiten. An Untätigkeit war Bon nicht gewöhnt.

„Bald können wir wieder arbeiten", versprach er. „Bis dahin trainieren wir noch etwas. Suchen ein paar tote Dinge."

Bourneville grinste ein Hundegrinsen mit scharfen Zähnen und seitlich heraushängender Zunge. *Tot* war eines der Nicht-Kommando-Wörter, die sie stets wahrnahm, genau wie *Ball*, *Leckerli* und *Katze*.

Sie sprang von der Couch und schlitterte mit auf dem Boden lauten Krallen zur Tür, um auf ihn zu warten.

Cloister drehte sein T-Shirt auf die richtige Seite, stellte fest, dass es vorher die richtige gewesen war, und wiederholte den Vorgang. Schließlich zog er es über den Kopf und zupfte einhändig daran, bis es gerade von seinen Schultern hing. Es roch ein wenig – getrockneter Schweiß und eine Nacht auf dem Boden waren nicht förderlich –, jedoch nicht so schlimm, dass man sich um fünf Uhr morgens darum sorgen musste. Vor dem Sonnenaufgang hatten Menschen niedrigere Erwartungen.

Er setzte sich auf den Couchtisch, um in seine Schuhe zu schlüpfen. Glücklicherweise hatte er sich letzte Nacht nicht die Mühe gemacht, die Schnürsenkel zu lösen, denn zurzeit benötigte er eine Viertelstunde und seine Zähne, um sie zu schnüren.

„Wüsste ich es nicht besser", sagte Javi gedehnt und mit vom Schlafen tiefer und katzenrauer Stimme, „würde ich denken, du müsstest dich zu jemandem nach Hause schleichen."

Cloister hob den Kopf. „Dann ist es ja gut, dass du es besser weißt."

„Du hast mir nie verraten, was dir zu Morrow eingefallen ist", stellte Javi fest und lehnte sich mit verschränkten Armen an den Türrahmen. Er war noch nackt, ganz weiche Haut und feste Muskeln. Als er sah, dass Cloister es bemerkte, legte sich ein schiefes Lächeln mit einem seltenen Aufblitzen offener Wärme auf seine Lippen. „Oder war das nur ein Vorwand, um herzukommen?"

„Nein." Cloister stellte seinen Fuß wieder auf dem Boden ab und stützte die Ellbogen auf seine Knie. Abwesend zupfte er an einer abgesplitterten Stelle am Rand des Gipses und fragte sich, ob das wirklich ganz stimmte. Er fühlte sich schnell schuldig und ließ sich ablenken, doch daran war er gewöhnt. Es half nicht – weder ihm noch Janet –, also ignorierte er es so gut wie möglich. Er räusperte sich und gab zu: „Zumindest nicht *nur* ein Vorwand. Ich hatte vor, dich später deshalb anzurufen. Ich wollte dich nicht wecken."

Javi rieb sich mit einer Hand über die Augen und blinzelte eulenhaft. „Dafür ist es zu spät." Er warf einen Blick auf Bourneville, die noch immer geduldig an der Tür wartete, und sagte: „Augenblick."

Er stieß sich von der Tür ab und tappte durchs Zimmer zu dem schmalen Schreibtisch an der hinteren Wand. Cloister sah ihm zu, vor allem den Rundungen seines Hinterteils und den schlanken Linien seines Rückens.

„Ich weiß die Aussicht zu schätzen", sagte er, „aber ich kann es dir später sagen. Ich weiß nicht einmal, ob es ... Wahrscheinlich hilft es nicht."

Javi fand, was er unter seiner Bluetooth-Tastatur gesucht hatte, und warf es Cloister zu. Er fing es auf, bevor es seine Brust treffen konnte.

„Erzähl es mir später, wenn ich tatsächlich wach bin", sagte Javi, während er sich wieder auf den Weg ins Schlafzimmer machte. „Ich gehe mich duschen. Du kannst dir selbst aufschließen."

Cloister sah auf den Schlüssel hinab, den er aufgefangen hatte. Es handelte sich um einen Ersatzschlüssel mit neutralem Anhänger, wie man ihn den Nachbarn überließ, wenn sie an einem Urlaubswochenende die Orchideen für einen gießen sollten, oder für den Klempner unter die Fußmatte legte, weil man arbeiten musste.

Es hatte nichts zu bedeuten. Das wusste Cloister. Dass er sich *wünschte*, es würde etwas bedeuten, hieß, dass er sich schon wieder wegen Javi Merlo zum Narren machte.

Im Badezimmer wurde die Dusche angestellt. Er hörte das Rauschen des Wassers und das Klicken der Tür. Sein Kopf stellte die Bilder bereit – nasse Haut und ein Pfad aus duftenden Seifenblasen, die Cloisters Mund tiefer lockten.

„Als hätte ich jemals aufgehört, ein Narr zu sein", teilte er Bourneville mit. Sie neigte höflich interessiert den Kopf, bevor sie ihren Blick wieder auf die Tür richtete. Seufzend stieß sich Cloister vom Couchtisch hoch. „Du hast Glück, dass du der beste Hund der Welt bist, Bon, sonst würde ich sagen, du musst es dir verkneifen."

10

EINE STUNDE später kam Cloister in einer von Javis Jogginghosen aus dem Badezimmer und rieb sich ungeschickt mit einer Hand das Haar trocken. Bourneville war auf der Seite liegend vor dem Fenster eingenickt. Als Cloister eintrat, hob sie den Kopf, doch er bedeutete ihr mit einer Geste, an ihrem Platz zu bleiben, und ging weiter in die Küche.

Dort blieb er stehen, denn ihn erwartete ... Frühstück.

Auf dem Tisch angeordnet standen eine Kanne Kaffee, eine riesige Pfanne mit Eiern, deren gelbe Stückchen noch dampften, und ein Teller, auf dem sich gebutterte Toastscheiben türmten. Für die Eier gab es scharfe Soße und für den Kaffee eine Flasche mit Vanillesahne. Javi, mit einem schwarzen Seidenhemd und grauer Jeans leger gekleidet – zumindest für seine Verhältnisse –, schaltete den Ofen aus und drehte sich um.

„Bedien dich", sagte er, während er einen Stuhl zurechtrückte und sich setzte. „Im Kühlschrank ist auch Apfelsaft, wenn du welchen willst."

„Ah." Cloister rieb ein letztes Mal mit dem Handtuch über sein Haar und setzte sich ebenfalls. Er fühlte sich seltsam aus dem Gleichgewicht gebracht. Sie aßen nicht zum ersten Mal gemeinsam, doch dabei hatte es sich um Essen zum Mitnehmen, Plastikgabeln und raue Servietten gehandelt. Und nie um Frühstück. Normalerweise war Cloister um diese Zeit bereits verschwunden oder sie waren beide in Eile und auf dem Weg zu einem Tatort. Der Tisch und das zusätzliche Essen wirkten – *intim, heimelig, schön* – merkwürdig. „Ich, ähm ... Danke."

„Ich esse auch sonst", verteidigte sich Javi. „Ich habe nur einen zweiten Teller aus dem Schrank geholt."

„Und eine Gabel."

Der Toast war nicht lange genug getoastet und hauptsächlich weiß. Vielleicht war es seltsam, aber dadurch fühlte er sich besser. Eine Welt, in der Javi nicht darauf achtete, wie Cloister sein Brot mochte, ergab gleich viel mehr Sinn. Er griff nach dem Servierlöffel und häufte sich Eier auf den Teller.

„Ich glaube nicht, dass Janet Morrow in die Stadt gekommen ist, um jemanden zu sehen", sagte er, als er sein Gehirn wieder auf das richtige Ziel konzentrierte. „Ich glaube, sie wollte *etwas* sehen."

Javi zog die Augenbrauen hoch. „Denkst du, sie wollte hierher umziehen?"

Cloister schüttelte den Kopf, bevor er es sich anders überlegte und mit den Schultern zuckte.

„Vielleicht. Heute ist erst Montag. Wenn sie einen Job oder einen Ort hatte, an dem sie erwartet wurde, werden wir es vermutlich bald erfahren, aber ich glaube, sie war nicht zum ersten Mal hier. Als sie den Pannendienst angerufen hat, wollte sie an der Tankstelle die Straße runter abgeholt werden", erklärte Cloister. Er stieß mit der Gabel gegen sein Rührei, um damit die Straße nachzuformen. „Woher wusste sie, dass es die dort gibt? Sie kann nicht daran vorbeigefahren sein. Und da sie erst wenige Stunden zuvor in der Stadt angekommen ist, muss sie die Gegend schon vorher gekannt haben ... gut genug, um zu wissen, dass dort eine nette Tankstelle ist, an der man mit einem Kaffee eine Stunde warten kann."

Javi griff nachdenklich nach seiner Kaffeetasse.

„Ich schätze, das ist möglich", sagte er mit einem Schulterzucken. „Wir haben ja bereits darüber spekuliert, dass sie ihren Angreifer kannte. Vielleicht war es also kein enttäuschtes Date, sondern ein enttäuschter Immobilienmakler. Allerdings weiß ich nicht, ob das zurzeit eine Rolle spielt. Bis wir mehr über Janet Morrow herausgefunden haben, ist sie Schrödingers Katze. Alles ist möglich."

Cloister schob Eier auf die Ecke seines blassen Toasts. Jetzt, wo er Essen vor sich hatte, war er plötzlich nicht hungrig. Die Medikamente hatten nachgelassen, weshalb sein Körper von einem dumpfen, schweren Schmerz durchzogen wurde, der versprach, noch schlimmer zu werden. Doch ein leerer Magen würde dagegen nicht helfen. „Vielleicht solltest du damit beginnen, dass sie mit Plenty vertraut ist."

Als er in seinen Toast biss, klingelte im Nebenraum sein Handy. Bei den nasalen Klängen des Refrains von „Ol' Red" verzog Javi entsetzt das Gesicht. Cloister war nie ganz sicher, ob es wegen des Liedes war oder weil es Javi daran erinnerte, dass er mit jemandem schlief, der Countrymusik hörte.

„Scheiße", murmelte Cloister, während er sich bemühte, einen Mundvoll halb zerkautes Frühstück hinunterzuschlucken.

Er ließ den Rest der Toastscheibe auf den Teller fallen und stand auf. Die von seiner Mutter in seinen Hinterkopf geklapsten Manieren sorgten dafür, dass er Javi ein „'tschuldige" zumurmelte, während er seine Hände am Handtuch abwischte.

Das Handy war irgendwann in der letzten Nacht unter dem Bett gelandet. Cloister fluchte vor sich hin, als er sich auf alle viere begab, um ungeschickt zwischen Javis Koffern nach dem Metallrechteck zu angeln. Als er es endlich hervorzog, hatte „Ol' Red" von vorn begonnen und auf dem Display war Tancredis Name zu sehen.

„Hi."

„Witte?", fragte Tancredi. Sie hob die Stimme, um den im Hintergrund stattfindenden Streit zu übertönen, größtenteils spanisch und mit einer solchen Geschwindigkeit, dass Cloister aus der Ferne nichts verstehen konnte. Die gelegentliche laute Unterbrechung auf Englisch bestand aus der Bitte an alle, sich zu beruhigen. „Habe ich dich geweckt?"

Sie hielt es nicht für nötig, eine Antwort abzuwarten, was er ihr nicht vorwerfen konnte. Wenn sie ihn gut genug kannte, um sich an seinen Geburtstag zu erinnern, dann wusste sie auch, dass er um halb sieben Uhr morgens nicht mehr schlief.

„Kannst du zum Abschleppplatz kommen?" Sie unterbrach sich, um sich von ihrem Handy wegzudrehen und „Ruhe" zu brüllen. Es half nicht, doch sie schien sich zu entfernen, denn die Stimmen wurden leiser. „Ich möchte, dass du dir etwas ansiehst."

Cloister setzte sich auf die Bettkante. „Offiziell bin ich noch krankgeschrieben", antwortete er.

„Offiziell bist du auch ein Zeuge", gab Tancredi zurück. „Hier gibt es einen Pick-up, der vielleicht das Auto sein könnte, das dich angefahren hat, aber ich brauche einen guten Grund, um seine Herausgabe zu verweigern. Fünf Minuten."

Sie wartete. Cloister plante es im Kopf durch. „Ich bin in zwanzig Minuten da. Reicht das?"

„Tja, es ist besser als dreißig", sagte sie schicksalsergeben. „Sei nur hier, bevor die Besitzerin Ernst macht und ihren Anwalt anruft. Bis gleich."

Sie legte auf. Cloister blieb kurz still sitzen und versuchte sich an irgendetwas über den Pick-up zu erinnern, außer wie hart er gewesen war, als er ihn getroffen hatte. Er musste doch etwas gesehen haben. Zu diesem Zeitpunkt waren seine Augen an die Dunkelheit gewöhnt gewesen und er hatte die Taschenlampe gehabt. Doch sein Gehirn schien nichts davon festgehalten zu haben. Nur die Größe des Pick-ups und den Schock des Aufpralls.

Vielleicht würde der Anblick des Pick-ups etwas losrütteln.

Er schlüpfte in seine Schuhe und verließ das Schlafzimmer. Javi hatte den Toast bereits weggeworfen und war gerade dabei, auch die Eier in den Mülleimer zu befördern. Bourneville interpretierte das Kratzen der Gabel auf dem Geschirr als Zeichen, dass die Mahlzeit beendet war und sie wieder vielsagend das Essen anstarren durfte. Sie saß gleich außerhalb der Türschwelle der Küche und sah Javi aufmerksam zu.

„Ich bin davon ausgegangen, dass das Frühstück vorbei ist", erklärte Javi. Er sah Bon an und zog die Augenbrauen hoch. „Kann ich ihr etwas davon geben? Ich weiß, dass du es nicht magst, wenn sie von anderen Leuten gefüttert wird."

„Von Fremden", korrigierte ihn Cloister. „Die Eier wird sie fressen, wenn du ihr etwas davon gibst."

Mit einem zweifelnden Blick auf Bournevilles Kiefer löffelte Javi etwas Ei auf einen Teller und stellte ihn auf den Boden.

„Bourneville?" Cloister stupste ihre Schulter mit dem Knie an, damit sie ihn beachtete. „Hol es dir."

Sie schnaufte zufrieden und trabte hinüber, um den Klumpen Ei herunterzuschlingen. Der Teller klapperte auf dem Boden, als sie ihn mit der Nase absuchte, um ja nichts zu übersehen. Ihre Rute klopfte gegen Javis Beine, woraufhin er vorsichtig zur Seite wich.

„Ich muss zur Station."

„Ich auch", sagte Javi. „Ich setze dich ab."

Cloister sah ihn überrascht an. Ihn selbst kümmerte es normalerweise nicht, was Leute über ihn wussten oder nicht wussten. Das musste es nicht. Hundestaffelmitglieder wurden selten befördert – was ihm auch nicht wichtig war – und Arschlöcher fanden normalerweise leichtere Opfer als groß und gefährlich aussehende Typen wie Cloister. Für Javi galt das allerdings nicht. Er betrachtete sein Privatleben als … privat.

„Jemand könnte uns sehen", merkte Cloister an.

Javi wusch sich zügig die Hände.

„Du wurdest gerade von einem Auto angefahren", sagte er. „Ich bin in Plenty vielleicht nicht so beliebt, wie Saul es war, aber nur weil ich dich zur Arbeit mitnehme, wird eher niemand glauben, dass ich über Invaliden herfalle."

Cloister lachte. „Hast du das nicht letzte Nacht getan?", fragte er.

„Letzte Nacht? Nein." Javi näherte sich und hakte seine Finger in den Bund der geliehenen Hose. Seine Fingerknöchel streiften kühl Cloisters Bauch, als Javi ihn für einen kurzen, kaffeebitteren Kuss an sich zog. „Wenn ich mich richtig erinnere, bist du über mich hergefallen."

Cloister lächelte gegen Javis Mund. „Mir gefällt es, wie das klingt."

Javi biss in Cloisters geschwungene Unterlippe, aber löste dann seine Zähne und trat einen Schritt zurück. „Oder du bist nur hingefallen? Irgendwie so was."

Er verließ die Küche und Cloister rief ihm mit einem amüsierten Schnauben nach: „Das kann man ja schon mal verwechseln!"

AUS IRGENDEINEM Grund hatte sich Cloister den Pick-up rot vorgestellt, eingefärbt durch die Traumerinnerung an ein Spielzeugauto, welches er niemals besessen hatte. Stattdessen stand er auf dem Abschleppplatz, der mit seinem unebenen Asphalt bei den ansteigenden Temperaturen die Hitze anzog, und betrachtete einen glänzenden, kaffeebronzenen Chevy mit Streifen aus poliertem Chrom und getrocknetem Schlamm.

Wäre er rot gewesen, hätte er wenigstens etwas Vertrautes an sich gehabt.

„Irgendetwas?", erkundigte sich Tancredi hoffnungsvoll und sah zu ihm auf.

„Ich weiß es nicht", antwortete Cloister. Er ging um den Pick-up herum und bemühte sich Details zu erkennen, die das Arbeitsspielzeug des reichen Mannes mit seiner Erinnerung an dunkle Umrisse verband. „Gib mir einen Moment."

Tancredi fächelte sich mit einem Klemmbrett Luft zu, als sie ihm folgte und über ihren Ohren plusterten sich kleine Löckchen auf. Die Hitze hatte die Stärke aus ihrem Hemdkragen gebrannt, sodass er nun schlaff auf ihr Schlüsselbein hinabhing. „Er wurde Samstagmorgen abgeschleppt. Jemand hatte ihn in den Heights falsch geparkt, Türen unverschlossen und der Schlüssel steckte. Vielleicht hat derjenige gehofft, jemand würde das Ding für ihn verschwinden lassen."

„Wirklich?"

Das war der falsche Teil von Plenty für solche Pläne. Die Einwohner der Heights waren nicht kriminell. Sie waren nur arm. Hin und wieder versuchte vielleicht mal ein Meth-Dealer, sich seine eigene Produktionsstätte abseits der hohen Tiere in der Szene aufzubauen, doch die meisten Leute hatten keine Zeit für Drogen neben ihrer Arbeit, ihrem Nebenjob und ihren Kindern. Bei der richtigen Gelegenheit mochten sie vielleicht einem betrunkenen – oder toten – Mann die Brieftasche entwenden oder das Radio aus einem kaputten Jeep stehlen. Doch ein solches Auto? Das war zu teuer für sie.

Und wenn sie es dennoch stahlen, was sollten sie damit tun? Behalten konnten sie es nicht – selbst wenn es nicht offensichtlich gestohlen gewesen wäre, verbrauchte es zu viel Benzin – und die Werkstätten, die gestohlene Fahrzeuge ausschlachteten, hätten es für eine Falle der Polizei oder das Auto eines Drogendealers gehalten.

Das Opfer kannte also die Stadt, aber der Täter nicht?

Es ergab keinen Sinn.

„Was ist mit der Besitzerin?", fragte Cloister, während er sich zur Seite lehnte, um die Oberfläche der Motorhaube zu mustern. Unter dem Schlamm war es nicht leicht zu erkennen, doch der teure Lack zeigte einen Bogen von Kratzern und eine Beule, die von seinem Körper hätten stammen können.

Tancredi überprüfte ihre Unterlagen. „Cristina Lopez." Sie deutete mit dem Kopf auf das Büro am anderen Ende des Platzes, wo durch das Fenster die Rückseite einer korpulenten blonden Frau zu sehen war, die mit dem diensthabenden Aufseher diskutierte. In trockenem Tonfall fuhr sie fort: „Offenbar verwendet Mrs. Lopez dieses Auto ausschließlich als Zugfahrzeug für ihr Boot und die restliche Zeit über benutzt ihr Haushälter es für Besorgungen. Daher hat sie es erst als gestohlen gemeldet, als der Mann nach einem freien Wochenende zurückkam und es nicht mehr vorfand. Das letzte Mal hat er es Freitagmorgen gesehen. Wir haben sie darüber informiert, dass es hier ist und dann wurde ich hergerufen, weil sie wegen dem Bußgeld und dem Zustand des Autos Theater macht. Also, könnten Sie das Auto als das des Täters identifizieren, Deputy Witte?"

„Vielleicht."

Tancredi seufzte. „Das reicht nicht, Witte. Falls es dir trotz meiner Erklärungen über das Boot entgangen ist: Mrs. Lopez ist eine sehr reiche Frau und Frome wird es nicht gefallen, wenn wir sie grundlos verärgern."

Sie schauten beide zum Büro hinüber, gerade rechtzeitig, um zu sehen, wie Mrs. Lopez eine Tasse Kaffee entgegennahm und diese zu Boden schleuderte.

„Noch mehr verärgern", verbesserte sich Tancredi.

Cloister hielt an der anderen Seite des Autos inne und hockte sich neben die Beifahrertür. Als sich dabei ein verletzter Muskel verkrampfte, schoss ein dumpfer Schmerz durch seinen Oberschenkel und Cloister musste mit zusammengebissenen Zähnen ein Stöhnen unterdrücken. Ihm fiel ein, wie sein Stiefvater stets eines ausgestoßen hatte, wenn er sich aus irgendeinem Grund hinknien musste, nachdem seine Gelenke durch ein Leben voller Kneipenschlägereien und kaputter Motorräder abgenutzt gewesen waren. Wenn sich das Altwerden so anfühlte, würde Cloister seinen Körper etwas weniger hart fordern müssen.

„Was ist?", fragte Tancredi.

Cloister strich mit dem Daumen über die von oben und unten in den Türgriff gedrückten Vertiefungen und schob seine Hand weiter hinunter, um etwas Schlamm zu lösen. Darunter kamen lange, gleichmäßig angeordnete Furchen zum Vorschein, wo der Lack bis auf das Metall abgeschabt worden war. Bourneville hatte der Tür in dieser Nacht wirklich zugesetzt.

Cloister ließ sich auf die Fersen sinken und wischte sich die Hand an seinem Knie ab.

„Sag Mrs. Lopez, dass es uns leidtut", forderte er Tancredi auf. Sie schnaufte ein betrübtes Seufzen und schlug mit dem Klemmbrett gegen ihren Oberschenkel. „Aber ich fürchte, sie muss sich ein anderes Auto für den Bootstransport besorgen."

AMBROSE HOB ihr mattes graues Haar aus dem Nacken, drehte es hoch und befestigte es mit einem herumliegenden Stift. Sie hatte bereits die obere Hälfte ihres ölbefleckten Overalls ausgezogen, sodass man ihre drahtigen Arme und die scharfen Kanten des Batman-Tattoos zwischen den Narben auf ihrer Brust sah. Hinter ihr befand sich der bronzene Pick-up auf einer Hebebühne, damit Ambrose ihn sich ansehen konnte.

„Ich kann sie auseinandernehmen, sobald die Techniker mit ihr fertig sind, um mögliche Hinweise zwischen den Polstern zu finden", erklärte sie, während sie ölige Hände an ihrer Hüfte abwischte. „Und ich kann die Informationen aus dem Unfalldatenspeicher und dem Bordcomputer herunterladen. Allerdings muss ich die dann zur Analyse wegschicken, was eine Weile dauern kann. Die Techniker müssen sich bei Chevy die Zugangscodes und Datenschlüssel besorgen."

„Wie lange?", fragte Cloister.

Hinter Ambrose öffnete einer der jüngeren Mechaniker die Motorhaube eines Charger und beugte sich über das Innenleben. Seinem unterdrückten „Verdammter Mist" nach zu urteilen sah es nicht gut aus.

„Könnte Wochen dauern", antwortete Ambrose. Als Tancredi seufzte, zuckte sie mit den Schultern. „Meinen Teil kann ich beschleunigen, Deputy. Aber sobald es die Werkstatt verlassen hat? Die Techniker interessiert es nicht, ob irgendeine Schrauberin auf Laborergebnisse wartet."

„Wenn Mrs. Lopez dann schneller ihr Auto zurückbekommt, ist Frome vielleicht bereit, etwas Druck auszuüben", sagte Tancredi.

Ambrose zog die Augenbrauen hoch. „Mrs. Lopez?"

„Sie hat nicht ... Sie war nicht die Fahrerin", erklärte Tancredi. „Es ist nur ihr Auto."

„Nein, das dachte ich mir", sagte Ambrose. „Es ist nur …"

„Kann ich zehn Minuten haben?", unterbrach Cloister mit einer im Tonfall mitschwingenden Entschuldigung. „Bourneville einmal drüberschauen lassen?"

Ambrose kratzte sich die Nase, wobei sie auf der linken Seite einen Fleck Schmiere hinterließ. Dann betrachtete sie Bourneville, die sich im Schatten einer Werkbank ausgestreckt hatte. Als Bourneville die Blicke bemerkte, hob sie ihren Kopf von den Pfoten.

„Bist du nicht das Opfer?", wandte Ambrose ein.

„Ich fasse nichts an", versprach Cloister mit wie zum Schwur erhobener Hand. „Wenn Bon etwas findet, kann Tancredi es sichern. Ich mische mich nicht ein."

Ambrose starrte ihn kurz an, dann zuckte sie mit den Schultern und wandte sich Tancredi zu. „Nicht meine Entscheidung."

Tancredi kaute unentschlossen auf ihrer Unterlippe. Letztendlich verzog sie das Gesicht und nickte.

„Okay", sagte sie. Dann zeigte sie mit einem warnenden Finger auf seine Brust. „Aber du hältst dich vom Auto fern, Witte. Wenn Bourneville etwas findet, kümmere ich mich darum. Ich verpacke es."

Cloister nickte und pfiff nach seinem Hund. Sie kam eilig auf die Beine, schüttelte sich, sodass ihr schwarzes und rostfarbenes Fell wie eine Welle wogte, und trabte auf ihn zu. Die Leine zog sie durch den Staub hinter sich her. Als sie Cloister erreichte, schob sie ihre kalte, feuchte Nase in seine Hand und hechelte zwischen seinen Fingern hindurch.

„Okay, Bon. Zeit, dir dein Rührei zu verdienen", teilte Cloister ihr mit und ging in die Hocke. Er löste ihre Leine – auch wenn es unwahrscheinlich war, dass sie sich in der übersichtlichen Umgebung der Werkstatt verletzten würde, wollte er nicht riskieren, dass sie an irgendetwas hängen blieb – und schlang sie sich um den Unterarm. Ambrose machte zwei große Schritte zurück, um nicht im Weg zu stehen, verschränkte die Arme und schaute zu. Cloister hakte seine Finger unter Bons Halsband und zeigte auf den Pick-up. Er spürte das ungeduldige Beben unter ihrer Haut, als sie auf sein Kommando wartete. „Bourneville? Riechst du RJ? Wir müssen RJ finden."

Sie winselte, als sie das Codewort wahrnahm – Eltern wollten nicht hören, wie man dem Hund die Suche nach einer Leiche befahl und kein Polizist wollte, dass die Presse es hörte –, und lehnte sich gegen das Halsband. Als Cloister losließ, schoss sie davon.

Ihr Kopf war gesenkt, beinahe mit der Nase gegen den rauen Beton gepresst und ihre Rute hing herab, als sie zügig die Werkstatt umrundete. Cloister bewegte sich zur Seite, um sie im Auge zu behalten. Einer der Mechaniker schrie kurz auf, als sie sich zwischen seine Beine schob, um an der Flanke eines geplatzten Reifens zu schnuppern. Was ihre Nase eingefangen hatte, ließ sie kurz zögern, doch letztendlich kehrte sie zu ihnen zurück.

„Bourneville." Cloister zeigte auf den Chevy. „*Hopp!*"

Sie warf ihm einen missmutigen Blick zu. Das Sprungkommando sandte sie normalerweise Mauern hinauf oder durch Fenster im ersten Stock, nicht auf das Trittbrett eines Pick-ups. Doch sie tat wie geheißen und sprang problemlos auf den Fahrersitz. Ihre Pfoten drückten Vertiefungen in das Leder, als sie sich um sich selbst drehte, um am Sitz und am Lenkrad zu schnüffeln. Nach einer Runde verlor sie das Interesse und kletterte auf den Beifahrersitz.

„Was heißt das? Nichts zu finden?", fragte Tancredi zweifelnd. „Vielleicht ist die Spur zu schwach?"

Ambrose räusperte sich. „Das Auto riecht nach Bleichmittel. Für eine gründliche Reinigung scheint die Zeit gefehlt zu haben, aber jemand wollte seine Spuren verwischen."

„Das sollte keine Rolle spielen", antwortete Cloister.

Wenn sich Blut am Lenkrad befunden hatte, hätte Bourneville es aufspüren müssen. Und nachdem der Fahrer mit Janet fertig gewesen war, hätten sich Spuren davon an seinen Händen und seiner Kleidung befunden haben sollen. Es ergab keinen Sinn.

Bourneville presste sich winselnd und mit eingezogener Rute auf den Beifahrersitz, ihr charakteristischer Hinweis auf eine Spur.

„Braves Mädchen", sagte Cloister voller Wärme. Bourneville entspannte sich und stand wieder auf. „Braver Hund. RJ. Finde ihn."

Sie schnaufte und schob sich zwischen den Sitzen hindurch in den geräumigen hinteren Teil des Autos. Ihre Rute blitzte im Fenster auf, als sie über den Rücksitz hüpfte. Dann warf sie sich beinahe sofort wieder hin und wartete mit auf das Gurtschloss gepresstem Kinn auf ihr Lob.

„Der Angreifer könnte sie zeitweise in seinem Auto gehabt haben", schlug Tancredi vor, als sie sich auf die Zehenspitzen stellte, um hineinzuschauen. „Sie konnte fliehen und er hat sie gejagt? Du hast gesagt, ihr hättet ihre Spur verloren. Das wäre logisch, wenn sie dann in einem Auto gewesen wäre."

„Vielleicht", antwortete Cloister. Es klang nicht richtig. Barfuß und verletzt konnte sie im Regen nicht weit gekommen sein, also warum hatte ihr Angreifer sie zurückgelassen? Doch er hatte keine alternative Erklärung für die Tatsache, dass sich so viele Spuren im Auto befanden.

Er schnippte mit den Fingern und klopfte auf seinen Oberschenkel, um Bourneville zurückzurufen. Sie brummte, als sie aus dem Auto sprang, und schob sich nervös um seine Beine herum, drückte sich an sein Knie. Cloister ging in die Hocke, um sie zu loben. „Bester Hund der Polizei von Plenty, Bourneville." Anstatt sich zu beruhigen, schnaubte sie und brummte tiefer in ihrer Brust.

Eine Sekunde später entzog sie sich ihm und lief zum Auto zurück, stellte sich mit den Vorderbeinen auf das Trittbrett und bellte den Rücksitz an.

Cloister hob eine Hand, um Tancredi davon abzuhalten, sich ihr zu nähern. „Bourneville, such", befahl er. Sie schnaufte erleichtert und sprang wieder ins Auto. Diesmal scharrte sie mit einer Pfote über den Sitz und bellte.

„Da ist etwas, nicht nur eine Spur", erklärte Cloister. Er beugte sich in die Fahrgastzelle und umfasste Bournevilles Halsband, um sie aus dem Auto zu ziehen. „Tancredi? Kannst du unter dem Sitz nachsehen?"

Diesmal war Bourneville empfänglicher für das Lob wegen ihrer guten Arbeit. Sie kletterte mit zwischen seinen Knien herabbaumelnden Pfoten halb auf seinen Schoß, während Tancredi und Ambrose die lange Lederbank umklappten.

„Hier hinten ist etwas", stellte Tancredi fest. Sie lag flach auf dem Bauch und hatte ihre Taschenlampe auf das Gestänge unter dem Sitz gerichtet. „Irgendwelche Karten? Sie klemmen unter den Schienen. Hat jemand eine Pinzette oder so?"

Einer der Mechaniker, die eine Pause gemacht hatten, um Bourneville bei der Arbeit zuzusehen, eilte mit einer schwarzen Zange heran, die so spitz war, dass ihre Enden als Nadeln hätten durchgehen können. Tancredi bedankte sich murmelnd und machte sich ans Werk.

„Es ist die Kundenkarte eines Schönheitssalons", sagte sie einen Moment später. Jemand kicherte und verstummte dann verlegen, als sie fortfuhr: „Sie ist mit Blut bedeckt. Es ist trocken, aber sieht noch frisch aus."

Ambrose hielt ihr eine Asservatentüte hin und Tancredi ließ die Karte vorsichtig hineinfallen. Sie verschloss sie, während Tancredi sich wieder hinunterbeugte.

„Da ist noch etwas." Schnaufend schob sie sich vor und streckte den Arm so weit wie möglich aus. „Moment ... ich ... fast ... ähm. Ich kann es kaum lesen. Es scheint eine sehr alte Visitenkarte zu sein ... von einem Anwalt? Auf die Rückseite wurde etwas geschrieben."

Die Karte landete in ihrer eigenen Tüte und Ambrose reichte beide an Cloister weiter, um mit Tancredi den Sitz wieder in seine Ausgangsposition zu bringen. Cloister ging damit zur Tür und hielt sie hoch, bis Sonnenlicht auf das Plastik traf.

Die Vorderseite der Karte war beschichtet gewesen, aber nun rissig und mit Blut befleckt. Es verbarg nicht viel. Die schwarzen Worte marschierten geradlinig über die Karte und die wenigen verdeckten Buchstaben ließen sich leicht ergänzen. *And ew Maci osh – Strafrec t.*

Er drehte die Karte um. Jemand hatte die Kontaktangaben auf der Rückseite durchgestrichen und stattdessen mit blauer Tinte seine eigene Nummer eingefügt. Der Name stand in unordentlichen, geschwungenen Buchstaben darüber.

Cloister verzog frustriert das Gesicht, als er den Namen entzifferte.

Sean Stokes, der geschiedene Privatdetektiv, dessentwegen Javi einen Drink mit Cloister abgeblasen hatte, um sich mit ihm zum Essen zu treffen. Jemand, den Cloister nicht besonders gern sehen, geschweige denn wegen Verdachts auf versuchten Mord verhaften wollte.

11

DER UMSCHLAG lag bereits ordentlich in der Mitte von Javis Schreibtisch, als er das Büro betrat. Bei der Beschriftung war sein Rang ebenso ordentlich unter seinem Namen eingeklammert – *Stellvertretender* Supervisory Special Agent. Selbst wenn Kincaid ihn per Eilzustellung geschickt hatte, musste er schon vor ihrem Gespräch am Vorabend unterwegs gewesen sein. Und wenn man das Tempo bedachte, mit dem die Bundesbehörden arbeiteten, musste die Versetzung schon vor Wochen beschlossen gewesen sein.

Die leere Beschwingtheit der gespielten Heimeligkeit des Morgens mit Cloister zerplatzte und Javis Gesicht verfinsterte sich. Er hob den braunen Umschlag hoch und wog ihn in der Hand. In seinem Innern steckten einige Stunden Arbeit – Formulare, die gegengezeichnet und abgeheftet werden mussten, Freigaben und Computerzugänge, die eingerichtet werden mussten …

Das plötzliche Klopfen von Fingerknöcheln auf Glas unterbrach ihn. Er sah auf, als Sue Daly, die Büroleiterin, sich in den Raum lehnte. Die schlanke, effiziente Frau, das Haar zu einem schonungslos schmeichelhaften grauen Pagenkopf gekürzt, war seit ihrer Eröffnung für die Zweigstelle verantwortlich. Er wäre nicht der erste Agent, den sie kommen und gehen sah und sie kannte die Anzeichen. Der Blick ihrer blassblauen Augen streifte den Umschlag, bevor er sich wieder auf ihn richtete.

„Ich habe gehört, dass ein neuer SSA bestätigt wurde", sagte sie.

„Wann?", fragte Javi und warf den Umschlag auf den Tisch.

Ihr Blick flackerte und sie trat ins Büro. Die Tür fiel hinter ihr zu. „Ich tratsche nicht", sagte sie. „Vor diesem Morgen hätte ich damit gerechnet, dass Sie den Posten bekommen. Saul hat viel von Ihrer Arbeit gehalten und seine Berichte spiegelten das wider."

Der Drang, nach dem „Warum" zu fragen, kratzte in Javis Kehle. Auch wenn er Sauls Eingreifen zu schätzen gewusst hatte, hatte er es niemals ganz verstanden. Dass er ein guter Agent war, stimmte, doch es gab gute Agenten, die es nicht so umfassend vermasselt hatten wie Javi in Phoenix.

Stattdessen ließ er sich an seinem Schreibtisch nieder und drückte einen Knopf, um den Computer einzuschalten. „SSA Joel wird neuer Senior Agent", sagte er. „Aber bis sie hier ist, bin noch immer ich für den Morrow-Fall verantwortlich. Hatten Sie heute Morgen schon die Gelegenheit, sich mit Lieutenant Frome in Verbindung zu setzen?"

Alles andere hätte ihn überrascht. Sue war so effizient wie eine Papierschnittwunde. Seinen Erwartungen entsprechend zupfte sie ihr Handy aus der Tasche ihres Kostüms.

„Deshalb bin ich eigentlich hier", erklärte sie und wischte mit dem Finger über das Display. „Lieutenant Frome hat heute Morgen diese Informationen geschickt: Janet Morrows Professorin hat sich gestern Abend beim Sheriff's Department gemeldet. Sie kommt mit dem Flugzeug und sollte in wenigen Stunden am Flughafen eintreffen. Der Sheriff hat jemanden hingeschickt, um sie abzuholen. Ich wollte Ihnen eine E-Mail schreiben, aber da Sie schon hier sind …"

Der soeben hochgefahrene Computer gab ein Geräusch von sich, als Sue ihm die Fluginformationen schickte.

„Saul wäre dieser Fall ebenfalls wichtig gewesen", sagte sie, als sie auf ihrem Weg aus der Tür noch einmal innehielt. Ihre Lippen verzogen sich zu einem leichten, irgendwie unfreundlichen Lächeln. „Er ist nicht der Einzige, der Sie für einen guten Agenten hält."

Javi zog die Augenbrauen hoch und fragte trocken: „Nur nicht für einen guten Menschen?"

Die Antwort dauerte eine Sekunde länger, als Javi erwartet hatte. Schließlich zuckte sie mit ihren von einem eleganten Blazer umhüllten Schultern. „Ich glaube nicht, dass ich Sie je als Mensch *erlebt* habe. Also kann ich mir dazu kein Urteil erlauben."

Es war keine Beleidigung, sondern lediglich eine Feststellung. Sue verließ das Büro mit einem höflichen Nicken und einem „SSA Merlo". Javi lehnte sich auf seinem Stuhl zurück, dessen Leder kühl durch sein Hemd zu spüren war, und fragte sich, ob er gekränkt sein sollte. Er war es nicht, was jedoch nicht bedeutete, dass er es nicht hätte sein sollen.

Vermutlich, dachte er trocken, sollte er sich geschmeichelt fühlen, weil sie sich nicht für ein „Nein" entschieden hatte. Er kannte genug Menschen, in Plenty und außerhalb, die das getan hätten.

Er verschob seine Überlegungen auf später und öffnete stattdessen die E-Mail. Ruth Belfords Nachricht war knapp und direkt, eine nüchterne Niederschrift von Tatsachen, die mit den Daten eines Nachtflugs endete, den sie vom JFK genommen hatte. Sie war vor zwei Stunden gelandet.

Darüber hätte ihn Frome direkt informieren können. Javi zog sein Handy aus der Tasche und suchte die Nummer des Lieutenants.

Nach dem zweiten Klingeln fauchte Frome: „Was?"

„Ich hätte es zu schätzen gewusst, über Professor Belford früher informiert zu werden", teilte er ihm mit.

„Sie haben die E-Mail fünf Minuten nach mir bekommen", sagte Frome. „Belford hat uns die Daten von ihrer Partnerin schicken lassen. Zu diesem Zeitpunkt saß sie schon im Flugzeug. Hätte ich sie lieber ein Taxi von San Diego nehmen lassen sollen, während ich Sie um Erlaubnis frage?"

„Wenn es sich bei dem Angriff auf Janet Morrow um ein Hassverbrechen handelt, fällt es in meinen Zuständigkeitsbereich", antwortete Javi ruhig. „Die Außenstelle in L.A. wird mich da unterstützen."

Frome holte tief Luft. „Ich möchte eines Tages Sheriff sein", sagte er. Javi wappnete sich für den egozentrischen Vortrag darüber, wie Politik funktionierte, als könnte das Sheriff's Department dabei im Entferntesten mit Regierungsbehörden mithalten. Der Seufzer überraschte ihn, genau wie Fromes resignierter Tonfall, als er fortfuhr: „Dann kommt etwas wie das hier und lässt mich daran zweifeln, dass ich dafür geeignet bin. Ich hätte mein Urteilsvermögen nicht von politischen Angelegenheiten beeinflussen lassen sollen und es hätte keine Rolle spielen dürfen, dass Janet Morrows Status als Transfrau die Aufmerksamkeit der Öffentlichkeit auf den Fall ziehen könnte. Es hätte mir wichtiger sein sollen."

Das klare Eingeständnis überraschte Javi. Er lehnte sich auf dem Stuhl zurück und betrachtete stirnrunzelnd die Bürotür. Einst hatte dort eine Dartscheibe gehangen, eine Laune von Saul, der darauf die Person angebracht hatte, die sie gerade am dringendsten fassen wollten. Vielleicht hatte sie dort gehangen, damit er bei Gesprächen wie diesem etwas zum Anstarren hatte.

„Sie klingen nicht glücklich", stellte er fest.

Frome seufzte.

„Nun, ich wäre glücklicher, wenn ich immer noch der Meinung wäre, richtig gehandelt zu haben", sagte er. „Und mein Leben wäre leichter. Stattdessen spielt sich der Gemeinderat mit einer internen Prüfung auf. Ich muss mich bei einem meiner Deputies entschuldigen und eine Pressemitteilung über Morrow verfassen, die uns sicher noch auf die Füße fallen wird. Sie hatten recht damit, auf die Ermittlungen zu drängen, SSA Merlo, aber ich bezweifle, dass das für Sie ein größerer Trost sein wird als für mich, wenn die Geschichte erst richtig explodiert."

„Das ist es nie", stimmte Javi zu. „Aber glauben Sie mir, unrecht haben hilft auch nicht. Lassen Sie Professor Belford erst zum Krankenhaus oder zum Revier bringen?"

Kurz herrschte Schweigen, unterbrochen durch das laute Klappern von Fromes Tastatur. „Hierher", antwortete er dann. „Deputy Collins ist noch auf dem Weg, aber er kommt in etwa zwanzig Minuten an. Ich schicke jemanden zu Ihnen, wenn er eintrifft."

Dann legte Frome kurzerhand auf.

Javi legte das Handy beiseite und griff nach dem ungeöffneten Umschlag auf dem Tisch. Er konnte ebenso gut sofort anfangen. Wenn der Fall den Bach runterging, musste er wenigstens nicht das Nachspiel miterleben.

DIE RUTH Belford, die Javi undeutlich erwartet hatte – eine Frau, die am selben Wochenende romantische Reisen unternahm und mit Nachtflügen zu Hilfe eilte –, war nicht die Frau, die Collins ins Revier begleitete. Sie war kleiner und weniger streng wirkend mit einem herausgewachsenen Pagenkopf und abgekauten Fingernägeln. Die Art von Frau, die eines Tages aufwachte und fließend von „süß" zu „freundlich" übergegangen war. Für eine Lehrkraft an einer Modeschule war ihre Kleidung auf beinahe aggressive Weise unscheinbar, vom T-Shirt mit Rosenmuster bis zu den weißen Turnschuhen.

„Professor Belford." Javi ging auf sie zu und schüttelte ihr die Hand. „Ich bin Special Agent Javier Merlo vom FBI."

„Ruth", korrigierte sie ihn. Ihre Hand war weich und klamm, als sie die seine umfasste. Mit ihren blutunterlaufenen Augen musterte sie ihn rasch von Kopf bis Fuß und ein nervöses Lachen sprudelte aus ihr hervor. „Das echte FBI? Nicht irgendeine lustige Abkürzung, über die wir später lachen werden?"

„Nein, das echte Federal Bureau of Investigation", versicherte Javi. Er zeigte ihr seine Marke, um es zu beweisen. Sie schien ihn nicht tatsächlich für einen Lügner zu halten, sondern eher die ganze Situation als bizarr zu empfinden. „Danke, dass Sie sich die Zeit genommen haben, mit mir zu reden. Janet wird es sicher zu schätzen wissen, dass Sie hergeflogen sind."

„Nein, das wird sie nicht", widersprach Ruth und verzog ihre trockenen Lippen zu einer schiefen Linie. Endlich bemerkte sie, dass sie noch seine Hand festhielt, und ließ sie mit einer gemurmelten Entschuldigung los. „Wie geht es Janet? Darf man sie schon besuchen?"

Javi berührte ihren Ellbogen und deutete den Flur entlang. „Es ist wahrscheinlich besser, wenn wir im Warteraum reden", sagte er. „Da sind wir etwas ungestörter."

Nach kurzem Zögern folgte sie seiner Aufforderung. Der Raum befand sich einige Türen von Mels Zentrale entfernt, deren Stimme soeben hörbar war – „Deputy Graves, wir haben eine Vermisstenmeldung in Green Isle." „Deputy Jane, wir haben einen laufenden 10-33 auf der Able Road. Wie sieht's mit dem 10-20 aus?" –, bis Javi die Tür hinter ihnen schloss.

„Was ist passiert?", fragte Ruth, als sie sich vorsichtig auf der Kante eines niedrigen, kantigen Stuhls niederließ. Nervös zupfte sie an einem Grat im Stoff ihrer Jeans. „Der Lieutenant, mit dem ich gesprochen habe, sagte, Janet sei im Krankenhaus, weil sie angegriffen wurde. Was ist passiert?"

„Das versuchen wir herauszufinden", antwortete Javi, während er sich ebenfalls setzte und sein Handy hervorholte. Er startete die Aufnahme-App und legte es auf den Tisch zwischen sie. „Wir konnten nicht viel über Ms. Morrow in Erfahrung bringen. Wir finden sie in keiner Datenbank. Sie ist kaum in den sozialen Medien aktiv und laut der Universität ist sie keine Studentin?"

Ruth rieb ihre Hände aneinander. „Das ist sie nicht."

„Weil Sie als Notfallkontakt eingetragen waren, hatten wir sie für Ihre Studentin gehalten."

„Wir sind befreundet, das ist alles."

Javi betrachtete sie. „Und dann kommen Sie den ganzen Weg hierher?"

Sie wandte den Blick ihrer reiseroten Augen von ihm ab, um ihn stattdessen auf die Poster an der Wand zu richten, als wäre die Notrufstelle für häusliche Gewalt plötzlich wichtig. Röte tauchte auf ihren Wangen auf und sie schluckte nervös.

„Ich glaube, sie hat sonst niemanden", sagte Ruth. Kurz richtete sich ihre Aufmerksamkeit auf Javis Gesicht und schoss wieder davon, diesmal zu dem Poster über Alkohol am Steuer. Ihre Kiefermuskeln spannten sich. „Ich weiß, dass sie sonst niemanden hat, und habe mich … schuldig gefühlt."

Bei den letzten Worten mischte sich etwas Schmerzhaftes in ihren bis dahin besonnenen Tonfall.

„Warum?"

Ruth rieb sich die Augen. Tränen quollen zwischen ihren Fingern hervor. Möglicherweise war es nicht nur die trockene Flugzeugluft gewesen, die den weißen Teil gerötet hatte. „Tut mir leid. Ich lüge. Weil ich das Letzte bin. Es war keine Absicht. Tut mir leid. Es ist nur Gewohnheit."

Javi wartete. Er konnte nicht so gut mit Menschen umgehen wie Cloister – mit dieser ungezwungenen, bodenständigen Ernsthaftigkeit, die Vertrauen erzeugte. Doch seine kühle Reserviertheit wirkte ebenfalls. Sie sorgte dafür, dass Menschen die Stille füllen wollten.

„Wir hatten eine … Es war keine Affäre." Ruth fuhr sich mit einer Hand durch ihr Haar. Dunkle Büschel schauten zwischen ihren Fingern hervor. Das erstickte Lachen, das sich aus ihrer Kehle hervorzwängte, hatte nichts Vergnügliches an sich. „Ich lüge immer noch. Ich weiß nicht, warum. Vielleicht kann man Lügen schwer ablegen."

Das stimmte.

Javi ignorierte das Gefühl von Verständnis, das seine Kehle durchströmte, und brachte das Gespräch wieder auf den richtigen Weg. „Sie hatten eine Affäre."

Ruth holte tief Luft und nickte. Sie senkte beide Hände in ihren Schoß und rieb sie aneinander wie eine Schülerin, die auf eine Rüge wartete.

„Ja. Die hatten wir." Sie verzog das Gesicht und verbesserte sich schneidend: „Ich hatte eine. Ich bin diejenige, die verheiratet ist, also … hatte ich sie. Allerdings waren es nur zwei Monate und jetzt ist es vorbei. Es ist seit fast sechs Monaten vorbei."

„Und trotzdem hat sie Ihren Namen als Notfallkontakt eingetragen."

Ruht lächelte reuevoll. „Sie hat mich geliebt", antwortete sie. „Und wie gesagt: Wen hat sie außer mir?"

Die Affäre wurde in Javis Gehirn als interessantes Element zur späteren Betrachtung einsortiert. Jetzt weiter nachzuhaken hätte Ruth in die Defensive gedrängt und er wollte ihr zunächst so viele Informationen wie möglich entlocken.

„Wir konnten zu Janet nicht viele Informationen ausfindig machen", sagte er also stattdessen und ließ Ruths Geständnis ruhen, damit es auf ihr Gewissen drücken konnte. „Wissen Sie etwas über sie, das uns helfen könnte, einen Angehörigen zu finden?"

„Nein", antwortete Ruth. Sie zuckte mit den Schultern, als Javi die Stirn runzelte. „Janet hat nie über die Vergangenheit geredet – ihre Familie, ihren alten Namen, ihren Geburtsort. Manchmal habe ich sie gefragt, aber dann sagte sie immer, dass es ‚VNY' sei, Vor New York, und keine Rolle spiele. Für sie hat ihr Leben begonnen, als sie wurde, wer sie sein wollte – die Person, die ich kennengelernt habe."

„Das war nach ihrer Geschlechtsangleichung?"

Ein säuerlicher Ausdruck legte sich auf Ruths Gesicht. „Das ist jetzt wohl öffentlich bekannt", sagte sie. Ihr Kinn senkte sich zu einem schroffen, verbitterten Nicken. „Aber ja. Das ist jetzt etwas länger als ein Jahr her. Nicht lange, bevor wir uns begegnet sind. Es war – und das ist das Einzige, was ich wirklich von vorher über sie weiß – nach dem Tod ihrer Mutter. Janet hat etwas Geld geerbt, das für alles und ein Flugticket nach New York reichte, und hat es nie bereut."

„Sie haben keine Ahnung, wo sie vor ihrer Zeit in New York gelebt haben könnte? Hatte sie einen Akzent oder ein Lieblingsessen?"

„Gebildet", sagte Ruth. „Sie kann sich besser ausdrücken als ich. Und sie … New York war für sie eine Art Fetisch, Mr. Merlo. Sie hat nichts geliebt, was nicht aus dieser Stadt kam."

Der Eindruck, den Janet Morrow in der Welt hinterlassen hatte, blieb vage. Sie wussten nur, dass sie von jemandem brutal angegriffen worden war. Es wirkte nicht fair. Ihr Beinahemörder sollte nicht derjenige sein, über den sie definiert wurde.

„Wissen Sie, warum sie nach Plenty kam?"

„Wir hatten schon länger keinen Kontakt", sagte Ruth. Bevor Javi mehr als ein Kribbeln von Enttäuschung verspüren konnte, fuhr sie fort: „Aber vor zwei Wochen kam sie zu mir, um mit mir zu reden. Nicht über Plenty – das hat sie nie erwähnt –, sondern … über die Zukunft."

„Eine Zukunft mit Ihnen?"

Ein wehmütiger Ausdruck ließ ihr Gesicht sanfter wirken. Sie sah auf ihre Hände hinab, die noch immer zwischen ihren Knien verschränkt waren, als könne sie ihnen nicht trauen.

„Nein", antwortete sie. „Sie hat mich geliebt, aber Janet war ihre einzig wahre Liebe. Es ging um ihre Idee, ihren Plan für ihr Leben, wenn sie Janet *sein* konnte. Sie hatte nicht vor, nach mir zu schmachten, solange sie noch ihre Ziele hatte. Darüber wollte sie mit mir reden – ihre Zukunft als Designerin. Es war immer ihr Wunsch – wir haben uns bei einer von meiner Frau organisierten Modenschau kennengelernt –, aber jetzt schien sie es praktisch schon morgen zu wollen."

Javi zog die Augenbrauen hoch. „Und dafür hatte sie das nötige Geld?"

Ruth schürzte die Lippen. „Nein. Hatte sie nicht. Das machte es so auffällig, denn ich wusste, dass sie in letzter Zeit vom Pech verfolgt war. Sie hat ihre Arbeit verloren und die Freunde, bei denen sie wohnte, haben sie aus irgendeinem Grund rausgeworfen, ich weiß nicht genau, warum. Sie musste in ihrem Auto schlafen. Deshalb hatten wir länger keinen Kontakt. Ich wollte helfen, aber sie hat mir gesagt, dazu hätte ich nicht mehr das Recht. Janet konnte bei solchen Dingen empfindlich sein – nicht bei Geld, nicht direkt, aber bei Unterstützung."

„Und?", drängte Javi vorsichtig. „Was hat sich geändert?"

Ruth löste endlich ihre Hände voneinander, damit sie besser mit den Schultern zucken konnte. „Ich weiß es nicht. Erst dachte ich, sie wollte mich erpressen, um an das Geld zu kommen – nicht, dass ich so viel gehabt hätte. Aber das war es nicht, was sie wollte. Sie sagte, sie könnte das Geld bekommen, *wenn* sie es nach Kalifornien schaffen würde. Offenbar gab es hier jemanden, der ihr Geld schuldete oder es ihr geben würde."

„Ihr schuldete?"

„Ich weiß nichts Genaues. Sie war ausweichend und wortkarg, was das anging, aber eindeutig überzeugt davon, dass sie mit ausreichend Geld zurückkehren würde. Ich habe ihr welches für den Flug und das Auto geliehen. Ich habe gehofft, dass ich danach nichts mehr davon hören würde. Vielleicht habe ich gehofft, sie würde nicht zurückkommen, sondern hier draußen bleiben. Es war das letzte Mal, dass ich mit ihr gesprochen habe und mehr weiß ich nicht. Tut mir leid. Kann ich jetzt zum Krankenhaus fahren? Ich würde sie gern sehen."

Ruth warf ihm einen hoffnungsvollen Blick zu, befreit von der Last ihrer Geheimnisse. Javi dachte kurz darüber nach, doch er glaubte, dass sie ihm alles gesagt hatte, was sie wusste … zumindest alles, von dem sie wusste, dass sie es wusste.

„Selbstverständlich", sagte er also. „Ich bin sicher, Lieutenant Frome wird sich darum kümmern, Sie hinbringen zu lassen, damit Sie etwas Zeit mit ihr verbringen können. Geben Sie mir Bescheid, falls Sie vorhaben, die Stadt zu verlassen? Nur falls wir noch weitere Fragen haben."

Ruth nickte erleichtert. „Natürlich." Sie stand auf und rückte ihre Kleidung zurecht. Dann streckte sie beide Hände zu Javi aus. Er stand auf und ließ zu, dass sie seine Finger mit ihren umschloss. „Ich hoffe, dass Sie die Person finden, die ihr das angetan hat."

„Das werde ich."

Nachdem sie noch einmal seine Hand gedrückt hatte, ließ sie los. Sie hatte Tränen in den Augen, die sie mit den Fingerknöcheln wegwischte, bevor sie diese verlassen konnten. Mit einem letzten verlegenen, schniefenden Nicken in seine Richtung näherte sie sich der Tür. Javi beugte sich vor, um das Handy vom Tisch zu nehmen, das noch aufzeichnete und die Sekunden des kurzen Gesprächs zählte. Zu diesem Zeitpunkt würde es nicht mehr schaden, wenn Ruth sich angegriffen fühlte.

„Wusste Ihre Partnerin davon?"

Sie drehte sich abrupt um und musterte ihn mit stechendem Blick. Es wäre ein wütender gewesen, wenn sie sich wegen der Befragung des FBI nicht so eindeutig unwohl gefühlt hätte. „Bonnie weiß, dass ich … dass ich Mist gebaut habe", sagte sie. „Und sie weiß, dass ich mich für sie entschieden habe – sie und unseren Sohn, unser Leben. Aber wenn Sie andeuten wollen, sie könnte mit der Sache irgendetwas zu tun haben …"

„Die Ärzte wissen nicht, ob und wann Janet das Bewusstsein wiedererlangen wird", unterbrach Javi sie. Er sah den Kummer, der in Ruths Augen aufflackerte, als sie den Blick abwandte … und die Schuldgefühle. Javi hatte die Erfahrung gemacht, dass man Lügen schwer ablegen konnte, aber Schuldgefühle noch schwerer. Außerdem waren sie ein ausgezeichneter Hebel. „Janet kann mir nicht helfen, den Täter zu finden. Also muss ich Ihnen diese Fragen stellen. Sonst gibt es niemanden."

„Sie wollen wissen, wer der Täter ist?", fauchte Ruth. „Das ist Ihre Frage? Ich weiß es nicht. Ich weiß nicht, warum jemand Janet verletzen sollte. Was sie auch sein möchte, zurzeit ist sie eine Putzfrau, die in ihrem Auto schlafen musste, weil ihr die Freunde ausgegangen sind, auf deren Couch sie übernachten könnte. Vielleicht war es jemand Intolerantes. Davon laufen genug herum. Aber ich kann Ihnen versichern, dass es nicht Bonnie war. So ist sie nicht."

„Menschen können einen überraschen."

Ein verbittertes Lächeln legte sich auf Ruths Lippen. „Würde Bonnie mich noch überraschen, hätte ich nicht mit jemand anderem geschlafen", sagte sie. „Es war Bonnie, die Janet als Erste kennengelernt hat. Sie mochte sie. Sie tat ihr leid. Sie …"

Ruth hielt abrupt inne. Javi sah einen Gedanken über ihr Gesicht flackern – einen Hauch von Argwohn – und dann verschwinden, als sie ihn verwarf.

„Ihnen ist etwas eingefallen", stellte Javi fest. „Was?"

Ruth presste ihre Lippen zusammen. „Es ist … nichts", sagte sie. „Etwas, das Bonnie einmal gesagt hat, aber sie neigt dazu, aus nichts ein Drama zu machen. Jemand hat keinen Facebook-Account, also ist er plötzlich in einem Zeugenschutzprogramm, oh, und derjenige war einmal in Japan, also geht es dabei bestimmt um die Yakuza."

„Das werde ich berücksichtigen", sagte Javi. „Aber die Ärzte wissen nicht, ob Janet wieder aufwachen wird. Also kann sie mir nichts darüber verraten, wer ihr das angetan haben könnte. Ihre Frau muss irgendeine Grundlage für ihre ‚Geschichte' gehabt haben. Vielleicht hilft die."

Der Kampf zwischen Ruths Wunsch zu helfen und dem Drang, ihre Frau aus der Angelegenheit herauszuhalten, zeichnete sich auf ihrem Gesicht ab. „Helfen" siegte um Haaresbreite. Sie seufzte verbittert und verschränkte die Arme vor ihrem Bauch, umklammerte mit den Fingern ihre Ellbogen.

„Janet hat nie über ihre Vergangenheit geredet, also weiß ich nicht, wie Bonnie darauf kam", begann sie. „Aber sie war davon überzeugt, dass Janet von ihrer Familie misshandelt wurde, dass sie zu einem dieser christlichen Camps geschickt wurde, das sie ‚in Ordnung bringen' sollte. Sie dachte, dass Janet deshalb keine Hilfe annehmen wollte, niemandem vertrauen konnte."

„Hat sie irgendwelche Namen genannt oder …"

„Nein", fauchte Ruth. Ihre Stimme brach. „Es war nur eine Geschichte, okay? Bonnie erzählt Geschichten über Leute. Das Einzige, was Janet je über ihre Vergangenheit gesagt hat, war, dass ihr hier jemand Geld schuldet. Finden Sie denjenigen. Vielleicht hat er Antworten für Sie." Sie stürmte hinaus und schlug die Tür zu.

Javi tippte auf sein Handy, um die Aufnahme zu beenden. „Leichter gesagt als getan", murmelte er. „Wie findet man heraus, wer einem Geist etwas schuldet?"

12

DIE ANRUFE, die Galloway bei ihrer Arbeit in der Leichenhalle entgegennahm, hatten stets etwas Seltsames an sich. Die Hintergrundgeräusche waren verwirrend alltäglich, nur unterbrochen vom Quietschen eines Rades, das Öl benötigte, und dem gedämpften Kreischen einer Säge. Anstelle des Auseinandernehmens und Zusammensetzens menschlicher Körper hätte um sie herum der Umbau einer Küche stattfinden können.

Zumindest bis man das Knacken von Knochen und das feuchte Geräusch bewegter Organe vernahm.

„Ich habe das DNA-Profil mit einigen der unaufgeklärten Vermisstenfälle verglichen", erklärte Galloway. Aus ihrer leicht gedämpften Stimme leitete Javi ab, dass sie das Handy beim Arbeiten gegen ihre Schulter geklemmt hatte. „Allen, die zu Ms. Morrows Alter und allgemeiner Beschreibung passten. Nichts springt hervor. Wenn Sie wissen wollen, wer sie ist, müssen Sie abwarten, ob in der CODIS-Datenbank eine Übereinstimmung gefunden wird."

„Wie lange dauert das?", fragte Javi.

Jemand hatte eine Schachtel Donuts im Pausenraum platziert. Javi war nicht der Erste, der sie entdeckte. Die Hälfte war verschwunden und hatte lediglich fettige Abdrücke auf dem Papier hinterlassen, während die andere Hälfte sehr ausgesucht war. Mit einer Serviette nahm er einen mit Zimtglasur heraus, legte ihn jedoch zurück, als er auf dem Zuckerguss einen unübersehbaren Fingerabdruck bemerkte.

„Was gab es zuerst, die Henne oder das Ei?", gab Galloway zurück. Als er lediglich schweigend abwartete, seufzte sie schließlich und legte etwas Feuchtes aus der Hand. „Drücken Sie die Daumen, dass niemand Medienrelevantes entführt oder ermordet wird. Wenn die Suche nicht von einem Fall mit höherer Priorität verdrängt wird, dann vielleicht zwei Wochen. Sonst noch was?"

„Eine Sache", sagte Javi. Er goss sich eine Tasse Kaffee ein. Anstelle der üblichen teerschwarzen Flüssigkeit kam er mit der Farbe von Tee aus der Kanne. Er probierte vorsichtig und verzog wegen des bitteren, öligen Geschmacks das Gesicht. Jemandem schien der Kaffee ausgegangen zu sein, sodass er mit dem bereits ausgelaugten Pulver eine weitere Kanne gekocht hatte. „Bei Janets Geschlechtsangleichung sieht es so aus, als hätte sie für alles selbst bezahlt, denn ich bezweifle, dass sie versichert war. Können wir irgendwie herausfinden, wo es gemacht wurde?"

Galloway stieß ein nachdenkliches „Hmm" aus. „Nicht sicher. Chirurgen signieren ihre Werke nicht, wenn man von Idioten absieht. Aber wenn sie nicht versichert war, ist sie doch eher nicht reich?"

„Sie hat in ihrem Auto gelebt, bevor sie herkam. Anscheinend hatte sie vorher eine kleine Summe von ihrer verstorbenen Mutter geerbt."

„Tijuana."

„Ich kann Ihnen nicht folgen."

„Es ist eine Vermutung, aber eine begründete. Wenn Janet nicht gerade zum Untertreiben neigte, hätte eine kleine Summe nicht gereicht, um die Prozedur in den USA durchzuführen. Das würde die Suche auch erheblich erschweren. Aber es ist wahrscheinlicher, dass sie ins Ausland gegangen ist. Thailand ist beliebter, doch die Reise nach Tijuana wäre günstiger und weniger einschüchternd gewesen, wenn sie alleine war." Galloway hielt inne und Javi stellte sich das Schulterzucken vor. „Sie kann natürlich auch etwas ganz anderes getan haben. Beweise habe ich nicht. Entscheiden Sie selbst."

„Danke", sagte Javi. „Wenn es etwas Neues gibt, lassen Sie es mich wissen."

„Natürlich", antwortete Galloway. Bevor er das Handy senken konnte, fügte sie eilig hinzu: „Wenn Sie vielleicht dasselbe bei Ms. Morrow tun könnten? Wenn sie stirbt, finde ich es heraus, aber falls sie sich erholt, würde ich es auch gern wissen. Das wäre etwas Neues für mich."

Sie lachte selbstironisch. Javi versprach, es zu tun, und legte auf. Während er das Handy einsteckte, machte er sich eine gedankliche Notiz, Galloway etwas guten Kaffee zu schicken. Er hatte noch immer nicht vor, lange genug in Plenty zu bleiben, um Freunde zu brauchen, aber eine ihm wohlgesinnte Pathologin war etwas anderes.

Zucker und Milch verliehen dem Kaffee eine blassere Farbe, als Javi sie sonst bevorzugte, und verbesserten den Geschmack kein bisschen. Er widerstand dem Drang, den Mundvoll wie ein Kind auszuspucken, und ging stattdessen zur Spüle, um den Rest zu entsorgen.

Als er die Tasse ausspülte, öffnete sich die Tür einen Spalt weit und Tancredi sah herein. Ihr Haar war als Ansammlung von der Feuchtigkeit geformter Locken ihrem Zopf entkommen und ein langer Ölstreifen war über ihr Kinn geschmiert. Sie bemerkte Javi, woraufhin eine Mischung aus Groll und Sorge ihre Augenbrauen zusammenzog.

„Agent Merlo", sagte sie. „Tut mir leid. Ich wollte nicht stören. Ich suche Collins."

„Der hat die Professorin zum Krankenhaus gebracht", erklärte er. „Sie wollte Janet besuchen."

Die leichten Falten auf ihrer Stirn, für die ihre Gereiztheit gesorgt hatte, wurden nun zu einem ernsthaften Stirnrunzeln. „Ich wollte, dass er die Festplatte aus dem Auto zum Labor bringt", sagte sie.

„Cloister hat es identifiziert?", fragte Javi. „Wem gehört es?"

„Einer reichen Witwe mittleren Alters", sagte Tancredi. Ein schiefes Lächeln hob ihren Mundwinkel, als sie ihren Fuß so positionierte, dass er die Tür aufhielt. „Wir glauben nicht, dass sie die Fahrerin war."

„Weil sie reich ist, weil sie eine Witwe ist oder weil sie mittleren Alters ist?", fragte Javi und legte den Kopf schräg.

Das Lächeln verschwand aus Tancredis Gesicht. „Weil sie in der Unfallnacht auf einer Jacht war. Wir haben Bilder von ihrem Instagram-Account und dem ihrer Freundin. Das Hashtag-Leben beginnt mit vierzig."

„Also eine ziemlich lustige Witwe."

Tancredi zuckte mit den Schultern. „Zumindest betrunken", antwortete sie. „Vielleicht wusste der Autodieb, dass er einige Tage hatte, bevor es gemeldet würde."

„Sie sind sicher, dass es sich um das richtige Auto handelt?", wollte Javi wissen.

„Pick-up", verbesserte Tancredi und verdrehte dann die Augen über sich selbst. „Witte konnte Spuren identifizieren, die sein Hund an der Tür hinterlassen hat. Außerdem hat Bourneville Hinweise auf Blut gefunden und einige Gegenstände, die Janet gehören könnten. Wir haben sie ins Labor geschickt. Da sie mit Blut verschmiert waren, sollten wir feststellen können, ob es ihres ist."

Javi nickte. Ein direkter Vergleich mit einer existierenden Probe würde weniger lange dauern, als es mit sämtlichen in der CODIS-Datenbank zu vergleichen und das Beste zu hoffen.

„Welche Gegenstände waren es?", fragte er.

„Visitenkarten", sagte Tancredi. Sie rümpfte die Nase und zuckte mit den Schultern. „Ein Portemonnaie haben wir nicht gefunden. Wahrscheinlich hat der Täter es mitgenommen und nicht bemerkt, dass beim Durchsehen die Visitenkarten herausgefallen sind. Oh. Das Hotel hat zurückgerufen."

Kurz begriff Javi nicht. Dann erinnerte er sich an die E-Mail, die er verschickt hatte, bevor Cloister aufgetaucht war. Andere Ereignisse hatten sie aus seiner Erinnerung verdrängt.

„Der Koffer?", fragte er.

Tancredi nickte und stieß sich von der Tür ab. „Die Rezeption war nicht geöffnet, als sie im Hotel ankam. Also hat sie ihn hinter dem Empfangsschalter stehen lassen, um ihn später zu holen. Irgendein Idiot hat ihn an das Fundbüro weitergegeben, wo ihn jemand abholen muss. Ich kümmere mich darum, sobald ich dem Lieutenant berichtet habe, dass wir Mrs. Lopez' Auto beschlagnahmen mussten."

Sie wirkte besorgt. Entweder war Fromes neue Bereitschaft, sich mit dem Fall zu beschäftigen, noch nicht zu seinen Deputies durchgesickert oder seine schlechte Laune war es.

„Ich erledige das", bot Javi an. „Cloister kann mich auf den neuesten Stand bringen und Frome wird mit ihm über Bournevilles Durchsuchung sprechen wollen."

Tancredi neigte den Kopf zur Seite und musterte ihn prüfend. Manchmal erinnerte sie ihn an seine Großmutter. Die Zwecke, für die sie diese einsetzten, waren unterschiedlich – eine Karriere in der Strafverfolgung im Gegensatz zur liebenswürdig despotischen Herrschaft über ihr soziales Umfeld –, doch die Entschlossenheit in ihrem Blick war die gleiche.

Der Vergleich hätte vermutlich keiner der beiden Frauen gefallen.

„Sind Sie sicher?", fragte Tancredi.

Javi nickte. „Ich muss Frome sowieso darüber informieren, was wir über Janets Vergangenheit herausgefunden haben. Da ist es nur sinnvoll, alles auf einmal zu erledigen."

„Okay. Danke." Tancredi glättete ihr Haar und bemühte sich, die hervorstehenden Strähnen wieder in den Zopf zu schieben. „Dann fahre ich zum Hotel und hole den Koffer. Hoffentlich ist nicht nur Kleidung drin."

Bevor sie gehen konnte, reichte Javi ihr eine Serviette. „Hier." Er rieb mit einem Daumen über sein Kinn. „Sie haben etwas im Gesicht."

Tancredi errötete, spuckte auf die Serviette und rieb damit an ihrem Kinn herum. Anschließend sah sie Javi erwartungsvoll an. Aus dem Streifen war ein Fleck geworden, der wie der schlimmste Bluterguss der Welt wirkte.

„Besser", log er. „Und es *hat* mich interessiert. An diesem Abend."

Sie rieb ein letztes Mal mit der Serviette über ihr Kinn und schenkte ihm ein leichtes Lächeln. „Ich weiß, dass es mich nichts anging, aber Witte hätte Sie niemals selbst angerufen. Er hat uns nicht einmal verraten, dass letzten Monat sein Geburtstag war. Als würde es uns zu viele Umstände machen, eine Karte und eine Torte zu besorgen? *Wir* bekommen doch auch etwas von der Torte ab."

Javi wollte fragen. Er würde es nicht tun. Vermutlich war es nicht allzu dramatisch, dass er Cloisters Geburtstag nicht kannte – Geburtstage waren kein Teil von dem, was auch immer zwischen ihnen war und anscheinend machte Cloister ohnehin keine große Sache daraus –, doch vor allem sträubte sich alles in ihm gegen den Gedanken, Tancredi danach zu fragen. Außerdem konnte er das Datum vermuten. Es hatte die letzten paar Wochen für ein unangenehmes Gefühl gesorgt.

„Versuchen Sie es beim nächsten Mal mit Grillhähnchen", sagte er trocken. „Ich glaube, davon lebt er hauptsächlich."

Tancredi lachte und verließ den Raum.

Nachdem sich die Tür hinter ihr geschlossen hatte, gestattete er sich einen finsteren Blick. Natürlich sagte Cloister niemandem, wann sein Geburtstag war, dachte Javi säuerlich. Er zog sein Handy aus der Tasche und bestellte mit verärgerten, ungeduldigen Bewegungen seiner Finger einen Kaffee über die App. Nein, er richtete es so ein, dass man ihn enttäuschte. Dann konnte er weiterhin den Märtyrer spielen, auch wenn er der Einzige war, der es wusste.

Die Wut schmeckte in Javis Kehle wie schlechter Kaffee und Kupfergeld. Er wusste nicht, was ihn mehr ärgerte, dass Cloister versucht hatte, ihn zu einem – mehr oder weniger – richtigen Date zu bringen oder dass Javi sich – mehr oder weniger – für alles entschuldigt hatte.

Javi mochte keine Spielchen, vor allem, wenn er der Meinung war, dass Cloister und er sich bereits auf die Regeln verständigt hatten. Kincaid tat das gern – die Regeln ändern, während man nicht hinsah, und dann abwarten, was passierte.

Javier. Vertrau mir, Javier.

Doch durch Javis Gereiztheit hindurch erinnerte ihn eine leise, aber deutliche Stimme daran, dass Cloister geradlinig genug war, um ihn als Lineal benutzen zu können. Selbst seine emotionalen Probleme waren für alle Welt sichtbar, genau wie sein ramponierter Airstream-Wohnwagen und ein Berg von Vermisstenfällen. Und die Sache mit dem Märtyrer? Auch das sah ihm nicht ähnlich. Cloister schluckte seinen Schmerz hinunter. Er war verschwunden, noch bevor man sich entschuldigen konnte.

Ein Arschloch war er trotzdem gewesen, doch es handelte sich nicht um ein Spiel.

Was Javi nicht dabei half, seine gereizte Laune abzuschütteln. Es machte ihm lediglich klar, dass er vermutlich wusste, über wen er sich ärgerte, auch wenn er den Grund nicht ganz verstand.

Javi verzog das Gesicht und bezahlte mit einem Wischen seines Daumens für den Kaffee. Nachdem der Vorgang abgeschlossen war, schob er das Handy in seine Tasche und die Verärgerung in seinen Hinterkopf. Cloister konnte warten. Javi musste – zumindest bis Joel eintraf – seine Arbeit erledigen.

DAS LABOR hatte ein Loch in die Ecke der Visitenkarte gestanzt. Es sorgte dafür, dass sie wie eine altmodische Kundenkarte wirkte – zehn Prozesse und man bekam eine einstündige Rechtsberatung gratis. Ein Schnäppchen – das hätte einem jeder sagen können, der jemals auf einen Anwalt angewiesen war.

„Andrew Macintosh", sagte Javi, während er den letzten Schluck seines Kaffees trank. „Der Name kommt mir nicht bekannt vor."

„Sie haben nie von Mackie Messer gehört?" Frome klang beinahe ausgelassen.

„Dem Lied?", fragte Cloister.

Javi warf ihm einen schneidenden Blick zu. „Ich bezweifle, dass der Lieutenant uns zum Singen herbestellt hat", sagte er.

Frome schnaubte amüsiert und lehnte sich auf seinem Stuhl zurück. Die Bürotür war geschlossen und nach einem Blick auf die Visitenkarte hatte Frome auch die Vorhänge zugezogen. „Nein, aber ein Haifisch war Mac in der Tat", antwortete er. „Wenn jemand Andrew Macintosh beauftragte, konnte man ziemlich sicher sein, dass derjenige schuldig wie die Sünde war."

Javi drehte den Asservatenbeutel um und warf einen Blick auf die Rückseite der Karte. Die Kontaktdaten waren durchgestrichen worden, doch er konnte die Umrisse der Buchstaben darunter erkennen.

„Und trotzdem war er in Plenty ansässig?", fragte er skeptisch. „In Delacourt."

Frome schnaubte und hielt zwei Finger hoch. „Delacourt war damals wesentlich schöner und Mac hat die Hälfte davon gehört", erklärte er, während er den ersten Finger senkte. „Und Plenty war wesentlich schlimmer. Ich bin ihm nur einmal begegnet. Ich war ein Neuling als Deputy und mein Partner und ich hatten diesen Fahrer angehalten, der, wie sich herausstellte, eine Leiche im Kofferraum hatte. Mein Partner wurde bei der Verhaftung angeschossen und musste danach im Innendienst arbeiten, bis er schließlich gekündigt hat. Er kam auf der Straße einfach nicht klar. Dann kommt der Prozess und Mac lässt uns keine Chance. Sein Klient hatte sich das Auto nur geliehen, litt unter PTBS von einem nicht gemeldeten Überfall – was sein Therapeut mit einigen sehr frisch ausgedruckten Unterlagen untermauern konnte – und dieser kleine Typ mit einer im Krankenhaus liegenden Frau stellte sich und gab zu, dass er der Mörder war. Der Fahrer kam mit unvorsichtigem Umgang mit einer Schusswaffe davon, der kleine Typ musste ins Gefängnis und eine gute Seele bezahlte alle Krankenhausrechnungen seiner Frau. Damals hat Plenty gut zu Mac gepasst."

„Und was ist passiert?", fragte Cloister. „Hat man ihn hochgenommen, als bei der Polizei aufgeräumt wurde?"

„Nein." Zum ersten Mal verfinsterte sich Fromes Miene. Er streckte sich über den Tisch, um nach der Karte zu greifen, und betrachtete mit geschürzten Lippen die geknickten Ecken und das verblasste Muster. Sie hatte sich offensichtlich längere Zeit in einem Portemonnaie befunden. Nach kurzem Schweigen legte er sie wieder auf den Tisch und sagte: „Er hat seine Familie ermordet."

Javi zog überrascht die Augenbrauen hoch. „Das erklärt, warum er nicht mehr praktiziert."

„Beziehungsweise hat er seine Familie ermorden *lassen*. Es ist über ein Jahrzehnt her. Ich war damals nicht an den Ermittlungen beteiligt, aber jeder, der von Macintosh fertiggemacht wurde, hat die Angelegenheit verfolgt. Er wollte es so aussehen lassen, als hätte jemand, der einen Groll hegte, seine Frau und seine Söhne getötet, doch wie sich herausstellte, lässt sich die menschliche Wahrnehmung in der wirklichen Welt nicht so leicht manipulieren wie in einem Gerichtssaal. Alle haben von Anfang an vermutet, dass er etwas damit zu tun hatte, selbst bevor herauskam, dass sie keine allzu glückliche Familie waren. Seine Frau hatte ein Jahr zuvor einen Scheidungsanwalt kontaktiert. Und sie war seine zweite Frau. Macintosh hatte das Ganze schon einmal durchgemacht. Es ging vor Gericht, doch Macintosh hatte immer noch so viele Freunde – und so viel Geld –, dass nichts daraus wurde. Er hat sich nicht einmal die Mühe gemacht, sich zu verteidigen – keine Ausreden oder Alibis –, sondern hat nur dagesessen und darauf gewartet, dass die Jury nicht zu einem Mehrheitsurteil kam. Trotzdem wussten alle, dass er es getan hatte, selbst die Frau unter den Geschworenen, deren „Unschuldig" er gekauft hatte, und selbst *ihn* holten die Schuldgefühle irgendwann ein. Er begann Prozesse zu verlieren, zu trinken und letztendlich ist er einfach verschwunden. Als das Sheriff's Department hier übernommen hat, war Mackie Messer schon lange fort."

„Warum sollte dann eine vom Pech verfolgte Möchtegerndesignerin aus New York seine Karte haben?", fragte Cloister. Er hielt inne. Vielleicht war es keine Absicht. „Oder die von Stokes."

Vermutlich handelte es sich nicht um eine gegen Javi gerichtete Spitze. Selbst Cloisters Geburtstags-Date-Trick war eine stumpfe Klinge, wenn man es mit Dingen verglich, die Javi abgezogen hätte. Es war lediglich der falsche Tag, um Stokes' Namen zu erwähnen.

„Vielleicht wollte sie jemanden verfolgen lassen", antwortete Javi kühl. „Oder sie sammelt alte Visitenkarten. Zu diesem Zeitpunkt ist es sinnlos, zu spekulieren. Bis wir mehr wissen, könnte Janet die Karte aus allen möglichen Gründen bei sich gehabt haben."

Frome warf Cloister einen warnenden Blick zu und hob beruhigend eine Hand. Aus dem Augenwinkel nahm Javi die Bewegung breiter Schultern wahr, als Cloister mit ihnen zuckte. Manchmal vermutete Javi, sein Wunsch, dass sein Privatleben ebendieses blieb, wurde auch durch Fromes Überzeugung bestärkt, dass er Cloister nicht besonders mochte. Tatsächlich wäre es leichter gewesen, sich ihm gegenüber höflich zu verhalten, wenn dies der Wahrheit entsprochen hätte. Menschen, die Javi nicht mochte, wühlten ihn nicht so sehr auf. Vor allem nicht, ohne dass er wusste, warum sie es taten.

„Ich schlage vor, dass wir uns mit Theorien zurückhalten", fuhr er fort, als hätte er den stummen Austausch nicht bemerkt, „bis wir die Gelegenheit hatten, uns mit Stokes zu unterhalten. Möglicherweise kann er Aufschluss darüber geben, was Morrow wollte oder wer sie ist. Ich setzte mich mit ihm in Verbindung und organisiere eine Befragung."

„Klingt nach einem guten Plan", stimmte Frome zu. Er erhob sich, schlüpfte in seine Jacke und rückte sie über seiner Pistole zurecht. „Ich werde jetzt zu Mittag essen und mir einen Kaffee besorgen. Deputy Witte, da Sie es anscheinend nicht für nötig halten, sich zu erholen, können Sie SSA Merlo bei seinen Nachforschungen unterstützen. Vielleicht hält Sie das von neuen Schwierigkeiten fern."

Oder, überlegte Javi trocken, während sie dem Lieutenant aus dem Büro folgten, Frome war sich ihres … Verhältnisses – mangels einer besseren Bezeichnung – nur allzu bewusst und sah einfach gern zu, wie sie sich wanden.

MRS. CRISTINA Lopez war nicht sehr glücklich.

Außerdem war sie vermutlich nur zehn Jahre älter als Javi, was ihn darüber nachdenken ließ, wie nah am „mittleren Alter" Tancredi ihn einordnen würde.

„Ich bin das *Opfer* eines *Verbrechens*", sagte Mrs. Lopez, wobei sie die Wörter betonte, als könne der diensthabende Deputy am Empfang sie sonst missverstehen. Sie klatschte ihre Handflächen auf den Tresen. „Ich bin hergekommen, um mein *Auto abzuholen,* und jetzt werde ich hier *gegen* meinen *Willen* festgehalten. Ich *verlange* mit Ihrem *Vorgesetzten* zu sprechen."

Der Deputy hatte den resignierten Gesichtsausdruck einer Person, die diese Schimpftirade nicht zum ersten Mal hörte.

„Wenn Sie sich noch etwas gedulden könnten, Mrs. Lopez", sagte er. „Es wird sich gleich jemand um Sie kümmern."

Mrs. Lopez schnaubte. „Das sagten Sie *schon* einmal." Sie deutete auf einen großen blonden Mann, der auf einer Bank hinter ihr saß. Er wirkte verlegen. „Mein Haushälter muss die Kinder von der Schule abholen. Wenn sie entführt werden oder weglaufen, weil sie glauben, ich würde sie nicht lieben, ist das Ihre Schuld."

„Alle wissen Bescheid, dass Sie hier sind, Mrs. Lopez."

Sie schnaufte und stapfte an die Seite ihres Haushälters zurück. Er tätschelte ihr das Knie und murmelte ihr etwas zu, als sie sich neben ihn setzte. Es sorgte dafür, dass sie die Augen verdrehte.

„Darum geht es nicht, Jim", fauchte sie.

Javi wandte sich an Cloister und reichte ihm die Akte. „Bring Mrs. Lopez in einen der Verhörräume und beruhige sie. Ich muss erst noch einige Anrufe erledigen, aber ich möchte nicht, dass sie die Geduld verliert und hinausstürmt."

„Warum ich?", wollte Cloister wissen.

„Weil Menschen dich mögen, Witte."

„Hunde und kleine Kinder mögen mich", korrigierte ihn Cloister. „Gereizte reiche Frauen eher nicht."

Javi betrachtete ihn flüchtig. Cloisters schwarzes T-Shirt spannte sich über breite Schultern und seine Hose saß tief auf seinen schmalen Hüften. Trotz des kratzenden Gefühls von Gereiztheit, das Javi nicht hatte abschütteln können, spürte er ein anerkennendes, lustvolles Ziehen im Bauch. Selbst der bekritzelte Gips und die blauen Flecken, die sich von Cloisters Augenbraue hochzogen, verliehen ihm eine gewisse Verletzlichkeit, die ihn ansprach.

Die meiste Zeit über wirkte Cloister wie ein schlimmer Junge, den man in einer Spelunke abschleppte, wobei man hoffen musste, dass man fürs Fragen keinen gebrochenen Kiefer verpasst bekam. Im Augenblick wirkte er wie ein auf attraktive Weise ungeschliffener Kerl, der einen Keks und einen Ort zum Übernachten brauchte. Es hatte seinen Reiz.

„Nun, wenn sie sich nicht für dich erwärmt", sagte Javi, „zieh einfach dein T-Shirt aus. Hat bei mir auch funktioniert."

Dann überließ er es Cloister, die verärgerte Witwe zu hüten, während er sich auf den Weg zum Parkplatz machte. Als er gerade nach der Tür griff, schwang sie auf und ein entfernt bekannt aussehender Mann mittleren Alters trat ein.

„Agent Merlo", sagte er und streckte ihm eine Hand entgegen. „Ich hatte gehofft, ich könnte mit Ihnen über den Fall reden."

Eindeutig bekannt. Javi gab es ungern zu, doch es waren die Gerüche von Bleichmitteln und säuerlichem Zigarettenrauch, die seinem Gedächtnis nachhalfen.

„Mr. Hewitt", sagte er. „Wie geht es Ihnen?"

Hewitt runzelte die Stirn und kratzte sich am Hals. Die Haut hatte Quaddeln von den Chemikalien. „Bin etwas beunruhigt", antwortete er. „Hören Sie zu, was den Fall angeht, wegen dem Sie und Witte draußen waren. Die Reinigung? Nachdem Sie gefahren sind, ist aus dem Nichts dieser Obdachlose aufgetaucht. Er hat Fragen gestellt und die Art, wie er gefragt hat … war nicht normal."

„Inwiefern?", fragte Javi.

„Einfach seltsam", sagte Hewitt. „Selbstzufrieden, als fände er die Sache lustig. Und er hatte das hier. Hat ein bisschen damit herumgewedelt, aber ich habe es ihm abgenommen."

Er holte ein fleckiges pinkfarbenes Halstuch aus der Tasche hervor. Es befand sich zusammengefaltet in einer verschlossenen Plastiktüte. Ein ehemaliger Deputy, erinnerte sich Javi.

„Okay", sagte Javi. Er winkte Hewitt herein. „Erzählen Sie dem Deputy hier alles, was passiert ist. Er wird es als Beweismittel aufnehmen. Ich weiß es zu schätzen, dass sie deshalb gekommen sind, Mr. Hewitt."

„Tim", bot er an. „Oder einfach Hewitt. Ich war lange genug Deputy, um an beides gewöhnt zu sein. Ich hoffe, es hilft. Wenn der Kerl dieses arme Mädchen verletzt hat und Witte töten wollte, hat er sich seine Strafe verdient."

Javi überließ Collins die Details und ging hinaus. Er entfernte sich ein Stück vom Rauchgestank und der unverwechselbaren, unangenehmen Mischung aus jugendlichem Körpergeruch und zum Schnüffeln verwendeten Lösungsmitteln. Manchmal war es nicht leicht, die Übernachtungsgäste zum Ausfliegen zu bringen, wenn sie morgens aus ihren Zellen gelassen wurden. Er rief Seans Nummer auf und tippte auf das Anrufsymbol.

Es klingelte so lange, dass er schon aufgeben und es später versuchen wollte. Dann kam die Verbindung plötzlich zustande, zum Geräusch von quietschendem Gelächter und Sean, der sich mitten im Satz befand.

„… ich drangehen. Aber ich verspreche dir, ich weiß, was ich tue."

Jemand knurrte eine Antwort, bevor sich Seans whiskeyraue Stimme durch die Leitung in Javis Ohr ergoss.

„Special Agent Merlo, welch unerwartete Ehre. Sagen Sie nicht, dass Sie das Angebot meines Klienten doch in Erwägung ziehen?"

„Nein", antwortete Javi. „Ihr Klient hat Informationen darüber, wer drei *Federales* und ihre Familien ermordet hat. Ich bezahle ihn nicht dafür. Er kann lieber dem Täter im Gefängnis Gesellschaft leisten, wenn wir ihn finden."

Er konnte das Schulterzucken in Seans Stimme hören. „Ihre Entscheidung", sagte er. „Also, was verschafft mir die Ehre dieses Anrufs? Der übrigens meine abrechenbaren Stunden unterbricht. Geht es darum, dass Ihr Lieblingspolizist angefahren wurde? Denn es liegt wirklich in Ihrer eigenen Verantwortung, ihn an einer kürzeren Leine zu halten."

So sehr ihn Cloister manchmal reizte, so musste er sich bei Seans beiläufiger Stichelei in dieser kalifornisch gedehnten Sprechweise vor Verärgerung auf die Zunge beißen. Er fragte sich nebenbei, ob er für andere Leute ebenfalls so sehr wie ein privilegiertes Arschloch klang, wenn er Cloister anfuhr.

„Eigentlich, Sean, ist Ihr Name im Zusammenhang mit den Ermittlungen aufgetaucht", sagte er, sobald er die wütende Entgegnung, die sich durch seine Zähne winden wollte, heruntergeschluckt hatte.

Sean lachte. „Das ist ein Scherz."

„Nein."

„Verstehen Sie mich nicht falsch, Merlo", sagte Sean. Seine Stimme senkte sich zu einem rauen Knurren. „Sie sehen aus, als könnte man einige Nächte Spaß mit Ihnen haben und es liegt mir fern, mir schlechte Entscheidungen entgehen zu lassen, aber die Zeit im Gefängnis wären Sie nicht wert. Ich hatte ausreichend Möglichkeiten, gegen das Gesetz zu verstoßen, als ich für das Police Department von Plenty gearbeitet habe und die hätten besser bezahlt."

Javi verzog das Gesicht. „Ich bin sicher, Ihr Klient weiß diesen Einblick in Ihre Methoden zu schätzen."

„Bitte, mein Klient weiß einen Mann zu schätzen, der sich richtig ins Zeug legt", antwortete Sean. Seinem Grinsen gelang es, in seinem Tonfall hörbar zu sein. „Genau wie die Kerle, die ich mir tatsächlich ins Bett hole. Falls Sie Witte jemals satthaben."

Javi unterdrückte die kurz aufflackernde Versuchung, bevor sein Verstand sie rechtfertigen konnte. Selbst wenn ihm Cloister egal gewesen wäre, hätte es sich bei Sean um einen großen Fehler gehandelt.

„Wir müssen mit Ihnen reden", sagte er. „Können Sie zum Revier kommen?"

„Ich bin gerade in L.A.", sagte er nach einer kurzen Pause. Die verführerische Heiserkeit wich aus seiner Stimme, als er begriff, dass Javi es ernst meinte. „Morgen bin ich bei Gericht, um wegen eines Stalking-Falls auszusagen. Wenn Sie mich nicht verhaften wollen, müssen Sie bis Mittwoch warten."

„Um welche Zeit?", fragte Javi kühl.

„Das sage ich Ihnen noch. Grüßen Sie Ihren Deputy."

Er legte auf.

Javi senkte das Handy und bewegte den Kopf von einer Seite zur anderen. Obwohl seine Halswirbelsäule vor Anspannung knirschte, holte er tief Luft und wählte die nächste Nummer.

„Inspector Yuen", sagte er knapp. „Ich habe mich gefragt, ob Sie mir bei einem Fall behilflich sein könnten. Wir glauben, das Opfer hat einige Zeit in einem Krankenhaus in Tijuana verbracht. Ich kann Ihnen alle Details ..."

„Das klingt nicht, als hätte es mit den Kartellen zu tun."

„Betrachten Sie es als behördenübergreifende Zusammenarbeit."

Yuen schnaubte. „Schicken Sie mir die Informationen. Ich setze jemanden darauf an. Sie schulden mir etwas, Agent Merlo."

„In einem vernünftigen Rahmen", stimmte Javi zu. Dann legte er auf.

13

„HABEN SIE den mit einer Kanne gekocht?", fragte Mrs. Lopez, als sie die Tasse von Cloister entgegennahm. Anstatt auf eine Antwort zu warten, trank sie einen Schluck Tee und rümpfte ihre für einen natürlichen Ursprung etwas zu schmale Nase. „Vergessen Sie, dass ich gefragt habe."

Cloister zuckte mit den Schultern. Irgendwo in der Küche gab es eine, einen Campingkessel, der sein Dasein hinten im Schrank bei den alten Paketen Blumentee fristete. Er war verbeult und vom vielen Tannin auf der Innenseite nikotinbraun verfärbt und niemand erinnerte sich daran, wer ihn mitgebracht hatte, was vermutlich bedeutete, dass es sich um ein Relikt der alten Polizeibehörde handelte. Er bezweifelte, dass der Tee damit schmackhafter wurde.

„SSA Merlo wird jeden Moment hier sein, Mrs. Lopez", versprach er und ließ sich vorsichtig auf einem Metallstuhl nieder. „Falls Sie wirklich jemanden brauchen, der Ihre Kinder abholt, könnten wir es einrichten, dass ein Streifenwagen Ihren Haushälter zu ihrer Schule fährt."

Mrs. Lopez rollte die Augen. „Sie sind Teenager. Sie gehen außerschulischen Aktivitäten nach", erklärte sie ungeduldig und stand auf. „Es sind noch um die vier Stunden, bevor sie überhaupt ans Nachhausegehen denken. Außerdem haben sie Handys und ich kann ein Taxi nehmen. Ich möchte nur nicht hier sein."

Sie wandte sich von ihm ab und begann auf und ab zu gehen. Ihre Absätze klapperten demonstrativ auf dem alten Linoleum, das im Raum verlegt war. Als sie die Tür erreicht hatte, blieb sie stehen und warf durch ihr Haar einen Blick auf Cloister.

„Sie sind meine Stiefkinder", sagte sie. „Die Söhne meines Mannes. Sie wohnen noch bei mir, aber es sind offensichtlich nicht meine. Ich war schließlich keine Kinderbraut."

„Ich hatte nicht vor, über Sie zu urteilen", antwortete Cloister. „Ich bin auf dem Land aufgewachsen. Ich bin mit acht Jahren von der Schule nach Hause gelaufen."

Zu diesem Zeitpunkt war seine Familie bereits vom Unheil heimgesucht worden. Seine Mutter empfand es als Immunisierung: Jemand hatte seinen Bruder entführt, also war der Rest der Familie nun sicher. Zumindest hatte sich Cloister das eingeredet. Doch nachdem sie seinen Halbbruder bekommen hatte, wurde er von ihr zur Schule gefahren und abgeholt. Also war ihr vielleicht nur egal gewesen, ob Cloister etwas zustieß.

Er bemühte sich, den sentimentalen Gedankengang zu verdrängen, während er Mrs. Lopez bei einer weiteren Runde durch den Raum zusah. Schließlich seufzte sie und ließ sich ihm gegenüber nieder. Trotz ihres flatterhaften Getues musterten ihre blassgrauen Augen ihn mit scharfem Blick.

„Also", begann sie. Sie trank einen Schluck Tee, wobei ihr Lippenstift einen leuchtenden Fleck auf der Tasse hinterließ. Sie stellte sie auf den Tisch und zog die Augenbrauen hoch. „Wer ist Lara?"

Cloister kniff die Augen zusammen. Sie lachte und zeigte auf seinen Gips.

„Gute Besserung", las sie vor. „Lara. Kein Kuss?"

„Sie ist eine Freundin", sagte Cloister mit einem Blick auf den bekritzelten Gips. Es entsprach nicht ganz der Wahrheit, doch die Wahrheit – ihr Sohn war das Ziel eines Entführers gewesen und der andere Sohn entführt worden, und Cloister hatte eine ungefähre Vorstellung davon, wie sich das anfühlte – war schwer zusammenzufassen. „Ihre Kinder wollten, dass sie etwas schreibt."

Er lehnte sich zurück und legte den Gips auf seinem Oberschenkel ab. Jetzt, da Frome ihn offiziell wieder an die Arbeit geschickt hatte, sollte er ihn vielleicht irgendwie abdecken. Tancredis fröhliches Opossum mochte für einige Menschen niedlich aussehen, doch es wirkte schwerlich professionell.

Mrs. Lopez setzte zum Sprechen an, hielt dann aber inne. Sie neigte den Kopf zur Seite und presste ihre Fingerknöchel gegen ihre Oberlippe, um sich zu stoppen.

Dann fragte sie: „Sind Sie der Deputy, der neulich verletzt wurde? Die Sache mit der Fahrerflucht?" Zunächst schwang in ihrem Tonfall Begeisterung wegen der Nähe zu einem Drama mit, bis er plötzlich in Richtung Entsetzen kippte. Sie wich auf ihrem Stuhl zurück. „Oh, Gott, war das etwa mein Auto? Und man sagt, ein Mädchen wurde angegriffen. *Oh, Gott* – wurde in meinem Auto ein armes Mädchen überfallen?"

Ihre Stimme erhob sich zu schriller indirekter Panik. Cloister streckte eine Hand aus und schob die noch heiße Tasse Tee in ihre Richtung.

„Mrs. Lopez, bitte versuchen Sie ruhig zu bleiben", sagte Cloister. „Agent Merlo wird alles erklären, wenn er eintrifft."

Sie legte automatisch ihre Hände um die Tasse. Beim Geräusch von Metall auf Keramik richtete Cloister den Blick auf ihre Finger. Sie mochte eine lustige Witwe sein, doch ihren Ehering trug sie noch.

„Ich hätte das Auto verkaufen sollen", murmelte sie, als sie die Tasse an ihre Lippen hob. „Es ist verflucht."

Cloister hätte gefragt, doch da Javi den Raum betrat, als er gerade den Mund öffnete, hob er sich die Neugier für später auf.

„Agent Merlo", sagte er.

„Deputy Witte." Javi stieß seinen Namen so knapp hervor, dass Cloister ihm einen fragenden Blick zuwarf. Eine Bewegung seiner Finger wies Cloisters unausgesprochene Frage ab oder stellte sie zumindest für später zurück. Javi klemmte seinen Aktenordner unter einen Arm, damit er sich über den Tisch beugen und der aufgewühlten Frau die Hand schütteln konnte. „Mrs. Lopez, es tut mir leid, dass Sie warten mussten. Wir haben nur einige Fragen."

„Natürlich", antwortete Mrs. Lopez eilig. Ihre Hände bewegten sich nervös wringend auf der Tasse. „Tut mir leid, dass ich so eine Zi... ziemlich schwierig war. Mir war nicht klar, dass es um dieses arme Mädchen ging."

In Javis Kiefer zuckte ein Muskel und er wandte sich leicht in Cloisters Richtung, um ihm einen bösen Blick zuzuwerfen. „Wie ich sehe, hat Deputy Witte Sie bereits informiert."

Cloister deutete auf seine Stirn. Das Violett und Schwarz der Blutergüsse war bereits verblasst. Doch auch wenn seine Verletzungen immer schnell heilten, war die Naht noch gut zu sehen. „Sie hat es erraten."

„Ich verstehe." Javi setzte sich und schlug den Ordner auf. „Mrs. Lopez, wir vermuten, dass Ihr Auto an diesem Wochenende für ein Verbrechen genutzt wurde. Ich habe nur einige Fra..."

„Ich war nicht in der Stadt", unterbrach ihn Mrs. Lopez. „Wenn ich ein Alibi brauche, kann eine Freundin mit Ihnen reden oder ..."

„Das ist nicht nötig", sagte Javi. „Wir glauben nicht, dass Sie beteiligt waren, Ma'am. Was wir wissen müssen, ist, wer Zugang zu Ihrem Auto hatte."

Sie wollte antworten. Sie hatte bereits den Mund geöffnet und begann mit: „Nur ich und ..." Dann verstummte sie abrupt. Ihr Blick wurde hart und sie presste ihre Lippen zu einer dünnen Linie zusammen.

„Ich glaube, ich würde jetzt gern mit einem Anwalt reden." Sie stellte sorgsam die Tasse ab und verschränkte die Arme. „Bevor wir weitermachen."

Kurz herrschte Stille.

„Mrs. Lopez", sagt Javi. „Wir wollen das nur aufklären. Zurzeit sind Sie *keine* Verdächtige ..."

Sie hob das Kinn. „Zurzeit", antwortete sie. „Möchte. Ich. Meinen. Anwalt."

Dabei blieb es.

ZWANZIG MINUTEN später verließ Mrs. Lopez, begleitet von ihrem verwirrten Haushälter, in einem Taxi das Revier. Cloister stand am Fenster von Javis Büro und sah ihr von oben zu. Schließlich trat er vom Glas zurück und kratzte sich unter dem Rand des Gipses. Das letzte Mal, dass er einen Gips getragen hatte, war schon einige Jahre her, als er sich bei einem Rettungseinsatz an den Klippen den Fuß gebrochen hatte, weil er gestürzt war. Er hatte vergessen, wie schlimm es juckte.

„Also, was glaubst du, wen sie deckt?", fragte Javi, während er sich mit seinem Bürostuhl zu ihm herumdrehte. „Den Haushälter? Einen Geliebten?"

Cloister schüttelte den Kopf. „Dass der Haushälter das Auto benutzt, wussten wir schon", antwortete er. „Also ist er nicht derjenige, um den sie sich sorgt. Ihre Stiefsöhne sind Teenager, und wenn Tancredi damit richtigliegt, dass Mrs. Lopez sich Freitagnacht auf einer Jacht befunden hat, waren ihre Stiefsöhne vermutlich allein zu Hause. Dass sie die Möglichkeit hatten, muss allerdings nicht bedeuten, dass sie es getan haben. Welche Verbindung könnten die Lopez-Jungen zu Janet Morrow haben?"

„Wenn Mrs. Lopez nicht gerade gut schauspielert", grübelte Javi, „handelt es sich um eine reiche Familie. Zumindest wäre sie das aus der Sicht einer obdachlosen Reinigungskraft aus New York. Vielleicht sind sie die Leute, von denen Janet Morrow glaubt, dass sie ihr etwas schulden."

„Aber was?", fragte Cloister. „Sie gehen noch zur Schule, also sind sie was – sechzehn oder siebzehn? Woher sollte Janet sie überhaupt kennen?"

„Vielleicht online? Oder es besteht eine Verbindung zu Mrs. Lopez, von der die Jungen wussten", sagte Javi. Nach einem Blick auf seine Armbanduhr runzelte er die Stirn und stand auf, um mit zügigen Schritten zur Bürotür zu gehen. Er öffnete sie und hielt sie für Cloister auf. „Warum finden Sie es nicht heraus, Deputy Witte?"

Cloister sah von der Tür zu Javi und zögerte. Er hätte gern gefragt. Noch am Morgen war zwischen ihnen alles in Ordnung gewesen. Selbst Javis übliche Paranoia, dass eine Tasse Kaffee falsche Signale senden könnte, hatte pausiert. Nun war er wieder ganz schneidende Ungeduld und eisige Reserviertheit.

Cloister wusste nicht, ob er bei einem Kuss Schnittwunden oder Erfrierungen davontragen würde.

Er hätte gern gefragt, aber er tat es nicht – alte Gewohnheiten und die Angst, dass ihm die Antwort nicht gefallen würde. Stattdessen verließ er mit einem Schulterzucken das Büro. Das Zuschnappen der Tür, während er sich dem Aufzug näherte, hatte etwas Endgültiges.

„Deputy Witte", sagte Ms. Daly, als er an ihrem Tisch vorbeiging. Sie neigte kurz den Kopf, um einen prüfenden Blick hinter seine Füße zu werfen. „Heute ohne Hund?"

„Ich hole sie jetzt", erklärte Cloister und drückte den flachen Metallknopf, um den Aufzug zu rufen.

Daly schniefte und widmete sich wieder den Formularen, auf die sie ihre Unterschrift gekritzelt hatte. „Versuchen Sie die Reihenfolge häufiger. Dann muss ich seltener staubsaugen." Sie kratzte sich mit dem Ende des Kugelschreibers an der Schläfe und schaute wieder auf. „Auch wenn wir Sie hier in Zukunft vermutlich nicht mehr so oft sehen werden."

Da hätte Cloister möglicherweise nachgefragt, doch der Aufzug traf ein. Er trat zur Seite, damit sich ein Angestellter mit einem Stapel Akten zwischen Unterarmen und pickeligem Kinn aus dem Fahrstuhl schieben konnte.

„Das ist die Hälfte der Fallakten, die Sie zur Durchsicht angefordert haben", sagte der Mann, der sich nach einem zweifelnden Blick in Cloisters Richtung auf Daly konzentrierte. „Den Rest müssen wir noch besorgen."

„Lieber Himmel", brummte Daly, sprang hinter ihrem Tisch hervor und eilte hinüber, um ihm einige Ordner abzunehmen, bevor sie zu Boden fallen konnten. Sie sortierte sie zügig, legte drei Stapel auf den Tisch und behielt einen in den Händen.

Die Gelegenheit, nach einer Erklärung zu fragen, war vorüber. Cloister stieg in den Aufzug, drückte den Knopf für das Erdgeschoss und wartete darauf, dass die Türen sich schlossen. Trotz des gezischten „Hab etwas Stolz" in seinem Hinterkopf – es klang wie die unnachgiebige Stimme seiner Mutter, wenn sie an gackernden Nachbarn vorbeiging, die ihr ins Gesicht lächelten, aber hinter vorgehaltener Hand tuschelten – sah er durch die Glastüren zu Javi hinüber.

Javi saß über seinen Schreibtisch gebeugt da und sein dunkles Haar fiel ihm in dichten Wellen in die Stirn. Er schaute nicht auf.

Idiot.

Cloister schnaubte und lehnte sich an die Rückwand des Aufzugs, als die Tür sich schloss. Er verschränkte die Arme und stützte den Gips an seiner Schulter ab.

Diese Stimme klang ebenfalls wie seine Mutter. Sie war immer so hilfreich gewesen. Während der kurzen Aufzugfahrt ließ Cloister zu, dass die verbitterten Gefühle an ihm nagten. Doch als die Tür sich öffnete, verbannte er das Selbstmitleid.

Dann sendete Javi eben widersprüchliche Signale, aber Janet Morrow hatte jemand halb tot im Regen liegen lassen wie eine Puppe, mit der er nicht mehr spielen wollte. Auf jeder verfügbaren Skala waren ihre Probleme wichtiger als Cloisters.

Um das zu wissen, benötigte er nicht erst das trockene Echo der Stimme seiner Mutter in seinem Kopf.

Wenn es eine Verbindung zwischen Janet und den Lopez-Kindern gab, würde er sie finden.

NACH ZWEI Tagen und viel zu vielen Emojis hatte Cloister die Verbindung noch immer nicht gefunden.

Er saß am Strand, eine Meile von der Wohnwagensiedlung entfernt, und ignorierte zugunsten seines Handys einen weiteren wunderschönen kalifornischen Sonnenuntergang. Er wischte über das Display – der Sand unter seinem Daumen war körnig und mögliche neue Kratzer gingen zwischen denen verloren, an die er sich gewöhnt hatte – und betrachtete die letzten sieben Monate ihres Lebens, ein losgelöstes Stück nach dem anderen.

Janet Morrows Instagram bestand aus einer sorgfältig zusammengestellten Collage von Einzelteilen – von Mary Janes aus Lackleder umhüllte Füße, ein Daumen mit Hologrammeffekt auf dem Nagel, der in einen geflochtenen Gürtel gehakt war, ein tätowiertes Schlüsselbein und Ballen von Textilgewebe. Das einzige Foto, das sich nicht in das Motto einreihte, war ein unscharfes Selfie mit einem leicht verdutzt wirkenden silberhaarigen Mann in schickem Anzug, bei dem sich Janet mit leuchtend rotem Haar und einem langen Arm ins Bild lehnte. Es war ein schreckliches Foto, doch sie wirkte glücklich.

Dass Tim Gunn hinter einem Mordversuch in Plenty steckte, war allerdings eher unwahrscheinlich.

Dagegen kamen die Stiefsöhne von Mrs. Lopez gemeinsam auf ein Dutzend Accounts in den sozialen Medien, voll von den chaotischen Gruppenfotos und unklugen Videos, vor denen ihre Lehrer sie vermutlich warnten. Die Lopez-Jungen mochten Baseball, den Strand und, überraschenderweise, ihre Stiefmutter. Mädchen ebenfalls, zumindest einer von ihnen, doch es gab keinen Hinweis auf Rotschöpfe aus New York oder Kommentare, die Verärgerung oder Rache erwähnten. Er hatte sogar ihre Jugendstrafen überprüft und mit dem Schuldirektor geredet. Der ältere Junge war einmal mit einer geöffneten Flasche Alkohol im Auto erwischt worden, den jüngeren hatte man wegen einer Prügelei in der Schule ermahnt – nichts, was die Grenzen überschritt.

Laut Direktor Vasser kamen sie für zwei Jungen, deren Vater Selbstmord begangen hatte – vor einem Jahr in seinem Büro in San Diego; Cloister hatte sich vorsichtshalber die Akte schicken lassen – und deren Mutter nicht daran interessiert schien, sich das Sorgerecht von ihrer Stiefmutter zurückzuholen, so gut zurecht, wie man es unter diesen Umständen erwarten konnte.

Entweder gab es keine Verbindung oder Cloister hatte sie nur nicht gefunden. Das war durchaus möglich. Er nutzte keine sozialen Medien, weder Facebook noch Twitter. Seine einzigen Auftritte bei Instagram bestanden aus gelegentlichen Fotosessions für den offiziellen Account des Departments. Bei diesen wurden hauptsächlich seine Beine und sein Hund aufgenommen.

Digitale Bindungen waren ebenfalls Bindungen. Außerdem, was sollte er dort posten? Die Abenteuer eines schlaflosen Küstenbewohners?

Er war also nicht mit dem Online-Netzwerk vertraut und konnte durchaus etwas übersehen haben. Das hätte er gern geglaubt. Wenn das Lopez-Auto nur zufällig ausgewählt worden war, blieben ihnen als einzige Spuren eine jahrzehntealte Visitenkarte und das blutige Halstuch, das Hewitt ihnen gebracht hatte. Viel war das nicht. An Janets Kleidung war eindeutig gezerrt worden, weshalb der Obdachlose ihn nur zufällig irgendwo aufgehoben haben könnte.

Bon bellte ihn an.

„Entschuldige", sagte Cloister abwesend und sperrte das Handy. Er legte es auf dem Stück Treibholz ab, an dem er lehnte, und hob stattdessen eine lange, salzgetrocknete Seegraswurzel auf. Sie war sandig, speichelverklebt und zu leicht, um sie gut werfen zu können, aber Bon schien das nicht zu interessieren. Ihr neues Spielzeug, ein schweres, gedrehtes Stück Gummi mit Strukturoberfläche, das als unzerstörbar vermarktet wurde, lag seit einer Stunde verlassen am Strand. Sie schnaufte und hüpfte auf dem harten Sandstück ungeduldig von einer Pfote auf die andere, während sie darauf wartete, dass er weitermachte. „Bereit?"

Er hob den Stock nach hinten über seine Schulter und Bon schob sich voller Vorfreude ein Stück zurück. Sand bedeckte ihre Pfoten und den unteren Teil ihrer Beine, sodass sie eher schwarz-braun wirkte.

„*Bleib*", sagte Cloister streng, als er den Stock warf. Er flog in hohem Bogen durch die Luft und landete in der Brandung. Bon bebte vor Sehnsucht, endlich loszulaufen, doch sie gehorchte seinem Kommando und blieb an ihrem Platz. Sie konzentrierte sich auf Cloister, während er mit nach außen gekehrter Handfläche ruhig eine Hand hob. „Braves Mädchen. Braver Hund. Sitz."

Sie platzierte ihr Hinterteil auf dem Sand, so nachdrücklich, dass man ihr die Erschütterung ansah, und blickte ihn unverwandt an.

Cloister hielt seine Hand ruhig, bis er sicher war, dass sie sich erst auf sein Kommando hin bewegen würde. Dann senkte er sie mit einer energischen Geste. „Brav, Bon! Bring!"

Wie ein über den Strand fliegender schwarzer Pfeil schoss sie mit voller Geschwindigkeit los und hinter ihr spritzte Sand durch die Luft. Die Brandung hatte den Stock erfasst und hinausgetragen. Cloister sah zu, wie Bon ihm ins Wasser folgte und gekränkt nieste, wenn es ihr in die Nase geriet. Schließlich fischte sie ihn heraus und zerrte ihn mit sich, wobei sie das nasse, wurzelförmige Ende durch den Sand zog.

Dieses Mal machte Cloister ihr es nicht so schwer. Er warf ihn schlicht so weit wie möglich den Strand entlang. Sie flitzte davon und Cloister sah ihr beim Spielen zu, bis plötzlich sein Handy lossurrte. Es vibrierte sich beinahe von dem Treibholzbrocken hinunter. Cloister packte es und nahm den Anruf auf dem Weg zu seinem Ohr entgegen.

„Wo bist du?"

Die Stimme war Javis, die Nummer – Cloister sah vorsichtshalber noch einmal nach – war es nicht.

„Ist dir in den Sinn gekommen, ich könnte deinen Anrufen ausweichen?", fragte er.

„Nein, mein Handy ist nur kaputt. Sollte es das denn?"

Cloister verspürte kurz den Drang, zu behaupten, das hätte er tatsächlich getan, allerdings wäre es die verbale Entsprechung zu einem steifarmigen Stoß gewesen.

„Nein", gab er stattdessen zu, während er Sand von den Knien seiner verwaschenen Jeans wischte. „Ich habe nur einige Anrufe verpasst, Agent Merlo."

Javi seufzte entnervt in Cloisters Ohr.

„Dafür habe ich mich doch entschuldigt", sagte er. „Ich war gereizt, aber ich hätte es nicht an dir auslassen sollen."

Bon galoppierte heran und ließ das gut zerkaute Stück Seegras vor seine Füße fallen. Sie wich drei Schritte zurück und sah ihn abwartend an. Ihre Zunge hing zwischen ihren zu einem Hundegrinsen gebleckten Zähnen hervor, als sie hechelte.

„Ja", antwortete Cloister. „Und ich habe gesagt, dass ich niemanden brauche, der sich um mich kümmert."

Er grub seine Schuhspitze unter dem Stock in den Sand und versetzte ihm einen Tritt. Weit flog er nicht, doch Bon schoss hinterher. Sie drückte ihn mit den Pfoten auf den Boden und knurrte ihn an.

„Du hast einen gebrochenen Arm …"

„Ein gebrochenes Handgelenk", verbesserte Cloister ihn. „Und ich hatte schon Schlimmeres."

„Ich war nur der Meinung, es wäre sinnvoll, wenn du einige Tage bei mir wohnen würdest", sagte Javi. Obwohl er das Angebot nun zum dritten Mal machte, klangen die Worte noch immer, als müssten sie auf dem Weg aus seinem Mund einen Spießrutenlauf durchstehen. Sein Tonfall war steif und von Groll erfüllt. „Du kommst schon mit zwei Händen kaum als erwachsener Mensch zurecht, Cloister und jetzt hast du nur noch eine. Was wirst du tun, wenn du eine Dose Hundefutter öffnen willst? Deine Zähne benutzen?"

Cloister schnaubte. Er wäre beleidigt gewesen, wenn er nicht am Abend, als er den Kampf mit dem Flaschenöffner verloren hatte, genau das mit einer Bierflasche getan hätte.

„Als ich das erste Mal mit dir geschlafen habe, musste ich auf dem Sofa übernachten", sagte er. „Und jetzt willst du plötzlich, dass ich, mein Hund und meine Kleidung deine Wohnung vollstopfen? Das wäre dir wirklich recht gewesen?"

„Nein", antwortete Javi mit einer Stimme, die trocken wie Salz war. „Es klingt grässlich, aber ich bin schon mit Schlimmerem fertiggeworden. Ich will nicht, dass dir wieder etwas zustößt, Cloister."

In Javis Stimme schwang etwas Verletztes mit, als er das aussprach – ein Nachgeschmack von Blut. Kurz hing es zwischen ihnen – während einer von ihnen sich außerstande sah, mehr anzubieten und der andere sich außerstande sah, das Angebotene anzunehmen – und dann räusperte sich Javi energisch.

„Aber du bist dein eigener Herr", sagte er. „Wenn du Wundbrand bekommen und einen Finger verlieren willst, ist das deine Entscheidung. Deshalb rufe ich nicht an. Stokes hat sich endlich bei mir gemeldet und ist in der Stadt. Wenn du bei der Befragung dabei sein möchtest, komm in zwei Stunden zum The Quail an der Main."

The Quail. Natürlich wollte sich Sean Stokes dort treffen. Er war ein Mann mit kostspieligem Geschmack und konnte es sich seit seiner Scheidung leisten, diesem nachzugeben. The Quail war eine „authentische" alte Plenty-Spelunke, die jemand zu einem Themenpub umgebaut und in ein Hotel integriert hatte. Es besaß noch den originalen zerkratzten Holzboden und von kupferbeschichteten Tischen und hellen Bieren eingerahmte Tresen.

„Stilvoll", sagte er mit so angestrengt neutraler Stimme, dass es ihm auffällig vorkam.

„Ja, du solltest vermutlich die Uniform tragen, damit sie dich reinlassen."

„Sicher, dass die nicht nur für dich wäre?"

Kurz herrschte Stille. Es war dämlich, doch Cloister hätte schwören können, dass er durch die Leitung wahrnahm, wie sich Javis Lippen zu einem gemächlichen, dunklen Lächeln verzogen. Das Bewusstsein kroch wie ein Schauer über seine Wirbelsäule und packte seine Hoden. „Ich bevorzuge dich ohne alles, aber solange es nicht aus der Mülltonne kommt, bin ich zufrieden."

Er legte auf.

Cloister atmete langsam aus und sah zu Bon hinunter, die zu seinen Füßen den zerkauten Überrest ihres provisorischen Spielzeugs fallen ließ.

„Keine Vorwürfe", teilte er ihr mit. „Ich kann nicht ändern, was ich heiß finde."

Bon neigte ihren Kopf von einer Seite zur anderen, bevor sie mit der Nase die Wurzel in seine Richtung stieß.

„Später", sagte Cloister. Er stützte sich mit dem Ellbogen am Treibholz ab und stand auf. Es tat weh. Der Sand war feucht und seine Hüfte steif. Es war nicht elegant, aber es gelang ihm. Er brauchte keine Hilfe. Er *brauchte* niemanden. Daran musste Cloister glauben. Es war schlimm genug, wenn man von einem Menschen, den man liebte, enttäuscht wurde. Wenn man glaubte, derjenige liebte einen ebenfalls, wurde es nur noch schlimmer.

Cloister klopfte sich auf den Oberschenkel. „Komm her, Bon. Wir gehen essen. Du brauchst dein schickes Geschirr."

Sie stupste noch einmal die Wurzel an und sah hoffnungsvoll zu ihm auf. Als er den Wink ignorierte und mit der Hand den Strand hinauf Richtung Wohnwagensiedlung deutete, seufzte sie schwer und hob das salzsteife Stück Treibgut vorsichtig mit den Zähnen auf. Dann lief sie den Strand hinauf, professionell wie immer, wenn sie eine Anweisung bekommen hatte.

Cloister setzte sich ebenfalls in Bewegung, blieb jedoch noch einmal stehen. Mit der Hand beschattete er seine Augen, um sich dem Meer zuzuwenden und den Sonnenuntergang zu betrachten, den er bisher ignoriert hatte. Der Himmel war rot und golden angestrichen und Wolken zogen sich wie Girlanden über den Horizont.

Es war wunderschön. Cloister wusste das, und doch konnte er sich niemals ganz dazu zwingen, es zu genießen. Während er sich an Sonnenaufgängen erfreuen konnte, schienen Sonnenuntergänge ihn nur damit zu verspotten, dass ihm erneut eine schlaflose Nacht bevorstand. Er kratzte abwesend an seinem Gips, schob seinen Daumen so weit wie möglich darunter, und dachte an harte, heiße Metallautos und daran, warum er den Anrufen des einen Menschen, von dem er hören wollte, aus dem Weg ging.

Zeitweise glaubte er, es ginge ihm gut. Ja, er konnte nicht schlafen, doch wer konnte das heutzutage schon? Dann verschwand jemand oder ein Jahrestag kam und es ging ihm nicht gut. Nach all diesen Jahren steckte ein Teil von ihm noch immer in dieser Nacht fest, an die er sich nicht erinnern konnte – oder *wollte*, wenn seine Mutter recht hatte. Möglicherweise würde das immer so bleiben.

Vielleicht wollte er deshalb zumindest für Janet Antworten finden.

Als etwas an seinem Arm zupfte, schaute er hinunter. Bourneville hatte seinen Gips zwischen die Zähne genommen und versuchte, ihn mit sich zu ziehen. Cloister lachte, wischte sich über die Augen – in die Sonne zu starren, wer hätte das gedacht, brachte sie zum Tränen – und folgte ihr.

Er hoffte, dass sie nur hungrig war und er ihr nicht etwa Sorgen bereitete. Das konnte er offenbar gut.

„Okay, okay." Er beugte sich hinunter, um das unberührte Gummispielzeug aufzuheben, und ließ sich von ihr über den Strand führen. „Gehen wir uns herausputzen, damit wir das Geld einer ganzen Woche für Bier ausgeben können."

14

IN CLOISTERS Gips steckte Sand. Er stand im Eingangsbereich des The Quail und versuchte unauffällig ihn daraus zu lösen. Die Körner waren über sein Handgelenk bis in seine Handfläche gewandert, wo sie sich mit Schweiß zu einer klebrigen groben Paste vermischt hatten, die sich soeben außerhalb seiner Reichweite befand, egal, von welchem Ende er es versuchte. Es war nicht unerträglich – noch nicht –, doch er konnte das Echo von Javis Warnung über Wundbrand nicht ganz abschütteln. Sollte es ihm irgendwie gelingen, sich eine durch Sand ausgelöste Blutvergiftung zuzuziehen, würde ihm das ewig nachhängen.

„Stimmt etwas nicht, Sir?", erkundigte sich der Oberkellner, der soeben zu seinem Platz am Eingang zurückkehrte. Er nahm Cloister nervös in Augenschein, als wäre er nicht sicher, ob er über die Blutergüsse schockiert oder von der Uniform beeindruckt sein sollte. „Brauchen Sie einen … ähm … Zahnstocher?"

Cloister musste sich eingestehen, etwas enttäuscht darüber zu sein, dass der junge Mann nicht herablassender klang. Wie sollte er einen Ort angemessen für seine Protzigkeit hassen, wenn die Angestellten freundlich waren?

„Ich glaube nicht", antwortete er. „Ist Mr. Sean Stokes schon hier?"

Der Mann blinzelte und nickte. „Tut mir leid. Ja, das ist er, aber Agent Merlo ist noch nicht eingetroffen. Mein Manager hat für Sie einen Privatraum vorgesehen, wenn Sie dort warten möchten."

Cloister zog die Augenbrauen hoch. „Wegen des Hundes oder der Uniform?", wollte er wissen.

Ein kurzes Grinsen glitt über das Gesicht des Kellners. „Ein bisschen von beidem. Tut mir leid. Wenn Sie mir folgen würden."

Aus Gewohnheit griff er nach einer Speisekarte und führte Cloister durch das Labyrinth aus Tischen. Zwar starrte sie niemand an, als sie vorbeigingen – alle konzentrierten sich auf ihre Teller mit Pasta oder Steak –, doch hinter ihnen brandeten flüsternde Stimmen auf wie das Kielwasser eines Bootes.

„Was macht die Polizei hier?"

„Ich glaube, ich habe diesen Mann im Hinterzimmer in den Nachrichten gesehen. Irgendetwas mit diesen Drogen …"

„Was geht hier vor?"

Dann wurden die gemurmelten Spekulationen von einer Kinderstimme mit einer direkten Frage und der Drohung von Tränen durchschnitten: „Aber warum darf ich das Hündchen nicht streicheln?"

Cloister musste sich auf die Innenseite seiner Backe beißen, um ein Lachen zu unterdrücken. Er zupfte liebevoll an der flaumigen Spitze von Bons Ohr. Sie

113

konnte es noch. Kinder – und Erwachsene, die es eigentlich besser wissen sollten – wollten stets die Polizeihunde streicheln. Alle von ihnen waren gut gepflegt und gut erzogen, was auf Menschen sympathisch wirkte, aber bei Bon war es extremer als bei den anderen, weil sie am niedlichsten war.

Der Kellner öffnete die Tür zum Privatraum, um Cloister eintreten zu lassen. Sehr privat war dieser nicht – die Wände bestanden lediglich aus Rauchglas und aus Kupfer gestanzten Dioramen.

Stokes schaute von seiner Speisekarte auf. Bei ihrer letzten Begegnung hatte Cloister den zum Privatdetektiv gewordenen Polizisten verkatert in der Unterwäsche vom Vortag gesehen. Nun hatte er mit einem Anzug aufgerüstet, bei dem selbst Cloister erkennen konnte, dass er für dieses Treffen sehr schick war. Über seiner Brust war eine dunkelgraue Weste zugeknöpft und er hatte die Ärmel eines Seidenhemdes hochgekrempelt, um die schwere Armbanduhr an seinem Handgelenk gut sichtbar zu machen, während er nun auf einen Stuhl gegenüber deutete.

„Deputy Witte", sagte Sean. Grinsend musterte er Cloister von Kopf bis Fuß. „Sie sehen aus wie ein Pferd, das zu hart rangenommen wurde."

Cloister hob einen Arm, um seinen schweren Gips zu präsentieren. Auf dem Heimweg hatte er sich bei einer Apotheke einen schwarzen Überzug besorgt, um die bunten Genesungswünsche zu überdecken. „Wenn Ihre Pferde eingegipst werden müssen, brauchen Sie vielleicht noch ein paar Reitstunden."

Das Lächeln breitete sich bis zu seinen Augen aus. Er legte die Speisekarte ab, warf einen Blick auf Bourneville und zuckte mit den Schultern. „Damit ist es entschieden", sagte er. „Ich nehme eins von den BrewDog-Ales. Überraschen Sie mich. Was ist mit Ihnen, Witte? Sind Sie im Dienst oder möchten Sie auch einen Drink?"

Cloister zog einen Stuhl vom Tisch und setzte sich, wobei er die Speisekarte durchlas. Sie zeigte keine Preise, nur eine Liste von Biersorten, einen Unterabschnitt für Whisky und kleine Pubgerichte, unter anderem Haggis-Pakora.

„Wenn es das gibt, nehme ich ein Bud", sagte er. Der Kellner unterdrückte größtenteils den leidenden Seufzer darüber, diese Bestellung an die Bar weitergeben zu müssen, und notierte sie.

„Das geht auf mich", bot Sean an. „Im Moment bin ich gut bei Kasse, bis die Anwälte meines Ex davon Wind bekommen."

„In diesem Fall", sagte Cloister, „zwei Buds."

Nach kurzem Zögern versprach der Kellner, bald wieder bei ihnen zu sein, und zog sich eilig zurück. Bourneville setzte sich neben Cloister und gähnte, wobei sie viele weiße Zähne und einen kräftigen Kiefer präsentierte.

„Also, Witte", begann Sean, hakte seinen Arm über die Lehne seines Stuhls und zog dicke, strichgerade Augenbrauen erwartungsvoll hoch. „Hat das Ganze hier damit zu tun, dass Sie glauben, ich hätte es mit Ihrem Freund getrieben? Das habe ich nämlich nicht. Noch nicht."

Er zwinkerte ihm zu, grinste und wirkte extrem einladend auf Cloisters Faust. Cloister lachte nur. Mit dieser Reaktion hatte er offenbar nicht gerechnet, denn er kniff die Augen zusammen und musterte Cloister. Er schien erst entscheiden zu müssen, ob er sich ausgelacht und verärgert fühlen sollte oder ebenfalls amüsiert. Er entschied sich für amüsiert.

„Erzählen Sie mir nicht, der zum Hundebullen gewordene Farmjunge ist sexuell fortschrittlicher, als er sich anmerken lässt. Was genau war es, Witte?" Sean beugte sich vor, noch immer mit einem Arm am Stuhl verankert, und senkte seine Stimme zu einem zweideutigen Murmeln. „Ein wildes Wochenende in Sin City? Ein Dreier mit einem entgegenkommenden Paar? Ein schmutziges kleines Geheimnis?"

Der Tisch war mit poliertem Kupfer und einer dünnen Schicht Acrylglas bedeckt, in die man stilisierte Spielkarten geprägt hatte. Soweit Cloister es erkennen konnte, handelte es sich um ein schlechtes Blatt, wie es ihm selbst soeben überreicht worden war. Es gab mehr Wege, dieses Gespräch in eine ungünstige Richtung zu lenken, als Möglichkeiten, das Richtige zu sagen.

„Sie haben mich nur überrascht, Stokes", antwortete er schließlich. „Ich kann Ihnen versichern, dass es für dieses Gespräch keinerlei persönliche Gründe gibt. Und ich habe keine Geheimnisse, nicht einmal schmutzige."

Die selbstzufriedene Miene war auf Seans Gesicht zurückgekehrt. „Ich glaube, das werde ich selbst beurteilen."

Cloister war nicht klar, dass er überhaupt darauf reagiert hatte, bis er spürte, wie Bourneville sich neben seinem Bein versteifte. Er griff automatisch mit einer Hand in ihren Nacken, vergrub seine Finger in dem dichten Fell und fühlte dabei die Anspannung in seinen Schultern und seinem Kiefer. Auf der anderen Seite des Tisches hatte Sean sich wieder in seinen eigenen Bereich zurückgezogen. Es war einer der Vorteile eines von Natur aus bedrohlichen Gesichts.

„Ich weiß, dass Javi nichts mit Ihnen hatte", sagte Cloister ruhig, während er Bourneville besänftigend streichelte. Er klang wie sein Vater – liebenswürdig, leise und eindeutig bereit, jemandem wehzutun. Darauf war er nicht stolz. „Aber wenn es so wäre, wäre es seine Angelegenheit und nicht meine. Genau wie meine Vergangenheit nicht Ihre ist."

Aus Cloisters Leben konnte man keine Geheimnisse zutage fördern, nur Schmerz und die schattenhaften Monster der Nacht, an die er sich nicht erinnern konnte. Er wollte nicht, dass Sean daran rührte, dass er alte Zeitungsausschnitte von Cloisters traurigem kleinen Trauma aufspürte. Er wollte nicht, dass seine Mutter Anrufe von einem glattzüngigen Fremden erhielt, der nach den Dingen fragte, die ihr Leben zertrümmert hatten.

Sean sah auf Bourneville hinunter und leckte sich die Lippen.

„Etwas heuchlerisch", sagte er. Sein Tonfall war vorsichtiger als zuvor, jedoch nicht eingeschüchtert. Vielleicht klang Cloister doch nicht genau wie sein Stiefvater. „Wo Sie doch hier sind, um in *meinem* Leben herumzuschnüffeln."

Er hatte nicht unrecht.

„Damit kann ich leben", versicherte ihm Cloister.

Sean zog erneut die Augenbrauen hoch und wirkte zum ersten Mal ein wenig neugierig. Ein nachdenkliches Lächeln legte sich auf seine Lippen.

„Ein bisschen interessant sind Sie schon, oder?", fragte er. „Das ist mir beim letzten Mal entgangen."

„Nicht ernsthaft."

„Und ein Lügner noch dazu", spottete er spielerisch. „Ist das der Einfluss von Plenty oder liegt es in Ihrer Natur?"

Javi traf ein, gefolgt vom Kellner mit einem Tablett Bier, was Cloister davor bewahrte, eine Antwort auf diese Frage finden zu müssen. Der Barkeeper hatte sich offenbar für ein Bier mit einem freundlichen Frettchen für Sean und ein nichtssagendes, mit Eis bedecktes Glas für Cloisters Budweiser entschieden.

„Agent", begrüßte ihn Sean und gestikulierte in Richtung des Stuhls neben Cloister. „Gerade rechtzeitig. Wir haben über Sie geredet."

„Das haben wir nicht", korrigierte ihn Cloister, während Javi sich setzte.

„Stimmt." Sean nahm das Bier entgegen und trank einen Schluck. Er lächelte um den Rand der Flasche herum und seine dunkelbraunen Augen richteten sich mit scharfem, hitzigem Blick auf Cloister. „Wir haben über *Sie* geredet."

„Klingt faszinierend", antwortete Javi. Er sah den wartenden Kellner an. „Das wäre alles. Danke."

Enttäuschung stahl sich über das Gesicht des jungen Mannes, als er langsam eine Entschuldigung murmelte und den Raum verließ. Javi wartete, bis die Tür sich geschlossen hatte, seufzte entnervt und wandte sich wieder an Sean.

„Kennen Sie eine Janet Morrow?", fragte er.

Sean neigte die Flasche, um einen großen Schluck zu trinken. „Dann sind die Nettigkeiten also vorbei?", fragte er sarkastisch und stellte die Flasche auf den Tisch. Da Javi nur abwartete, zuckte Sean mit den Schultern. „Janet Morrow? Den Namen habe ich gehört, aber erst in den letzten paar Tagen. Sie ist doch die Transfrau, die angegriffen wurde? Bisher ist die Öffentlichkeit nicht besonders beeindruckt von Ihren Ermittlungen."

„Was ist mit Macintosh?", wollte Cloister wissen. „Kennen Sie jemanden, der so heißt?"

Seans Blick sprang zwischen ihnen hin und her. „Ich kenne einen Andrew Macintosh", sagte er langsam mit sorgfältig gewählten Worten. „Er ist ein Arschloch, aber ein guter Anwalt, wenn man sich auf der entsprechenden Seite befindet. Zumindest war er das."

„Wissen Sie, wo er jetzt ist?"

„In der Gosse", antwortete Sean. Er klang beinahe zufrieden. Cloister wollte sich dazu äußern, doch bevor er es tun konnte, übernahm Javi es für ihn.

„Sie klingen darüber nicht besonders traurig", merkte er an.

„Ich war eben nicht auf dieser Seite der Dinge", sagte Sean. Er trank einen Schluck und wischte sich mit dem Handrücken über den Mund. „Hören Sie zu, damals war es in Plenty anders. Selbst wenn man nicht korrupt war, wurden nicht immer alle Regeln eingehalten. Ich habe nebenbei ein paar Jobs für Macintosh erledigt, ein paar Leute überprüft und die eine oder andere Geliebte beschattet. Das ist alles. Aber, wie gesagt, er war ein Arschloch. Das einzig Gute an ihm war, dass er seine Rechnungen pünktlich bezahlt hat. Niemand, der ihn kannte, wird allzu traurig darüber sein, dass … ihn sein Glück so plötzlich verlassen hat."

„Selbst seine Familie nicht?", fragte Cloister.

„Nun, die hat er umgebracht", antwortete Sean. „Zumindest glaubten das alle. Und selbst wenn nicht? Tja, als ich das erste Mal für ihn gearbeitet habe, wollte er, dass ich seiner ersten Frau zum Fitnessstudio folge. Und warum? Weil sie zugenommen hatte und er es lustig fand. Selbst die Schurken, für die Macintosh gearbeitet hat, hielten ihn für ein Arschloch. Aber worum geht es hier? Es ist fast ein Jahrzehnt her, dass ich für ihn gearbeitet habe. Und beinahe genauso lange, dass ich an ihn gedacht habe."

Javi zog sein Handy aus der Tasche und tippte auf das Display, um ein Foto der bekritzelten Visitenkarte aufzurufen und zu vergrößern. Dann schob er es über den Tisch zu Sean.

„Wir glauben, dass sich diese Karte in der Nacht des Angriffs im Besitz von Janet Morrow befand", erklärte er. „Außerdem wurde sie in Delacourt gefunden, in der Nähe von Macintosh' altem Büro. Das ist Ihre Nummer."

Sean warf einen kurzen Blick auf das Foto und nickte. „Ja", sagte er. „Damals hatte ich keine Visitenkarten. Ich war noch Polizist. Wenn ich also eine brauchte, habe ich meine Nummer einfach auf eine von Macintosh' geschrieben. Davon muss ich Dutzende verteilt haben."

„Vor zehn Jahren", gab Javi zu bedenken. „Warum sollte jemand eine davon so lange aufbewahren?"

„Ich weiß es nicht", sagte Sean. Er trank einen weiteren Schluck Bier. „Das herauszufinden ist doch Ihr Job."

Bourneville gähnte und legte ihren Kopf auf Cloisters Knie ab. Er kraulte sie abwesend unter dem Kinn, spürte die drahtigen Tasthaare. In seinem Revierschreibtisch lag ein Stapel Visitenkarten. Hin und wieder füllte er sein Portemonnaie auf. Meistens wusste er, dass die Karten in irgendeiner Schublade verloren gehen und beim ersten Frühjahrsputz entsorgt werden würden und die Personen, von denen er hören wollte, meldeten sich ohnehin nicht. Und dann gab es die, bei denen er *wusste*, dass sie anrufen würden.

„Haben Sie es schon einmal bereut, jemandem eine gegeben zu haben?", fragte er. „Sie übergeben und gleich gewusst, dass Sie deshalb noch Ärger haben würden?"

Zum ersten Mal hatte Sean nicht direkt eine Antwort parat. Er zögerte mit halb zum Mund gehobener Bierflasche und überlegte.

117

„Einige Male", gab er zu. „Da war dieser Ire, für den Mac manchmal gearbeitet hat – viel Geld und eine Vorliebe für hübsche junge Männer. Er hat behauptet, er hätte einige Aufträge, die er mir zukommen lassen wollte, aber ich wusste schon, dass es eine Lüge war, als ich ihm meine Nummer gegeben habe. Nicht meine beste Entscheidung. Ein paarmal habe ich sogar seine Anrufe angenommen. Eine noch schlechtere Entscheidung."

Endlich trank er den unterbrochenen Schluck und verzog das Gesicht, als hinterließe die Erinnerung an den Mann noch immer einen bitteren Nachgeschmack.

„Können Sie mir seinen Namen zukommen lassen?", fragte Javi.

Sean leckte sich über die Lippen und nickte. „Ja. Und die der anderen. Da gibt es mit diesem Typen vielleicht vier, die auffällig sind. Oh, und die, die ich Tommy gegeben habe."

Cloister kam der Name nicht bekannt vor – zumindest nicht im Zusammenhang mit ihrem Fall –, doch Javi runzelte die Stirn.

„Macintosh' Sohn?", fragte er. „Der jüngste?"

Sean schnaubte. „Ja. Ich wusste noch in derselben Sekunde, dass es eine dumme Idee war. Wegen der Art, auf die er sie angenommen hat. Als hätte ich ihm den Schlüssel für seine Zelle überreicht. Aber ich konnte sie ihm schlecht wieder entreißen, also … Das hat mich beinahe meine Arbeit gekostet. Macintosh hat es für einen Annäherungsversuch gehalten."

„War es einer?", fragte Javi.

„Nein", sagte Sean voller Verachtung mit einem Hauch von Abscheu. „Tommy kann damals nicht älter als vierzehn oder fünfzehn gewesen sein und sah aus wie zwölf. Ich bin bei Weitem nicht perfekt, aber auf so etwas stehe ich nicht. Er … hat mir nur leidgetan."

Er klang beinahe beschämt.

„Weshalb?", fragte Cloister.

Als Cloister in diesem Alter gewesen war, hatte er vielen Erwachsenen leidgetan. Die meisten hatten gewusst, weshalb, aber selbst die wenigen, denen die sporadischen „Noch vermisst"-Meldungen über seinen Bruder in der Lokalzeitung entgangen waren, hatten bemerkt, dass etwas nicht stimmte. Was in Tommys Fall nicht gestimmt hatte, war möglicherweise so schlimm gewesen, dass es noch immer nachwirkte.

Sean seufzte und zupfte abwesend mit dem Daumennagel am Etikett seiner Bierflasche.

„Er war jung, er war schwul – vermutlich schwul, meine ich, ich habe nicht gefragt – und seine Eltern haben nicht begriffen, wer er war oder was er wollte. Ich habe mich noch daran erinnert, wie sich das anfühlt – als wäre man in einem falschen Leben gelandet", sagte Sean. Er zog einen langen, gekräuselten Streifen Papier von der Flasche und schnippte ihn vom Tisch. Ein Stirnrunzeln zog seine Brauen zusammen, als er fortfuhr, also erinnerte er sich vielleicht immer

118

noch daran, wie sich dieses falsche Leben angefühlt hatte. „Ich habe ihm die Karte gegeben, weil … Macintosh war ein harter Mann. Er trug elegante Anzüge und trank Starbucks-Kaffee, aber er war eisenhart. Und von seinen Söhnen erwartete er, dass sie seinem Beispiel folgten. Sein ältester, von seiner ersten Frau, tat das."

„Aber Tommy brauchte … was?", fragte Javi. „Ab und zu eine Ohrfeige, um ihn wieder in die richtige Spur zu bringen?"

Diese Geschichten waren ihnen nicht unbekannt. Mindestens zweimal in der Woche musste Cloister jemanden verhaften, der darauf bestand, dass er seinem Kind irgendetwas hatte einprügeln müssen. Tatsächlich war Cloister überrascht darüber, dass Sean sofort den Kopf schüttelte.

„Nein. Nicht, soweit ich weiß. In die Richtung ging es nicht. Aber über die Sommerferien wollte er Tommy zu einer Art Überlebenscamp schicken, um ihn abzuhärten, einen Mann aus ihm zu machen. Tommy wollte nicht hinfahren und da habe ich ihm gesagt, wenn es so schlimm wäre, solle er mich anrufen. Ich würde dann sehen, was ich tun könnte." Sean hielt inne und schüttelte den Kopf, während er die Bierflasche zum nächsten Schluck hob. „Zum Glück hat er es nie getan. Ich habe keine Ahnung, was ich dann vorgehabt hätte. Ihn retten …"

Javi unterbrach ihn: „Glauben Sie, Macintosh hat erwartet, dass das Camp seinen Sohn zum Hetero macht?"

Sean dachte beim Trinken darüber nach. Er schluckte und wischte sich mit dem Daumen Schaum von der Oberlippe. Diesmal war sein Widerspruch deutlich weniger überzeugt.

„Ich glaube nicht", sagte er. „Wenn das der Plan war, wusste Tommy nichts davon. Er war besorgt, dass es da von diesen Sportlertypen wie seinem Bruder wimmeln könnte und er sein Handy nicht benutzen dürfte. Religion oder Mädchen oder Ähnliches hat er dabei nie erwähnt. Aber unmöglich ist es nicht. Genau kann ich es nicht sagen. Warum?"

Das hätte Cloister ebenfalls gern gewusst. Er würde warten müssen. Anstatt zu antworten, holte sich Javi nämlich lediglich sein Handy zurück und schüttelte den Kopf.

„Ich will nur sicher sein, dass wir die ganze Geschichte kennen", sagte er und schloss das Foto der Visitenkarte. Cloister sah hinüber und stellte fest, dass nun stattdessen Janets Gesicht das Display ausfüllte. Es war das Foto von ihrem Führerschein mit den glänzenden Locken und dem Lächeln. Javi zeigte es Sean. „Sind Sie sicher, dass Sie sie nicht erkennen?"

Sean warf einen kurzen Blick auf das Foto. „Keine Ahnung."

„Sehen Sie es sich bitte richtig an", sagte Cloister. „Das verdient sie."

„Als Lügner waren Sie interessanter", antwortete Sean. Mit einem gequälten Seufzer nahm er das Handy von Javi entgegen, um sich das Foto anzusehen. „Ich kenne sie nicht, aber …"

„Was?"

„Die Berichte haben erwähnt, dass sie eine Touristin war, dass sie aus New York kam."

„Stimmt."

„Vor ungefähr zwei Wochen habe ich einen Anruf verpasst. Die Nummer stammte aus New York. Die Anruferin hat eine Nachricht hinterlassen, in der sie sagte, dass sie nach Plenty kommen würde und mich treffen müsse. Das hätte sie sein können."

„Das hätten Sie uns auch früher sagen können." Javi streckte seine Hand aus.

Sean platzierte das Handy geschickt auf Javis Handfläche. „Ich hätte auch darauf verzichten können, meinen Mann zu betrügen, und müsste jetzt keine Alimente zahlen", sagte er. „Hinterher ist man immer klüger. Ehrlich gesagt habe ich mir nichts dabei gedacht. Wenn jeder, der im Büro anruft, am Ende wirklich mit einem Auftrag zu mir käme, dann ... müsste ich wesentlich mehr Alimente zahlen. Die meisten Leute rufen mich erst an und reden es sich dann aus – das Parfüm an seinem Kragen stammt nur von der Kellnerin, die Brüste auf ihrem Handy hat jemand versehentlich geschickt, die Anwaltskosten würden uns ruinieren. Sie wollen es lieber nicht wissen. Dieser Anruf hat sich nicht von den anderen abgehoben und die Person hat es auch kein zweites Mal versucht. Gut möglich, dass es überhaupt nicht Ihre Janet war. Dass sie meine Nummer hatte, heißt nicht, dass sie mich angerufen hat."

„Aber auch nicht, dass sie es nicht getan hat", entgegnete Javi. „Könnten Sie ..."

„Ihnen Zugang zu meinen Telefondaten verschaffen? Nein", antwortete Sean. „Aber ich kann Ihnen eine Kopie dieser einen Nachricht zukommen lassen. Und wenn ich das nächste Mal einen Gefallen brauche ..."

„Ich gehe davon aus, dass Sie uns auch die Namen aller anderen Personen zukommen lassen, denen Sie diese Karte gegeben haben. Alle, an die Sie sich erinnern können", sagte Javi.

Sean verdrehte die Augen und stand auf. „Wie gesagt, nicht viele waren auffällig. Ich werde mich bemühen. Wenn es sonst nichts gibt ..."

Das gab es nicht.

Javi wartete, bis Sean den Raum verlassen hatte, bevor er einen leisen Fluch ausstieß. Kurz starrte er finster Janets Gesicht auf seinem Handy an und verbannte sie schließlich mit einem ungeduldigen Wischen seines Daumens auf den Startbildschirm.

„Was ist?", fragte Cloister.

„Ich weiß es nicht", antwortete Javi. Er steckte das Handy in die Tasche und runzelte die Stirn. „Wahrscheinlich ist es nichts. Es ergibt keinen Sinn."

Cloister schob Bournevilles Kopf von seinem Knie. Ihr Speichel hatte auf seiner Hose einen feuchten Fleck hinterlassen. Sie gähnte, nieste und sprang auf die Füße. Er schob seinen Stuhl zurück und folgte ihrem Beispiel.

„Ich habe dir doch erzählt, dass dieser Grillhähnchenverkäufer wieder geöffnet hat", merkte er an.

Javi lehnte sich auf seinem Stuhl zurück und sah zu Cloister auf. Sein Blick, der bedächtig Cloisters Brust und Schultern absuchte, ließ Hitze unter seiner Haut aufsteigen. Er machte sich nicht die Mühe, es zu verbergen.

„Und wie soll das helfen?", fragte Javi trocken.

„Du kannst mir beim Essen deine Theorie erklären. Zwei Fliegen mit einer Klappe", sagte Cloister. Er verzog seine Lippen langsam zu einem Grinsen, als Javi skeptisch die Augenbrauen hochzog. „Du warst es doch, der meinte, ich könnte nicht für mich selbst sorgen."

Etwas Zurückhaltendes flackerte in Javis Blick auf, während er sich von seinem Stuhl erhob. Er strich die Ärmel seines Jacketts glatt.

„Das klingt irgendwie nach etwas, das in Montana als Date durchgehen würde", sagte er.

„Wäre es ein Date, würdest du darüber reden, wie toll mein Arsch aussieht", erwiderte Cloister und öffnete die Tür, damit Bourneville als Erste hinaustraben konnte. „Nicht über Mord und verschwundene Anwälte."

Javi näherte sich ihm von hinten, so weit, dass Cloister seine Körperwärme spürte, und ließ eine Hand über die Rundungen von Cloisters Hintern gleiten. Seine Muskeln zuckten unter den langen Fingern, als hätte es sich um einen Schlag und nicht um den Hauch einer Berührung gehandelt. „Ich mache dir ständig Komplimente für deinen Arsch."

„Ich weiß", sagte Cloister mit einem Blick über seine Schulter. „Und du machst irgendwie etwas Seltsames daraus, weil du so anhänglich bist, aber ich wusste nicht, wie ich es ansprechen sollte."

Javi drückte mit der auf Cloisters Hintern liegenden Hand kräftig zu. „Allein dafür darf ich mir aussuchen, wo wir essen."

15

MACHTEN CHINESISCHES Essen zum Mitnehmen und Javis Couch es eher mehr oder eher weniger zu einem Date? Javi war nicht sicher, auch wenn die Flasche Wein, die er soeben entkorkt hatte, nicht unbedingt das „Weniger" unterstützte. Er füllte zwei Gläser und trug sie ins Wohnzimmer.

Cloister hatte auf dem Sofa begonnen, saß jedoch mittlerweile mit dem Stapel Akten auf dem Boden, während sich Bourneville auf den Polstern ausgestreckt hatte. Sie öffnete ein Auge – von ihrem schwarzen Fell eingerahmt leuchtete es bernsteingelb –, um Javi anzusehen, und schloss es dann wieder.

„Tut sie … als würde sie schlafen?", fragte Javi zweifelnd.

„Ja", antwortete Cloister. Er streckte automatisch eine Hand aus und kraulte Bourneville am Bein. Ihre Pfote zuckte, doch ihre Augen blieben geschlossen. „Sie möchte nicht vom Sofa aufstehen."

Javi wusste nicht, ob ihm der Gedanke gefiel. Er hätte bereitwillig zugegeben, dass Bourneville ein kluger und gut ausgebildeter Hund war – er hatte sie beim Training mit den anderen Staffelhunden erlebt und sie war besser als die meisten von ihnen –, doch diese Fähigkeit, jemanden zu täuschen, schien dies zu übersteigen.

Menschen behaupteten immer, ihre Haustiere seien intelligent und könnten Dinge wie Kummer oder Halloweenkostüme verstehen. Auf Javi wirkte diese Vorstellung leicht abschreckend. Häufig genug konnte er sich selbst nicht besonders gut leiden. Hätte er ein Haustier besessen, hätte es ihm nicht gefallen, wenn es klug genug gewesen wäre, um seine Schwächen zu erkennen.

„Ich dachte, sie wäre gehorsam", sagte Javi und reichte Cloister ein Weinglas.

„Würde ich es ihr sagen, würde sie runtergehen", antwortete Cloister. Er trank einen Schluck Wein, ohne das Gesicht zu verziehen, was mehr war, als Javi erwartet hatte. „Aber manchmal darf sie auch einfach nur ein Hund sein. Soll ich sie runterrufen?"

Javi betrachtete den Hund, der ihn standhaft ignorierte.

„Nein", sagte er. „Überlass ihr ruhig das Sofa."

Ein Hund, der klug genug war, um jemanden zu täuschen, war auch klug genug, um nachtragend zu sein. Wenn Bourneville beschloss ihn nicht zu mögen, würde er sich keine Gedanken mehr darüber machen müssen, ob das hier ein Date war, denn dann wäre die ganze Sache vorbei. Cloister hatte – vielleicht – stärkere Gefühle für Javi, als er aufgrund ihrer Abmachung haben sollte, doch sie waren nicht stärker als seine Liebe zu Bourneville.

Javi ließ sich neben Cloister auf den Boden sinken. Er griff nach einer Schachtel Orangenhuhn und öffnete sorgsam den Deckel, um heißen Dampf entweichen zu lassen.

„Und?" Er rührte mit seinen Essstäbchen Reis unter die Soße und musterte Cloister, der mit seiner zweiten, langsameren Durchsicht der Akten zu den Macintosh-Morden begonnen hatte. „Was denkst du?"

„Dass du Gabeln hast?"

Das ignorierte Javi und fischte stattdessen eine Portion Huhn mit Reis aus der Schachtel, die er geschickt in seinen Mund beförderte. Nachdem er gekaut und geschluckt hatte, warf er einen Blick über Cloisters Schulter.

„Der Angriff auf die Familienmitglieder hat sich soeben außerhalb des Stadtgebiets von Plenty zugetragen", sagte Javi. „Das könnte ein Fehler des Täters gewesen sein, denn damit fiel er in die Zuständigkeit des Sheriff's Departments. Daher wurden die Ermittlungen tatsächlich ernst genommen."

„Es scheint nicht geholfen zu haben", antwortete Cloister. Er überflog den Bericht. Es war interessant, zu sehen, was seine Aufmerksamkeit auf sich zog und wo er innehielt, hauptsächlich an denselben Stellen, die auch Javi aufgefallen waren. „Die Ermittlungen waren gründlich, haben aber zu nichts geführt. Durch das Feuer und die Bemühungen der Helfer, zur Familie zu gelangen, sind nicht viele Beweise übrig geblieben, die man sichern konnte."

„Glaubst du, das Sheriff's Department hat etwas übersehen?", fragte Javi.

Cloister sah auf. „Das ist keine Frage, mit der du dich beliebt machst", sagte er.

„Bei dir?"

Cloister beugte sich vor, um ihn zu küssen – eine träge Berührung sojasalziger Lippen, anscheinend ohne weitere Absichten. Es handelte sich nicht um eine Verführung oder eine Einladung, sondern lediglich um einen Kuss. Javi wusste nicht, warum er ihn so sehr in seiner Brust spürte. Vielleicht weil die Tatsache, dass er Cloister nicht verletzen wollte, ihm dennoch kein besseres Gefühl geben würde, wenn er es tat.

„Von dir habe ich schon Schlimmeres geduldet", sagte Cloister, als er sich von ihm löste. Er konzentrierte sich wieder auf die Akten und ersetzte den Bericht durch Tatortfotos. Die Familie hatte für ein langes Wochenende die Executive Suite in einem Disney-Resort gebucht. Jessica Macintosh war mit ihrem Sohn und Stiefsohn bereits auf dem Weg nach L.A. gewesen und Andrew hatte geplant, am nächsten Tag nachzukommen. An diesem Nachmittag hatte er einen Prozess gehabt – und diesen sogar gewonnen, bevor ihn die Neuigkeiten erreicht hatten – und es wie üblich vorgezogen, mit dem Fahrrad zu fahren, anstatt sich in einem Auto hinbringen zu lassen. Es war eine Angewohnheit, die sich als sehr günstig für ihn erwies.

Aus irgendeinem Grund beschloss Jessica, auf dem Weg nach L.A. nicht den Freeway zu nehmen. Stattdessen fuhr sie über den Pacific Coast Highway.

Nur eine Meile hinter Plenty brachte ihr Mörder sie irgendwie zum Anhalten, erschoss sie und ihre Söhne und zündete das Auto an. Als man es fand, war es bereits ausgebrannt.

Die Straße war zerlöchert und rußgeschwärzt, mit in die Oberfläche gebrannten Metallteilen und die Leichen waren es ebenfalls. Galloways Vorgänger untersuchte sie und musste letztendlich DNA-Proben von intakten Zähnen benutzen. „Ich weiß nicht, was ich deiner Meinung nach finden soll", sagte Cloister.

„Irgendetwas." Javi räusperte sich, da seine Kehle trocken war, und griff nach seinem Weinglas. Er trank einen kleinen Schluck, um seinen Mund anzufeuchten. Der Wein war süßer, als er ihn normalerweise mochte, mit einem beinahe siruparrigen Nachgeschmack, und, was ihm erst in diesem Moment klar wurde, die Art von Wein, die er für Cloisters Geschmack hielt. *Erbärmlich.* „Irgendetwas, das nicht ins Bild passt. Wenn es nichts gibt, liege ich falsch. Zumindest täte ich das, wenn ich dir meine Theorie verraten hätte."

Cloister warf ihm einen Seitenblick zu. „Als ich das letzte Mal so eine Idee hatte, musste ich dich überzeugen. Jetzt hast du eine und ... ich muss dich überzeugen?"

„Finde einfach etwas", sagte Javi. „Oder nichts. Beides ist hilfreich."

Seine Arbeit als Deputy schien Cloister ohne allzu große Mühen zu erledigen. Seine Kollegen mochten ihn, Frome wusste seinen Beitrag zur Hundestaffel zu schätzen, aber niemand erwartete mehr von ihm.

Javi war der Einzige, der von dem Stapel Akten zu ungelösten Fällen wusste, mit denen Cloister sich in schlaflosen Nächten die Zeit vertrieb. Er besaß eine Gabe dafür, Lücken in den Ermittlungen zu entdecken, die Schwachpunkte und ausgelassenen Schritte, die dafür gesorgt hatten, dass jemand niemals gefunden worden war. Vielleicht lag es auch nur an seiner Besessenheit und der vielen Übung.

Das spielte keine Rolle. Er konnte es trotzdem gut.

Javi aß sein Hähnchen auf und leerte seinen Wein, während Cloister die Akten wälzte. Immer wieder kehrte er zu einem Foto – einer Nahaufnahme des Autoinnenraums – und den ersten Seiten des Berichts zurück.

„Dem leitenden Ermittler hat es die Arbeit definitiv erleichtert, dass er sich für Macintosh als Tatverdächtigen entschieden hat", sagte Cloister schließlich. „Hätten sie sich Leute mit einem Groll gegen ihn näher ansehen müssen, tja, das ist eine lange Liste."

Das stimmte. Die gab es seitenweise. Die Opfer, denen Macintosh bei Prozessen Gerechtigkeit versagt hatte, seine Ex-Frau, andere Anwälte, deren Ruf er geschadet hatte, wenn es ihm nicht gelungen war, sie im Gerichtssaal zu schlagen, und selbst seine eigenen Klienten, die möglicherweise gefürchtet hatten, dass Macintosh sie eines Tages verraten könnte. Irgendwo in dem Stapel befand sich eine Sammlung kopierter Morddrohungen, je vier pro Seite.

„Sonst noch etwas?"

„Ich bin nicht sicher", antwortete Cloister. „Ich weiß nicht, ob es das ist, von dem du wolltest, dass ich es finde. Es ist definitiv nicht viel. Aber du hast ‚irgendetwas' gesagt."

„Was ist es?"

Cloister griff nach dem Teller mit kaltem Salz-und-Pfeffer-Hähnchen, mit dem er vor beinahe einer Stunde begonnen hatte. Er spießte mit der Gabel einen der kalten Streifen auf und biss hinein.

„Nach dem Mord an seiner Familie wurde eine große Summe von Macintosh' Konto abgebucht", sagte er. „Die Staatsanwaltschaft hat behauptet, es sei die Bezahlung für einen Auftragsmord gewesen – nur dass Macintosh für die Art von Leuten arbeitete, die so etwas tut. Er wäre nicht so dumm gewesen, die Zahlung direkt von seinem Konto vorzunehmen. Und dann ist da noch das Feuer. Man beseitigt jemanden an einem abgelegenen Ort wie diesem und sendet dann praktisch ein Leuchtsignal? Für einen Auftragsmörder klingt das unprofessionell. Und wenn es jemand aus Rache an Macintosh getan hätte, hätte derjenige nicht gewollt, dass er ihre Gesichter sehen konnte?"

„Vielleicht wollte er nur Beweise vernichten."

„Welche Beweise? Er war niemals im Auto. Er hat durch die Fenster geschossen."

Cloister hatte recht. Viel war das nicht. „Gibt es sonst noch etwas?"

„Keiner der beiden Jungen hat versucht, aus dem Auto zu kommen." Cloister wischte sich die Finger an einer Serviette ab und reichte Javi das Foto, das er sich so genau angesehen hatte. Er zeigte auf die Sicherheitsgurte des Rücksitzes. Obwohl das Material geschmolzen war, das Plastik verformt und verzogen, konnte man erkennen, dass sie nicht gelöst worden waren. „Laut Sean war der ältere Sohn so ein Sportlertyp und Macintosh hat seine Söhne dazu erzogen, sich hart zu geben. Und trotzdem saßen sie da, während jemand ihre Mutter oder Stiefmutter erschossen hat, und haben nicht versucht, ihr zu helfen oder zumindest aus dem Auto zu fliehen oder sich zu verstecken? Alle drei trugen noch ihre Sicherheitsgurte, als das Auto angezündet wurde. Entweder gab es mehr als einen Angreifer – was unwahrscheinlich ist, da alle drei mit derselben Waffe erschossen wurden – oder der Mörder war ihnen bekannt. Selbst dann – nachdem er Jessica erschossen hatte, hätten sie in Panik geraten sollen. Es ist … merkwürdig."

„Merkwürdig" war nicht ganz der unwiderlegbare Beweis, den Javi sich erhofft hatte. Doch es würde ausreichen müssen. Javi griff nach der Hälfte der Akte, die er Cloister nicht gegeben hatte, und suchte das Familienfoto heraus, das Andrew Macintosh der Polizei überlassen hatte. Es war bei einer Feier aufgenommen worden, bei der Macintosh in seinem teuren Anzug schmierig wirkte und seine Familie um ihn herum sich leicht unwohl zu fühlen schien.

Javi tippte auf das Gesicht des jüngsten Sohns. Der Junge stand steif unter dem Arm seines Vaters und sein Gesicht schaute angespannt und unglücklich über seinem gestärkten Hemdkragen hervor.

„Das ist Tommy Macintosh", sagte Javi, „dessen Vater ihn zu einem Camp schicken wollte, um ihn ‚abzuhärten'. Bei meinem Gespräch mit Ruth Belford hat sie angedeutet, Janets Familie hätte sie zu einem Camp schicken wollen, das sie ‚in Ordnung bringen' sollte. Könnten Janet und Tommy dieselbe Person sein?"

„Ich weiß es nicht", sagte Cloister und griff nach dem Foto. Er berührte mit dem Finger den protzig gebundenen Knoten unter Andrew Macintosh' Kinn. „Aber *ihn* habe ich schon einmal gesehen. Er war in dieser Nacht dort. Er war einer der Obdachlosen unter der Brücke."

CLOISTER GING vor der langen Glaswand auf und ab, während er am Telefon mit dem Revier diskutierte. Die Straßenlaternen hatten sich ausgeschaltet, sodass nur Cloisters Spiegelbild auf dem schwarzen Glas zu sehen war, barfuß und schlank in seiner Uniform. Javi hatte in den letzten paar Monaten so viel Zeit mit diesem Bild verbracht, dass sein Schwanz in einem pawlowschen Reflex zuckte.

Er riss sich von dem Anblick los und konzentrierte sich wieder auf sein eigenes Telefongespräch, bei dem er gerade darauf wartete, dass die in Kearny Mesa für die Aufbewahrung von Asservaten und sonstigen Beweismitteln zuständige Beamtin zum Ende ihrer Liste mit Ausreden kam, warum sie die von Javi angeforderte Asservatenbox vielleicht nicht finden könnte. Es handelte sich um einen ungelösten alten Fall, jemand hatte sie bereits vor drei Jahren angefordert, vielleicht war sie beim Überführen aus der alten Asservatenkammer falsch einsortiert worden.

„Deputy Ergobah, finden Sie einfach die Beweismittel zum Macintosh-Fall", forderte sie Javi brüsk auf. „Heben Sie sich die Entschuldigungen für den Fall auf, dass Ihnen das nicht gelingt. Nicht, dass ich sie dann lieber hören werde."

Ergobah beendete ihren Redeschwall mit einem Husten, räusperte sich und versuchte es erneut. „Wann brauchen Sie sie?"

„Morgen."

„Agent", protestierte Ergobah. „Es ist ein alter Fall. Beim allerbesten Willen der Welt werde ich Zeit brauchen, um sie aufzuspüren. Dann muss ich den Transport nach Plenty organisieren und ..."

„Also gut", sagte Javi. „Morgen Nachmittag."

Der frustrierte Laut, den Ergobah ausstieß, war vermutlich eigentlich nur für ihre Ohren bestimmt. Javi presste verärgert die Lippen zusammen.

„Deputy, es geht hier um Ermittlungen des FBI. Ich brauche die Beweismittel für einen Fall, bei dem unter anderem ein Sheriff's Deputy angegriffen wurde. Können Sie sie mir besorgen oder nicht?"

Kurz herrschte Stille, nur unterbrochen vom Geräusch einer Tastatur, auf der eilig getippt wurde.

„Sie werden morgen bei Ihnen sein", sagte Ergobah schließlich. „Aber es ist ein alter Fall. Ich kann nicht für den Zustand garantieren."

„Darum habe ich Sie auch nicht gebeten. Schaffen Sie sie einfach her."

Javi legte auf. Er steckte das Handy ein und hörte dem Ende von Cloisters Telefongespräch zu.

„Ich weiß, dass nach allen Personen gesucht wird, die in dieser Nacht dort waren." Cloister beugte sich über die Rückenlehne des Sofas, um Bourneville hinter den Ohren zu kraulen. Sie schnaufte und legte ihr Kinn auf den Pfoten ab, folgte Cloister mit dem Blick, als er wieder begann auf und ab zu gehen. „Aber ich möchte, dass besonders nach diesem Mann Ausschau gehalten wird. Ich habe ein Foto gemacht und rübergeschickt. Er ist jetzt älter, grauer und hat sich einen Bart wachsen lassen. Als ich ihn gesehen habe, trug er eine graue Jacke, eine Jogginghose und ein schmutziges blaues T-Shirt. Ich weiß, dass die Beschreibung auf viele Obdachlose in der Gegend zutrifft. Aber wenn jemand glaubt, ihn gesehen zu haben, würde ich gern darüber informiert werden. Danke."

Er legte auf und fluchte vor sich hin, während er sich mit einer Hand das Gesicht rieb.

„Es ist nicht deine Schuld", sagte Javi.

Cloister warf ihm einen schiefen Blick zu. „Das ist nicht dein üblicher Text."

Aus irgendeinem Grund versetzte ihm das einen Stich – vielleicht, weil es nicht ganz unfair klang. Es war schließlich nicht so, als könnte er sich selbst nicht hören, wenn er Cloister anging. Doch meistens gelang es ihm, die harschen Worte zu rechtfertigen. Cloister sollte nicht zu viel für ihn empfinden.

Ihm war nur nicht klar gewesen, dass es wirkte. Er schluckte den Drang, sich zu entschuldigen, etwas Sanftes zu sagen, herunter und zog sich stattdessen zurück. Es war leichter, sich zu verschließen und zum Angriff überzugehen, anstatt zu bereuen.

„Dann ist es vielleicht üblicherweise deine Schuld", sagte Javi. „Oder du musst mehr Zeit mit netteren Leuten verbringen."

Cloister wirkte verwirrt. „Zum Beispiel?"

So in Zugzwang gebracht fiel Javi nichts ein. Die offensichtliche Antwort war: mit jemand Liebevollerem, jemandem, der Hunde mochte, jemandem, der an seinem Geburtstag mit ihm ausging.

Jemand anderem.

„Mit jemandem, dem du vertrauen kannst", sagte Javi. Seine Stimme klang steifer als beabsichtigt, beinahe unfreundlich, als sich die Worte zwischen allem, über das sie nicht reden würden, hervorpressten. Obwohl er so nicht klingen wollte, verzerrten sich die Worte, als seine Gereiztheit von dem Ort heraufkroch, an den er sie vor Kurzem verbannt hatte. „Mit jemandem, von dem du Hilfe annehmen könntest, ohne zu glauben, dass er dich … was … manipulieren möchte?"

Cloister runzelte frustriert die Stirn.

„Das ist nicht fair", sagte er. „Um dich geht es dabei nicht. Es ist nur … Ich habe schon immer auf mich selbst aufgepasst. Mein eigenes Essen gekocht, meine eigenen Wunden versorgt …"

„Deine eigene Geburtstagsfeier organisiert?"

Cloisters halbherzig gestellte Falle, bei der Javi nicht hatte gewinnen können – ein Date mit Cloister oder wie ein Arschloch dastehen –, war eines der Dinge, die Javi nicht erwähnen würde. Welchen Sinn hätte es gehabt? Javi hatte seine Verärgerung darüber an Joels Unterlagen und durch an den dafür unempfindlichen Collins gerichtete höhnische Bemerkungen abgearbeitet. Nachdem ihm das gelungen war, hatte er zugeben können, dass es sich lediglich um schlechtes Timing gehandelt hatte.

Nur dass das anscheinend nicht stimmte.

„Dabei ging es ebenfalls nicht um dich", sagte Cloister.

„Schmeichelhaft", antwortete Javi trocken. „Aber das klänge überzeugender, wenn es dich nicht gestört hätte, dass ich dich versetzt habe."

Kurz wirkte Cloister verletzt. Er schluckte schwer und leckte sich nervös über die sanft geschwungene Unterlippe, als wäre er so sehr unter Druck gesetzt worden, dass er ihm endlich etwas anvertrauen würde. Javis Magen zog sich durch das plötzliche panische Bedürfnis zusammen, es irgendwie zurücknehmen zu können. Er wollte keine Ehrlichkeit, wollte sich nicht tatsächlich damit auseinandersetzen, dass …

„Hast du noch Gästebettzeug?", fragte Cloister steif. Er strich mit der Hand über die Rückenlehne des Sofas. „Wenn es dir so wichtig ist, schlafe ich hier, okay?"

Es ergab keinen Sinn, dass Javi nun frustriert war, weil Cloister das tat, was Javi sich noch eine Sekunde zuvor von ihm gewünscht hatte.

Arschloch.

Javi war sich nicht sicher, wen von ihnen er damit meinte. Vielleicht beide. Er entfernte sich mit steifen Schritten, um Bettwäsche aus der Schublade im Schlafzimmer zu holen, und warf die ordentlich gefalteten Rechtecke aus makellosem weißen Leinen auf die Couch. Es sorgte dafür, dass Bourneville zusammenzuckte und sich umsah.

„Falls du dich nachts davonschleichst, wirf es in die Waschmaschine", sagte er. „Dann wird es sein, als wärst du nie hier gewesen."

Er überließ es Cloister, sich im Wohnzimmer seinen Schlafplatz einzurichten, und ging duschen. Das heiße Wasser spülte seine üble Laune ab und wirbelte sie den Abfluss zu seinen Füßen hinunter. Nachdem sie verschwunden war, blieb eine bis ins Mark dringende Frustration über sich selbst zurück.

Was hatte er von Cloister hören wollen? Dass er es zu schätzen wusste, wie Javi an die Grenzen dessen gegangen war, womit er sich wohlfühlte, als er ihm das Angebot gemacht hatte, bei ihm zu wohnen? Dass Cloister erklärte, warum er nicht zu glauben schien, dass er irgendjemandem auch nur das geringste bisschen wichtig sein könnte?

Oder wollte Javi in Wirklichkeit, dass es doch um ihn ging? Trotz allem, was er gesagt hatte?

Javi verließ die Dusche und trocknete sich mit groben Bewegungen ab, während er ins Schlafzimmer tappte. Seine Haut roch nach Vanille und Granatapfel, obwohl es ihm lieber gewesen wäre, wenn sie nach Salz und Schweiß gerochen hätte. Er ließ sein Haar feucht, wodurch abgekühlte Wassertropfen über seine Wirbelsäule rannen, und starrte das glänzend schwarze Holz der geschlossenen Tür an.

Jemand Netteres hätte sich bei Cloister entschuldigt. Doch wäre Javi zu ihm hinausgegangen, hätte er nur wieder das Falsche gesagt, obwohl er wusste, dass es das Falsche war. Cloister ... machte ihm manchmal einfach Angst. Niemand sollte sich so wenig um sich selbst sorgen, schon gar nicht jemand, der ... nun, zumindest jemand Netteren verdiente.

Javi schluckte die Entschuldigung hinunter und ging stattdessen ins Bett.

DIE MATRATZE bewegte sich unter ihm. Javi wachte jäh auf und griff nach der Pistole in seinem Nachttisch. Es war zu spät, wie ihn sein Gehirn mit laserklarer Gewissheit informierte. Die möglichen Konsequenzen blitzten lebhaft im Innern seines Schädels auf, bevor er die breitschultrige Silhouette vor dem Mondlicht als Cloister identifizierte.

„Scheiße", brummte er und ließ sich wieder auf die Matratze sinken. „Ich hätte dich erschießen können."

„Vielleicht", sagte Cloister mit tiefer und vom Schlaf heiserer Stimme. Sie leckte wie eine Katzenzunge über Javis Haut und seine Nerven reagierten mit einem Kribbeln, das seine Müdigkeit durchschnitt. „Deine Couch ist unbequem."

Das war eine Lüge oder zumindest ein Vorwand. Cloister schlief vielleicht nie lange, aber er konnte es an jedem Ort tun. Javi hatte ihn schon in einem Autositz zusammengesunken oder an eine Tür gelehnt ein Schläfchen machen sehen. Selbst auf dem nun verschmähten Sofa, auch wenn er am Morgen verschwunden gewesen war.

Javi hatte bereits den Mund geöffnet, um das auszusprechen, doch sein Gehirn holte ihn ein und brachte ihn zum Schweigen. Seine Verärgerung war durch das Schlafen so weit gewichen, dass er sich eingestehen konnte, wie unhöflich es war, einen verletzten Mann auf dem Sofa schlafen zu lassen. Javi räusperte sich, drehte sich auf den Rücken und verschränkte die Arme hinter dem Kopf.

„Bleib hier", sagte er. „Wenn die Matratze deinen Ansprüchen gerecht wird."

Cloister schnaubte amüsiert und schob sich auf das Bett. Sein langer, schlanker Körper, nackt bis auf weiße Unterwäsche, hatte auf den dunklen Laken die Farbe von Honig. Sein Gewicht presste den Stoff auf das Bett und Javi spürte, wie seine Körperwärme auf die Matratze überging.

Es ließ Javi darüber nachgrübeln, ob das Sofa wirklich so unbequem war – selbst damals, als er eine Beziehung geführt hatte, waren ihm kühle Laken und ausreichend Platz lieber gewesen –, doch er blieb, wo er war. Auch wenn ihn die Nähe irritierte, fühlte sie sich gleichzeitig wie ein Friedensangebot an. Das Schweigen dehnte sich zwischen ihnen aus und Javi spürte das Gewicht des Schlafs, das an ihm zog.

„Meine Mutter hat meinen Bruder nie aufgegeben", sagte Cloister plötzlich. Seine Stimme war leise – so leise, dass Javi sie kaum hörte – mit rauen Rändern. Javi hielt den Atem an, als könnte das helfen. Es kam selten vor, dass Cloister über seinen Bruder oder etwas anderes aus seinem Leben vor Plenty Genaueres erzählte. Die wenigen bruchstückhaften Informationen, die er mit ihm teilte, wurden von Javi gedanklich archiviert, als müsste er Beweise gegen jemanden sammeln. „Es gab immer Aufrufe oder neue Hinweise, Interviews mit Journalisten oder Poster, die aufgehängt werden mussten. Sie hatte ein schlechtes Gewissen, weil sie sich deshalb nicht um meinen Geburtstag gekümmert oder mir Pflaster auf die Knie geklebt hat, aber es war wichtig."

„Du aber auch."

Cloister hielt kurz inne. „Mom hat damals Fallakten von der Polizei bekommen. Ich schätze, der Sheriff hatte Mitleid. Wenn sie damit fertig war, habe ich sie gelesen – so viele Kinder, die entführt und niemals gefunden wurden, und was denjenigen, die doch gefunden wurden, angetan worden war. Das machte Liam wichtiger als mich. Das musste so sein und es war in Ordnung. Ich war schon als Kind sehr unabhängig. Mom musste sich um mich keine Sorgen machen."

Als Javi sechs Jahre alt gewesen war, hatte seine Mutter ihn einmal nach New York mitgenommen, anstatt ihn zur Geburtstagsfeier seines besten Freundes gehen zu lassen und deshalb fühlte er sich manchmal noch heute betrogen. Cloister klang lediglich traurig und das nicht einmal seinetwegen.

„Wie auch immer", sagte Cloister, nachdem er sich energisch geräuspert hatte. „Es ist Jahre her, aber … ich bin wohl immer noch daran gewöhnt, anderen Leuten zu sagen, dass ich sie nicht brauche. Normalerweise ist es das, was sie hören müssen."

Javi streckte eine Hand aus und vergrub seine Finger in Cloisters Haar. Es fühlte sich körnig an, mit Sand an den Wurzeln und Resten von schlecht ausgespültem Shampoo.

„Das hier – das mit uns – hat ein Verfallsdatum", gestand er. Seine Stimme war noch trocken vom Schlafen und die Worte klangen heiser, als er sie hervorbrachte. Das hatte von Anfang an der Wahrheit entsprochen, doch da nun Joel seine Vorgesetzte sein würde, war Javi sicher, dass er schon ziemlich bald versetzt werden würde, vermutlich nach Alaska. „Aber wenn du mich brauchst, möchte ich es wissen."

„Ich weiß", sagte Cloister.

Es war eine Lüge. Aus irgendeinem Grund musste Javi an Janet Morrow denken – nicht nur an ihren verletzten Körper, sondern an die Tatsache, dass sie einsam genug gewesen war, um niemanden zu haben, den sie außer einem Abschleppwagenfahrer im Notfall anrufen konnte.

„Ich habe einmal jemanden verloren", sagte Javi, bevor er es sich anders überlegen konnte. Es sorgte dafür, dass er sich entblößt fühlte, enthüllt auf eine Weise, die über nackte Haut unter den Laken hinausging. Seit der disziplinarischen Anhörung in Phoenix war es das erste Mal, dass er es jemandem erzählte. Leichter war es nicht geworden, doch die Worte sprudelten dennoch hervor. „Ich habe ihn nicht geliebt – vielleicht hätte das etwas geändert –, aber er mich. Dann ist er gestorben und es war meine Schuld."

Befleckte Fugen. Blutige Kleider in einer Plastiktüte. Kincaids Stimme, als sie fragte: „Was haben Sie sich nur dabei gedacht, Merlo?"

Javi schluckte die Erinnerung herunter und sie nahm die Worte mit. Das Schweigen steckte in seiner Kehle wie ein Stein und ein Argument, das er nicht hatte beenden können. Cloister wandte den Kopf und streifte mit den Lippen die Innenseite von Javis Handgelenk.

„Du wirst mich nicht umbringen, Javi", sagte er. Seine Lippen verzogen sich auf Javis Haut zu einem schiefen Lächeln. „Glaub mir. Wenn mich jemand umbringt, dann ich selbst."

Javi verzog das Gesicht, packte Cloisters Haar fester und zog ihn für einen energischen Kuss zu sich. Er wollte sehen, ob *Idiot* einen Geschmack hatte. Hatte es nicht.

„Das klingt nicht beruhigend", sagte er, während er Cloister wieder auf seine Seite des Bettes schob. Frustration zog sich schmerzhaft durch seine Schenkel, als Cloister sich neben ihm ausstreckte, doch Javi ignorierte sie. Sein Schwanz wusste nicht immer, was das Beste für ihn war. Im Augenblick schwirrte ihm zu viel im Kopf herum und im Gegensatz zu Cloister kam er nicht mit zwei Stunden Schlaf und einer Tasse Kaffee aus. „Lass dich einfach nicht mehr von Autos anfahren, Witte. Ich habe schon genug auf dem Gewissen."

16

„Der Patient hat den Namen Clyde Granfeld benutzt", teilte Yuen Javi am Telefon mit. „Laut der Schwester, mit der ich gesprochen habe, wurde die Rechnung bar bezahlt. Der Eingriff – auch wenn sie es abgelehnt hat, mir Näheres darüber zu sagen – verlief gut und der Patient war zufrieden. Sie hat mir den Namen eines Arztes gegeben, in …"

Kurz herrschte Schweigen, während Yuen seine Unterlagen durchsuchte. „Santa Rosa, New Mexico."

„Danke", sagte Javi und wandte sich dem Fenster in seinem Rücken zu, damit er beobachten konnte, wie der Kriminaltechniker Janet Morrows Besitztümer für ihn bereitlegte. „Ich schulde Ihnen etwas."

Yuen schnaubte. „Mal sehen, wie lange Sie sich daran erinnern", antwortete er und legte auf.

Javi hob einen Finger, um sich vom Techniker „noch eine Minute" zu erbitten, als er das Handy senkte, um die Nummer seines Büros zu wählen.

„Sie müssen jemanden für mich überprüfen", teilte er Sue mit, als sie abnahm.

Erst hörte er nur Finger auf einer Tastatur.

„Wen?", fragte sie dann.

„Clyde Granfeld oder Granfield", sagte Javi. „In New Mexico. Sollte in Santa Rosa oder noch wahrscheinlicher in der Umgebung gewohnt haben."

„Ich gebe es an einen Analytiker weiter", versprach sie und fügte dann vorsichtig hinzu: „SSA Kincaid hat angerufen. Er wollte keine Nachricht hinterlassen, aber hat sich nach den Fortschritten der Ermittlungen erkundigt."

Natürlich hatte er das. „Was haben Sie ihm gesagt?", fragte Javi mit steifem Kiefer, durch den er die Worte zwängen musste.

Sues Tonfall war trocken, als sie antwortete: „Dass ich nicht über Fälle oder meine Arbeit tratsche." Er konnte sich ihr übliches kleines Lächeln vorstellen. „Ich mache meine Arbeit, Agent Merlo, und ergreife für niemanden Partei. Ich melde mich, wenn ich Informationen zu Granfeld habe."

„Danke", sagte er, ohne näher zu benennen, wofür. Er legte auf und betrat das Labor.

Nach dem zu urteilen, was Professor Belford über Janet Morrows Leben in New York erzählt hatte, müsste sich ihre gesamte Existenz in ihrem im Hotel verwahrten Koffer befunden haben. Viel war es nicht. Gerade genug, um in sorgfältig beschrifteten Plastiktüten einen Metalltisch im Labor zu bedecken.

Der Techniker legte den letzten Plastikbeutel ab – mit einer ordentlich gefalteten Jeans – und sah Javi mit hochgezogenen Augenbrauen an.

„Wenn ich fragen darf", sagte er, „wonach genau suchen Sie, Agent Merlo? Sie haben sich Morrows persönliche Gegenstände doch schon angesehen."

Das hatte er. Nichts davon hatte für die Ermittlungen wichtig gewirkt. Es waren nur einige alte, ausgebesserte Kleidungsstücke, ein dicker Umschlag mit einem kleinen Stapel Fünfziger – frisch von der Bank, allerdings mit geknickten, schweißfleckigen Ecken, als hätte Janet sie mehrmals gezählt – und ein alter Hefter mit allen Unterlagen, die ihr wichtig genug erschienen waren, um sie mitzunehmen. Doch zu diesem Zeitpunkt hatte er sie für Janets Besitztümer gehalten. Nun wollte er nach Verbindungen zur Macintosh-Familie suchen.

„Etwas", teilte er dem Techniker mit. „Wenn ich es finde, lasse ich es Sie wissen."

Der Mann sah ihn an, zuckte mit den Schultern und zog sich wieder an seinen Computer im Nebenraum zurück. Hin und wieder drehte er sich um und spähte durch das Glas, um zu sehen, was Javi tat.

Javi schlüpfte in ein Paar Handschuhe und öffnete den Beutel, in dem sich vergilbte Papierstücke befanden – aus Zeitungen ausgeschnittene Comicstrips – und ein kleiner USB-Stick in Gummihülle mit einer Universitätsbewerbung, einem schlecht belichteten Foto von Janet, auf dem sie bei einer Geburtstagsfeier, bei der sie offensichtlich nicht sein wollte, grimmig in die Kamera schaute, und einem mit niedriger Auflösung aufgenommenen Screenshot eines Blog-Artikels über Plenty, bei dem es um die steigende Anzahl von Farmerinnen in einer Genossenschaft ging.

Wichtig genug für Janet, um ihn zu speichern und mitzubringen und wahrscheinlich hing ihre Fahrt hierher damit zusammen. Allerdings verriet er nicht den genauen Grund für ihre Reise. Vielleicht war sie hier gewesen, um sich mit einer der im Artikel erwähnten Frauen oder mit der Autorin zu treffen. Doch das half ihm nicht dabei herauszufinden, wer Janet wirklich war.

Er legte den USB-Stick beiseite, während er sich eine gedankliche Notiz machte, Tancredi überprüfen zu lassen, ob eine Verbindung zwischen Janet und der Genossenschaft bestand, und nahm sich die Papiere vor. Es dauerte nicht lange. Eine Geburtsurkunde oder ein Reisepass wären zu nützlich gewesen. Stattdessen gab es einen Ausdruck einer eingescannten Zeitungsseite, eine ausgeschnittene Seite aus einem Hochglanzmagazin über einen mittelberühmten Country-Musik-Star, die mit ihm verheiratete Farmerin, die für gute Zwecke arbeitete, und ihre rustikale Hipster-Blockhütte auf dem Land sowie eine geprägte Gedenkkarte für „Kitty" mit einer auf die Rückseite gekritzelten Nachricht – *Nie mehr*.

Das hätte auf etwas hinweisen können, doch ohne weitere Details außer einem Vornamen und einem typischen Bibelvers – 1. Korinther, und seine Großmutter wäre enttäuscht davon gewesen, dass Javi es erst googeln musste – half auch dies nicht weiter.

Javi hatte sich an das Quietschen des Stuhls im Nebenraum und das Gefühl der Blicke auf seinem Nacken gewöhnt. Er ignorierte beides, bis eine unerwartet vertraute Stimme direkt hinter ihm fragte: „Etwas gefunden?" Das plötzliche Bewusstsein der Wärme von Cloisters Körper, das Wissen, wie sich dieser Mund auf seiner Haut anfühlte und wie diese Stimme heiser und tief im Dunkeln klang, durchschnitt mit Leichtigkeit Javis Konzentration.

Es war Lust. Er spürte ihr Gewicht in seinem Schritt und ein Ziehen der Muskeln an der Rückseite seiner Oberschenkel. Das war nichts Neues. Er hatte Cloister gewollt, seit es ihm das erste Mal gelungen war, den nicht direkt gut aussehenden, sonst so gelassenen Deputy zu einem finsteren Blick zu provozieren. Es war lästig, doch er hatte sich daran gewöhnt.

Die Tatsache, dass er sich gern an Cloister gelehnt hätte, seine Schulter ganz zwanglos als Stütze genutzt hätte, war etwas anderes. Genau wie die Erkenntnis, dass er keinen guten Grund finden konnte, es nicht zu tun.

Sein Privatleben war noch immer seine Angelegenheit, doch nachdem er Cloister in seiner geliehenen Jogginghose beim Revier abgesetzt hatte, würden nur die vorsätzlich Ahnungslosen nicht davon ausgehen, dass sie es miteinander trieben. Und was seine Distanz zu ihm anging … Tja, nachdem man jemanden gebeten hatte, nicht zu sterben, konnte man sich nur noch schwer davon überzeugen, dass man nicht zumindest eine Kleinigkeit für denjenigen empfand. Nur weil es im Dunkeln gewesen war, konnte er dennoch nicht vorgeben, Bourneville hätte sprechen gelernt *und* wäre zur Bauchrednerin geworden.

„Noch nicht", antwortete Javi steif und ging um den Tisch herum, wobei er sich von Cloister entfernte. Dass er keinen guten Grund finden konnte, etwas nicht zu tun, bedeutete nicht unbedingt, dass es sich um eine gute Idee handelte. Schließlich hatte er in der Vergangenheit schon schlechte Entscheidungen getroffen. „Wenn ich recht habe, muss hier etwas sein. Janet Morrow hatte einen Plan, der sie nach Plenty führte. Hier muss etwas sein, das sie als Beweis verwenden wollte … oder als Druckmittel … oder Ähnliches."

Cloister streifte einen Handschuh über und griff nach der Karte. Er las die rote Filzstiftbeschriftung und drehte sie um.

„Meistens gibt es eine Adresse", sagte er. „An die man Blumen oder eine Beileidskarte schicken kann."

„Normalerweise benutzt man auch den vollen Namen", gab Javi zu bedenken. „Während ‚Kitty' vielleicht nicht einmal mit dem richtigen Namen der toten Frau zu tun hat. Wenn man ehrlich ist, hätte es sich auch um eine Katze handeln können, wenn es nicht das Foto gäbe."

Cloister drehte die Karte wieder um und betrachtete mit einem bedauernden Zug um den Mund das ovale Porträt auf der Vorderseite. Es zeigte eindeutig eine Frau, keine Katze, aber viel weiter grenzte es das Ganze nicht ein. Bei „Kitty" handelte es sich um eine dunkelhaarige Frau mit blauen Augen. Auf der Karte hätte Jessie Macintosh abgebildet sein können, die im Gegensatz zu dem Partyfoto mit ihrer Familie gefärbte Haare und zehn Jahre mehr auf dem Buckel hatte, oder es hätte sich um ein Requisit aus einem Ashley-Judd-Film handeln können. Der großzügig eingesetzte Weichzeichner, mit dem der Gestalter Lachfalten abgescheuert hatte, machte es schwer, Genaueres zu erkennen.

Während sich Cloister noch bemühte, trotz der digitalen Verschönerung ein Erkennungsmerkmal zu entdecken, widmete sich Javi wieder der eingescannten Zeitung. Es handelte sich um eine Sammlung aller Polizeieinsätze einer Woche in der Umgebung, in der die Zeitung erschienen war. Sie ließ Chant in Kalifornien in keinem besonders heilsamen Licht erscheinen – Teenager mit Überdosen, gestohlene Schafe, brennende Autos und eine nicht identifizierte Frau, die tot in einem leer stehenden Haus aufgefunden worden war.

„Was ist da passiert?", fragte sich Cloister laut.

„Vielleicht war sie lange krank", mutmaßte Javi und tauschte die zusammengehefteten Ausdrucke gegen ausgeschnittene Magazinartikel. „Oder vielleicht, wenn ich richtigliege, wurde der Druck zu groß und sie hat sich das Leben genommen."

Er neigte das glänzende Papier ins Licht der Neonröhre an der Decke. Janet schien ein Mensch zu sein, der Dinge gern berührte. Sie hatte wiederholt ihr Geld gezählt, die Zeitungsartikel entfaltet und wieder gefaltet und auch das Plastik des USB-Sticks war glänzend gerieben und abgenutzt, als hätte jemand viel damit hantiert.

Das Licht fing die Flecken ein, wo jemand mit dem Finger über bestimmte Textzeilen gefahren war.

„... erst kürzlich war Heather Gastgeberin bei der Hochzeit von Schwager Austin Lossy und Vlogger Ken Maguire. ‚Wir konnten nicht riskieren, dass Ken kalte Füße bekam', scherzt Heather beim Tee. ‚Er war eine wandelnde Fluchtgefahr!'"

„Überall im Haus befinden sich Bilder der adoptierten Kinder des Paares. Neben diesen finden sich allerdings auch Gruppenfotos aus dem Wildniscamp, das Heather seit zwanzig Jahren auf der Familienranch in Nordkalifornien organisiert."

„Jarod gibt zu, dass es ihn überraschte, als seine Frau, eine Atheistin zweiter Generation, sich plötzlich für Buddhismus interessierte ..."

Möglicherweise war Janet nur Fan, doch die Erwähnung des Camps machte Javi hellhörig. Ein Camp in Kalifornien, geleitet von einer angehenden Prominenten – im Freien, in der Wildnis, vermutlich mit viel Sport und Wandern. Genau der Ort, an den ein Vater wie Macintosh, ebenfalls stets darauf erpicht, stark zu wirken und beachtet zu werden, seinen Sohn geschickt hätte.

Die Beschreibung klang nach der Art von Camp, die der von Sean beschriebene Junge gehasst hätte, jedoch nicht die Art, vor der sich Janet gefürchtet hätte.

Mehr Spuren, allerdings keine eindeutigen Beweise. Javi legte die Seite ab und griff wieder nach dem USB-Stick. Er drehte sich um und krümmte einen Finger in Richtung des Technikers, der erneut einen verstohlenen Blick auf ihn warf.

Der Mann stieß sich von seinem Computertisch ab, stand auf und kam wieder herein. Er schob sich seine Brille auf die Stirn, damit er Javi ansehen konnte.

„Hatten Sie Erfolg beim Vergrößern des Fotos, das wir hier gefunden haben?", fragte Javi.

Der Mann schürzte die Lippen und rieb über die Abdrücke, welche die Brille an den Seiten seiner Nase hinterlassen hatte. „Etwas", sagte er. „Leider nicht viel. Es ist eine Kopie mit niedriger Auflösung und das Foto wurde bei schlechtem Licht aufgenommen. Selbst nach der Vergrößerung sind Details nicht gut erkennbar. Ich habe es an das Computertechniklabor in San Diego weitergeschickt. Dort gibt es Spezialisten, die uns daraus vielleicht einige Gesichter zusammenbasteln können. Wollen wir jemand Bestimmten identifizieren?"

Er klang ziemlich eifrig. Seltsame Fragen, alte Fallakten und der Ruf, der noch von der Hartley-Entführung zurückgeblieben war. Die Leute um das Revier herum kamen allmählich auf den Gedanken, dass es sich bei Janet Morrow um einen weiteren „interessanten" Fall handeln könnte, die Art von Fall, die für positive Aufmerksamkeit sorgte.

„Jeden, bei dem es möglich ist", antwortete Javi. „Falls ..."

Das Klatschen einer Hand gegen die Glastür unterbrach ihn mitten im Satz. Er wandte sich um und sah Tancredi auf der anderen Seite. Sie war dabei, in ihre Weste zu schlüpfen, und ihr Gesicht war so bleich, dass ihre Sommersprossen wie mit einem Filzstift aufgemalt wirkten.

Cloister erreichte die Tür als Erster.

„Geiselnahme!", sprudelte es aus Tancredi heraus, während sie ihre Weste verschloss und ihren Zopf aus der Rückseite zerrte. „Im Krankenhaus."

„Janet?", fragte Cloister.

Tancredi schüttelte den Kopf. „Nein. Galloway. Jemand hat Galloway im Krankenhaus als Geisel genommen. Wir wissen noch nicht, was derjenige will, aber wir müssen hin."

Cloister setzte sich ruckartig in Bewegung. „Ich hole meine Weste ..."

Tancredi schob ihn zurück. „Du nicht. Du hast noch Schreibtischdienst, Witte." Sie sah an ihm vorbei zu Javi. „Agent Merlo? Wir haben keinen Deputy, der Erfahrung mit Verhandlungen bei Geiselnahmen hat. Frome möchte, dass Sie die Führung übernehmen."

„Das werde ich", sagte Javi.

Tancredi warf noch einen Blick auf Cloister und zuckte bedauernd mit den Schultern, bevor sie den Flur entlang davonlief. Wegen der offenen Tür konnte Javi das Klappern von Stiefeln auf Fliesen und barsche Anweisungen hören, als sich das Revier mobilisierte. Adrenalin prickelte in seinem Hinterkopf und zog sich kribbelnd durch seine Nerven. Er wandte sich Cloister zu, wusste jedoch nicht, was er sagen sollte. Normalerweise konnte er ihn schlicht anblaffen und ihn ermahnen, nicht in Schwierigkeiten zu geraten und sich an den Plan zu halten.

Ohne sich nun dahinter verstecken zu können und mit nur wenigen Sekunden, bevor er gehen musste, fehlten ihm die Worte.

„Für dich gilt dasselbe", sagte Cloister.

Javi runzelte die Stirn. „Was?"

„Bring dich nicht um", sagte Cloister und sein Mundwinkel hob sich zu einem schiefen Grinsen.

Javi küsste ihn.

Er würde sich später selbst belügen und es vermutlich auf das Adrenalin oder die Gewohnheit schieben. Es war einige Zeit her, dass jemand, an dessen Küsse er gewöhnt war, sich täglich in seiner Nähe befand. Doch die Wahrheit war, dass er eine verwirrende Sekunde lang nur die Wahl besaß, entweder etwas Dummes zu sagen oder etwas Dummes zu tun.

Also entschied er sich für das Tun, mit in Cloisters Hemd vergrabenen Fingern und seiner Zunge in Cloisters Mund. Überraschung schmeckte wie ein plötzliches Einatmen und ein Donut mit Zuckerguss. Reue würde später, wenn Javi dafür Zeit hatte, vermutlich wie das Klappern klingen, das zu hören war, als der Techniker den USB-Stick fallen ließ.

Nach zu langer Zeit für Vernunft stieß Javi Cloister von sich und eilte halb rennend durch die Polizeistation, um Frome zu finden. Sie mussten sich auf eine Strategie einigen, bevor sie sich auf den Weg zum Krankenhaus machten. Bereuen konnte er es später. Später blieb stets genug Zeit, um Dinge zu bereuen.

GALLOWAY HATTE in der Tiefgarage des Krankenhauses geparkt. Ihr staatlicher Dienstwagen, ein schwarzer SUV, stand im vorderen Teil mit offener Tür und laufendem Motor neben einem der Betonpfeiler, pumpte kalte Luft in die feuchte, kühle Umgebung. Auf dem Boden neben dem Auto lag eine Pappschachtel mit einem dunklen, feuchten Fleck auf dem Deckel.

Schweiß juckte in Javis Nacken und sammelte sich unter seinem Kragen, als er langsam über die mit Ölflecken bedeckte Rampe ging. Seine Taschenlampe stützte er an seiner Schulter ab und seine Pistole hielt er gesenkt neben seinem Oberschenkel. Hinter sich hörte er das eifrige Raunen der örtlichen Presse, die sich bis ganz an den Rand des von der Polizei abgesperrten Bereichs drängte. Die Reporter murmelten mit wegen der Sonne zusammengekniffenen Augen etwas Ernstes über tragische Angriffe, während sich ihre Teams mit hoch über ihre Köpfe gestreckten Kameras bemühten, Bilder aus der schwach beleuchteten Tiefgarage einzufangen.

„Der Zeuge sagt, die Lampen waren defekt, als er ankam. Er hatte vor, sich darüber zu beschweren", teilte ihm Frome durch seinen Ohrhörer mit. „Der Mann ist kurz nach Galloway eingetroffen. Er war groß, ungepflegt und aufgewühlt.

Er hat etwas zu Galloway gesagt. Sie führten ein kurzes Gespräch, aber sie schien sich herauswinden und in ihr Auto steigen zu wollen. Dann kam es zu Handgreiflichkeiten, ein gedämpfter Knall war zu hören und der Mann zerrte sie vom Auto weg."

„Der Zeuge hat nicht versucht, ihn aufzuhalten?"

„Er hat Blut gesehen", antwortete Frome. In seinem Tonfall schwang trockener Humor mit. „Es hat ihn mehr aus der Fassung gebracht, als man es bei einem Chirurgen annehmen sollte."

Es hätte nicht geholfen, wenn sich der Zeuge eingemischt hätte. Vielleicht hätte es den Angreifer sogar zu Schlimmerem provoziert. Dennoch konnte Javi das kurze Aufflackern messerscharfer Vorwürfe in seinem Innern nicht verhindern.

Am unteren Ende der Rampe hielt Javi inne. Er hörte ein ungleichmäßiges Keuchen, ein feuchtes, ersticktes Geräusch, und das entfernte Rascheln von Kleidung, als sich im Dunkeln jemand bewegte. Nur wenige Autos befanden sich in der Tiefgarage mit fünfzig Plätzen. Sie war für Krankenhausangestellte reserviert, doch die meisten von ihnen bevorzugten offenbar den oberirdischen Parkplatz.

Er streifte mit dem Lichtstrahl die in der Nähe abgestellten Autos – Javi nahm an, dass der BMW, auf dessen Dach noch eine Zigarette glühte, ihrem zimperlichen Zeugen gehörte –, bevor er ihn auf die heruntergefallene Asservatenbox richtete.

Als das Licht ihn traf, leuchtete der Fleck auf dem Deckel rot. Zweifellos Blut. Javi richtete das Licht auf den Boden und fand auch dort einen hellroten Streifen auf dem Beton. Er zog sich nach hinten, vermutlich durch einen vernünftig hohen Absatz verschmiert, als diese fortgezerrt worden waren, und hörte dann auf.

Galloway war also nicht allzu schlimm verletzt … zumindest war sie es zu diesem Zeitpunkt nicht gewesen.

„Catherine", sagte Javi. Seine Stimme erschien ihm laut, als ihr Echo von den Betonwänden zurückgeworfen wurde, und obwohl es dem Zweck diente, sie dem Angreifer gegenüber menschlicher zu machen, war es ein merkwürdiges Gefühl, Galloways Vornamen zu benutzen. „Geht es Ihnen gut?"

„Ja", sagte Galloway. Ihre Stimme war kräftig, wenn auch mit angespanntem Unterton. Nach dem ersten Wort keuchte sie leise und ihre Stimme klang vorsichtiger, als sie erneut ansetzte. „Er hat eine Pistole, Agent Merlo. Sie sollten auf ihn hören."

In seinem Ohr sagte Frome, dass Deputies auf den Treppen positioniert seien. Javi müsse nur den Befehl geben. Javi ignorierte ihn, während er sich vorsichtig einen Weg zwischen den geparkten Autos hindurch in die Richtung von Galloways Stimme suchte.

„Das kann ich tun", antwortete Javi. „Ich werde mir anhören, was er zu sagen hat."

Er richtete die Taschenlampe zur Seite und fing durch die Fenster eines alten rostorangen Toyotas das feuchte Glänzen menschlicher Augen ein. Der Angreifer hatte Galloway zwischen zwei geparkte Autos gezerrt, sich mit dem Rücken gegen einen Pfeiler gelehnt und einen Arm um ihre Kehle geschlungen. Eine billige, ramponierte Pistole war unter ihr Kinn gepresst, wo das Metall eine deutliche Vertiefung in die weiche Haut drückte.

„Zurück", sagte der Angreifer undeutlich. Er grub die Waffe tiefer in Galloways Haut, bis sie einen Riss verursachte, aus dem Blut bis auf den weißen Kragen ihres Anzugs tropfte. Galloway presste ihre Lippen aufeinander und hob so weit wie möglich das Kinn. „Ich bringe sie um. Wenn Sie mich dazu zwingen, tue ich es!"

Javi hob seine Pistole in die Höhe. „Soll ich die wegstecken?", fragte er.

Der Mann leckte sich über die aufgesprungenen Lippen und sah sich nervös um. „Ja", murmelte er. Dann wiederholte er überzeugter: „Ja. Stecken Sie die weg. Und … und sagen Sie es den anderen. Sagen Sie denen, sie sollen sich fernhalten."

Javi steckte seine Pistole in das Holster an seiner Hüfte. „Ich bin allein", sagte er. „Ich möchte nur reden."

„Im Treppenhaus sind Deputies, stimmt's? Und draußen Scharfschützen? Ich bin nicht dumm. Sagen Sie denen, sie sollen sich zurückziehen."

Speichel sprühte auf Galloways Wange, während er brüllte. Sie zuckte zusammen und eine Welle von Abscheu rollte von ihren Augen bis zu ihrem Mund hinab, doch sie hielt still. Ihr Angreifer klang tatsächlich nicht dumm. Seine Stimme war heiser – zweifellos ruiniert durch weißen Whisky und Atemwegsinfekte –, doch seine Worte waren präzise. Er war verwirrt und eindeutig betrunken, aber nicht dumm.

Javi berührte sein Ohr und sagte: „Lieutenant Frome, rufen Sie die Deputies zum Rand des abgesperrten Bereichs zurück. Das ist ein Befehl. Wir möchten nicht, dass jemand verletzt wird."

Er rechnete nicht damit, dass Frome gehorchen würde. Die Stimme in seinem Ohr bestätigte es umgehend. „Die Deputies werden die Stellung halten, bis Sie das Signal geben."

„Gut." Javi schob die Taschenlampe in den Riemen seiner Weste und hielt leere Hände hoch. „Bitte sehr. Jetzt habe ich auf Sie gehört, also könnten Sie vielleicht auch die Waffe einstecken."

Es wäre zu leicht gewesen, wenn er es wirklich getan hätte. Stattdessen senkte er sie lediglich zur Einbuchtung an Galloways Schlüsselbein. Sie ließ zwischen geschürzten Lippen vorsichtig ein erleichtertes Seufzen entkommen.

„Dr. Galloway", sagte Javi und sah ihr in die Augen. „Catherine, sind Sie verletzt?"

Die Pistole bohrte sich wieder in ihre Kehle.

Eine Erinnerung. Sie schloss die Augen und leckte sich die Lippen.

„Mir geht es gut", sagte sie vorsichtig. Ihr Blick senkte sich und als Javi ihm folgte, hob sie kurz die Finger von ihrer Seite. Aus einer tiefen herausgeschnittenen Kerbe über ihrer Hüfte quoll Blut. Wo das Blut sie nicht verdeckte, waren auf ihrem T-Shirt schwarze Sprenkel zu sehen. Die Wunde wirkte nicht unmittelbar lebensbedrohlich, sah jedoch auch nicht gut aus. Galloway presste ihre Finger wieder darauf. Ihre Stimme war leise und fest, auf beinahe hypnotische Weise ruhig. „Ich glaube nicht, dass er jemanden verletzen möchte."

„Da bin ich sicher. Das Ganze muss ein Missverständnis sein."

Javi neigte den Kopf, um die Aufmerksamkeit des Angreifers wieder auf sich zu lenken. „Mein Name ist Special Agent Javi Merlo. Sie können mich Javi nennen."

Strähnen von Galloways hellem Haar, dessen aschblonder Ton durch Schatten und Taschenlampenlicht beinahe weiß gebleicht wirkte, blieben an den rauen Lippen des Mannes hängen, als er keuchte.

„Mich dazu bringen, mich Ihnen vorzustellen, und soziale … Erwartungen schaffen", sagte er mit einem heiseren Lachen, das zu einem Husten wurde. „Die schlichteste Manipulation. Das lernt man heute beim FBI? Armselig."

Nein, bestätigte sich Javi noch einmal, kein dummer Mann.

„Dann haben Sie mich durchschaut", sagte Javi. „Ich muss Sie trotzdem irgendwie nennen."

Der Mann blinzelte heftig und die Pistole grub sich in Galloways Hals. Sie presste die Lippen zusammen und schloss die Augen.

„Sie müssen mich nicht … nicht … irgendwie nennen. Ich weiß, was Sie vorhaben. Freunde, die braucht man und ich hab noch welche. Hab immer noch ein paar verdammte Freunde. Immer noch. Und die haben es mir gesagt. Sie haben mir gesagt, was Sie mir antun wollen. Ich habe getan, was mir gesagt wurde, verdammt."

Während er wetterte, schloss sich sein Arm fester um Galloways Kehle. Die Zähne, die dabei hinter rauen Lippen und verfilztem Bart aufblitzten, waren verfärbt, allerdings so gerade, wie sie einem die Zahnmedizin mit ausreichend Geld nur verschaffen konnte. Cloisters gedehnter Tonfall murmelte ihm ins Ohr: „Ich weiß, dass die Beschreibung auf viele Obdachlose in der Gegend zutrifft."

„Andrew", sagte Javi. „Andrew Macintosh, stimmt's?"

Kurz wirkte der Mann fokussiert. Das Leben auf der Straße – Alkohol und Kummer, heiße Sonne und kalte Nächte – hatten den selbstgefällig grinsenden Anwalt des Partyfotos abgeschliffen, doch die plötzliche Schärfe zauberte ihn wieder hervor.

„Dann sind Sie derjenige", sagte Andrew. „Ich habe getan, was mir gesagt wurde. Ich habe alles geschickt, was ich sollte. Warum … warum haben Sie das getan? Was habe ich getan? Ich habe nur meine Arbeit erledigt, das ist alles. Es war meine verdammte Arbeit. Ich habe nie jemanden zu irgendetwas gezwungen. Nie. Niemals!"

Er schob Galloway zur Seite – sie schrie überrascht auf, als sie gegen die Tür prallte und zu Boden sank – und taumelte abrupt auf Javi zu. Er stieß mit der Pistole in die Luft wie mit einem Zeigestock.

„Wenn Sie mich tot sehen wollen, tun Sie es", brüllte Andrew, wobei in seinen Mundwinkeln klebrige Speichelfäden zu sehen waren. „Alles andere haben Sie Wichser schon!"

Er stürzte sich auf Javi, flinker als erwartet, und schoss. Der Rückstoß riss seinen Arm hoch, sodass er nicht gut zielte. Die Kugel traf schräg auf Javis Schutzweste, direkt über dem FBI-Logo, und rutschte ab, um seine Schulter zu streifen. Es schmerzte mit einem heißen, dumpfen Stechen wie bei einer Verbrennung, also war es vermutlich nichts Ernstes.

Ohne es zu beachten, packte er Andrews Handgelenk. Er grub seine Finger in die Druckpunkte und verdrehte den Arm, um ihn zu fixieren. Es hätte dafür sorgen sollen, dass Andrew auf die Knie sank, um einen ausgekugelten Ellbogen zu vermeiden. Stattdessen ließ Andrew das Gelenk mit einem Knacken von Sehnen und Knorpel, das Javi mit einem mulmigen Gefühl an ein Hühnerbein erinnerte, brechen und warf sich auf Javi, während ihm die Pistole aus den Fingern rutschte. Er rammte Javi die Schulter in den Magen, gleich unter dem Brustbein und sie stolperten gemeinsam rückwärts.

„Merlo?", verlangte Frome in seinem Ohr zu wissen. „Jetzt?"

Javi prallte gegen die Stoßstange eines Mercedes und rutschte ab. In einem Gewirr aus Armen, Beinen und erstickten, wütenden Flüchen rollte er mit Andrew über den Boden. Andrew versuchte, ihn mit den geschwollenen Fingerknöcheln seiner Fäuste und seinen Knien zu treffen.

„Sie sind fort. Sie sind tot. Ich sage es niemandem. Ich habe es nie jemandem gesagt. Ich wusste, dass sie es mir nicht glauben würden. Man hat mir nie geglaubt", zeterte Andrew zusammenhanglos, während sein stinkender, chemisch scharfer Atem Javis Gesicht traf. Er packte eine Handvoll von Javis Haar und versuchte, seinen Kopf auf den Boden zu schlagen. „Warum mussten Sie ihr das antun? Meiner Jessie. Sie hat Ihnen nie auch nur eine verdammte Kleinigkeit getan. Das war ich. Ich weiß nicht, was, aber ich habe es getan! Ich. Nicht sie."

Javi stützte einen Arm gegen Andrews Kinn und schob ihn ein Stück von sich. Unter seiner Hüfte spürte er seine Pistole, doch wenn er diese zog, würde er schießen müssen. Andrew Macintosh war nie der Typ Mensch gewesen, der aufgab, weder vor Gericht noch bei einem Kampf. Und wenn er nun selbst mit einem gebrochenen Ellbogen weiterkämpfte, hatte sich das nicht geändert.

Ein wild zustoßendes Knie traf Javi in den Bauch. Er stieß ein Grunzen aus, schmeckte Galle in der Kehle und warf sich herum, um Andrew von sich zu stoßen.

„Macintosh ..." Javi sprang auf die Füße und stieß die Pistole mit dem Fuß unter eines der Autos. Als Macintosh Janet das letzte Mal gesehen hatte, war sie noch Tommy genannt worden. Er dachte, es wäre seine Frau gewesen, die gekommen war, um nach ihm zu suchen. „Sie ist nicht tot. Sie ist oben im Krankenhaus. Deshalb ist Dr. Galloway hier. Um ihr zu helfen."

In Andrews Gesicht waren ölige Schweißtropfen zu sehen, als er sich auf die Knie kämpfte. Er schüttelte den Kopf, woraufhin ihm das verfilzte graue Haar wild ins Gesicht hing.

„Lügen", fauchte er. „Sie haben mir befohlen zu lügen. Sie lügen. Lügen über Lügen. Sie haben behauptet, Sie würden sie heimschicken – ein faires Geschäft ist kein Diebstahl, sagten Sie, zeigen Sie mir, dass Sie sie lieben – und dann sagten Sie, es sei nicht genug. Sie haben gesagt, sie seien tot und jetzt behaupten Sie, sie leben noch. Meine Jungen. Meine Jessie."

Er schlug wild mit der Faust nach Javi, der knapp ausweichen konnte. Bei ihrer Rangelei musste Javi Andrew im Gesicht erwischt haben, denn aus seiner Nase tropfte Blut in seinen Bart.

„Ist Galloway in Sicherheit?", drängte Frome Javi in seinem Ohr. „Kann ich die Deputies reinschicken?"

„Noch nicht", antwortete Javi.

„Ich konnte es nicht tun", sagte Andrew. Er schniefte feucht und wischte sich mit dem Arm über die Augen. „Ich konnte sie einfach nicht umbringen, okay? Bitte. Bitte. Ich habe es versucht. Ich gebe Ihnen den Rest des Geldes. Sie können es haben. Nur tun Sie nicht auch noch meinen Jungs weh. Ich habe sie schon für Sie getötet, ich habe es ihnen gesagt, ich habe es verdient … Töten Sie mich einfach."

Er zog etwas aus der Tasche, umschloss das glänzende Gewicht von Metall mit seiner Faust und ging erneut auf Javi los. Der Schlag war ein wilder Schwinger. Hätte er sein Ziel getroffen, hätte er Javi den Kieferknochen gebrochen, doch die Gelegenheit gab Javi ihm nicht.

Er wich zur Seite aus und bewegte sich wieder vor, um Andrews Rippen einen kurzen, aber kräftigen Faustschlag zu versetzen. Er besaß kein Fett, um den Aufprall zu dämpfen, nur Knochen und drahtige Muskeln. Andrews Atem entwich ihm mit einem säuerlichen Grunzen, bevor er sich würgend krümmte. Javi packte ihn am Kragen und presste ihn mit dem Gesicht nach unten auf eine Motorhaube. Tränen und Rotz wurden auf den Lack geschmiert, als Andrew vor brutaler Verzweiflung aufheulte.

„Sie ist hier", sagte Javi. Er wischte sich an seiner Schulter Schweiß von den Lippen und beugte sich vor, um einen Arm auf Andrews knochige Schultern zu pressen. Ein starker Geruch ging von Andrew aus, säuerlich-alkoholischer Schweiß und alter Schmutz. „Andrew, hören Sie mir zu. Sie ist hier. Sie können sie sehen. Wenn Sie sich beruhigen und mir zuhören."

Galloway hatte sich auf allen vieren ein Stück von ihrem Kampf zurückgezogen. Nun saß sie einige Autos weiter entfernt, lehnte mit dem Rücken am hohen Reifen eines Land Rover. Ihr Arm war fest an ihren Bauch gepresst, während ihre Finger sich im Fleisch ihrer Hüfte vergruben. Sie sah blass aus, doch in der schwach beleuchteten Tiefgarage konnte Javi nicht beurteilen, ob sie blasser war als gewöhnlich.

„Ich glaube, das kann er nicht", sagte sie mit noch immer unheimlich ruhiger Stimme. „Seine Pupillen sind erweitert, sein Puls erhöht und er hätte nicht in der Lage sein sollen, diesen Arm zu benutzen. Er muss etwas genommen haben, bevor er hergekommen ist, um den Mut aufzubringen, mich zu töten."

Andrew schlug mit dem Kopf auf die Motorhaube, was wie ein Glockenschlag klang. Er trat nach Javis Beinen. „Ich wollte es nicht", sagte er. „Er hat mich angerufen. Mir gesagt, was ich tun muss. Dieselbe Nummer. Dieselbe Stimme. Dieselben Lügen. Schicken Sie das Geld, töten Sie die Ärztin, retten Sie Ihre Kinder. Retten Sie Ihre Jessie."

Javi fesselte ihn widerstrebend – die Plastikstreifen schnitten in die schmutzigen, geschwollenen Handgelenke ein – und zog ihn vom Auto hoch. Vielleicht würde er reden können, wenn sie ihn ausgenüchtert hatten.

Die Tür zum Treppenhaus flog auf und fünf bewaffnete Deputies stürmten herein. Tancredi erfasste die Situation mit einem schnellen Blick und senkte ihre Pistole.

„Alles in Ordnung?", fragte sie. „Was ist passiert?"

„Ich bin nicht ganz sicher", sagte Javi. „Aber wir werden es herausfinden."

Javi übergab Macintosh in Tancredis Gewahrsam und kümmerte sich um Galloway. Die Notärzte wären zu ihr gekommen, doch bei diesem Vorschlag verzog sie lediglich das Gesicht und bestand darauf, dass Javi ihr auf die Beine half.

„Das muss genäht werden", teilte sie Javi mit, während er ihr einen Arm um die Taille legte, um sie zu stützen. „Hätte er mich ernsthaft verletzen wollen, bräuchte ich jetzt eine Bluttransfusion. Agent Merlo, war das Andrew Macintosh?"

„Das glaube ich zumindest", antwortete Javi. „*Er* schien es zu glauben."

Vor ihnen schob Tancredi einen stolpernden Andrew die Rampe hinauf. Er schlurfte und die geradezu manische Energie war zu einer Art mürrischer Friedfertigkeit abgeklungen, die ihn niederzudrücken schien.

Galloway blieb stehen und winkte einen der Deputies zu sich heran. „Die Asservatenbox bei meinem Auto ist wichtig für laufende Ermittlungen, also lassen Sie sie nicht aus den Augen. Ich möchte *nicht*, dass die Nachverfolgung der Beweismittel noch lückenhafter wird als sowieso schon." Der Deputy nickte und lief los, um die Box zu holen. Währenddessen wischte Galloway mit dem Ärmel Blut von ihrem Hals und sah zu Javi auf. „Sie hatten unrecht."

Das war nicht, was Javi hören wollte. Er runzelte die Stirn. „Womit?"

„Ich habe Proben verglichen. Dieses Mädchen ist nicht Tommy Macintosh", erklärte sie. Sie kippte ein wenig in Javis Richtung, als sie blinzelnd ins Licht am oberen Ende der Rampe blickte. „Ich wollte es noch mit einer frischen Probe überprüfen, aber ich bezweifle, dass das Ergebnis ein anderes wäre. Nur wenn wir auf der falschen Fährte waren, warum sollte dann jemand …"

Durch das helle Licht war Javi noch halb geblendet, als der Schuss ertönte, weshalb er mehr hörte als sah, wie die Kugel mit einem spröden Geräusch auf Beton traf. Er fluchte und zerrte Galloway zurück in die Tiefgarage. Vor ihnen schrie Tancredi auf, mehr überrascht als schmerzvoll. Dann stolperte sie und sank zu Boden. Macintosh taumelte zurück, blieb jedoch auf den Beinen.

„Niemand schießt!", rief Frome mit vor Verärgerung heiserer Stimme. Die Reporter kommentierten in die Mikrofone brüllend die Ereignisse, während die Kameras abwechselnd die Geschehnisse auf der Rampe und die umliegenden Gebäude filmten. „Kein einziger verdammter Schuss."

„Scheiße."

Javi schob Galloway trotz ihres Protests in die Arme eines Deputies und rannte die Rampe hinauf zu Tancredi. Blut strömte aus einem tiefen, unebenen Schnitt an ihrem Arm und sammelte sich unter ihr auf dem Boden. Es handelte sich nicht um eine Schussverletzung. Macintosh hatte Blutspritzer auf der Brust und im Gesicht. Er stolperte nach hinten, drehte sich um und rannte in die Tiefgarage, zwischen den Deputies hindurch, die heranstürmten, um Tancredi zu schützen.

„Was ist passiert?", verlangte einer von ihnen zu wissen.

Javi zerrte sich die Krawatte vom Hals und schlang den Seidenstoff als eiligen, notdürftigen Verband um Tancredis Arm. Das Blut sickerte schnell hindurch. „Wurde sie angeschossen?", fragte ein anderer. Er suchte die Umgebung ab, hielt mit ruhigen Händen seine Waffe im Anschlag. „Gibt es einen Schützen?"

In Javis Ohr rasselte Frome beinahe Wort für Wort die gleichen Fragen herunter.

Es war Tancredi, die sie beantwortete. Ihre Stimme war schwach, ihre Lippen waren farblos. Sie besaß die schockierte, graue Schattierung einer Person, die nie zuvor ernsthaft verletzt worden war, zumindest nicht vorsätzlich. „Ich weiß es nicht."

An der Stelle, an der Macintosh gestanden hatte, lag auf dem Beton ein billiges orangefarbenes Teppichmesser in einer Blutlache. Seine Hände waren ungefesselt gewesen, als er davongestürzt war.

„Wo ist Galloway?", fragte Javi und stand hastig auf.

Der Deputy deutete mit einem Daumen über seine Schulter. „Sie ist in Sicherheit. Wir bringen sie direkt hoch ins Krankenhaus …"

Javi fluchte leise. Er zog seine Pistole und rannte in die Tiefgarage. Der Deputy hinter ihm stotterte etwas, zu abgelenkt durch den gefallenen Schuss, um zu begreifen, was passierte.

„Macintosh", schrie Javi, als er am Ende der Rampe rutschend zum Stehen kam. „Macintosh, stopp. Wenn Sie wissen wollen, was aus Ihrer Familie geworden ist …"

Hätte Javi etwas anderes gesagt, hätte es vielleicht funktioniert. Hätte er Macintosh gesagt, sein verloren geglaubtes Kind sei im Krankenhaus über ihm, hätte es vielleicht etwas bewirkt … oder nicht.

Macintosh sah sich einmal um, warf sich dann auf den Boden und streckte seinen Arm unter ein Auto. Als er sich aufrichtete, hatte er wieder eine Pistole in der Hand und wirkte verloren. Unter seinem verfilzten Haar sah sein Gesicht leer und abgehärmt aus.

„Bringt Galloway hier raus." Javi bellte den Befehl, während er sich mit erhobener Waffe vorschob.

Der Deputy, der Galloway half, schob sie hinter sich und entfernte sich von ihnen.

„Ich habe es versucht", sagte Macintosh. „Ich habe alles getan, was von mir verlangt wurde. Nur das nicht. Alles. Es hat nie funktioniert."

Javi streckte seine freie Hand aus. „Macintosh, hören Sie mir zu. Sie wollen das nicht tun. Geben Sie mir die Pistole."

Andrew blinzelte und Tränen rannen über sein Gesicht und in seinen Bart. „Ich will es nicht. Das wollte ich nie. Ich wollte nur meine Familie. Das habe ich ihm gesagt, wenn er angerufen hat, dass ich alles tun würde, um sie zurückzubekommen. Und er sagte mir, er wäre froh – froh, dass ich etwas wollte, das ich nie bekommen könnte. Ich habe gehört, wie er sie *erschossen* hat, habe die Leichen gesehen, sie gerochen. Ich weiß, dass sie nicht mehr hier sind, aber als dieser Mann behauptet hat, sie würden noch leben … habe ich ihm geglaubt. Also habe ich ihm gesagt, ich würde alles tun, aber ich konnte es nicht. Nichts davon war ihre Schuld. Alles war meine."

„Wir können Ihnen helfen, Andrew. Wir können Ihre Kinder finden."

„Ich habe es nie jemandem erzählt. Ich habe mich geschämt", sagte Andrew ruhig. „Dieser Mann wollte nicht nur Geld. Ich hätte ihm mehr besorgen können. Für meine Jessie – meine *Söhne* – hätte ich es mir erbettelt, geliehen oder gestohlen, aber er wollte etwas anderes. Er wollte, dass ich mich umbringe. Ich habe gesagt, ich würde alles für meine Familie tun, aber das konnte ich nicht. Nicht damals."

Andrew schob sich die Pistole unter das Kinn und drückte mit einer ruhigen, selbstsicheren Bewegung ab. Der laute Knall des Schusses hallte von den Betonwänden wider und Andrews Gehirn spritzte über das Auto hinter ihm.

Javi würgte und wich einen Schritt zurück. Auch wenn er augenblicklich tot gewesen sein musste, hätte Javi schwören können, dass sich kurz Erleichterung auf Andrews Gesicht ausbreitete, bevor sein Körper zusammensackte wie eine Marionette mit durchtrennten Fäden.

17

DIE FARBEN des Fernsehers waren unnatürlich. Frome, in voller Uniform auf den Stufen des Krankenhauses posierend, sah aus, als hätte er soeben Bräunungsspray benutzt. Er sprach vor der versammelten Presse. Da der Ton des Fernsehers zu leise gestellt war, um ihn zu verstehen, wusste Cloister nicht, was genau er sagte, doch er vermutete etwas Beruhigendes und möglicherweise Gelogenes.

Er schaltete den Fernseher aus – es handelte sich sowieso um eine Wiederholung, da Frome vor einer Stunde zum Revier zurückgekehrt war – und wandte sich wieder dem Bett zu. Janet lag sauber und ordentlich unter den sorgsam festgesteckten weißen Laken. Auf dem Nachttisch befand sich nun eine Vase mit Blumen – dicke Gewächshausrosen, die schwach und wässrig dufteten – und auf dem Stuhl zwei unberührte Modezeitschriften.

Professor Belford war in ihrem Hotel, wie die Schwester ihm betont neutral mitteilte. Sie würde später zurückkommen. Janet ging es weder besser noch schlechter. „Stabil" war das Beste, was ihm die Schwester anbieten konnte, doch es war offenbar ein berechtigter Grund zur Hoffnung.

„Ich bin nicht einmal sicher, dass er Ihr Vater ist", sagte Cloister. Seine Stimme klang zu laut und rau für das kleine, saubere Zimmer. Vermutlich hatte er zu viel Zeit damit verbracht, nach Hunden zu rufen und Meth-Dealer anzubrüllen. Allerdings konnte er sich noch an die Ermahnungen seiner Mutter aus seiner Kindheit erinnern, seine „Innenraum-Stimme" zu benutzen, also war es vielleicht einfach eine Witte-Sache. Er räusperte sich und setzte erneut an. „Oder ob es Sie interessiert. Ich finde nur, jemand sollte es Ihnen sagen. Niemand wurde ernsthaft verletzt. Zumindest abgesehen von ihm. Bei Tancredi war es am schlimmsten, aber die Ärzte glauben nicht, dass Nerven geschädigt wurden."

Wahrscheinlich nicht. Wenn sie Glück hatte.

Cloister hielt inne und bewegte sich unruhig auf der Stelle, als er sich bemühte, nicht an die vorsichtige Formulierung des Arztes zu denken. Seine Schuhe quietschten auf dem glatten Boden. Janet gab ihm in ihrem Bett keinen Hinweis darauf, dass sie in gehört hatte, nicht einmal ein zuckendes Augenlid.

„Wahrscheinlich sollten Sie auch wissen, dass momentan mit der Theorie gearbeitet wird, Andrew Macintosh wäre derjenige gewesen, der Sie angegriffen hat", fuhr er fort. „Ich glaube das nicht, aber es ist praktisch und ich kann bisher nicht das Gegenteil beweisen. Der Schuss, der für Ablenkung gesorgt und ihm die Flucht ermöglicht hat, stammte von einer unserer Waffen. Vielleicht hat jemand sein Messer bemerkt oder nur im falschen Moment gezuckt, aber bisher hat niemand die Verantwortung übernommen, also wissen wir es nicht. Alles wäre wesentlich simpler, wenn Sie aufwachen würden und uns erzählen könnten, was Ihnen zugestoßen ist."

Er wusste, dass es nicht passieren würde. Menschen wachten nicht einfach aus einem Koma auf, um behilflich zu sein. Dennoch ertappte er sich dabei, wie er den Atem anhielt und ihr die Gelegenheit gab.

Nichts.

„Kein Problem", sagte Cloister. „Wir schaffen es auch auf die anstrengende Weise."

Als er ging, ließ er das Licht brennen. Falls sie doch aufwachte, sollte sie es nicht im Dunkeln tun.

BOURNEVILLE KROCH halb aus dem Fenster des Pick-ups, um ihn zu begrüßen, als er den Parkplatz überquerte. Sie spürte, dass alle angespannt waren, auch wenn sie den Grund nicht kannte. Cloister gestattete, dass sie sich mit den Pfoten auf seine Schultern stützte und ihm übers Gesicht leckte, während er sie unter den Backen kraulte und ihre Ohren streichelte.

„Ich weiß", sagte er, während er ihr die gebührende Aufmerksamkeit zukommen ließ. „Aber Javi geht es gut und Tancredi bald auch wieder."

Sie schnaubte ihre Meinung dazu in sein Ohr. Vermutlich spürte sie, dass er es selbst nicht ganz glaubte. Er verbarg sein Gesicht an ihrem Hals, fühlte ihr raues Fell auf der Haut und ließ mit einem langen, ungleichmäßigen Seufzer die Spannung heraus.

Es hätte nichts geändert, wenn er dabei gewesen wäre. Man hätte ihn und Bon nicht bei einer Geiselnahme vorgeschickt. Die Gefahr, den Angreifer in Panik zu versetzen, war zu groß. Vermutlich hätte er vorn bei den Autos stehen und die Presse und die Schaulustigen bitten müssen, Abstand zu halten.

Vermutlich.

Doch es tröstete ihn nicht.

„Na komm", sagte er, als er sich zurücklehnte und den warmen, schweren Hund von sich löste. „Bereit für die Arbeit?"

Bourneville spitzte die Ohren und stimmte mit einem einzelnen Bellen laut zu. Unelegant krabbelte sie durch das Fenster zurück ins Auto und wartete auf die Vorbereitungen. Es dauerte zehn Minuten, sie aus dem Auto zu holen, etwas trinken zu lassen und ihr das Geschirr anzulegen. Alles war schwerer, wenn man nur eine funktionierende Hand hatte. Cloister fuhr mit den Fingern unter den Riemen entlang, um sicherzugehen, dass ihr Fell sich nirgendwo verfangen hatte, während sie schon übertrieben ungeduldig mit dem Kopf schüttelte.

Nachdem er zufrieden war, befestigte er die Leine und ging über den Parkplatz auf die „Nur für Personal"-Schilder an der anderen Seite zu. Bourneville trabte eifrig neben ihm her, wobei ihre Schulter hin und wieder kameradschaftlich gegen sein Bein stieß.

An der Zufahrt zur Rampe war von der Polizei Absperrband gespannt worden, um Menschen vom Eindringen abzuhalten. Offensichtlich reichte es nicht aus, um den gereizten Mann abzuschrecken, der soeben unter dem Band hindurch fortgeschoben wurde.

„Ich *weiß*, dass etwas passiert ist", schnaubte er erbost. „Ich habe die ganze Angelegenheit beobachtet. Ich war praktisch selbst ein Opfer. Jetzt werde ich wie ein Verdächtiger behandelt. Ich will mein Auto, verdammt."

Hinter der Absperrung war Ellie – Ellie Smith, aber das Sheriff's Department hatte neun Smith', wenn man Büro- und Verwaltungsangestellte nicht mitzählte – vor Verärgerung weiß und rot geworden: Ihre Lippen waren ein schmaler, farbloser Strich, während auf ihren Wangenknochen und Schläfen rote Flecken leuchteten.

„Ein Mann hat sich den Kopf weggepustet", unterbrach Cloister, während er vor dem Band stehen blieb. Der Mann, grauhaarig und mit Fitnessstudiomuskeln unter seiner OP-Kleidung, fuhr herum und warf ihm einen bösen Blick zu, hatte bereits halb den Mund geöffnet. Dann fiel sein Blick auf Bourneville, die sich artig hinter Cloisters Füßen niedergelassen hatte. Er überlegte es sich anders und presste die Lippen aufeinander. „Also bekommen Sie Ihr Auto zurück, nachdem wir drei Pfund Hirnmasse aus den Ritzen gekratzt haben. Normalerweise reinigen wir es erst gründlich, aber wenn Sie es so dringend brauchen …"

Der Mann wich zurück und Abscheu glitt über sein Gesicht.

„Schon gut", brummte er. „Ich nehme ein Taxi. Aber morgen möchte ich mein Auto wiederhaben."

Er zog sein Handy aus der Tasche und stolzierte verstimmt murmelnd davon.

„Arschloch", brummte Ellie. Sie schob einen Arm unter das Absperrband und hob es an. „Innendienst vorbei?"

Cloister duckte sich unter ihrem Arm hindurch. Seine Blutergüsse drückten wie ein enger Gurt auf seine Rippen und schmerzten, als er sich bückte, allerdings weniger als zuvor. Er würde nicht zugeben, dass es mit einer Nacht in einem Bett anstatt auf seinem Sofa zusammenhängen könnte.

„Nicht direkt", gestand er und richtete sich auf.

Ellie warf ihm einen genervten Blick zu. „Und das musstest du mir sagen?"

Bourneville winselte, als sie unter dem Band hindurchging – sie war dazu nicht auf Ellies Hilfe angewiesen – und den Leichenhaus-Geruch wahrnahm, der aus der Tiefgarage drang. Ihre Ohren senkten sich und sie drängte sich zwischen Cloisters Beine. Er streckte eine Hand aus, um ihr über den schmalen Kopf zu streicheln, knochig unter dem flauschigen schwarzen Fell, als sie begann nervös zu hecheln.

„Ich sehe mich nur um." Als sie die Stirn runzelte, zuckte er mit den Schultern. „Das hat Frome mir nicht verboten."

Ellie schürzte die Lippen und sah zu Bourneville hinab.

„Bist du sicher, dass der Hund damit klarkommt?", fragte sie. „Sie wirkt nicht gerade glücklich."

„Bist du es denn?", fragte Cloister. „Ich wäre nicht an einem solchen Ort, wenn es nicht meine Arbeit wäre. Trotzdem bin ich in der Lage, meine Arbeit zu *erledigen.*"

„Dem kann ich nicht widersprechen", sagte Ellie. Sie wischte sich Schweiß von der Stirn und sah sich um, als könnte Frome plötzlich hinter einem Auto hervorspringen. „Also gut, aber wenn du dafür Ärger bekommst, habe ich nichts davon gewusst. Beeil dich lieber. Das Reinigungsteam ist gerade gekommen."

Cloister nickte und ging hinunter. Am unteren Ende der Rampe wurde der Geruch stärker, als sich der feuchte Gestank von Blut mit der staubigen Note des Betons vermischte. Galloways Auto stand noch mit dem Parkausweis des Leichenschauhauses hinter der Windschutzscheibe da und neben ihm war schief der Van der Tatortreiniger geparkt.

Drei Männer in festen weißen Overalls hatten sich bereits an die Arbeit gemacht. Zwei knieten und scheuerten mit Bürsten den Betonboden, während ein dritter das Auto von Gehirnmasse befreite.

Bourneville knurrte nervös und zerrte an der Leine.

„Bleib", befahl Cloister und zog sie wieder zu sich. Er hob leicht die Stimme, wodurch sie in dem leeren Gebäude wesentlich lauter wirkte. „Ich muss mir den Tatort ansehen."

Der Mann am Auto ließ sich auf die Fersen sinken und sah sich um. Eine mit Wassertropfen übersäte Schutzbrille bedeckte seine Augen und über Mund und Nase trug er eine handgroße Staubmaske.

„Schon wieder?"

Obwohl die Stimme durch die Maske gedämpft wurde, erkannte Cloister sie – Hewitt. Bourneville tat es ebenfalls. Sie stieß ein brummendes Knurren aus, ein kaum hörbares rasselndes Geräusch, und senkte dann reumütig den Kopf, bevor Cloister sie ermahnen konnte. Ein leuchtend bernsteingelbes Auge spähte aus dem Augenwinkel zu ihm hinauf. Er stupste sie mit dem Knie an, aber ließ es ihr durchgehen.

„Machen Sie Überstunden, Hewitt?", fragte er.

Hewitt schob sich die Brille auf die Stirn und zog die Maske nach unten, sodass sie von seinem Hals baumelte. Unter seinen Augen waren dunkle Ringe zu sehen, als hätte sie jemand mit dem Daumen in die Haut gerieben und um seine Nase und seinen Mund herum stach Akne hervor.

„Wir leben in einer Rezession, Witte", sagte er, während er aufstand und sich die Hände an seinem Overall abwischte. Seine Finger hinterließen rote Flecken auf den knittrigen weißen Beinen. „Das Geld fließt nicht mehr so frei, wie es das einmal tat und wir können uns nicht alle von Anwälten zu einem teuren Essen einladen lassen, oder? Ich geb's ja zu, wir sollten nicht vor sechs anfangen, aber das sind nur noch zehn Minuten. Es hat bisher nie jemanden gestört, wenn wir einen kleinen Frühstart hingelegt haben."

„Diesmal schon", sagte Cloister. Die anderen beiden Männer sahen von ihrer Arbeit hoch. Sie knieten in einer Pfütze aus rötlichem Schaum. „Genehmigen Sie sich einen Kaffee. Bis Sie zurück sind, bin ich hier fertig."

Hewitt verzog das Gesicht und kratzte sich am Kinn. Seine Nägel zogen sich durch die Stoppeln eines langen Arbeitstags.

„Kommen Sie schon, Witte", antwortete er. „Überlegen Sie doch mal. Glauben Sie wirklich, der Hund kann in diesem Zeug etwas finden? Es ist nur noch Bleichmittel und Seifenwasser. Lassen Sie uns einfach weitermachen, okay? Manche von uns haben Familien, die zu Hause auf uns warten. Sie und ich, wir sind doch beide Deputies, nicht wahr? Wenn ich der Meinung wäre, dass man hier wirklich etwas Hilfreiches finden könnte, wäre ich der Erste …"

Cloister kniff die Augen zusammen. „*Ich* bin ein Deputy", sagte er. „Und ich bin mit diesem Tatort noch nicht fertig. Also ziehen Sie sich zurück."

Kurz starrte Hewitt ihn an. Dann senkten sich seine Mundwinkel und er stieß einen frustrierten Seufzer aus. „Scheiß drauf", sagte er. „Na gut. Kommt mit, Leute. Macht dem ‚Deputy' Platz. Sie haben fünf Minuten, Witte. Fünf, dann gehört das hier wieder uns."

Er stapfte die Rampe hinauf auf Ellie zu, mit verschränkten Armen und missmutiger Körpersprache, als er in Cloisters Richtung gestikulierte. Die anderen beiden Männer zuckten mit den Schultern, standen auf und ließen ihre Bürsten auf dem Boden liegen. Einer presste beide Fäuste in sein Kreuz, streckte sich und zwinkerte Cloister zu.

„Meinetwegen müssen Sie sich nicht beeilen", sagte er. „Auf mich wartet zu Hause nur ein Käseauflauf und der ist es nicht wert, deshalb auf Überstunden zu verzichten."

Sein Kollege versetzte ihm einen Stoß. „Du handelst dir wieder Ärger ein, Großklappe. Wenn der Boss sagt, wir wollen nach Hause, dann wollen wir nach Hause. Komm mit."

Die Männer entfernten sich schlurfend und drückten sich dann neben dem Van herum. Der Mann, der es mit dem Heimkehren nicht eilig hatte, streifte seine Handschuhe ab und zog ein halb aufgegessenes Sandwich aus der Tasche. Bourneville wandte den Kopf, um ihn zu beobachten, und spitzte interessiert die Ohren.

Cloister zupfte an der Leine, um ihre Aufmerksamkeit wieder auf sich zu lenken. „Arbeit", erinnerte er sie.

Bourneville verlor das Interesse an dem Sandwich. Sie schnaubte, schüttelte den Kopf, bis ihre Ohren schlackerten, und sah ihn mit einem abwartenden „Na, dann leg endlich los"-Blick an.

„Bleib."

Sie wirkte enttäuscht, als sie sich auf den Boden warf, doch Cloister wollte nicht, dass Bleichmittel unter ihre Pfoten oder in ihre Nase geriet. Er löste die Leine, klemmte das lange gewebte Band in seinen Gürtel und ließ sie dort zurück, damit er um das Auto herum nach einer unverfälschten Geruchsquelle suchen konnte. Die Ereignisse des Nachmittags – basierend auf Javis Bericht und Galloways Zeugenaussage – spielten sich in seinem Kopf ab, als er die Stationen eine nach der anderen abging.

Macintosh hatte Galloway bei ihrem Auto gepackt, ihr die Pistole in den Bauch gestoßen und geschossen. Hätte er die Nerven dazu gehabt, wäre sie tot gewesen, doch da er im letzten Moment zurückgezuckt war, würde sie lediglich eine Narbe davontragen. Das einzige Blut dort gehörte ihr.

Einige Autos weiter stammten die Blutstropfen auf dem Beton, durch Füße verschmiert, vermutlich von Javi. Beim Gedanken daran zögerte Cloister und er bekam vor plötzlicher düsterer Furcht einen trockenen Mund. Sie fühlte sich an wie ein Gewicht und war lächerlich. Javi ging es gut. Er war mit acht Stichen genäht worden und hatte Antibiotika bekommen. Im Gerichtssaal mochte Andrew Macintosh skrupellos gewesen sein, doch wenn es um echte Gewalt ging, schien er nur für sich selbst eine Gefahr dargestellt zu haben.

Dennoch hätte Schlimmeres passieren können und die säuerliche Angst in Cloisters Kehle interessierte sich nicht dafür, dass es nicht passiert war. Es handelte sich um dieselbe alte, kalte Furcht, die in seinen Albträumen lebte, die Angst, dass jemand einfach … fort sein würde … und Cloister niemals den Grund erfahren würde.

Cloister wischte sich mit dem Handrücken über den Mund. Er hatte zu tun, erinnerte er sich streng und Javi war in Ordnung – nicht glücklich, aber in Ordnung.

Er durchquerte die Pfütze aus seifigem Blut und blieb vor dem Auto stehen. Die von Hewitt verwendete Lösung hatte begonnen auf dem Lack zu trocknen. Es war ein flockiger weißer Schaum mit kleinen, harten Gehirnstückchen.

In der Unterführung war Macintosh beinahe so groß wie Cloister gewesen. Vielleicht genauso groß, wenn man seine nervös gebeugte Haltung berücksichtigte. Wenn er also hier gestanden und sich erschossen hatte …

Cloister stellte einen Fuß auf das Trittbrett an der Seite des SUV und stieß sich hoch. Blut und Haare waren auf dem Dach verteilt, noch unberührt von der Reinigung. Er sah sich zu Bourneville um und pfiff.

„Bourneville", sagte er. Sie sprang auf die Beine und setzte ihr Hundegrinsen auf. Cloister schnippte mit den Fingern und zeigte auf den vorderen Teil des Autos. „Hopp."

Sie lief los und sprang mit einem geschmeidigen, flüssigen Satz auf die Motorhaube. Ihre Krallen kratzten über das Metall, als sie landete und Halt suchte. Cloister klopfte auf die Motorhaube und sie überwand mit einem weiteren flinken Sprung die Windschutzscheibe. Das Dach ächzte und knarrte unter ihrem Gewicht, als sie landete, doch sie senkte die Nase und schnupperte am blutverschmierten Lack.

Der scharfe Geruch von verbranntem Kordit sorgte dafür, dass sie die Nase rümpfte und schnaubte. Er brachte sie stets zum Niesen.

„Noch eine Minute", rief Hewitt.

Cloister sprang vom SUV. Seine Füße platschten durch die Pfütze, als er zur Vorderseite des Autos ging und Bourneville zu sich rief. Sie bewegte sich rückwärts, um ungeschickt über die Windschutzscheibe zu rutschen, drehte sich anschließend um und sprang vom Auto. Die Rechnung für den zerkratzten Lack würde bei Frome für Begeisterung sorgen.

„Bourneville", sagte Cloister, als er sich vorbeugte, um die Leine zu befestigen. „Such!"

Das knappe Kommando wurde von den Wänden zurückgeworfen. Bourneville sah ihn verwirrt an. Ihr Kopf neigte sich zur einen Seite, dann zur anderen, als ergäbe er aus dem richtigen Winkel mehr Sinn.

„Such", wiederholte Cloister und wickelte die Leine um seine Faust. „Komm schon, such."

Es war offensichtlich, dass Bourneville nicht begriff, was er von ihr verlangte. Der stärkste Geruch war doch *gleich hier*, auf dem Auto und über den Beton gespritzt. Sie hatte ihn doch schon gefunden. Aber um ihm zu zeigen, dass sie arbeitswillig war, erhob sie sich und ging auf die Pfütze mit *totem Geruch* zu, der auf dem schmutzigen Wasser schwamm.

Cloister stoppte sie. „Nein", sagte er und zog sie wieder zu sich, fort von dem Auto. „Such, Bourneville."

Sie suchte den Boden ab und fand die von Macintosh hinterlassene Spur an der Stelle – soweit Cloister es aus den Berichten schließen konnte –, an der er mit Javi gekämpft hatte. Ein Winseln löste sich aus Bournevilles Kehle, als sie Javis Geruch entdeckte und sie schaute nach Bestätigung suchend zu ihm auf.

„Alles in Ordnung, Bourneville", sagte Cloister und ließ die Leine etwas länger. „Finde ihn. Wo ist er hingegangen?"

Sie senkte ihre Nase zum Boden und folgte der Spur bis zu der Blutlache an der Stelle, an der Tancredi verletzt worden war. Es führte dazu, dass sie einen Jammerlaut ausstieß und unglücklich die Ohren anlegte, als sie den Geruch erkannte. Sie schnupperte an den Rändern des Blutflecks, bevor sie Macintosh' Spur daneben entdeckte.

Sie führte sie wieder in die Tiefgarage hinunter. Diesmal schnitt ihr Cloister mit den Knien den Weg ab und zog sie am Halsband in die andere Richtung. Sie seufzte tief und frustriert, warf ihm einen vorwurfsvollen Blick zu. Was, fragte der Blick, wollte er überhaupt von ihr?

„Ihr Hund scheint sich nicht zurechtzufinden", sagte Hewitt. „Braucht sie ein Navi?"

Ellie lachte und schüttelte den Kopf. „Hören Sie schon auf, Tim. Sie bekommen Ihren Tatort jetzt zurück. Stimmt's, Witte?"

152

Beinahe hätte Cloister Nein gesagt. Es wäre albern gewesen, doch Hewitt hatte die Art von Gesicht, der man widersprechen wollte. Und sie schon immer gehabt.

„Wir sind hier fertig", sagte er stattdessen. „Machen Sie, was Sie wollen. Komm schon, Bourneville, such."

Nun schien sie endlich zu begreifen, dass er die Spur zurückverfolgen wollte. Zielstrebig tappte sie mit über den Beton streifender Nase die Rampe hinauf. Auf Hewitts Höhe hob sie den Kopf und starrte ihn mit misstrauischen bernsteingelben Augen an. Kein Knurren – sie wusste, wann sie Cloisters Geduld ausgereizt hatte –, aber ihr Argwohn ihm gegenüber war nicht zu übersehen.

Obwohl sich Cloister gern eingeredet hätte, dass es die gute Menschenkenntnis seines Hundes bewies, war es wahrscheinlicher, dass sie seine Gereiztheit spürte. Das war kein gutes Verhalten.

„Er war derjenige, von dem ich Ihnen erzählt habe, stimmt's?", fragte Hewitt, als Cloister sich wegen des Absperrbandes bückte. Der selbstzufriedene Unterton in seiner Stimme verriet, dass er die Antwort bereits kannte oder sich zumindest ziemlich sicher war. „Der Typ, der zum letzten Tatort kam, wo diese Frau sich verletzt hat. Der alles über sie wissen wollte. Darauf würde ich wetten. Hätten Sie auf mich gehört, Deputy, wäre jetzt nicht eine von uns im Krankenhaus."

Diesmal lachte Ellie nicht. „Tim", warnte sie. „Das reicht jetzt. Sie hatten recht mit Macintosh. Das wissen wir alle schon."

„Ich dachte, Sie hätten hingeschmissen", sagte Cloister und richtete sich wieder auf. Er sah Hewitt mit demselben unfreundlichen Seitenblick an wie Bourneville. „Sie sind kein Marinesoldat, Tancredi hat keinen Nebenjob beim Reinigungsteam und auch Galloway gehört zum Sheriff's Department. Also sind zwei von *uns* im Krankenhaus und keine von den beiden hat etwas mit *Ihnen* zu tun."

„Ich mein ja nur", antwortete Hewitt. Er hatte das Grinsen eines Wiesels, zufrieden darüber, Cloister erfolgreich provoziert zu haben. „Das Sheriff's Department braucht gute alte Polizeiarbeit, nicht die Einmischungen des FBI. Zu meiner Zeit hatten wir noch unseren Stolz."

Menschen zogen Schlüsse aus Cloisters Gesicht, den kantigen Knochen und dem Knick seines Nasensattels. Tatsächlich war er mit beidem geboren worden. „Kamst rückwärts mit erhobenen Fäusten und gebrochener Nase aus deiner Mutter geschlüpft", hatte sein Stiefvater zu sagen gepflegt. „Wärst du kein Witte, hätten wir dich adoptieren müssen." Die Tatsache, dass er wie ein Mann aussah, der gern kämpfte, sorgte meistens dafür, dass er es nicht musste. Es bedeutete allerdings nicht, dass er es nicht konnte – und bei Hewitts Grinsen juckte es ihm in den Fäusten.

Doch nachdem Bourneville nun ihre Aufgabe verstanden hatte, lehnte sie sich gegen die gespannte Leine, als sie schnuppernd versuchte der Spur zu folgen.

Er wollte nicht, dass sie das Interesse daran verlor. Außerdem steckte seine einzige freie Hand in einem Gips und er hatte keine Lust, diesen ersetzen zu lassen.

„Müssen Sie nicht arbeiten?", fragte er also nur.

„Ja", stimmte Ellie zu, während sie Hewitt einen leichten Stoß versetzte und Cloister einen wachsamen Blick zuwarf. „Los jetzt. Ich sollte eigentlich auch arbeiten, schon vergessen?"

Cloister ließ die Leine weiter durch seine Finger gleiten und blieb Bourneville auf den Fersen, während sie Macintosh' Geruch um die Seite des Gebäudes herum verfolgte. Die Spur blieb dicht an der Wand, bis sie eine struppige Gruppe von Büschen erreichte, ein Versteck mit einer leeren Flasche billigen Alkohols und einer in den festgetretenen Boden gesickerten Duftlache.

Es war ein Platz, der Macintosh einen guten Blick auf die Tiefgarage verschafft hatte, um Galloway hineinfahren zu sehen. Trotzdem musste er gewusst haben, wann sie etwa eintreffen würde.

Bourneville schnupperte an der Flasche, rümpfte die Nase und wich mit angelegten Ohren zurück. Sie suchte den Rand des Platzes ab und scharrte schließlich mit einem Bellen über ein Stück Asphalt.

Sie hatte einen Zigarettenstummel gefunden, bis zum Filter aufgeraucht und dann fortgeworfen, um auf dem Boden zu verglimmen.

„So ein kluges Mädchen", sagte Cloister. Er beglückwünschte sie mit einem Klaps gegen die Schulter. „Komm, Bourneville. Lass uns sehen, wo er sonst noch war. Such."

Fünfzehn Minuten später und nach zwei von Cloister unterbundenen Versuchen, der Spur in die „richtige" Richtung zu folgen, endete sie an einer schmutzigen Tür in einer noch schmutzigeren Gasse. Sie war mit abblätternder blauer Farbe gestrichen und mit einem schweren rostigen Vorhängeschloss gesichert worden.

Bourneville kratzte mit der Pfote an der Tür und sah sich erwartungsvoll zu Cloister um. Türen fielen in seinen Zuständigkeitsbereich.

„Da ist niemand." Hinter Cloister quietschte eine Tür und eine Stimme sprach mit englischem Akzent.

Cloister sah sich um. Hinter ihm stand ein dünner, dunkelhäutiger Mann, der mit dem Fuß eine schwere Metalltür aufhielt und in jeder Hand einen überdimensionalen Müllbeutel hielt. Er deutete mit dem Kinn auf die verschlossene Tür.

„Irgendein großes Tier hat es vor Jahren gekauft und wollte es zu einem schicken Club oder so machen", sagte er. „Wurde nie was draus. Jetzt hängen da nur Ratten und Junkies rum."

Er stellte einen Müllsack ab, holte mit dem anderen zweimal aus und schleuderte ihn in den neben dem Gebäude stehenden Müllcontainer. Der Sack beschrieb einen perfekt berechneten Bogen und landete mit einem Klappern und einem dumpfen Geräusch im Container. Während der Mann sich zum zweiten hinunterbeugte, wobei ihm sein schwerer Zopf aus Dreadlocks über die Schulter rutschte, ging Cloister auf ihn zu.

„Haben Sie hier in den letzten Tagen wen gesehen?", fragte er.

Der Mann richtete sich mit einem Brummen auf und rieb sich das Kreuz. „Junkies", antwortete er. „Irgendwer ist hier immer. Wir sehen sie abends. Die schnorren unsere Kunden auf dem Weg zum Restaurant an. Der Chef meldet es immer bei der Polizei, aber es ist das erste Mal, dass wirklich jemand gekommen ist."

Er warf den Sack in den Container.

„Haben Sie vielleicht diesen Mann gesehen?" Cloister klemmte sich Bournevilles Leine unter den Ellbogen, um ungeschickt sein Handy aus der Tasche zu ziehen. Einhändig kämpfte er sich bis zum letzten Foto von Andrew Macintosh vor, auf dem sein Gesicht von einem schwarzen Leichensack eingerahmt wurde. Tot wirkte er überraschend friedlich. Die einzigen sichtbaren Anzeichen der Todesursache waren ein schwarz umrandetes Loch unter seinem Kiefer und ein leichtes Absacken seines Gesichts an der Stelle, hinter der die Kugel seinen Kopf durchschlagen hatte. Dennoch sah er eindeutig tot aus und der Restaurantangestellte mit den Dreadlocks wich zurück.

„Scheiße", sagte er. „Was ist mit dem passiert?"

„Haben Sie ihn gesehen?"

„Ich weiß es nicht." Der Mann leckte sich über die trockenen Lippen und reckte seinen Hals, um aus der Entfernung noch einmal auf das Bild zu spähen. „Vielleicht. Nicht regelmäßig, aber ich habe ihn schon mal gesehen, wenn das Wetter richtig schlimm war. Im Sommer, bei dieser Hitzewelle, hat er sich hier aufgehalten. Mag sein, dass er in letzter Zeit auch hier war."

Das reichte Cloister. Er ließ den bei seiner Arbeit gestörten Mann wieder hineingehen, wobei das Ende seines „Ihr glaubt nicht, was ich grad gesehen hab" von der zufallenden Tür abgeschnitten wurde, und gab die Entdeckung an Mel weiter. Dann trat er die abblätternde blaue Tür ein.

18

NACH EINER Woche der Verbannung auf Nischenblogs katapultierte die Gewalt in der Krankenhaustiefgarage Janet Morrows Fall endlich in die Schlagzeilen.

Ein Nachrichtensprecher vor der Polizeistation starrte ernst in die Kameralinse, während er seinen Zuschauern bestätigte, dass „der heutige Angriff am Krankenhaus mit dem Überfall auf eine Transgendertouristin vor einigen Tagen zusammenhängen könnte". Unter den Armen hatte sein Hemd dunkle Schweißflecken, doch die Kamera war so hoch gerichtet, dass die Zuschauer nur den blütenweißen Kragen und das frisierte Haar sehen würden.

Cloister humpelte an ihm vorbei, in einer Hand die gefundenen Beweisstücke und um das Handgelenk gewickelt Bournevilles Leine. Es hatte sich gut angefühlt, mit Bourneville zu joggen, seine Muskeln zu lösen und vor der nagenden Finsternis in seinem Hinterkopf davonzulaufen, während seine Schuhe auf den Asphalt prallten, doch nachdem er aufgehört hatte, war seine Hüfte steif und unbeweglich. Als er sich das letzte Mal so schwer verletzt hatte, war er noch bei der Armee gewesen. Damals hatte er sich zu nah an einer Explosion befunden und eine kollabierte Lunge davongetragen, was ihn jedoch kaum gebremst hatte.

Jemand machte den Reporter auf Cloister aufmerksam, woraufhin er von hinten rief: „Deputy Witte. Hängt Ihre Verletzung der letzten Woche mit dem Angriff beim Krankenhaus zusammen? War Galloway dort, um …"

Cloister beachtete die seinen Rücken löchernden Fragen nicht, sondern lief die Stufen hinauf und flüchtete sich in die Polizeistation. Bon hielt er die Tür auf, damit sie mit auf den Fliesen lauten Krallen vor ihm hineinlaufen konnte.

Die Stimme des Reporters drang durch die Tür, als er sich wieder der Kamera zuwandte. „Deputy Witte spielte eine wichtige Rolle bei der Hartley-Entführung. Heute scheint er nicht daran interessiert zu sein, Fragen zu beantworten."

Der Deputy beim Empfang sah von den Unterlagen auf, durch die er sich zur Hälfte mit seinem Rotstift gearbeitet hatte. „Wenn du weiter so im Vordergrund stehst", sagte er, „zwingt der Lieutenant dich bald, mit der Presse zu reden."

Cloister zuckte mit den Schultern und zeigte auf Bourneville. „Nicht meine Schuld, Calhoun. Das liegt an ihr. Sie ist eine Kriminalitätsbekämpfungsmaschine."

Calhoun stand auf und beugte sich über den Tisch, um einen Blick auf Bourneville zu werfen. Als sie bemerkte, dass sie das Gesprächsthema war, grinste sie ein breites Hundegrinsen und wedelte fröhlich. Für sie war es ein guter Tag gewesen. Calhoun schnaubte amüsiert und setzte sich wieder.

„Nun, wir sollten fair sein: Hübscher als du ist sie auch", sagte er. „Vielleicht sollten wir sie vor die Kameras stellen. Übrigens hat die Reinigungstruppe eine Beschwerde gegen dich eingereicht."

Das war keine Überraschung.

Cloister zuckte mit den Schultern. „Hewitt geht mir gegen den Strich", gab er zu. „Und Bon mag ihn auch nicht."

„Aber Frome, also verscherz es dir nicht mit ihm." Calhoun kaute nachdenklich auf der rissigen Kappe seines Stifts. „Oh, und falls du Agent Merlo suchst, der ist noch im Krankenhaus bei Galloway."

„Danke."

„Typischer Agent. Wird ein bisschen angeschossen und muss sich gleich den ganzen Nachmittag freinehmen, um uns schlecht dastehen zu lassen." Calhoun sah mit unter der feuchten Plastikstift gepresster Lippe auf. „Wart's ab, wenn das vorbei ist, wird er derjenige sein, der vor den Kameras steht. Die halbe Arbeit machen, die ganzen Lorbeeren einheimsen. Wenn ich du wäre, Witte, würde ich mich von ihm fernhalten."

Er widmete sich wieder seiner Arbeit. Cloister betrachtete die leicht rötliche Tonsur, die unter Calhouns schütter werdendem Haar zu sehen war, und fragte sich, ob es sich um einen verhüllten Kommentar zu dem Kuss früher am Tag gehandelt hatte oder ob Calhoun von Javi einfach nicht besonders angetan war. Viele Leute waren das nicht. Cloister rieb sich den Nacken und stellte fest, dass ihm die Version mit der Stichelei lieber gewesen wäre. Nicht dass es ihn interessierte – oder jemals interessiert hatte –, was andere Menschen von seinem Sexleben hielten, doch er wünschte sich, dass aus dem Kuss eine *Sache* wurde. Wenn es so wäre, dann … könnte er ihn ebenfalls als wichtig betrachten, ohne dass es seltsam wäre.

„Danke", wiederholte er etwas trockener.

Er ließ Calhoun bei seinen Unterlagen zurück, damit er das Beweismaterial erfassen lassen konnte, bevor er sich auf den Weg nach … Hause machte, beschloss er in letzter Sekunde. Bourneville brauchte ihre Belohnung für gute Arbeit und ihr Abendessen. Falls Javis Einladung, bei ihm zu bleiben, noch galt, würde Javi es ihn vermutlich wissen lassen, wenn er aus dem Krankenhaus zurück war.

BOURNEVILLES RUTE, die wie ein Metronom auf den Boden des Wohnwagens klopfte, sorgte für die Hintergrundmusik, als Cloister das Abendessen zubereitete. Bournevilles Essen wurde in einer luftdichten Verpackung aufbewahrt, auf das Gramm genau abgewogen und mit 20 Prozent warmer, gekochter und gewürfelter Hühnerbrust verfeinert. Sein Essen befand sich in einer unterteilten Plastikschale und wurde fünf Minuten mit Mikrowellen bestrahlt.

Während sich seine Mahlzeit auf dem Mikrowellenteller drehte, trug er Bons Napf zur Tür. Sie überholte ihn und er musste über sie hinwegsteigen, um die Tür zu öffnen, wobei er den Napf gefährlich auf dem Gips balancierte.

Er ließ sie die Stufen hinablaufen und kurz die Grenzen des kleinen Gartens inspizieren, weil sie sichergehen wollte, dass diese respektiert worden waren. Einige Stellplätze weiter bewegte sich an den Stufen eines Wohnwagens festgebunden lustlos eine Handvoll bunter Ballons auf und ab. Das Folienbanner über der Tür wünschte mit leuchtend rosafarbenen Buchstaben alles Gute zum Geburtstag. Nachdem Bourneville gründlich an jeder Lücke geschnuppert hatte, war sie endlich zufrieden und kehrte zurück, um sich vor ihm niederzulassen.

„Du weißt, wie gut du das heute gemacht hast?", fragte Cloister, als er den Napf auf dem Boden abstellte. „Selbst wenn ich flachliege, sind wir immer noch das beste Team im Department."

Sie wedelte für ihn, konzentrierte sich jedoch hauptsächlich auf den Napf, während sie auf seine Erlaubnis wartete.

„Na los", sagte Cloister. „Essen."

Sie schoss vorwärts, vergrub ihr Gesicht im Napf und schlang die Hälfte ihres Abendessens mit zwei gierigen, unordentlichen Bissen herunter. Nachdem der erste Hunger gestillt war, wurde sie langsamer und ging wieder dazu über, penibel einen Hundekuchen nach dem anderen zu fressen.

„Ich habe ein einziges Mal Entwurmungspulver unter dein Futter gemischt", sagte Cloister trocken. „Und jetzt tust du bei jeder Mahlzeit so, als wollte ich dich vergiften."

Ein Hundekuchen entsprach nicht ihren Ansprüchen und wurde ausgespuckt.

Cloister tätschelte ihr liebevoll die knochige Hüfte und richtete sich gerade rechtzeitig wieder auf, um zu sehen, wie Javi sich mit energischen Schritten über den Weg dem Wohnwagen näherte.

„Was habe ich verbrochen?", fragte Javi, als er das Tor erreicht hatte. Er stützte sich auf und seine langen Finger legten sich um das Holz, bis sich seine Fingerknöchel fest gegen die Haut drückten. Sein Haar war strähnig und zerzaust, grob mit den Fingern aus der Stirn gekämmt und irgendwann musste er sich heftig genug auf die Lippe gebissen haben, um für einen Bluterguss zu sorgen. „Ich dachte, zwischen uns wäre alles in Ordnung und wir wären uns einig. Hat es mit dem Kuss zu tun? Soll auf dem Revier niemand denken, dass es etwas bedeutet?"

Schuldgefühle regten sich in Cloister. „Ich … bin gekommen, um zu sehen, wie es dir geht", antwortete er. Selbst für seine Ohren klang es wie eine schwache Rechtfertigung. „Aber du wurdest noch befragt und ich wusste nicht, was ich sagen sollte. Dann hat Frome mich gebeten, bei Tancredi zu bleiben, bis sich der Arzt um sie kümmern konnte und …"

Es klang immer noch schwach. Cloister wusste, dass er sich mehr Mühe hätte geben können. Doch er hatte in diesem nach Bleichmittel und Blut riechenden Flur gestanden und den schwarzen Schatten seiner Vergangenheit in sein Bewusstsein hinaufspülen lassen. Es hatte sich angefühlt, als ob sein Gehirn das Bedürfnis verspürt hätte, seine Erinnerungslücke zu versanden, und ihm dazu jedes Gefühl recht war, das dem ursprünglichen Trauma nahe genug kam, um die Lücke zu füllen – vermisste Kinder, verletzte Liebhaber, eine Freundin, die vielleicht nie wieder in der Lage sein würde, ein Opossum auf einen Gips zu malen, sie alle eigneten sich als Abgaben an seine Albträume.

„Tut mir leid", sagte er.

Javi gab einen entnervten Laut von sich. „Ich brauche niemanden, der meine Hand hält", antwortete er. „Es war nur ein Streifschuss. Tancredi kann vielleicht ihre Hand nicht mehr benutzen. Ich weiß, in welchem Verhältnis das steht, Cloister. Mir geht es nicht darum, weshalb du im Krankenhaus nicht bei mir warst. Mir geht es darum, weshalb du jetzt nicht bei mir bist. Ich habe dir einen Schlüssel gegeben. Ich habe dich eingeladen, bei mir zu bleiben. Was willst du noch?"

Die Mikrowelle signalisierte mit einem schrillen Piepen, dass die fünf Minuten vorbei waren. Javi warf einen Blick über Cloisters Schulter und seufzte.

„Sollte ich das als Antwort betrachten?", fragte er. „Dass ein Mikrowellengericht angenehmere Gesellschaft ist als ich?"

„Manchmal", antwortete Cloister. Er meinte es nicht so, doch die Worte füllten – wie das Mikrowellengericht – eine Lücke, wenn auch auf nicht ganz zufriedenstellende Weise. Er rieb sich mit einer Hand das Gesicht und versuchte es noch einmal: „Ich dachte, vielleicht willst du meine Gesellschaft überhaupt nicht. Unseretwegen wurdest du angeschossen."

Ein schiefes Lächeln legte sich auf Javis Mund. „Was hätte ich von den örtlichen Gesetzeshütern auch erwarten sollen? Kompetenz?"

Cloister sah ihn aus zusammengekniffenen Augen an. „Übertreib es nicht."

„Ich wurde schon angeschossen", antwortete Javi. Er lehnte sich auf das Tor. Der Sonnenuntergang schmückte seine Haut, wärmte den kühlen Braunton mit einem goldenen Glanz. „Ich bin nicht begeistert davon, dass ein schießwütiger Deputy den Tumult verursacht hat, durch den Andrew Macintosh die Gelegenheit zum Selbstmord bekam, aber du hast nichts getan. Und glaub mir, ich ficke dich, weil du süß bist, aber ich arbeite mit dir zusammen, weil du deine Arbeit gut machst. Also halt den Mund und bitte mich rein."

„Und da heißt es, es gäbe keine romantischen Männer mehr", sagte Cloister. Er entriegelte das Tor, um Javi an Bourneville vorbei in den Garten zu lassen, die lange genug von ihrem Futter aufsah, um zur Begrüßung zu wedeln. Einige Wagen weiter, hinter den rosafarbenen Glückwünschen, waren der dumpfe Knall einer zugeschlagenen Kühlschranktür und erhobene Stimmen zu hören. „Ich hatte vor anzurufen ... Später."

„Lügner."

Möglicherweise. Cloister war jedenfalls nicht sicher genug, um zu widersprechen. Stattdessen legte er Javi eine Hand in den Nacken und zog ihn für einen langsamen, entspannten, sonnengewärmten Kuss zu sich.

„Ich bin froh, dass du hier bist."

159

„Wenigstens einer von uns", erwiderte Javi. Als er an ihm vorbeiging, streifte er mit der Rückseite seiner Finger gemächlich, beinahe besitzergreifend, Cloisters Arm wie eine Katze, die ihr Revier markierte. „Ich mag dich, Cloister, aber irgendwann musst du dich an ein Dach über dem Kopf gewöhnen, das nicht aus Blech besteht."

„Es ist nur ein Ort, an dem ich mein Zeug aufbewahre", erklärte Cloister Javis Rücken. Es handelte sich lediglich um Wände und ein Dach, denen er keine besondere Bedeutung beimaß. Als er das letzte Mal an einem Ort gewohnt hatte, der ihm wichtig gewesen war … mochte es sich wie etwas Dauerhaftes angefühlt haben, doch daraus war nichts geworden. „Ein Ort zum Wohnen ist so gut wie jeder andere."

Im Innern des Wohnwagens hing der Geruch von erhitztem Grillfleisch und warmem Plastik in der Luft. Cloister öffnete die Mikrowellentür und nahm ungeschickt den heißen Plastikteller heraus.

„Willst du …"

„Nein", sagte Javi mit Nachdruck und streifte sein Jackett ab. Der weiche Mull des Verbands war unter der dünnen weißen Baumwolle seines geliehenen Hemdes sichtbar. Er hängte das Jackett über die Lehne eines Stuhls und ließ sich auf das Sofa sinken, lehnte den Kopf nach hinten und schloss die Augen. „Lieber würde ich verhungern. Aber ich könnte etwas zu trinken vertragen."

„Bier?", bot Cloister an und stellte sein Essen beiseite, um den Kühlschrank zu öffnen. Kühle Luft umspielte seine Waden, als er sich vorbeugte. Ein Paket von Javis Kaffee im hinteren Teil, eine Dose teures Hundefutter für Bons launische Phasen, zwei Tüten mit übrig gebliebenem Essen zum Mitnehmen, die er wirklich wegwerfen sollte, und zwei Biere … eineinhalb Biere.

„Wenn nichts anderes da ist", antwortete Javi. Er streckte abwartend eine Hand aus.

Cloister zögerte. Im Kühlschrank befand sich außerdem eine Flasche Wein, doch Cloister hatte sich in den letzten paar Monaten daran gewöhnt, diese nicht zu sehen. Es handelte sich um einen teuren spanischen Jahrgang und, laut der Person, die ihm die Flasche gegeben hatte, um Javis Lieblingswein. Date-Wein. Aber natürlich gab es zwischen ihnen keine ernsthaften Verabredungen und Cloister würde die Flasche auch niemals allein trinken.

Er schnappte sich das ungeöffnete Bier und reichte es Javi.

Jetzt hatte er schon so lange mit dem Öffnen der Weinflasche gewartet, da kam es ihm wie Verschwendung vor, sie nicht für eine besondere Gelegenheit aufzubewahren. Vielleicht würde bald jemand befördert werden.

„Frome glaubt, dass Macintosh versucht hat, Janet zu töten", sagte Javi. Er öffnete die Augen, betrachtete finster das ungeöffnete Bier und schob sich vom Sofa hoch, um den Flaschenöffner aus der Schublade zu holen. „Schließlich war Macintosh seiner Meinung nach sowieso schon ein Mörder."

Javi löste den Flaschenverschluss. Schaum sprudelte heraus und lief an den Seiten hinab, glatt auf dem Glas und weiß auf seinen Fingerknöcheln. Er leckte ihn langsam ab, was Cloisters Blick anzog und seinen Mund austrocknete.

„Er könnte recht haben", sagte Cloister, während er sich an die Arbeitsplatte lehnte. Die Sonne stand noch hoch genug, um durch das Fenster seinen Rücken zu wärmen, als er einen Schluck Bier trank. Es war abgestanden, aber kühl und nass, was ihm genügte. Er wischte sich mit dem Handrücken den Mund ab. „Macintosh war dort, war nicht zurechnungsfähig und wenn Janet auf ihn zugegangen ist, könnte seine Reaktion unschön gewesen sein."

Javi neigte den Kopf, um zu zeigen, dass er diese Möglichkeit anerkannte. „Nur dass er sich nicht dazu überwinden konnte, Galloway zu töten, obwohl er sich offenbar dazu gezwungen fühlte", gab er zu bedenken. Da sich hinter Cloister die Sonne befand, kniff Javi die Augen zusammen, als er ihn ansah, wobei sich um sie herum eine Reihe kleiner Fältchen bildete. „Und wie ist er an das Auto gekommen?"

Normalerweise war es Javis Aufgabe, die vernünftigen Einwände vorzubringen. Cloister folgte seinem Instinkt und Bauchgefühl und konnte häufig nicht einmal genau bestimmen, welche Kleinigkeiten seiner Entscheidung zugrunde lagen. Doch er grübelte stundenlang über seine Gedankengänge nach, während er sich bemühte, es herauszufinden.

„Lopez und Macintosh dürften sich in denselben Kreisen bewegt haben", bot Cloister an. „Und Menschen ändern die Codes ihrer Alarmanlagen nicht so oft, wie sie sollten. Möglich ist es."

„Das würde es auch zu etwas Geplantem machen", sagte Javi. Er rieb mit der feuchten Seite der Flasche über seine Wange und kehrte zum Sofa zurück. Sein schlanker Körper streckte sich an einem Ort aus, den Cloister eigentlich für sich allein hatte. Es fühlte sich beinahe intimer an als Sex, ihm dabei zuzusehen, wie er seine Schulter in eine von Cloisters Hüfte hinterlassene Vertiefung im Polster schmiegte. Cloister leckte sich die Lippen und senkte den Blick zu seiner Bierflasche, um die ablenkende Lust vorerst zu verdrängen und sich auf den Fall zu konzentrieren. „Und uns zu der Frage bringen, wie das möglich sein soll. Janet kam an diesem Tag in der Stadt an. Glaubst du, sie hätte sich in Macintosh' Büro angekündigt? Eine Nachricht auf dem Anrufbeantworter hinterlassen?"

„Nun, wenn man es so betrachtet", antwortete Cloister trocken. Dann hielt er inne und fügte als Randbemerkung hinzu: „Ein Handy hatte er allerdings."

Javi hob den Kopf von den Polstern und schob einen Arm darunter. Das geliehene Hemd passte ihm nicht so gut wie seine maßgeschneiderten, doch die knitternden Falten des lockeren Stoffes wirkten seltsam anziehend. Cloister stellte sich vor, wie er es mit seinen Händen straffzog oder wie es einfach offen von Javis Schultern herabhing.

„Stimmt. Frome hat erzählt, du hättest ein Versteck mit Gegenständen gefunden, die Macintosh gehört haben sollen", sagte Javi. „Wie kamst du auf die Idee, danach zu suchen?"

„Macintosh war obdachlos", sagte er. „Er konnte sich bestenfalls mit dem Bus fortbewegen. Also konnte er seine Sachen nicht zu Hause lassen oder in seinem Auto einschließen. Er muss einige Zeit in der Gegend gewesen sein, bevor er zum Krankenhaus kam. Deshalb dachte ich, es wäre einen Versuch wert."

„Und?"

Cloister warf einen Blick auf sein Mikrowellengericht. Es hatte bereits begonnen abzukühlen und die Ränder des Fleisches trockneten aus und wölbten sich hoch, wo die Soße hinuntergelaufen war. Er beschloss, dass es weitertrocknen konnte, und griff nach dem Umschlag, den er vom Revier mitgebracht hatte.

Er setzte sich neben Javi und schüttete die Fotos aus dem Umschlag auf den Tisch. Ein Wischen seiner Hand breitete die glänzenden Papierbögen auf dem Resopaltisch aus. Seine flüchtigen Schnappschüsse von Macintosh' Schlupfwinkel in dem verlassenen Gebäude zeigten nicht viel – ein aus alten, zerrissenen Schlafsäcken geformtes Bett, eine in der Ecke angelehnte Taschenlampe und einige wassergewellte juristische Fachbücher, die trotzig auf der Fensterbank thronten.

„Der Kellner vom Restaurant nebenan hat gesagt, er hätte Macintosh dort schon früher gesehen", erklärte Cloister. „Er meinte, viele Obdachlose würden dort ab und an übernachten, aber Macintosh hatte er häufig genug gesehen, um sein Gesicht zu erkennen."

Javi beugte sich vor.

„Ich überprüfe morgen die Grundbucheinträge", sagte er. „Laut Frome hat Macintosh viele Immobilien besessen. Diese könnte eine von ihnen sein."

Er schob die ersten Fotos zur Seite, um sich die mit dem Inhalt der Tasche anzusehen, die Cloister zur Polizeistation gebracht hatte. Es sah nicht nach viel aus, wie es dort mit kontrastarmen, grellen Farben unter den Neonröhren der Asservatenkammer lag, doch der Inhalt der Schultertasche war für Andrew Macintosh wichtig genug gewesen, um ihn zu verwahren, selbst als er kein Bett mehr zum Schlafen gehabt hatte. Da war die Tasche selbst mit einem halb abgekratzten Monogramm, eine Handvoll Fotos, ein abgegriffener Teddybär mit Brandspuren einer Zigarette und ein iPhone der zweiten Generation mit Rissen im Display, in dem ein altes, ausgefranstes Kabel steckte. Es funktionierte noch. Einigermaßen.

„Sieh dir das an", sagte Javi, als er ein Foto aus der Sammlung zog, um es näher zu betrachten. Ein rotes Auto war auf der Straße geparkt und Familie Macintosh starrte mit benommenen, ausdruckslosen Gesichtern in die Kamera. Der Schatten eines Mannes streckte sich über die Motorhaube. „Das sieht wie ein Vorher-Foto vom Tatort aus, an dem seine Familie gestorben ist. In der Akte wurde es nicht erwähnt. Warum nicht?"

„Vielleicht dachte Macintosh, es würde nicht gut aussehen?", schlug Cloister vor. „Er wusste, dass er im Sheriff's Department keine Freunde hatte, er wusste, dass das Police Department korrupt war, und er wusste, dass das hier wie eine Trophäe oder … eine Abrechnung wirken würde."

„Vielleicht", sagte Javi. Er tippte mit dem Finger auf den Jungen auf dem Rücksitz, dessen knochiges Gesicht unter dem sorgfältig frisiertem in sein Gesicht fallendes Haar ängstlich wirkte. „Bis ich von Galloway eine endgültige Aussage dazu bekomme, gehe ich davon aus, dass wir hier Janet sehen. Also was auch immer das hier war, es war kein Mord. Zumindest nicht zu diesem Zeitpunkt. Macintosh hat ausgesagt, dass am Tag, an dem seine Familie verschwand, ein Anrufer ein Lösegeld verlangt habe. Er klang ernsthaft verstört, als er davon gesprochen hat, aber damals war er noch Mackie Messer. Er hätte einen Beweis verlangt, dass sie noch lebten."

„Wenn Macintosh die Wahrheit gesagt hat", wandte Cloister ein, allerdings nachdenklich, halb von Javi überzeugt. „Also was dann? Die Entführer rufen Macintosh an, verlangen Geld und dann läuft etwas falsch?"

„Oder richtig", sagte Javi. „Wir wissen, dass Macintosh und seine Frau nicht glücklich waren. Wir gehen stark davon aus, dass die Familie hier nicht getötet wurde. Vielleicht war sie diejenige, die keine Lust auf das Theater einer Scheidung hatte? Es wäre leichter gewesen, zu verschwinden – vor allem mit einem Bündel Lösegeld und der Genugtuung, dass der Ex wegen Mordes vor Gericht steht."

„Nur dass die Leichen identifiziert wurden", wandte Cloister ein. „Macintosh hat bestätigt, dass es sich um seine Frau und seine Kinder handelte."

„Nachdem sie in den Kopf geschossen und verbrannt wurden", widersprach Javi. Er rieb sich dabei mit der Hand über den Kiefer, als könnten dort noch Blutspritzer sein. „Außerdem hat Macintosh behauptet, der Erpresser hätte sie während eines Telefongesprächs mit ihm erschossen. Er war bereit zu glauben, dass es sich bei den Leichen um die erwarteten Personen handelte."

„Und der Pathologe?", fragte Cloister. „Durch das Feuer war es nicht leicht, aber er konnte ausreichend DNA-Proben für einen Vergleich finden. Sie wurden in der Datenbank zugeordnet."

Das räumte Javi mit einem Brummen ein, während er die letzten Fotos durchblätterte. Dabei handelte es sich um alte Überwachungsfotos, durch die lange Zeit in einer feuchten, alten Tasche stark abgenutzt, doch sie schienen professionell aufgenommen worden zu sein. Ein Muster war nicht zu erkennen – Tatorte, an denen gelangweilte Deputies Wache standen, eines einer Frau zu Hause, dann eines derselben Frau in einer Deputy-Uniform und einige, die vermutlich Macintosh' alte Klienten bei Gericht zeigten.

Auf einem war Sean zu sehen, überraschend jung und selbstbewusst wie immer, als er in einer sorgfältig gebügelten Uniform die Stufen zum Gerichtsgebäude erklomm.

„Und dann war da noch das hier", sagte Cloister. Er durchsuchte die Fotos, bis er die Aufnahme eines gefalteten Blattes Papier im Folioformat fand. Obwohl es eingerissene Ecken hatte und das Bild darauf durch Feuchtigkeit und Stockflecken verzerrt war, konnte man das Motiv problemlos erkennen – eine Leiche auf einer metallenen Rolltrage, die bis über ihre Brustwarzen mit einem grünen OP-Tuch bedeckt war, sodass man soeben noch den oberen Teil des Y-Einschnitts einer Obduktion erkennen konnte. Am unteren Rand der Seite befand sich verblasst und zerkratzt die Kennzahl der Leichenhalle und die Fallnummer. „Das stammt aus einem Bericht des Leichenschauhauses. Zu diesem Fall besteht keine offensichtliche Verbindung, also habe ich keine Ahnung, warum er es hatte."

Javi musterte das Foto, bevor er das Gesicht verzog und es wieder auf den Tisch legte.

„Ich bitte Galloway morgen, die Nummer in ihrer Datenbank zu suchen", sagte er, als er es von sich schob. „Aber ich glaube, für heute habe ich genug tote Männer gesehen."

„Es war nicht deine Schuld", sagte Cloister. „Macintosh hat es selbst entschieden."

„Es war meine Verhaftung", widersprach Javi. Er stand auf und überwand mit eiligen Schritten den kurzen Weg bis zum Fenster, um hinauszuschauen. Sein Rücken war vor Anspannung pfeilgerade. „Jetzt ist Macintosh tot, Tancredi wird wochenlange Physiotherapie benötigen und ich mache mir immer noch Sorgen darum, wie das in meiner Akte aussehen wird – ein weiterer negativer Eintrag."

Cloister stützte sich mit den Ellbogen auf die Knie und betrachtete Javis Rücken. Er kannte einen kleinen Teil der Geschichte – dass Plenty lediglich einen Umweg in Javis Karriere darstellte und er nicht als Belohnung hierher versetzt worden war. Er vermutete, dass die Person, die Javi in der letzten Nacht erwähnt hatte, die Person, die er verloren hatte, damit zusammenhing.

„Wenn ich dich fragen würde", sagte er. „Würdest du es mir erzählen?"

19

DIE ANTWORT hätte offensichtlich sein sollen. Javi stellte überrascht fest, dass sie es nicht war. Er starrte sein trübes Spiegelbild im salzzerkratzten Fenster an und dachte ernsthaft darüber nach, was es bedeuten würde, Ja zu sagen. Es war noch immer das Letzte, was er tun wollte. Die Toten sollten begraben bleiben, die Vergangenheit sollte wissen, wo sie hingehörte.

Sein Plan, sich unauffällig zu verhalten, hart zu arbeiten und zu beweisen, dass es sich bei den Vorfällen in Phoenix um eine Anomalie gehandelt hatte, war nicht aufgegangen. Kincaid hatte nicht vor, das zuzulassen. Dass Javi sich rehabilitieren wollte, passte ihm nicht. Am Ende hätten sich die Leute noch gefragt, ob die Geschehnisse wirklich auf eine Charakterschwäche von Agent Merlo zurückzuführen waren oder ob sie etwas mit Kincaids Leitung zu tun hatten.

Er wollte es Cloister noch immer nicht erzählen, und doch krächzte das „Vielleicht" aus seiner Kehle.

„Willst du, dass ich frage?"

Diesmal war die Antwort leicht.

„Nein", sagte Javi. „Nicht heute Abend."

Es war nicht fair, das wusste Javi. Aber er wusste auch, dass jeder andere trotzdem gefragt hätte. Javi hatte einen Eintrag in seiner Personalakte und einen auf seinem Gewissen lastenden toten Geliebten eingestanden. Das hätte jeden neugierig gemacht ... oder misstrauisch.

Aber das hier war Cloister, der nahm, was man ihm gab. Der Gedanke, dass er mehr verlangen sollte, mehr verlangen konnte, schien ihm nie gekommen zu sein. Obwohl das für Javi von Vorteil gewesen war, machte es nun alles nur noch schlimmer.

Draußen lief eine dünne, cremeweiße Katze über den Zaun, deren bräunlicher Schwanz gerade in die Luft ragte. Javi rechnete mit einem Wutausbruch von Bourneville – auch wenn seine Familie nie ein Haustier besessen hatte, wusste er, dass sich Hunde und Katzen nicht vertrugen –, doch sie hob lediglich den Kopf, spitze die Ohren und sah interessiert zu, wie sich die Katze von Pfahl zu Pfahl vorarbeitete.

Das besaß alle Anzeichen einer Sache, die böse enden würde. Javi musste nur zusehen und abwarten.

„Dass man an etwas nicht die Schuld trägt, heißt manchmal nicht, dass es einem nicht vorgeworfen werden kann", sagte Javi. „Macintosh hat vielleicht nicht seine Familie getötet, aber die Art Mensch, die er war, hat dennoch zu ihrem Tod geführt. Damit konnte er nicht leben. Ich konnte es."

„Ich habe nicht gefragt", sagte Cloister. Er stand auf und stellte sich zu Javi ans Fenster.

„Das musstest du nicht", antwortete Javi. „Das wirst du nicht müssen. Irgendjemand wird es dir früher oder später erzählen. Da kann ich es genauso gut selbst tun."

„Wenn du meinst." Cloister legte eine Hand um Javis Hüfte und senkte den Kopf, um einen Kuss unter seinem Kiefergelenk zu platzieren. Seine Lippen pressten sich warm und feucht gegen die Stelle, wo unter der Haut Javis Puls schlug. „Allerdings muss es noch nicht jetzt sein. Morgen früh bist du auch noch hier."

Er schob seine Hand tiefer, um durch Javis Hose eine Hand auf seinen Schwanz zu legen, und schloss seine langen, von der Arbeit vernarbten Finger um Stoff und hartes, williges Fleisch. Javi schluckte schwer, ein feuchtes Geräusch überraschter Lust in seiner Kehle, und streckte eine Hand nach hinten, um seine Finger durch Cloisters Haar gleiten zu lassen.

Obwohl er Sex durchaus als ein mögliches gutes Ende eines miesen Tages betrachtete – nicht der Grund seines Hierseins, jedoch auch nicht unwillkommen –, hatte er nicht damit gerechnet, dass Cloister den ersten Schritt machen würde. Normalerweise war es Javi, der von etwas, das als platonisch hätte bezeichnet werden können, zu Händen an Schwänzen überging.

Daran gefiel Javi dieses Gefühl von Kontrolle – dass er Cloisters Selbstbeherrschung zerschmettern konnte, nur indem er seinen Kopf für einen Kuss neigte. Die meisten Menschen hätten Cloister als gelassen oder entspannt beschrieben, aber Javi bekam seine gesamte hungrige Heftigkeit zu sehen, die Sehnsucht, die er sonst unterdrückte.

Was ihn nachdenklich machte, war die Tatsache, dass Cloister bei ihm mit einer rauen Liebkosung und über seinen Hals kratzenden Zähnen und Bartstoppeln dasselbe auslösen konnte. Seit wann war er so leicht zu beeinflussen? Oder hatte Cloister nur gut aufgepasst?

Alle beurteilten Cloister nach dem äußeren Eindruck – der gedehnten Südstaatensprechweise, dem Hund und der nachgeholten Hochschulreife – und übersahen dabei, dass er ein guter Polizist und ein noch besserer Mensch war. Selbst Cloister schien das manchmal zu übersehen.

„Von mir aus", sagte Javi heiser, während sich seine Finger an Cloisters Kopf anspannten. Er spürte harte Knochen unter seinem Daumen. „Gib mir nur nicht die Schuld, wenn du es bereust."

Cloisters Lachen kitzelte warm seinen Hals. Mit den Zähnen streifte er die straffen Sehnen, als er sich bis zu Javis Schlüsselbein hinunterküsste. Lust krallte sich heftig in Javis Hoden, als Cloister seine Lippen um den vorstehenden Knochen legte, mit feuchter Zunge leckte und sanft mit den Zähnen zudrückte. Es sorgte dafür, dass sein Schwanz mit einem schmerzhaften Pochen ungeduldigen Hungers darauf wartete, dass er an die Reihe käme.

166

„Weißt du, es würde dich nicht umbringen, jemandem zu erlauben, dich zu mögen", merkte Cloister an.

Das war nicht Javis Sorge. „Hättest du mich ausreden lassen, wüsstest du, dass das nicht stimmt."

Eine plötzliche Bewegung vor dem Fenster zerrte Javis Konzentration kurz aus seinem Schwanz heraus. Die Katze war in den Garten gesprungen, ein milchweißer Farbklecks auf dem überwachsenen Sand und er wappnete sich für das Kreischen wegen eines Mordversuchs. Stattdessen schob sich die Katze vom Kiefer bis zur Nase gegen Bournevilles Kopf und stieß sie mit der Schulter von ihrem Futter fort. Bourneville rutschte sitzend ein wenig zurück und sah mit schwärmerischem Blick zu, wie die Katze die Hähnchenstücke aus ihrem Napf heraussuchte.

„Ich glaube, dein Hund ist verliebt", stellte Javi fest.

„Ja, sie liebt alles Winzige. Sie kann stundenlang dasitzen und Tancredis Baby zusehen", antwortete Cloister und ließ Javis Schwanz los. „Ich hätte sie ja decken lassen, damit sie Welpen bekommen kann, aber ihre Hüften taugen dazu nicht."

Kurz fragte sich Javi, ob er es endlich doch geschafft hatte, Cloister abzuschrecken. Der Gedanke löste eine seltsame Mischung aus resignierter Befriedigung und frustriert schmerzenden Eiern aus. Dann flog vor Javis Augen ein T-Shirt gegen die Scheibe und rutschte zu Boden. Als er sich umdrehte, war Cloister, dessen nackte Haut honiggolden in der Sonne leuchtete, soeben dabei, aus seiner Jeans zu steigen. Javis Schwanz hob sich und seine Hoden zogen sich sehnsüchtig zusammen.

„Das hier?" Cloister rieb mit dem Daumen über eine alte kerbenförmige Narbe an seinem Schlüsselbein. „Da hat mich eine Frau mit einem Hammer geschlagen, nachdem ich ihren Mann dafür verhaftet habe, dass er versucht hat, sie mit demselben Hammer zu Tode zu prügeln. Die Narbe auf meinem Rücken stammt von einem gerissenen Klettergurt, als man mich eine Klippe hinuntergelassen hat, damit ich einen betrunkenen Halbstarken aus dem Wrack seines Autos retten konnte. Ich habe eine Explosion miterlebt, wurde geschlagen, weil ich meinen Mund nicht halten wollte, und einmal hat so ein Idiot mit einem Panzerfahrzeug meinen Fuß überrollt und mir dabei alle Zehen gebrochen. Ich sagte es schon. Wenn es mir bisher immer noch nicht gelungen ist, mich umzubringen, dann wird es so ein Neuling namens Javi auch nicht schaffen. Kapiert?"

Javi leckte sich die Lippen. Er näherte sich und streichelte über die Mischung aus verzerrter Tinte und Narbengewebe an Cloisters Seite. Sich das Originalmuster vorzustellen, war nicht ganz leicht, doch Javi bemühte sich die Umrisse des ursprünglichen billigen Tribal-Fertigtattoos nachzuzeichnen.

„Und das hier?"

Cloister zögerte und zuckte dann mit den Schultern. Die langen Stränge von Muskeln und Knochen bewegten sich unter Javis Fingern. „Das hat es auch nicht fertiggebracht."

Die durch den Autounfall verursachten Blutergüsse breiteten sich über die Grenzen der alten Verletzung hinweg aus und trübten die Tinte über Cloisters Taille hinaus beinahe bis zum scharfen Hüftknochen hinunter. Javi strich mit den Fingern über die Ränder.

„Dann soll ich also glauben, dass du unbesiegbar bist?", fragte er, während er mit dem Daumen die straff gespannte Haut an Cloisters Bauch liebkoste. „Oder dass du dich nicht um dich selbst sorgst?"

Cloister seufzte und packte Javis Hemd, um ihn in einen hastigen, ungeduldigen Kuss zu ziehen. Sein Schwanz stupste gegen Javis Hüfte, als ihre Körper sich trafen.

„Sei ruhig", sagte Cloister in seinen Mund, schob erst die Worte und dann seine Zunge zwischen Javis Lippen hindurch. „Und komm ins Bett."

Eine scharfe, klebrig-heiße Sekunde lang dachte Javi darüber nach – mit dem Gesicht nach unten auf den Discounter-Laken zu liegen, das Gewicht von Cloisters großem, schlankem Körper auf seinem Rücken und den süßen Schmerz seines Schafts in seinem Körper zu spüren. Wäre es schnell und grob oder langsam und sanft? Blaue Hüften oder rote Lippen?

Lust wand sich heiß und zart in einer langen, straffen Linie zwischen seinem Arsch und seinen Eiern. Doch als er es das letzte Mal mit jemandem auf diese Weise getrieben hatte, hatte derjenige anschließend ein böses Spiel mit ihm getrieben.

Javier.

Das reicht. Javi hatte Kincaid über die Jahre genug Platz in seinem Kopf überlassen. Das hier würde er ihm nicht verderben.

Javi legte eine Hand an Cloisters Gesicht, schob seinen Daumen auf die scharfe, stoppelige Kante seines Kiefers und erwiderte den Kuss. Er folgte Cloisters Atem, so würzig vom Bier wie sein eigener, über seine Zunge und hinterließ mit den Zähnen die Spuren seines Hungers im festen Bogen von Cloisters Lippen.

„Du benutzt dein Bett nie", sagte Javi, als er von Cloister abließ. Er leckte sich die Lippen und trat einen Schritt zurück. „Also warum sollte ich es tun?"

Cloister wirkte verwirrt.

Javi zog die Vorhänge des Fensters zu, durch das der Rest der Wohnwagensiedlung zu sehen war. Das Fenster auf der anderen Seite blieb offen, sodass sich das Licht der untergehenden Sonne weiterhin mit rötlichen Streifen auf Cloisters Schultern und Oberschenkel legte. Javi war zu zurückhaltend, um sich ernsthaft dem Exhibitionismus zu verschreiben, aber eine kleine Annäherung reizte ihn.

„Lehn dich an die Arbeitsplatte", sagte Javi, während er das geliehene Hemd aufknöpfte und den Baumwollstoff abstreifte. Seine Schulter schmerzte unter der Mullkompresse, als er den Arm bewegte und er spürte die Stiche wie heiße

Heftklammern. Es war eher ein Brennen als ernsthafte Schmerzen, irritierte ihn jedoch trotzdem.

„Und wenn nicht?", erkundigte sich Cloister interessiert. Es war eine leere Herausforderung. Er hatte sich bereits zurückgelehnt und seinen unverletzten Arm auf das Resopal gestützt. Sein Schwanz ragte zwischen seinen Beinen hervor, als er seine Position änderte und die Haut um ihn herum spannte sich. „Was dann?"

Javi schenkte ihm ein schneidendes Lächeln und hängte sein Hemd über die Lehne eines Stuhls. „Dann schiebe ich dich einfach drüber."

Cloister wandte den Kopf, um über seine Schulter zu blicken. „Dann sollte ich vermutlich das gegrillte Rindfleisch aus dem Weg schaffen."

Ein echtes Lächeln verfing sich in Javis Mundwinkeln, bevor er es aufhalten konnte. Normalerweise legte er im Bett keinen Wert auf Humor, aber da sie sich nicht direkt im Bett befanden, konnte er wohl eine Ausnahme machen.

„Außer du glaubst, dass du zwischendurch einen Snack gebrauchen könntest", sagte Javi gedehnt und näherte sich. Er strich mit der Hand über die Außenseite von Cloisters Oberschenkel, über feste Muskeln und raues goldenes Haar, und weiter bis zur Rundung seines knackigen, sommersprossigen Hinterns. „Schließlich bist du jetzt ein Jahr älter, also ist dein Durchhaltevermögen vielleicht nicht mehr das beste."

Cloister schnaubte und holte mit dem Gips aus, um den Teller mit kaltem Essen in die Spüle zu befördern. Seine Haut spannte sich über seiner Brust und seinen Schultern, als er sich bewegte. Das Spiel seiner Muskeln wurde nicht von überschüssigem Fett getrübt. „Ich glaube, ich kann noch mithalten."

„Das werden wir ja sehen", sagte Javi.

Er schob sich zwischen Cloisters Beine und presste einen Kuss auf die Ecke seiner Schulter. Mit der Zunge zog er einen Pfad von Sommersprosse zu Sommersprosse zu blauem Fleck, als er sich über Cloisters Brust vorarbeitete, bis sein Mund das münzrunde Dunkelrosa seiner Brustwarze erreichte. Er streifte den flachen Nippel mit den Zähnen und leckte mit der Zunge darüber, bis er sich in seinem Mund zusammenzog und aufrichtete.

Cloister stieß einen erstickten Laut aus und legte den Kopf in den Nacken, entblößte die gespannte Haut seiner Kehle. Seine Finger schlossen sich fest um die Kante der Arbeitsplatte, was die Muskeln seiner Unterarme stark unter der Haut hervortreten ließ.

„Hurensohn", fluchte er.

Es war ein guter Vorwand, um auf die harte Brustwarze in seinem Mund zu beißen. Er zwickte gerade kräftig genug mit den Zähnen hinein, um Cloister dazu zu bringen, überrascht aufzukeuchen und sich unter ihm zu winden.

„Meine Mutter ist vieles", sagte Javi, als er die feuchte rote Brustwarze wieder aus dem Mund gleiten ließ. „Sie ist keine Hure."

„Dann eben Arschloch", sagte Cloister atemlos.

Javi küsste die soeben gequälte Brustwarze und streichelte sie mit der Zunge. „Siehst du? Da kann ich nicht widersprechen."

Er presste eine Reihe von kurzen, neckenden Küssen auf die harten Erhöhungen von Cloisters Bauchmuskeln, während er sich auf die Knie sinken ließ. Das männliche Aroma von Salz und Schweiß und Cloister erfüllte beim Einatmen seinen Mund und seine Nase.

Cloisters Schwanz zuckte ungeduldig an seinem Bauch und auf der festen, geröteten Eichel glänzte bereits Flüssigkeit. Javi leckte mit einer langen, nassen Bewegung seiner Zunge von der Wurzel bis zur Spitze darüber. Es sorgte dafür, dass Cloisters Hoden sich zusammenzogen und seine angespannten Oberschenkelmuskeln zitterten.

„Macht dich das an?", fragte Javi, während er Cloisters Schwanz mit einer Hand umfing, seine Finger um den Schaft gelegt und den Daumen fest gegen die Wurzel gepresst.

„Das?", fragte Cloister und schluckte schwer, als er den Blick senkte. Seine hellen Augen wirkten beinahe dunkel, weil die Pupillen so sehr geweitet waren. „Wen würde das nicht anmachen?"

Javi legte seine Lippen um die Eichel, schmeckte Cloisters salzig-metallischen Lusttropfen, und schob seine Hand ein wenig hoch. Die dünne, weiche Haut warf unter seinen Fingern Falten, während sich das Fleisch darunter heiß gegen seine Handfläche drückte. Nachdem er einmal kurz gesaugt hatte, ließ er wieder von ihm ab. Er strich mit dem Daumen über die speichelnasse Eichel und dachte erneut darüber nach, gefickt zu werden.

„Wenn man dir Befehle gibt, meine ich", antwortete er. „Du bist nicht unterwürfig."

Nicht ernsthaft. Cloister spielte vielleicht mit, wenn man ihm sagte, was er tun sollte, fand es vielleicht sogar heiß, doch das lag daran, wie entspannt er war. Mit Fügsamkeit hatte es nichts zu tun. Gegen Autorität stemmte er sich aus Prinzip, wenn sie zu viel Druck ausübte … und versuchte sogar, einem FBI-Agenten eine zu verpassen.

„Nein, aber … es ist okay", sagte Cloister.

Die Antwort reichte ihm nicht. Javi legte seine Hand fester um Cloisters Schwanz und drückte kräftig zu, bis sich Cloister fluchend auf die Unterlippe biss.

„Es ist okay", wiederholte Cloister mit einem Schulterzucken. „Ich *brauche* es nicht, aber es funktioniert. Wenn du es bist, funktioniert es für mich."

Das bereitwillige Eingeständnis fachte die Lust in Javis Hoden noch an, ließ sie dumpf und schwer in seinen Schenkeln und seinem Unterleib schmerzen. Mit offenem Mund küsste er sich feucht an Cloisters Schaft entlang, bis er seine Hoden erreichte. Die weiche Haut zog sich faltig unter Javis Lippen zusammen, als er sich saugend und knabbernd bis zu dem nervendurchzogenen Stück zwischen Cloisters Schwanz und Arsch vorarbeitete.

Gestotterte Flüche und unregelmäßiges, wortloses Stöhnen über ihm legten nahe, dass *dies* für Cloister sehr gut funktionierte. Javi presste seine Zunge auf die straffe Haut und entlockte den Tiefen von Cloisters Brust ein weiteres Stöhnen. Cloisters schlanker Körper bewegte sich plötzlich unter ihm, als er sich mit einem dumpfen Geräusch auf seinen Ellbogen sinken ließ. Seine gegen den Boden gestemmten langen Beine bebten und die Muskeln fühlten sich unter der Haut hart wie Stein an, als Javi über die Rückseite seiner Oberschenkel streichelte.

„Alles an dir funktioniert für mich", gestand Javi mit leiser, eindringlicher Stimme. Möglicherweise hatte Cloister es nicht einmal gehört, aber Javi war auch nicht sicher, ob er das überhaupt wollte. Ein letztes Mal presste er einen feuchten Kuss auf die Unterseite von Cloisters Schwanz, Lippen, Zunge und auf dem Schaft verteilter Speichel, und stand wieder auf.

Cloister stöhnte, streckte eine Hand hinunter und legte sie um seinen Schwanz, bewegte sie abgehackt und ungeduldig über den durch Javis Speichel nassen, glänzenden Schaft und verschmierte die Flüssigkeit unter seiner Handfläche.

„Dreh dich um", sagte Javi, während er seine Hose abstreifte. Cloister gehorchte, stützte seine Ellbogen auf die Arbeitsplatte und streckte seinen Hintern in die Luft. Hätte sich Javis Schwanz nicht bereits steif gegen die dünne schwarze Seide seiner Unterwäsche gepresst und einen dumpf trommelnden Schmerz durch seine Lenden gesandt, hätte dieser Anblick dafür gesorgt. Javi zog ein Kondom aus seiner Hose, legte sie beiseite und entledigte sich seiner Unterwäsche. Dickflüssiges Gel quoll aus der Verpackung, als er sie aufriss und den Latexring herausnahm. Er streifte sich das Kondom über und die pochende Lust, die dabei von der Berührung seiner Finger auf dem stattlichen Schaft ausgelöst wurde, zog seine Oberschenkelmuskeln zusammen.

Er schob das Kondom hinunter, bis sich der Ring fest um die Wurzel schloss und das Latex eng und glänzend seine Erektion bedeckte.

„Ich weiß nicht", neckte Javi, als er vortrat und mit einer Handfläche über Cloisters Hinterteil strich. Die feste Rundung zuckte unter seiner Hand und Cloister holte geräuschvoll Luft. „Ich kann nicht behaupten, dass ich viele Anzeichen deines angeblichen Autoritätsproblems gesehen habe."

Javi zeichnete träge ein Muster zwischen die auf Cloisters Haut gesprenkelten Sommersprossen, ein abstraktes Verbinde-die-Punkte-Spiel, bis er schließlich seine Finger zwischen Cloisters Hinterbacken gleiten ließ. Als er sich in das enge Loch schob, fluchte Cloister leise und kam ihm entgegen. Seine Rückenmuskeln spannten sich, wobei sich seine Schulterblätter scharf durch die Haut abzeichneten, als Javi einen Finger krümmte, um seine Prostata zu streifen.

„Ich tue nicht alles, was du willst", merkte Cloister stockend und atemlos an.

Javi stieß einen skeptischen Laut aus, während er seine Finger löste und Cloisters Hinterbacken auseinanderzog. Er presste seinen Schwanz gegen den feuchten Eingang und spürte Widerstand, als er sich vorschob.

„Da bin ich anderer Meinung", sagte Javi und packte mit einer Hand Cloisters Schulter. Er fühlte Cloisters Pulsschlag unter seinen Fingern und um seinen Schwanz herum, als er sich langsam in ihn schob. Lust glühte und knisterte in seinen Nerven wie ein Lagerfeuer, heiße Kohlen und leuchtende Funken der Wonne. „Denn das hier will ich ganz bestimmt."

Javi griff um Cloisters vorstehenden Hüftknochen herum und packte seinen Schwanz. Er war steif und noch feucht, bis zur Eichel mit Schweiß, Lusttropfen und Speichel überzogen. Javi streichelte ihn mit entschlossenen Bewegungen, während sich sein Schwanz in Cloister weiter vorarbeitete.

Es stahl jede mögliche freche Antwort von Cloisters Lippen. Er stöhnte nur, atemlos und wortlos, und ließ seinen Kopf keuchend nach vorn sinken. Unter dem kurz geschnittenen gelbbraunen Haar standen seine Halswirbel deutlich sichtbar hervor und wirkten verletzlich. Javi benutzte sein Knie und spreizte Cloisters Beine weiter, damit er tiefer eindringen und sich auf den breiten Rücken lehnen konnte, um die schweißgesalzenen vorstehenden Knochen zu küssen.

Cloister wandte den Kopf und streifte einen ungeschickten Kuss über Javis Mundwinkel, eine kurze Berührung von Lippen mit einem Zwicken scharfer Zähne. Es sandte eine andere Art von Leidenschaft über Javis Rücken, die sich süß unter die schwere Lust in seinen Hüften mischte.

„Ich mag dich, Agent Merlo", sagte Cloister schließlich gedehnt, als er wieder zu Atem gekommen war. „Und ob es dir nun gefällt oder nicht, du kannst nichts dagegen tun."

Noch ein Monat und es wäre nicht mehr nötig. Entweder Joel oder Kincaid würde das für ihn erledigen. Vermutlich würde es Javis Abschied leichter machen. Obwohl das vernünftig klang, fiel es Javi plötzlich schwer, es zu glauben. Es würde *nicht* leicht werden. Hätte Kincaid nicht bereits ein Verfallsdatum auf die ganze Sache gedruckt, wäre Javi wahrscheinlich sogar in Panik geraten, weil es so überhaupt nicht leicht werden würde.

Und möglicherweise würde er das trotzdem noch tun. Später.

„Dein Problem, Witte", antwortete er.

Er streckte sich, schlang einen Arm um Cloisters Schultern und vergrub seine Finger in Cloisters angespannten Muskeln. Seine Hand auf Cloisters Schwanz bewegte sich im Rhythmus seiner Stöße in diesen geradezu lächerlich schönen Arsch. Cloister stützte sich mit den Armen auf der Arbeitsplatte ab und schob sich ihm entgegen, stieß bei jeder von Javis Bewegungen ein atemloses Keuchen aus.

Schweiß überzog ihre Körper. Javi strich mit dem Daumen über die feuchte, feste Spitze von Cloisters Schwanz und unterbrach kurz seinen Rhythmus, um seine Hand zu senken und einmal fest Cloisters Eier zu umfassen.

„Wichser", stöhnte Cloister gegen seinen Unterarm. Bebend kam er zum Höhepunkt, ergoss sich auf Javis Finger und seine Beine gaben unter ihm nach. Er sank mit dem gesamten Oberkörper auf die Arbeitsplatte und die Haut seines Bauches warf Falten, als sich die scharfe Resopalkante hineinbohrte. Javi wischte sich an Cloisters Oberschenkel das Sperma von der Hand und löste sich aus ihm. Er bewunderte den entspannten, verschwitzten Körper, der sich obszön von der Sommerferien-Kulisse der Wohnwagenküche abhob, während er sich mit drei zügigen Bewegungen seiner Hand ebenfalls zum Höhepunkt brachte.

Sein Orgasmus presste sich zwischen seinen Fingern hindurch und durchspülte ihn mit Ehrlichkeit. Eine Sekunde lang wusste er genau, was er für Cloister empfand. Glücklicherweise dauerte es nicht lange genug an, um es wahrhaben zu müssen.

Er wischte sich die Hände an seinem abgelegten Hemd sauber – damit war es wohl seines und er musste Frome ein neues besorgen – und zog Cloister von der Arbeitsplatte hoch.

„Wenn du in einem Haus wohnen würdest", sagte Javi, als er eine Hand an das Kinn des benommen wirkenden Mannes legte, um einen Kuss auf seine von Zähnen geröteten geöffneten Lippen zu pressen, „hätten wir wesentlich länger gebraucht, um es in jedem Raum getrieben zu haben."

Cloister lächelte unter seinen Lippen und lehnte sich mit der Hüfte wieder gegen die Arbeitsplatte. Er legte Javi einen Arm um die Taille, damit er ihn näher an sich ziehen konnte. Der Kuss verließ Javis Lippen und wanderte tiefer hinab, über seinen Kiefer und seine Kehle, bis Cloisters Lippen die Mullkompresse erreichten. „Uns bleibt immer noch das Badezimmer." Er rieb seine Hand kreisförmig über den unteren Teil von Javis Rücken. Es fühlte sich klebrig, verschwitzt und leicht stillos an, hier träge in der Küche zu lehnen, in der sie es soeben getrieben hatten, und Javi hatte nicht besonders viel Lust, sich zu bewegen. „Bist du sicher, dass es dir gut geht?"

Mit Cloister zu schlafen, war eine Sache. Javi würde nicht vorgeben – zumindest nicht *mehr* –, dass es nichts bedeutete, aber es war dennoch nur Sex. Sex konnte er überall bekommen. Wann hatte sich das letzte Mal jemand, mit dem er geschlafen hatte, für irgendetwas anderes interessiert, als was Javis Schwanz für denjenigen tun konnte?

Wann war das letzte Mal gewesen, dass er es sich von jemandem gewünscht hatte?

„Ich habe ein gutes Hemd ruiniert", antwortete Javi trocken. Gedankenverloren fuhr er mit den Fingern durch Cloisters Haar, als er leise gestand: „Aus irgendeinem Grund ist es schwerer, für den Tod eines Menschen verantwortlich zu sein, wenn man nicht selbst den Abzug gedrückt hat."

Kurz herrschte Schweigen. Dann murmelte Cloister ebenso leise gegen seine Schulter: „Ich weiß."

20

Es WAR nicht das erste Mal, dass Cloisters Albträume Javi geweckt hatten. Ihre Auswirkungen waren nicht physisch – Cloister trat und schlug nicht im Schlaf um sich –, doch sie hinterließen eine Art Nachgeschmack in der Luft. Es erinnerte Javi an Tatorte, an denen die Gewalt in einem Raum ihre Spur hinterließ. Cloisters Albträume besaßen eine *Präsenz*, zur Hälfte der beißende, salzig-metallische Geruch von Angst und zur Hälfte die Furcht, welche wie die Kälte einer Winternacht von Cloister ausging.

„Die werden mich zu einem Seelenklempner schicken, weil Macintosh sich vor meinen Augen den Kopf weggepustet hat", sagte Javi durch ein Gähnen hindurch und setzte sich auf. Er positionierte sich unter dem frischen Laken im Schneidersitz – der Stoff fühlte sich angenehmer an als beim letzten Mal und er ließ sich kurz zu der Vorstellung hinreißen, dass Cloister es seinetwegen gekauft hatte – und sah zu, wie sich Cloisters Schultern langsam entspannten, während er sein vernarbtes Knie rieb wie einen Rosenkranz. Auf dem Boden tat Bourneville mit dem Kopf auf Cloisters Knie dasselbe wie Javi – darauf warten, dass er von dem Ort, an dem er gewesen war, zurückkehrte. „Ich könnte dafür nach L.A. fahren, aber wahrscheinlich würden sie auch einen der Psychologen des Departments akzeptieren. Wie sind die so?"

Cloister lachte leise. Er rieb sich das Gesicht, dann über sein Haar. Blasse Haarklumpen schauten zwischen seinen Fingern hervor. „Was willst du wissen?", fragte er. Bourneville winselte und legte eine Pfote auf sein Knie. „Ob sie mies sind, weil sie mich nicht wieder hinkriegen? Oder ob ich mies bin, weil man mich nicht wieder hinkriegen kann?"

Aus Javis Mund wären diese Worte boshaft gewesen, das klare Ende des Gesprächs. Cloister klang lediglich amüsiert und müde.

„Ich … Keins von beidem", antwortete Javi. „Geht mich nichts an."

Cloister beugte sich vor, vergrub seine Finger im dicken Fell an Bournevilles Hals und schüttelte sie leicht, um sie zu beruhigen.

„Fahr nach L.A.", sagte er. „Dr. Mangan ist in Ordnung, aber unsere Personalabteilung kann man nicht unbedingt als verschwiegen bezeichnen. Als Green – einer der Hundestaffelleute in San Diego – seinen Hund und die Nerven verloren hat, kam es raus. Niemand konnte feststellen, wer geplaudert hat, also …"

Er zuckte mit den Schultern und zog ein Paar Shorts aus dem Schrank, um einhändig und ungeschickt hineinzuschlüpfen und sie bis über seine Hüften hinaufzuziehen. Das durchs Fenster fallende Licht, noch schwach, jedoch dem Farbton nach der Dämmerung näher als der Mitternachtsstunde, hob die Schatten unter seinem Schlüsselbein und an seiner Wirbelsäule hervor.

Javi sah ihm zu und fragte sich, ob es eine Einladung zu einem Gespräch oder nur eine Information gewesen war.

„Ich war bei Ärzten", fuhr Cloister fort, als er sich auf dem Fußende des Bettes niederließ, um seine Schuhe anzuziehen. Er sah Javi nicht an, als er einen Finger in den Fersenteil seines Sneakers schob, um ihn auszuklappen. „Psychiater, Psychotherapeuten, Hypnotherapeuten. Quacksalber, Priester, Gesundbeter. Meine Mutter hat mich zu allen mitgenommen – zu jedem, von dem sie hoffte, er könnte mich hinkriegen und dazu bringen, mich an diese Nacht zu erinnern und daran, wer meinen Bruder entführt hat. Es ist niemandem gelungen, aber sie hat immer an das nächste Wunder geglaubt. Irgendwann hat mein Stiefvater ein Machtwort gesprochen, was allerdings nur dazu führte, dass sie heimlich weitergemacht hat."

„Wenigstens hat er es versucht", sagte Javi.

Cloister zuckte mit den Schultern und zerrte den zweiten Schuh über seinen Fuß. „Leute versuchen es immer. Dann geben sie auf, weil es schwierig ist." Er schnippte mit den Fingern, um Bourneville bei Fuß zu rufen, während er ein leises, freudloses Lachen ausstieß. „Vielleicht ist es besser so. Wenn du richtigliegst, hat Jessie Macintosh alle Register gezogen, um ihr Kind zu beschützen, hat ihren Tod vorgetäuscht und ist mit ihnen verschwunden – und was hat es am Ende gebracht?"

An der Tür blieb er stehen, sodass sich Bourneville ungeduldig zwischen seine Knie schob, und sah sich um.

„Tut mir leid."

„Was tut dir leid?"

„Dass ich dich geweckt habe", erwiderte Cloister. Er lächelte ironisch und rieb sich den Nacken. „Dass ich ein Arschloch war. Wenn du mir gleich, wenn ich zurück bin, immer noch erzählen willst ..."

„Nein", unterbrach ihn Javi. *Wollen* war ohnehin nicht das richtige Wort. Er hatte nur das Gefühl, er sollte es tun. Es konnte warten. „Lass uns den Fall abschließen. Dann können wir über Phoenix reden."

Cloister neigte den Kopf zur Seite und sah ihn mit einem schiefen Lächeln an. Obwohl die Grübchen, die es in seine Wangen schnitt, vom trüben Licht verwischt wurden, erhellte es das gerade so attraktive Gesicht zu etwas Wunderschönem. Seine Brust war nackt und die Tinte und die Blutergüsse an seiner Seite fügten sich zu einem monochromen Fleck auf goldener Haut zusammen.

„Ich habe es dir doch gesagt, Merlo", murmelte er. „Ich mag dich und du kannst nichts dagegen tun."

Endlich gab er Bournevilles stupsender Nase an seinem Knie nach und ging.

„Wetten?", fragte Javi den Platz, an dem er gestanden hatte.

VIER STUNDEN später nahm Javi von Sean einen Kaffee entgegen und lehnte sich auf dem weichen Ledersofa des Privatdetektivs zurück. Er trank einen Schluck des bitteren schwarzen Gebräus, während er wartete, bis Sean sich mit seinem schlanken, in einen Anzug gehüllten Körper ihm gegenüber niedergelassen hatte.

„Das hätte ich wahrscheinlich vor dem Kaffeekochen fragen sollen", sagte er. „Muss ich meinen Anwalt anrufen?"

„Wenn sich nichts geändert hat, seit ich gestern das Büro verlassen habe", antwortete Javi, „stehen Sie aktuell wegen nichts unter Verdacht."

Sean nickte und trank einen Schluck Kaffee. „Ich habe heute Morgen Frome im Fernsehen gesehen." Er beugte sich vor, um die Tasse auf einem zerrissenen Briefumschlag abzustellen, dessen bereits vorhandene Kaffeeringe darauf hindeuteten, dass er nicht zum ersten Mal als Untersetzer diente. „Er hat den Namen des Schützen gestern am Krankenhaus genannt. Andrew Macintosh. Zehn Jahre lange hat niemand an den Mann gedacht. Jetzt kann ich ihm plötzlich nicht entkommen. Hat das irgendetwas mit Tommy zu tun?"

„Nicht direkt", antwortete Javi. „Wie gut kannten Sie die Familie?"

„Gar nicht", sagte Sean.

„Jedenfalls gut genug, um zu glauben, dass Tommy Macintosh Ihre Nummer brauchte, damit er um Hilfe bitten konnte."

Sean ließ sich tiefer in seinen Sessel sinken und verschränkte die Arme vor der Brust. Die maßgeschneiderte Baumwolle spannte sich über seinem Bizeps. „Tja, nun, Sie müssen etwas Nachsicht mit mir haben. Als das FBI das letzte Mal vorbeikam, um zu fragen, wie ich meine Arbeit mache, habe ich meine Marke verloren. Außerdem meinen Mann, mein halbes Haus und alle meine Freunde. Da verstehen Sie hoffentlich, dass ich nicht begeistert davon bin, noch mehr aufs Spiel zu setzen."

„Haben Sie Macintosh' Familie getötet?", fragte Javi.

„Nein." Sean richtete sich in seinem Sessel auf. „Großer Gott, nein. Nichts dergleichen."

„Dann interessiert es mich nicht", sagte Javi.

Sean griff nach seiner Tasse, musterte Javi über den abgeschlagenen Rand hinweg und war anscheinend von dem, was er sah, überzeugt.

„Ich habe keine Gesetze gebrochen", sagte Sean. Er tippte mit dem Daumennagel gegen die Seite der Tasse. „Aber wenn man einer von – vielleicht – drei Polizisten des Reviers ist, die das von sich behaupten können? Dann kommt man damit nicht gut an. Als die Sache mit Macintosh passierte, wollte ich nicht, dass mein Name damit in Verbindung steht. Es hätte meinem Captain den Grund gegeben, den er suchte, um mich zum Verkehrspolizisten zu degradieren … oder mich ganz loszuwerden."

„Und was hat das mit meiner Frage zu tun?", wollte Javi wissen.

Sean stand auf, ging zum schmalen Fenster des Büros hinüber und blickte mit einer Hand in der Hosentasche hinaus. Die Stille hielt so lange an, dass Javi nicht mehr mit einer Antwort rechnete. Doch als er gerade nachhaken wollte, räusperte sich Sean.

„Macintosh hatte genug Leute mit weniger Skrupeln als ich, um für ihn die Drecksarbeit zu erledigen", sagte Sean. „Das wusste ich. Jeder wusste es. Also hätte ich wissen müssen, was er vorhatte, als er mir diesen ersten Job angeboten hat."

„Seiner Ex zu folgen."

Sean nickte. „Er hat behauptet, es ginge um Ehegattenunterhalt, dass sie praktisch mit einem anderen Typen zusammengezogen sei und man seine Unterhaltszahlungen senken würde, wenn er es vor Gericht brächte. Dass er bei meiner Aussage in einem seiner Fälle, gegen einen seiner Klienten, der eine Nutte fürs Neinsagen angegriffen hatte, von meiner Integrität beeindruckt gewesen wäre. Nur stellte sich heraus, dass er Stalkerfotos von ihr auf dem Laufband wollte. Und auch die anderen Jobs, die ich für ihn erledigen sollte, waren ähnlich – kleinlich, gehässig. Schließlich habe ich es begriffen. Ich hatte ihn vor Gericht schlecht aussehen lassen, seinen Klienten als armselig bezeichnet und deshalb wollte er sichergehen, dass ich es verstand."

„Dass er Sie kaufen konnte."

Sean nickte und prostete ihm verbittert zu. „Und er hatte recht. Ich brauchte das Geld. Damals brauchte ich immer das Geld, und er hat nie von mir verlangt, gegen das Gesetz zu verstoßen. Deshalb konnte ich es leicht rechtfertigen. Schließlich hätte er sonst jemand anderen damit beauftragt. Die Fotos wären sowieso gemacht worden, also warum sollte das Geld dafür nicht in meiner Tasche landen? Ich habe mich zumindest nicht daran aufgegeilt."

Genau genommen hatte Sean Javis Frage noch immer nicht beantwortet, aber alle Puzzleteile waren da.

„Er hat seine Frau von Ihnen beschatten lassen."

„Hauptsächlich", sagte Sean.

„Dachte er, sie hätte ihn betrogen?"

„Nein. Macintosh gefiel es nur, über jede Person in seinem Leben ein Dossier anzulegen. Etwas, um wenn nötig die Kontrolle über denjenigen zu behalten. Ich glaube, er hat es nicht einmal für ungewöhnlich gehalten."

„Hat sie ihn betrogen?"

Sean drehte sich um. „Ich habe es ihm nie gesagt", antwortete er. „Sollte er es herausgefunden haben, hatte er es nicht von mir. Es war nicht meine Schuld."

„Wer?"

Javi war ziemlich sicher, dass er die Antwort schon wusste. Der Gedanke war ihm am Morgen gekommen, als Cloister darüber geredet hatte, wie wenige Eltern für ihre Kinder so weit gehen würden. Die Anzahl von praktisch erwachsenen Halbgeschwistern, die dasselbe täten, musste äußerst dünn gesät sein. Selbst wenn Andrew Macintosh Junior bereit gewesen wäre, alles aufzugeben – seinen Collegeplatz, das Geld seines Vaters, den Kontakt zu seiner eigenen Mutter – warum hätte Jessie das Risiko eingehen sollen, ihn einzubeziehen? Ein einziger kleiner Zweifel und er hätte alles ruinieren können. Außer sie hatte ihn ebenfalls geliebt.

„Andrew Junior." Sean bestätigte, wovon Javi bereits mehr oder weniger überzeugt gewesen war. „Es war keine neue Sache, wenn man gesehen hat, wie sie miteinander umgingen, aber sie haben gesagt, sie wollten es beenden."

„Sie haben mit ihnen geredet?"

Sean zuckte mit den Schultern und rieb sich das Kinn. „Ich wurde unvorsichtig oder zu selbstsicher … oder beides. Sie waren in diesem Restaurant – an der Küstenstraße außerhalb der Stadt – und als Junior zum Pinkeln aufgestanden ist, habe ich versucht für ein besseres Foto von Jessie näher heranzukommen. Wie sich herausstellte, war vor den Toiletten eine Schlange und er hatte kein Problem damit, wie ein Mann draußen zu pinkeln."

Sie verzogen zeitgleich das Gesicht. Die meisten Gesetzeshüter hatten eine Geschichte darüber, wie sie durch eine willkürliche, per Zufallsgenerator ausgewählte Wendung des Schicksals bei einer Observierung entdeckt worden waren.

„Also haben sie Ihnen Schweigegeld gezahlt?"

„Nein", antwortete Sean und warf Javi einen säuerlichen Blick zu. „Junior hat meine Kamera zerstört und mich richtig vermöbelt. Vom Restaurant wurde sogar die Polizei gerufen. Jessie hat mich angefleht, ihn nicht anzuzeigen. Sie hat behauptet, Macintosh würde sie umbringen oder umbringen lassen, und mir versprochen, dass es das letzte Mal wäre."

„Haben Sie ihr geglaubt?"

„Dass er sie umgebracht hätte? Nein. Nicht damals", antwortete Sean. „Aber er hätte sie auch niemals in Ruhe gelassen. Er hätte für den Rest ihres Lebens etwas gegen sie in der Hand gehabt. Wie gesagt, er war ein Arschloch. Also habe ich keine Anzeige erstattet und ihm nichts verraten. Nicht dass es etwas geändert hat. Nach allem, was passiert ist, vermute ich, jemand hat es ihm gegenüber ausgeplaudert. Ich hoffe, derjenige konnte am Ende mit seinem Gewissen leben. Mir fiel das jedenfalls nicht leicht. Aber was spielt das jetzt noch für eine Rolle?"

„Ich bin noch nicht sicher", sagte Javi. „Wenn es uns weiterhilft, lasse ich es Sie wissen."

Sean trank mit säuerlicher Miene den Rest seines Kaffees. „Wie freundlich", antwortete er. „Hören Sie, müssen Sie das alles Witte erzählen?"

Javi zog eine Augenbraue hoch. „Sollte ich derjenige sein, der eifersüchtig wird?" Es überraschte ihn ein wenig, dass es sich nur zum größten Teil um einen Scherz handelte und sich hinter seinem Grinsen eine besitzergreifende Empörung verbarg.

Sean lachte. „Sie sind eher mein Typ", sagte er, während seine dunklen Augen ihn anerkennend von Kopf bis Fuß musterten. „Ich mag einen Mann, der sich Mühe gibt, gut auszusehen. Witte ist nur einfach … die Art von Polizist, die ich gern gewesen wäre."

Er beendete den Satz mit einem verlegenen Schulterzucken, doch er musste es nicht näher ausführen. Javi verstand ihn. Es war der Grund, aus dem er Cloister nichts über Phoenix erzählen wollte. Wenn es einem ganz sicher nicht gelang, jemandes Beispiel gerecht zu werden, konnte man nicht mehr tun, als zu hoffen, dass derjenige es nie herausfand.

„Wenn es nicht sein muss, werde ich es nicht tun", sagte er. „Aber versprechen kann ich es nicht."

Sean wirkte resigniert. „Das würde ich wohl auch nicht." Er setzte sich an seinen Schreibtisch und lehnte sich zurück. Sein Stuhl quietschte, als er ein wenig nachgab. „Sonst noch etwas?"

Mittlerweile war der Kaffee bitter und lauwarm. Javi trank trotzdem einen ermutigenden Schluck.

„Wenn ich Ihr Klient wäre", sagte er, „würden Sie mir dann die Geheimhaltung versprechen?"

Sean zog überrascht die Augenbrauen hoch und richtete sich wieder auf. „Sie wollen meine Dienste in Anspruch nehmen?"

„Ich ziehe es in Erwägung", antwortete Javi. „Ich muss etwas über jemanden herausfinden, und zwar zügig und diskret."

„Mein zweiter und dritter Vorname", sagte Sean. Die Überraschung war verflogen und nun wirkte er wieder selbstbewusst, als er ein Notizbuch über den Tisch zu sich zog. Er schlug es auf und griff nach einem Kugelschreiber. „Geht es um Witte? Er behauptet, er hätte keine Geheimnisse, aber glauben Sie mir, die hat er."

Javi stellte seinen Kaffee auf dem Briefumschlaguntersetzer ab.

„Everett Kincaid", sagte er. „SSA Kincaid der FBI-Zweigstelle L.A."

Sean hatte die Hälfte davon notiert, bevor der Kugelschreiber auf dem Papier zum Stillstand kam. Er musterte Javi mit misstrauisch zusammengekniffenen Augen.

„Verarschen Sie mich?", fragte er. „Ich soll Nachforschungen über einen FBI-Agenten anstellen?"

„Sie können Nein sagen."

Sean betätigte den Druckknopf des Kugelschreibers. Er verschränkte die Arme und stützte sie auf seinen Schreibtisch. „Nein", sagte er. „Außer Sie überzeugen mich davon, dass es keine dumme Idee ist."

„Davon muss ich mich erst selbst überzeugen", antwortete Javi. Er tippte gegen die Seite der Kaffeetasse. „Kann ich Nachschub bekommen, bevor wir anfangen?"

Sean starrte ihn an. Das Misstrauen in seinem Gesicht wurde nach und nach durch Neugier ersetzt und er griff nach seinem Telefon.

„Harry? Ich brauche hier zwei neue Tassen Kaffee und bitte keine Anrufe zu mir durchstellen", sagte er. „Ich glaube, wir haben einen neuen Klienten."

VOR DER Bank hatten sich wieder die Demonstranten eingefunden. Auf dem Gehweg waren Landwirtschaftsfahrzeuge geparkt, an deren Seiten man Banner mit der Aufschrift „Gebt uns unsere Farmen zurück!" befestigt hatte. Grimmig dreinblickende, wettergegerbte Farmer mit schwieligen Händen und Schlammkrusten an den Stiefeln wedelten handgeschriebene Schilder durch die Luft, die fairen Umgang mit Farmern verlangten, während neben ihnen Hipster in Skinny-Jeans von den Kaffeefarmen mit ihren Dreadlocks wedelten und Poster mit der Aufschrift „#Antitrust" in die Höhe reckten. Andere Demonstranten, die von ihren müden Kindern begleitet in eigenen Grüppchen beisammenstanden, trugen T-Shirts mit der rätselhaften Forderung nach einem „prachtvollen Plenty".

Absperrungen entlang der Straße zeigten, wo die Demonstration ursprünglich hatte stattfinden sollen, doch sie war auf die Fahrbahn übergelaufen. Die Demonstranten blockierten den Weg in die Bank und brüllten Beleidigungen über die Schultern von gehetzt wirkenden Deputies und einem Knäuel gestresster, mit Bauplänen beladener Geschäftsleute hinweg.

Der Verkehr floss nur noch im Schneckentempo und Fahrer begafften den Tumult, während sie den Spießrutenlauf durch Landwirtschaftsfahrzeuge und Menschen absolvierten. Javi befand sich auf der Straße hinter einem Kombi und bemühte sich, Blickkontakt mit dem rotznäsigen Jungen zu vermeiden, der auf die Rückbank des Autos geklettert war. Er schmeckte bereits die säuerliche Galle des Zweifels. Da musste er nicht noch zusehen, wie ein Kind in der Nase bohrte.

Gerade, als sich die Autos wieder einige stotternde Meter nach vorn bewegten, meldete sich seine Bluetooth-Freisprecheinrichtung. Javi schaltete hoch und rollte vorwärts, bevor er den grünen Knopf am Lenkrad betätigte.

„Special Agent Merlo", sagte er. „Was gibt es?"

„Ich muss Sie im Leichenschauhaus treffen." Galloway verschwendete niemals viel Zeit mit Nettigkeiten, doch heute schien sie diese gänzlich aufgegeben zu haben. Unter dem Knistern der Freisprechanlage klang ihre Stimme abgehackt und ungeduldig. „Noch heute."

Javi bremste abrupt, als einer der Demonstranten stolperte und gegen seine Motorhaube taumelte. Seine Hüfte stieß mit einem dumpfen Geräusch gegen das Metall, bevor er mit erhobenen Händen zurücksprang, während seine Lippen eine Entschuldigung formten. Als er humpelnd in die Menge zurückkehrte, bedachte Javi seinen Rücken mit einem finsteren Blick und konzentrierte sich wieder auf das Gespräch.

„Galloway, ich bin auf dem Weg ins Büro. Ich muss Berichte …"

„Heute", wiederholte sie mit Nachdruck. „So bald wie möglich."

Sie legte auf. Javi tippte mit dem Finger auf das Lenkrad. Bis sich der Verkehr weitere – er begutachtete die Straße bis zum nächsten Abzweig – zwei Meter vorwärtsbewegt hatte, würde seine spontane Entscheidung warten müssen. Er nahm an, dass Galloways Aufforderung mit Janet zusammenhing – mit der Bestätigung, dass es sich bei ihr um das verschwundene Kind von Macintosh handelte. Was er nicht verstand, war, warum er ins Labor kommen musste.

Die Deputies bahnten sich einen Weg durch die Menge, um das Business-Grüppchen in die Bank zu lassen. Als die Demonstranten sich hinter ihnen wieder zusammenschoben, brach die Absperrung zusammen. Autos zwängten sich hindurch und fuhren davon.

Javi bog ab. Ein Reifen holperte über den unteren Teil einer der Barrieren, während er auf seinem Navigationsgerät die vorprogrammierte Route zum Leichenschauhaus aufrief. Er kannte den Weg, wollte allerdings nicht noch mehr Zeit damit verbringen, im Stau zu stehen.

Bis zum Highway waren es fünfzehn Minuten. Während er sich auf die längere Fahrt einstellte, schickte er Sue eine kurze Nachricht, um ihr mitzuteilen, dass er nicht ins Büro kommen würde. Dann rief er Cloister an.

„Witte."

„Schatz, ich komme heute zu spät zum Abendessen", säuselte er sarkastisch. Dann kam ihm in den Sinn, dass es eigentlich nicht allzu sarkastisch war. Nachdem er so viel Aufhebens darum gemacht hatte, für Cloister da sein zu wollen, bis er seinen Gips losgeworden war, schuldete er ihm wahrscheinlich wirklich eine Erklärung, wenn er später kam. „Galloway hat angerufen. Sie will mich sehen."

Kurz herrschte Stille. Javi konnte sich Cloisters misstrauische Miene vorstellen. Er war kein Mann, der sich leicht an Zuneigung gewöhnte.

„Wie geht es ihr?", fragte Cloister schließlich.

„Ich habe nicht gefragt", antwortete Javi. „Klang gereizt. Hör zu, bevor sie angerufen hat, wollte ich einen alten Einsatz wegen einer Schlägerei unter Alkoholeinfluss überprüfen, bei dem es um Stokes und Andrew Macintosh Junior ging. Kannst du dich darum kümmern?"

„Wann und wo?"

„Einige Monate vor ihrer mutmaßlichen Ermordung", sagte Javi. „Es ist in einem Restaurant draußen an der Küstenstraße passiert. Anzeige wurde nicht erstattet, aber der Notruf sollte festgehalten worden sein."

Cloister schnaubte. „Der dürfte an das Sheriff's Department gegangen sein, nicht an die Polizei. Ich vermute, es war im The Toast – so weit von der Stadt entfernt, dass man sich beim Betrügen wohlfühlen kann, aber nicht weit genug, um gelegentliche Auseinandersetzungen zu vermeiden. Ich sehe mal, was ich finde."

„Hast du noch meinen Schlüssel?", fragte Javi.

„Warum, willst du ihn wiederhaben?"

181

„Dann kommst du ja rein", sagte Javi. „Das Zeug im Kühlschrank – das ist Essen."

Cloister legte lachend auf.

MÖGLICHERWEISE SAH Galloway blasser aus als sonst. Es war schwer zu sagen. Als Javi sie fragte, ob alles in Ordnung sei, antwortete sie lediglich mit einem vernichtenden Blick.

„Kommen Sie rein", sagte sie, während sie mit dem ganzen Körper ihre Bürotür aufhielt. „Setzen Sie sich."

„Haben Sie noch einmal Janet Morrows Proben überprüft?", erkundigte sich Javi. Da im Leichenschauhaus nicht viel Platz für das Pathologenbüro blieb, musste er sich auf einen Stuhl zwängen, der zwischen Schreibtisch und Aktenschrank eingepfercht stand. „Das hätten Sie mir einfach am Telefon erzählen können."

Galloway schob ihren Körper aus der Tür und ließ sie hinter sich zufallen, als sie sich zu ihrem Schreibtisch schleppte. Dabei stützte sie sich vorsichtig auf dem billigen Plastik ab und hielt einen Arm an ihren Bauch gepresst.

Obwohl kein Blut zu sehen war und ihr niemand eine Pistole an den Kopf hielt, spürte Javi das kurze Zwicken von Adrenalin im Hinterkopf. Auf der Zunge schmeckte er Benzin und Blut.

Vermutlich hatte es sich um das aus seiner eigenen Wunde gehandelt. Er war beinahe sicher, dass er nichts von Macintosh' in den Mund bekommen hatte, doch ganz sicher konnte er erst nach den Ergebnissen der Blutproben aus dem Krankenhaus sein.

Er räusperte sich und versuchte, sich auf den sauberen weißen Stoff des T-Shirts zu konzentrieren, das sich über Galloways mit einem Verband bedeckten Bauch wellte.

„Sollten Sie überhaupt hier sein?"

„Es tut weh", sagte sie schroff. „Zu Hause täte es auch weh. Und wenn ich wirklich wegen einer kleinen Schusswunde tot umfallen sollte, spart sich der Bezirk das Geld für meinen Transport hierher."

„Doctor ..."

Sie winkte mit von alter Tinte schwarz und blau verfärbten Fingern ungeduldig ab und ließ sich schwer auf ihren Schreibtischstuhl fallen.

„Mir geht es gut, Agent Merlo", sagte sie. „Es war wirklich die sprichwörtliche Fleischwunde. Hauptsächlich Fett, wenn man dem behandelnden Arzt glaubt. Und da wurde mir nachgesagt, mein Umgang mit den Patienten ließe zu wünschen übrig, als ich öfter im Krankenhaus war. Na ja, jedenfalls habe ich Sie nicht herbestellt, um über meine Gesundheit zu reden. Wie gesagt habe ich Janet Morrows DNA mit der verglichen, die wir in der Datenbank von Tommy Macintosh hatten. Keine Übereinstimmung."

An die Naht in seiner Schulter erinnert, kratzte Javi durch sein Hemd über die plötzlich juckenden Stiche.

„Sie wollten den Test wiederholen."

„Das habe ich. Janet Morrows DNA passt noch immer nicht zu der Probe von Tommy Macintosh und könnte definitiv nicht von Andrew Macintosh' Kind stammen. Ich habe es mehrmals überprüft."

Das war nicht die Antwort, mit der Javi gerechnet hatte. So vorsichtig er seine Theorie auch ausgearbeitet hatte, so überzeugt war er doch davon gewesen, dass es sich bei Janet um Macintosh' Kind handelte. Vermutlich, dachte er mürrisch, sollte er das mit dem Bauchgefühl in Zukunft lieber Cloister überlassen.

„Allerdings", fuhr Galloway fort, nachdem sie ihm eine Sekunde für sein Selbstmitleid gegönnt hatte, „ist der tote Mann, der nebenan liegt, tatsächlich Janet Morrows Vater."

„Könnten die Originalproben irgendwie verunreinigt worden sein?", fragte Javi. „Vielleicht durch eine verschmutzte Packung Wattestäbchen?"

Galloway beugte sich vor, um einhändig auf ihre Tastatur zu hacken. Einen Augenblick später drehte sie den Bildschirm in seine Richtung, damit er ihn sehen konnte. Eine Reihe von DNA-Markern blickte ihm entgegen.

„Laut meinen Unterlagen sind das hier die DNA-Proben der Familie Macintosh, als sie ins Leichenschauhaus gebracht wurde. Diese Personen sind nicht miteinander verwandt", erklärte Galloway mit schneidender Stimme. „Den genetischen Markern zufolge ist einer von ihnen vermutlich amerikanischer Ureinwohner. Außerdem ist keine dieser Personen mit dem Mann verwandt, den wir gerade hergebracht haben. Verunreinigung ist dafür keine Erklärung. Aber Korruption."

Sie lehnte sich auf ihrem Stuhl zurück und presste ihre Fingerspitzen gegen ihr zuckendes Augenlid. „Kein Wunder, dass Macintosh mich umbringen wollte. Mit mir kam er so nah an die Leute heran, die das verbrochen haben, wie es ihm möglich war."

„Nur dass er das überhaupt nicht wollte", erinnert sie Javi.

Zehn Jahre zuvor hatte Andrew Macintosh befürchtet, sein jüngstes Kind wäre ihm nicht ähnlich genug und müsste abgehärtet werden. Doch er hatte sich geirrt. Janet war hart wie Stahl und klug genug, um sich zweimal ein völlig neues Leben aufzubauen. Also weshalb war sie mit ihrer Sammlung von Hinweisen hierher zurückgekehrt? Was hätte sie davon gehabt?

Außer Javis Bauchgefühl war doch falsch. Er hatte angenommen, dass Tommy – Janet – den Grund für die Flucht aus Plenty gehabt hatte. Doch das stimmte nicht. Genau genommen war sie die einzige der drei Insassen in diesem Auto auf der Küstenstraße gewesen, die *keinen* Grund gehabt hatte, aus der Stadt verschwinden zu wollen.

Damals war ihre größte Sorge ein trister Sommer in einem Wildniscamp gewesen. Erst später musste sie realisiert haben – oder war darüber informiert worden –, dass sie dort durch Gebete „geheilt" werden sollte.

Andrew Macintosh hatte Fotos gemocht, hatte gern Belege dafür gesammelt, was die Menschen in seinem Umfeld vorhatten. Seine Tochter hatte ihm in dieser Hinsicht nachgeeifert. Nachdem ihr klar geworden war, dass man sie belogen hatte, nahm sie auch anderes unter die Lupe. Javi erinnerte sich an die ausgeschnittenen Zeitungsartikel, die Janet gesammelt hatte. Beim ersten Ansehen hatte er den Zusammenhang nicht begriffen, doch nun fragte er sich, ob Janet all das schon vor ihrer Reise nach Plenty zusammengesetzt hatte.

„Galloway, Sie müssen für mich eine Fallakte suchen", sagte Javi. Er zog sein Handy aus der Tasche und durchstöberte seine Notizen, bis er die zu Janets persönlichen Gegenständen fand. „Es geht um eine Leiche, die in einem leer stehenden Haus in Chant gefunden wurde. Eine Frau. Mitte dreißig. Eine Woche vor dem Macintosh-Fall."

Sie warf ihm einen genervten Blick zu, drehte den Monitor jedoch wieder in ihre Richtung und machte sich an die Arbeit. Eine Minute später und nach einigen sehr gereizten Lauten gab sie auf.

„Nichts", sagte sie. „Anscheinend hatte mein Vorgänger damals eine sehr miese Woche."

„Und wenn ich die Aktennummer hätte?", wollte Javi wissen. „Könnten Sie die finden?"

Galloway rieb sich ein Auge und stieß dabei mit dem Fingerknöchel gegen das Brillenglas. „Vielleicht", antwortete sie. „Es müsste Belege in Papierform geben, Aufzeichnungen. Die könnte man schwerer ändern. Wie ist die Nummer?"

Javi griff nach einem Klebezettel und kritzelte die Nummer vom Leichenhallenfoto darauf, das Andrew Macintosh all die Jahre mit sich herumgetragen hatte. Er schob ihn über den Tisch zu Galloway. Galloway schob sich die Brille auf die Stirn, um mit zusammengekniffenen Augen die Nummer zu lesen. Eine schnelle Suche brachte kein Ergebnis in der digitalen Datenbank.

„Geben Sie mir zwanzig Minuten", sagte sie und erhob sich. „Das Foto bedeutet, dass die Leiche in die Datenbank aufgenommen wurde, dass eine Autopsie stattgefunden hat und ein Protokoll angelegt wurde. Der Verwahrungsort ist vermutlich Kearny Mesa, aber irgendwelche Aufzeichnungen wird es geben."

Sie verließ den Raum, um sich auf die Suche zu machen. Javi wartete mindestens fünfzehn der erbetenen zwanzig Minuten in dem beengten Büro, bevor ihn seine Ungeduld auf die Füße und in den Flur hinaus trieb, um sich auf die Suche nach Neuigkeiten zu machen.

Eine ihm unbekannte Frau in Deputy-Uniform – offenbar keine der Deputies von Plenty – warf ihm einen neugierigen Blick zu, während sie eine Frau mit leerem Blick durch den Flur zum Schauraum führte. Javi hielt mitten im Schritt inne, um dem uniformierten Rücken nachzusehen.

Der dürfte an das Sheriff's Department gegangen sein, hörte er noch einmal geistig in Cloisters gedehnter Sprechweise. In Plenty hörte man „Korruption" und dachte an die Polizei, doch vielleicht unterschätzte man damit die Deputies?

Sein Handy klingelte. Er erwartete Cloister mit Neuigkeiten, doch stattdessen zeigte das Display die Nummer des FBI-Büros.

„Sue?"

„Clyde Granfeld ist seit drei Jahren wie vom Erdboden verschwunden", teilte sie ihm mit. „Dagegen sind seine Eltern vor zwei Tagen auf dem Strafverfolgungsradar aufgetaucht."

„Weshalb?"

„Sie sind fort", erklärte Sue. „Sie wurden vor zwei Wochen von ihren Nachbarn als vermisst gemeldet, nach der Geburtstagsfeier der Mutter. Es wirkt, als wären sie einfach aufgebrochen und fortgegangen, aber die Polizei war besorgt, dass ein Verbrechen dahinterstecken könnte. Die Nachbarn haben von einer ‚Szene' bei der Party berichtet, nachdem eine junge Frau uneingeladen aufgetaucht ist. Sie musste weggebracht werden und hat dabei gerufen, ich zitiere: ‚Du hast behauptet, sie wäre tot!'"

Plötzlich ergab die Gedenkkarte unter Janets Besitztümern mehr Sinn, vor allem, wenn man Seans Aussage bedachte. Jessie Macintosh war nicht verschwunden, um ihr Kind zu beschützen. Das hatte sie lediglich Janet erzählt. Sie hatte es getan, um ihren Geliebten zu schützen. Als Tommy, oder eher Janet – die selbstbewusst und eigensinnig sein konnte und von ihnen Hilfe verlangte, um zu werden, wer sie wirklich war –, Probleme verursacht hatte, war das Liebespaar einfach ein zweites Mal den gleichen Weg gegangen. Eine einmalige Zahlung, um ihr Gewissen zu beruhigen – das Erbe, von dem die Professorin gesprochen hatte – und eine vordatierte Todesanzeige von Janets Halbbruder und Stiefvater.

Nur dass sie diesmal keine professionelle Hilfe gehabt hatten, um ihren Verschwindetrick in die Tat umzusetzen. Sie waren nicht weit genug fortgezogen – wenn überhaupt   und Janet hatte herausgefunden, dass sie belogen worden war. Und wenn man jemanden bei einer Lüge ertappte, fragte man sich, ob derjenige nicht bei allem gelogen hatte.

Javi kannte es von Kincaid. Eine Lüge reichte aus, um alles andere in Zweifel zu ziehen. Er konzentrierte sich wieder auf das Gespräch, als Sue innehielt, um zu husten.

„Tut mir leid, wo war ich …? Die Granfelds stellten es zu diesem Zeitpunkt als den verrückten Auftritt einer obdachlosen Frau dar, doch später hatten sie einen heftigen Streit, den die Nachbarn durch die Wände hören konnten. Sie gingen davon aus, dass er eine Affäre gehabt hatte und sie deshalb außer sich gewesen war, also wollte die Polizei Clyde finden und sichergehen, dass Mrs. Granfeld aus freien Stücken gegangen ist. Bisher ohne Erfolg. Soll ich mich weiter nach Clyde umsehen?"

„Augenblick", sagte Javi, als er sah, dass Galloway mühsam den Flur entlangeilte. Ein gehetzt wirkender Mann mit einem gefährlich unter sein Kinn geklemmten Stapel Akten stolperte hinter ihr her.

„Ich hatte recht", sagte sie voller Genugtuung. Sie wedelte mit einer Akte unter seiner Nase herum. „Was auch immer da passiert ist, die digitale Akte wurde gelöscht, ohne die Aufzeichnungen in Papierform zu zerstören. Und da die Akten nicht in unserer Datenbank auftauchten, wurden sie schlicht im Archiv umhergeschoben, anstatt an den neuen Verwahrungsort geschickt zu werden. Eine junge Frau scheint an einer Überdosis gestorben zu sein. Niemand hat Anspruch auf die Leiche erhoben. Die Anmerkung eines Deputy hier sagt, dass ihr Vater nicht mehr entscheidungsfähig war. Entsprechend wurde sie eingeäschert. Die zu der Akte gehörende DNA-Probe ist dieselbe, die wir für Jessie Macintosh gespeichert haben. Jemand hat die Daten vertauscht."

Bei diesem Gedanken schwang in ihrer Stimme heftige Empörung mit. Javi bedauerte, dass er es noch verschlimmern musste.

„Das glaube ich nicht", sagte er. Galloway rümpfte die Nase. „Ich glaube, jemand hat die Leichen vertauscht."

Galloway wurde leicht bleich, als sie seinem Gedankengang folgte. „Verdammt noch mal", murmelte sie. „Deshalb wurden die Leichen verbrannt."

Über Macintosh hatten alle gesagt, dass er nicht die Art von Mann war, die Dinge auf sich beruhen ließ. Wäre seine Familie einfach verschwunden, hätte er niemals aufgehört zu suchen. Er hatte die Ressourcen besessen, die ihm geschuldeten Gefallen, um dabei Erfolg zu haben. Also hatte ihm jemand die Endgültigkeit verschafft, die er gebraucht hatte, um aufzugeben – Leichen zum Beerdigen und die Schuld für alles. In einer anderen Situation hätte Macintosh vielleicht mehr Fragen gestellt, hätte neue DNA-Proben verlangt, doch er war darauf vorbereitet worden, die Leichen seiner Familie zu akzeptieren, auch wenn sie bis zur Unkenntlichkeit verbrannt worden waren.

Javi zupfte den Ordner aus ihrer Hand, während sie diese Information verinnerlichte. Er schlug ihn auf und blätterte durch die Seiten, bis er den Bericht des Deputy fand. Theoretisch hätte Galloways Vorgänger die Leichen ausgetauscht haben können, doch Javi war der Meinung, dass er dann auch die Datenspuren verwischt hätte. Wahrscheinlicher war jemand, der von den Leichen gewusst hatte, ohne jedoch Zugang zu den Akten zu haben – zum Beispiel der für die Fälle verantwortliche Deputy, der gewusst hatte, dass es keine Angehörigen gab.

Der Name stand in satten, sorgfältig gezeichneten Druckbuchstaben auf der letzten Seite. Javi hatte nicht damit gerechnet, ihn zu kennen.

„Agent Merlo?", fragte Sue an seinem Ohr. „Haben Sie mich gehört? Soll ich …?"

Er legte auf und wählte auf dem Weg aus der Tür Cloisters Nummer. Nur die Mailbox meldete sich.

21

„FASS!", BELLTE Cloister und ließ Bournevilles Halsband los. Sie schoss davon und wirbelte mit den Pfoten Staub auf, als sie dem fliehenden Collins über den Trainingsplatz folgte. Der Schutzanzug sorgte dafür, dass er dabei watschelte und fluchte.

Der letzte Hund, der die Übung absolvieren würde, war Kit, ein großer schwarzer Labrador, der sein Zivilistendasein als Schmusekätzchen für ein sechsjähriges Kind durch aggressives Alphatierverhalten bei der Arbeit ausglich – oder es lag nur an seinem Hundeführer, dem es gefiel, dem Flüchtenden mit einem dramatischen Sprung den Weg abzuschneiden. Bourneville hatte keine Theatralik nötig. Sie holte Collins ein, schob sich zwischen seinen Beinen hindurch und klammerte sich an seinem Arm fest, als er stolperte.

Knurrend vergrub sie ihre Zähne in den Polstern und schüttelte sich heftig, bis ihr Gewicht Collins Arm nach unten zog. Er strauchelte und bemühte sich, den Arm wieder in die Höhe zu schwingen. Bourneville biss fester zu, wobei sich ein beinahe metallisch klingendes Knurren aus ihrer Brust löste, und rang ihn zu Boden.

Collins heulte auf und rollte sich schwerfällig auf dem Boden hin und her, während sie seinen Arm schüttelte wie ein Terrier eine Ratte. Ihre Ohren waren angelegt und schaumiger Speichel tropfte auf die Erde und den Schutzanzug, während Collins sich gegen sie wehrte.

„Bourneville", rief Cloister streng und lief hinüber. Er packte ihr Geschirr und spürte die Vibration ihres Knurrens bis in seinen Arm. „Aus! Lass ihn aufstehen."

Augenblicklich erstarb das Knurren und Bon spitzte wieder die Ohren. Sie ließ Collins' Arm los und wich zwei Schritte zurück, Rute erhoben und bereit zum Wedeln, als sie auf Cloister konzentriert wartete.

„Braves Mädchen", versicherte er ihr, während er ihr Lieblingsspielzeug aus der Tasche zog. Er warf es in die Luft und sie sprang hoch, um es zu fangen. Nachdem sie es einmal geschüttelt hatte, warf sie sich auf den Bauch und kaute eifrig. Die meisten ihrer Spielzeuge hielten eine Woche. Glücklicherweise bestanden sie hauptsächlich aus Cloisters alten T-Shirts, die er zu Seilen flocht. „Braves Mädchen, Bourneville."

Cloister streckte eine Hand aus, um sie Collins anzubieten.

„Scheiße", brummte Collins, als Cloister ihn auf die Füße zog. „Damit meine ich: Das habe ich, glaube ich, getan. Verdammt."

Ein Stück entfernt auf dem Zaun stieß Kits Ausbilder ein Lachen aus. Cloister klopfte Collins auf den Rücken.

„Hat es geholfen?", erkundigte er sich.

„Nein!" Collins wischte sich mit dem Ärmel über den Mund, bevor er mit angeekelter Miene feststellte, dass dieser mit Hundesabber bedeckt war. Ungeschickt entfernte er ihn mit einer behandschuhten Hand und warf einen Blick auf Bon, die kauend und fröhlich wedelnd auf dem Boden lag. „Musst du sie nicht in den Zwinger sperren oder so? Bis sie sich beruhigt hat?"

„Sie ist in Ordnung. Für sie war das ein Spiel." Cloister rückte das schwere Lederwams über Collins Schultern zurecht. „Danke, dass du dich freiwillig gemeldet hast. Ohne richtige Einsätze war Bon gelangweilt."

Collins stieß zwischen gespannten Lippen Luft hervor. „Ich mag keine Hunde", sagte er mit abgehackten Worten, während er wieder zu Atem kam. „Letzten Monat habe ich einen Verdächtigen verloren, weil er eine Abkürzung durch einen Hinterhof mit einem absolut kranken Schrottplatzmonster genommen hat. Ich muss drüber wegkommen."

Als Tancredi die Geschichte erzählt hatte, war darin ein mittelgroßer Terriermischling vorgekommen, doch Cloister verbiss sich jeden Kommentar. Es war nicht leicht, sich einer Sache zu stellen, die man fürchtete. Das wusste Cloister besser als die meisten Menschen. Er hatte den größten Teil seines Lebens damit verbracht, sich nicht einigen bestimmten Stunden zu stellen.

„Wenn du mal wieder das Kauspielzeug sein willst, lass es mich wissen", sagte er. „Aber jetzt möchte ich erst mal sehen, wie es Tancredi geht. Machst du noch mit Kit und Jenks weiter?"

Collins sah zu den beiden hinüber. „Sieht wie ein netter Hund aus?", stellte er fragend fest, während er sich die Kapuze vom Kopf zog. Darunter klebte sein Haar verschwitzt am Kopf. „Aber dass ich mir in die Hose geschissen habe, war nur ein Scherz. Und dabei würde ich es gern belassen."

Er humpelte vom Platz und einer der anderen gepolsterten Deputies kam eilig herüber, um ihn zu ersetzen. Während Kit über den Zaun geholfen wurde, befestigte Cloister Bons Leine.

„Du siehst wie ein netterer Hund aus", teilte er ihr mit. „Collins hat geschwärmt."

Sie nieste und ließ das durchnässte T-Shirt-Seil auf seinen Fuß fallen. Er hob es auf und schob es in seinen Gürtel, während sie zu seinem Pick-up gingen, wo Bourneville neben der Beifahrertür wartete, bis er sie hineinließ und festschnallte. Dann gähnte sie und ließ sich für ein Schläfchen nieder, während er auf der anderen Seite einstieg.

Er warf einen Blick auf die Uhr, als das Armaturenbrett erwachte und kurz statisches Rauschen zu hören war, bevor das Radio die örtliche Frequenz fand. Denis aus dem Archiv hatte sich bereit erklärt, nach den von Javi erbetenen Akten zu suchen, zumindest, nachdem er sich über die mangelnden Details beschwert

189

hatte, doch das würde noch mindestens eine Stunde dauern. Zwar hatte Denis von zwei gesprochen, aber er streckte seine Schätzungen immer, damit niemand zu viel erwartete.

Genug Zeit für einen flüchtigen Besuch bei Tancredi.

„Ich weiß, dass du gern mitkommen würdest", teilte er Bourneville mit, als er zurücksetzte. „Aber es gehört nicht zur Arbeit, also kann ich Tancredi nur von dir grüßen."

Bourneville neigte ihren Kopf zur Seite, bis sich ihre Ohren in einem 90-Grad-Winkel befanden, als könne sie es nicht glauben.

„Ich weiß", sagte Cloister. „Es ist nicht fair. Du bist wahrscheinlich sauberer als die meisten Menschen dort, aber so sind die Regeln."

Seufzend legte sie ihr Kinn auf die Pfoten. Während er fuhr, sah sie ihm unter zotteligen Stirnfransen hindurch mit ihren bernsteingelben Augen zu. Cloister machte sich eine gedankliche Notiz, ihr Fell bald kürzen zu lassen. Sein Handy klingelte zweimal, wie eine laute, vibrierende Sirene auf der Rückbank. Beim dritten Klingeln hielt er an der Main Street an und drehte sich um, damit er es aus der Lücke hinter dem Rücksitz fischen konnte.

„Wi…"

„Was zum Teufel denken Sie sich dabei, Witte?", fauchte Frome durch die Leitung. „Ich gebe zu, dass Sie recht hatten und hinter Janet Morrows Fall mehr steckt, als es den Anschein hatte, aber das gibt Ihnen nicht das Recht zum Überschreiten Ihrer Zuständigkeit und zum Missbrauch …"

„Ich habe keine Ahnung, wovon Sie reden", unterbrach ihn Cloister.

Er hörte Frome einatmen und dann scharf ausatmen.

„Sie haben soeben bei Denis meine alten Fallakten angefordert", sagte Frome. „Also versuchen Sie entweder, mich beim Macintosh-Fall zu unterminieren, was ich nicht begrüße, oder Sie wollen Schmutz über Ihre Konkurrenz ausgraben. Ich bin weder dumm noch blind. Ich weiß von ihrer Beziehung mit Agent Merlo."

Cloister war unschlüssig, wie er damit umgehen sollte. Er hatte nie besonders verborgen, dass er schwul war und mit wem er eine Beziehung führte … wenn er eine führte … aber hatte er jemals tatsächlich über eine Beziehung gesprochen? Am nächsten war er einer solchen Unterhaltung wahrscheinlich beim abgewandelten Bienchen-und-Blümchen-Gespräch mit seinem Stiefvater gekommen, nachdem er sich als schwul geoutet hatte, und er konnte sich eigentlich nicht daran erinnern, damals selbst viel gesagt zu haben.

Schließlich überging er die Bemerkung zu seiner Beziehung vollständig und konzentrierte sich stattdessen auf die Akten.

„Es ging um Folgeermittlungen zum Macintosh-Fall", erklärte Cloister. „Stokes hatte bei der vorhergehenden Befragung nichts von der Auseinandersetzung erwähnt. Es war Ihre Verhaftung?"

„Es wurde niemand verhaftet", sagte Frome. „Es war eine Schlägerei von zwei Betrunkenen und es war nicht nötig, sie weiterzuverfolgen. Wenn Sie glauben, dass ich bei diesem Einsatz anders reagiert hätte, weil es um Andrew Macintosh' Sohn ging ..."

„Sir, das tue ich nicht", beteuerte Cloister.

„Dann hätten Sie vielleicht recht."

Das unverblümte Geständnis brachte sie beide zum Schweigen. Dann räusperte sich Cloister und kratzte sich am Kopf.

„Lieutenant, ich weiß nicht, das klingt doch wie die richtige Entscheidung. The Toast hat drei Schlägereien pro Nacht. Da verhaften wir nicht alle."

„Aber das war nicht der Grund für meine Entscheidung", antwortete Frome. Seine Stimme war noch immer vor Frustration angespannt, die Worte von seinen Zähnen abgeschnitten. „Ich habe sie getroffen, weil ich nicht schon wieder Macintosh vor Gericht gegenübertreten wollte, nicht wenn es Hewitts erster Monat zurück am Schreibtisch war. Macintosh hätte es als Schikane dargestellt ..."

„Hewitt?", unterbrach ihn Cloister und Bourneville hob den Kopf.

„Mein ehemaliger Partner, Deputy Hewitt", sagte Frome. „Der, der von Macintosh' Klienten angeschossen und dann vor Gericht als inkompetent dargestellt wurde. Beschuldigt zu werden, wegen des Falls die Familie des Mannes zu drangsalieren, wäre das Letzte gewesen, was er zu diesem Zeitpunkt gebrauchen konnte. Also, zugegeben, vielleicht habe ich zu bereitwillig zugestimmt, als Stokes es auf sich beruhen lassen wollte. Vielleicht habe ich mir eingeredet, ich täte dem Kerl einen Gefallen damit, die anderen Polizisten nicht wissen zu lassen, dass er von einem Jungen fertiggemacht wurde, der erst seit einem Jahr seinen Schulabschluss hatte. Also könnte ich einen Fehler gemacht haben, aber das war damals. Es hat nichts mit meiner Herangehensweise bei diesem Fall zu tun."

„Hewitt, derselbe Typ, der für die Tatortreiniger arbeitet? Hatten Sie nicht gesagt, er hätte gekündigt?"

Fromes verwirrte Gereiztheit war beinahe greifbar. „Das hat er, nach dem Macintosh-Fall. Die Tatsache, dass er den Mann nicht hinter Gitter bringen konnte, hat ihn fertiggemacht, aber ja, mittlerweile arbeitet er als Tatortreiniger. Er hatte danach alles in Vegas verprasst, also haben einige von uns ein gutes Wort für ihn eingelegt, als er wieder in der Stadt war – ich, seine Ex, sogar seine neue Frau."

„Seine Frau."

„Ja, seine Frau. Sie hat ihren Mädchennamen behalten – Deputy Ergobah oben in Kearny Mesa", sagte er. „Was soll das, Cloister? Wenn Sie Merlo eifersüchtig machen wollen, treffen Sie sich mit Stokes. Ich mag Hewitt, aber er ist kein toller Fang."

„Da könnten Sie sich irren", antwortete Cloister leise. Er streckte eine Hand aus, um Bournevilles Ohren zu streicheln, als er sich daran erinnerte, wie sie Hewitt angeknurrt hatte. Damals hatte er die Anspannung und den Geruch nach Tod für

191

die Auslöser gehalten, doch sie war schon immer eine gute Menschenkennerin gewesen. „Ich wette, er hat auch seine Waffe behalten."

Fromes Verstand schien endlich zu seinem aufbrausenden Temperament aufzuschließen. „Das tun die meisten. Deputy Witte, was wollen Sie andeuten?"

„Ich weiß es nicht", antwortete Cloister. „Aber er war der Erste, der mit dem Finger auf Macintosh gezeigt hat, als Jessie und die Kinder verschwanden, oder?"

„Selbst wenn sein Auto einen Platten hatte, hat er mit dem Finger auf Macintosh gezeigt", sagte Frome. „Er hat ihn gehasst. Das gebe ich zu, aber er hat deshalb nie etwas unternommen, Witte. Er war ein guter Polizist."

„Das war jeder im Police Department von Plenty", wandte Cloister ein. „Bis sie es plötzlich nicht mehr waren. Lieutenant, würden Sie Hewitt für eine Befragung herbestellen?"

Stille. „Er ist ein Freund, Witte. Er war mein Partner."

„Dann doch besser Sie als irgendein Deputy", sagte Cloister. „Sagen Sie ihm, wir hätten noch Fragen wegen des Hinweises, mit dem er uns geholfen hat. Damit wir wirklich sicher sein können, dass Janet von Macintosh verletzt wurde. Wenn nichts dabei herauskommt, muss er nie etwas anderes erfahren."

„Wenn nichts dabei herauskommt", sagte Frome ruhig, „sollten Sie sich nach einer neuen Stelle umsehen, denn in meiner Station ist es dann für Sie vorbei. Verstanden?"

„Lieutenant."

Witzigerweise war es tatsächlich eine gute Drohung. Seit Cloisters Umzug nach Plenty war es das erste Mal, dass es ihn wirklich gestört hätte, gehen zu müssen. Tiefe Wurzeln waren es nicht – ein Mann, zwei Orte –, doch es war mehr, als Cloister seit langer Zeit gehabt hatte.

Er legte auf und wählte einhändig die Nummer des Reviers, wobei er seinen Gips auf dem Lenkrad abstützte, als er das Auto vom Straßenrand fortlenkte.

„Ich muss mit Ambrose reden", verlangte er knapp.

Während er darauf wartete, zu ihr durchgestellt zu werden, grübelte er über die Fotos nach, die er am Vortag angesehen hatte. Ein Tatort nach dem anderen und seine Aufmerksamkeit hatte sich auf das Verbrechen, die zugedeckten Leichen und die Blutspritzer gerichtet. Aber war Hewitt auf den Fotos gewesen? Er glaubte sich zu erinnern, auf einigen den Reinigungsvan und im Hintergrund die vertrauten Overalls gesehen zu haben. Hewitt könnte dabei gewesen sein.

Endlich nahm Ambrose ab. „Was ist los, Witte?", fragte sie. „Will Dein Hund vorbeikommen und mal wieder schnuppern, wie harte Arbeit riecht?"

„Kriege ich den Spruch, weil ich nur Schreibtischdienst machen darf?"

„Ganz genau", bestätigte Ambrose freundlich. „He, bist du auf dem Weg zu Tancredi? Ich wollte vorbeikommen, ihr ein paar Blumen oder so etwas bringen, aber … Krankenhäuser. Würden Sie …"

„Du hast dich seltsam verhalten, als wir das Lopez-Auto gebracht haben. Warum?"

„Das Lopez-Auto? Ach, das war nichts. Ein dummer Gedanke. Wieso?"

„Sag ihn mir."

„Es ist ein schönes Auto", sagte Ambrose. „Deshalb habe ich mich daran erinnert. Man sieht nicht viele davon. Mrs. Lopez scheint es jedenfalls zu mögen."

„Wie meinst du das?"

„Nun." Ambrose zögerte. Die Hintergrundgeräusche der Werkstatt wurden gedämpft, als sie offenbar die Bürotür hinter sich schloss. „Mr. Lopez hat sich umgebracht. In seinem Auto. Demselben Auto."

Cloister bremste abrupt vor einer Ampel und winkte beiläufig, um sich bei dem hupenden Fahrer hinter ihm zu entschuldigen.

„Vielleicht hat sie sich einfach das gleiche Modell gekauft?", schlug er vor.

„Das dachte ich erst", antwortete Ambrose. „Aber ich habe es überprüft. Es ist dieselbe Fahrgestellnummer."

„Hast du ihre Adresse?", fragte Cloister. Er kannte die Gegend, in der sie wohnte – eine geschlossene Wohnanlage im Norden der Stadt, in dem, was dort als Hügel durchging –, jedoch nicht die Hausnummer. „Kannst du sie mir schicken?"

„Ich habe gehört, sie hat ihren Anwalt eingeschaltet."

„Ich habe nicht vor, sie zu verhaften. Sie hat das Recht, ihre Meinung zu ändern."

Ambrose seufzte. „Ich schicke sie dir", sagte sie. „Wenn du es ins Krankenhaus schaffst, sag Tancredi, dass ich an sie denke."

Die Verbindung brach ab, doch Cloister hielt das Handy fest, bis eine Nachricht von Ambrose eintraf – Ginger Boulevard 430. Cloister kannte den Weg. Er warf das Handy über seine Schulter auf den Rücksitz und legte seine unverletzte Hand wieder an das Lenkrad.

Bourneville winselte, als das Auto beschleunigte.

„Du hast recht", sagte Cloister. „In Zukunft vertraue ich deinem Instinkt."

CLOISTER ZEIGTE dem Wachmann am Tor seinen Ausweis. Der Mann beugte sich vor, um die Dienstmarke zu mustern, und schob seine Mütze nach hinten. Sein Gesicht besaß eine schattierte Bräune, die an seiner völlig weißen Stirn begann und sich zu seinem sonnenverbrannten Kinn hin verdunkelte.

„Polizeiangelegenheit?", fragte er.

„Polizeidienstmarke", merkte Cloister an. „Deputy Cloister Witte. Ich muss mit Mrs. Lopez sprechen."

„Cristina Lopez?" Der Mann stieß einen missbilligenden Laut aus. „Ich hoffe, sie steckt nicht in Schwierigkeiten. Entzückende Frau. Großzügig."

Er öffnete Cloister das Tor. Ein kurzer Blick in den Rückspiegel, als er hindurchfuhr, bestätigte Cloisters Verdacht. Der Wachmann war bereits am Telefon, um die großzügige Bewohnerin zu warnen.

Ginger Grove war so weit von der Küste entfernt, wie es nur möglich war, während man sich noch auf dem Stadtgebiet befand. Dennoch war es aus irgendeinem Grund so gebaut worden, dass es diese nachahmte – von langen, niedrigen Dünen aus Strandroggen eingerahmte Straßen und abgerundete weiße Häuser, die hinter ihren meerblauen Zäunen wie Muscheln aussahen.

Mit den teuren Autos, die wie eingesperrte Hunde an die Tore gedrängt dastanden, wirkte es auf Cloister steril, wie eine schauderhaft protzige Ferienanlage. Natürlich war das Ganze vermutlich nicht auf die Art von Mann ausgerichtet, die zufrieden in einer Wohnwagensiedlung lebte.

Er fuhr durch die dünenumrahmten Straßen, bis er am Ende einer Sackgasse die Lopez-Villa erreichte. Hinter der Hausecke erschien ein Teenager mit abgeschnittenen Jeans und einem Football-Shirt auf einem Sitzrasenmäher. Er hielt an und wischte sich das Gesicht mit dem Unterarm ab, als ob es sich um körperliche Arbeit handelte.

„Ja?", rief er durch den Zaun, als Cloister aus dem Auto stieg und die Tür für Bourneville öffnete.

„Ich muss mit Cristina Lopez reden", sagte Cloister und hielt seine Dienstmarke in die Höhe. „Sheriff's Department."

Der Junge schnaubte und wandte sich auf dem Sitz des Rasenmähers um. „He, Cristina! Mom hat dir wieder die Bullen auf den Hals gehetzt!"

Von der Seite des Hauses rollte eine Welle von Flüchen zu ihnen heran. Mrs. Lopez, in einen schwarz-weißen, leicht unangemessenen Badeanzug gehüllt und mit Sonnenbrille auf der Nase, kam in Cloisters Sichtfeld gestampft.

„Geh nach Hause, ruf sie an und sag ihr, dass dein Vater dir erlaubt hat, hier zu sein", sagte sie und wedelte mit den Händen in Richtung des Teenagers. Der junge Mann stellte den Motor aus und sprang vom Rasenmäher, um sich einem Tor zum Garten nebenan zu nähern. Mrs. Lopez rief ihm nach: „Sag ihr, du hast ihn gefragt."

Sie wandte sich schwungvoll zu Cloister um und öffnete den Mund, um zu einer Schimpftirade anzusetzen. Dann erkannte sie ihn. Sie presste die Lippen zu einer verärgerten Linie zusammen.

„Ich habe doch klargemacht", sagte sie, „dass ich nicht ohne einen Anwalt mit Ihnen rede."

„Es geht nicht um Janet Morrows Fall", antwortete Cloister. „Es geht um Ihren Ehemann."

Erst wirkte sie überrascht, dann neugierig. Nach kurzem Zögern trat sie vor und schob das Tor auf.

„Halten Sie mich nicht für leicht beeinflussbar", warnte sie. Sie richtete ihren Blick auf seine Stirn und tippte auf die Stelle an ihrer eigenen Schläfe. „Das sieht besser aus."

„Tja, nun", sagte Cloister milde, als er die Zufahrt betrat. Er kratzte über die Wunde und fühlte Krusten um die Naht herum. Bourneville bewegte sich an ihm vorbei und beschrieb einen Bogen, um am Rasenmäher zu schnuppern. Dann heftete sie sich wieder an Cloisters Fersen. „Wenigstens sieht es nicht schlimmer aus."

Sie führte ihn um die Hausecke herum. In der Sonne glitzerte ein großer Pool, in dessen Mitte ein geflicktes Einhorn trieb.

„Mein Stiefsohn liebt es", erklärte sie. „Das hat er immer getan, aber seit sein Vater starb, ist er entschlossen, das Ding so lange wie möglich über Wasser zu halten. Etwas zu trinken?"

Sie ließ sich unter dem großen, mit Fransen versehenen Sonnenschirm nieder und wartete nicht auf seine Antwort, sondern goss hellgrüne Flüssigkeit in ein Glas. Die Eiswürfel klapperten, als sie sich in dem hohen, schmalen Glas drehten.

Er setzte sich ihr gegenüber und nahm das Glas entgegen, um vorsichtig daran zu schnuppern. Der Inhalt roch nach Zucker und etwas harmlos Fruchtigem.

„Ganz so sehr entspreche ich nicht dem Klischee", sagte Mrs. Lopez gedehnt. Sie schob sich die Sonnenbrille auf den Kopf, sodass sich blonde Strähnen um das Gestell lockten, als sie ihn stirnrunzelnd ansah. „Falls Sie mich irgendetwas über die Kinder fragen, ist mein Anwalt schneller hier, als Sie Ihrem Hund ‚sitz' sagen können."

Bourneville schnaufte und lehnte sich gegen Cloisters Beine. Sie legte ihr Kinn auf seinem Knie ab und entspannte sich so weit, wie sie es sich beim Arbeiten gestattete.

„Als sich Ihr Mann das Leben genommen hat", begann Cloister. „Was ist mit dem SUV passiert?"

Mrs. Lopez zuckte mit den Schultern und schnippte die Sonnenbrille wieder auf ihre Nase. „Er sah nicht gut aus", antwortete sie leichthin, ohne jedoch den Schmerz zu verbergen. Sie rührte mit dem Strohhalm ihr Getränk um und zuckte mit den Schultern. „Das passiert, wenn sich jemand lieber erschießt, anstatt mit seiner Familie zu reden. Dann sieht es nicht gut aus."

„Haben Sie ihn abgegeben?"

„Nun, so etwas behält man nicht, oder?", fragte sie spöttisch. Sie rührte kräftiger, bis die Eiswürfel klimperten, und richtete ihre Aufmerksamkeit auf den Pool, als der Wind das Einhorn wie ein Boot über das Wasser bewegte. „Das wäre makaber."

„Unsere Mechanikerin hat die Fahrgestellnummer überprüft, als sie das Auto auseinandergenommen hat", sagte Cloister. „Es ist dasselbe Auto, Mrs. Lopez."

„Warum fragen Sie dann?", wollte sie wissen. Sie trank einen Schluck und er wartete. Mrs. Lopez stellte das Glas ab und rieb ihre feuchten Hände aneinander. „Er hat das dumme Ding geliebt. Wir wollten uns so einen luxuriösen Airstream-Wohnwagen kaufen und im Sommer durchs Land reisen. Na ja, durch die schönen Teile. Wir hatten vor, das Boot selbst zu benutzen, anstatt Leute mit Ahnung von der Sache zu bezahlen. Er wollte sich zur Ruhe setzen und wir hatten so viele Unternehmungen mit diesem hässlichen, blöden Auto geplant."

„Stattdessen hat er sich umgebracht."

„Er hat einen Zettel hinterlassen. Es tat ihm leid." Mrs. Lopez lehnte sich seufzend zurück. Erst als sie es nicht mehr tat, bemerkte Cloister, wie sie bis dahin posiert hatte. „Ich dachte, er hätte all unser Geld verloren, aber da ist alles in Ordnung. Oder ein Skandal, aber nichts ist passiert. Jetzt werde ich die Angst nicht los, dass er einem der Kinder etwas angetan haben könnte, ohne dass ich es bemerkt habe. Ich meine, das wäre ein furchtbarer Gedanke. Ich habe ihn *geliebt*. Aber irgendetwas muss vorgefallen sein."

„Also behielten Sie das Auto? Nachdem er gefunden wurde, was …"

Mrs. Lopez wischte mit einer zügigen Bewegung ihrer Fingerspitzen unter ihren Brillengläsern her. „Das hatte ich nicht vor. Natürlich nicht. Er hatte sich erschossen. Da war Blut überall auf … überall."

Cloister sah zu Bourneville hinab. Sie hatte überall im Auto Blut gewittert. Er hätte besser Acht geben sollen.

„Und es hat gestunken. Ich wollte einfach nur, dass es jemand für mich …" Sie hielt inne, um mit der Hand eine quetschende Geste zu vollführen. „… loswird, aber ich konnte mich nicht dazu überwinden, die Formulare zu unterschreiben. Es wäre mir vorgekommen, als hätte ich seine Träume fortgeworfen, das Letzte, was von ihm zurückgeblieben war. Also hat mir einer der Deputies die Visitenkarte von einem Spezialreiniger gegeben, der *solche* Verschmutzungen entfernt. Dann habe ich es wieder hergebracht, aber ich fahre nie damit. Ehrlich gesagt, auch wenn ich so ein Theater gemacht habe, war ich erleichtert …"

„Erinnern Sie sich an den Namen? Des Reinigers?"

„Das tue ich nicht." Sie schob ihre Sonnenbrille wieder hoch und sah ihn mit einem Stirnrunzeln an. „Ich kann nachsehen. Die Karte sollte noch bei den Sachen meines Mannes sein."

„Bitte."

Obwohl sie verständnislos den Kopf schüttelte, stand sie auf und verschwand im Haus. Cloister kraulte Bourneville hinter dem Ohr, während er einen Blick auf sein Handy warf. Es gab nichts Neues von Frome zu Hewitt, jedoch einige verpasste Anrufe von Javi. Er würde sich bei ihm melden müssen, wenn er hier fertig war.

Einige Minuten später kehrte Mrs. Lopez zurück. Sie hatte einen Morgenmantel übergeworfen und ihre Sonnenbrille durch eine Lesebrille ersetzt. Wegen des hellen Sonnenlichts kniff sie die Augen zusammen, als sie die Terrasse betrat.

„Hier." Sie reichte Cloister die Karte, verschmutzt und mit Eselsohren. Nachdem er sie entgegengenommen hatte, zog sie ihren Gürtel enger und wickelte sich die Seide fest um die Finger. „Worum geht es dabei?"

Sehr beeindruckend war die Visitenkarte nicht. Cloister fühlte die Grate an den Stellen, an denen sie aus einem Bogen gelöst worden war. Die

Kontaktdaten hatte jemand mit einem Privatdrucker gedruckt, vermutlich mithilfe eines Word-Layouts.

Tim Hewitt. Als er die Karte umdrehte, sah er Ellie Smith' Namen in ihrer geschwungenen, effektvollen Handschrift. Er hörte beinahe ihre Stimme. „Sagen Sie einfach, ich hätte Sie geschickt. Er kümmert sich darum."

Wahrscheinlich hatte sie gedacht, sie täte der traurigen Witwe einen Gefallen.

„Hatte der Mann Zugang zu den Autoschlüsseln?", fragte er. Immer noch verwirrt, doch nun auch besorgt wirkend, nickte Mrs. Lopez. „Zum Haus?"

Da ging sie direkt zu verängstigt über. „Ich … Ja", antwortete sie. „Ich hatte mich mit Marie getroffen, der Mutter der Kinder, um zu besprechen, wie wir es mit ihnen regeln sollten. Sie wohnt in Vegas. Ich habe ihm den Schlüssel gegeben, damit er das Auto hier abstellen konnte. War er es, der mein Auto gestohlen hat? Hat er … hat der Mann diesem armen Mädchen wehgetan?"

Cloister schob die Karte in seine Tasche. „Das wissen wir nicht, Mrs. Lopez", beruhigte er sie. „Bisher wissen wir überhaupt noch nichts. Aber selbst wenn er es war, gibt es keinen Grund zu der Annahme, dass Sie in Gefahr sind."

„Nun, das sehe ich anders", widersprach sie. „Er kann mein Haus betreten. Wir wohnen in einer geschlossenen Anlage. Wie ist er am Wachmann vorbeigekommen? Für solche Fälle ist er doch hier."

„Haben Sie Hewitt einen Handwerker-Ausweis gegeben?"

Mrs. Lopez erbleichte. „Oh, Gott."

„Ich verspreche Ihnen", sagte Cloister, „es gibt keinen Hinweis darauf, dass diese Person – selbst wenn es Hewitt gewesen sein sollte – es auf Sie abgesehen hat. Wenn Sie besorgt sind, könnten Sie die Nacht vielleicht woanders verbringen. Bei Freunden? Verwandten?"

„Wie wäre es mit einem Hotel außerhalb der Stadt?"

Cloister nickte. „Das klingt nach einem guten Plan."

Während Mrs. Lopez packte, versuchte Cloister Frome anzurufen, wurde jedoch direkt mit der Mailbox verbunden. Als er sich beim Revier erkundigte, konnte dort ebenfalls niemand sagen, wo er sich aufhielt.

„Er ist vor einer Stunde gegangen", sagte Mel. „Wie geht's Sara?"

Es war so selten, dass jemand Tancredi anders als Tancredi nannte, dass Cloister eine Sekunde brauchte, um zu begreifen, wer gemeint war.

„Ich war noch nicht bei ihr", antwortete er. „Ich bin quasi in eine Sackgasse geraten. Sagst du Bescheid, wenn du etwas vom Lieutenant hörst?"

„Mache ich", sagte Mel. Sie zögerte kurz und fügte dann brüsk hinzu: „Witte, ich weiß nicht, was da vor sich geht, aber erinnere dich daran, was beim letzten Mal passiert ist, als du es übertrieben hast. Du wurdest von einem Auto angefahren."

Sein nächster Anruf wäre bei Javi gewesen, doch dieser meldete sich zuerst.

„Hewitt hat Janet."

22

VON FROME gab es noch immer keine Spur. In seiner Abwesenheit übernahm Javi das Kommando. Es war nur logisch: Mindestens die Hälfte der Deputies hatte während der Kartellrazzien in den Hügeln mit ihm zusammengearbeitet. Und dennoch gab es einen kleinen, egoistischen Teil von Cloister, der sich jemand anderen an der Spitze wünschte. Wenn die Sache schiefging, würde Javis Akte einen weiteren negativen Eintrag erhalten.

Cloister knurrte dem Gedanken zu: *Dann sorg dafür, dass es nicht schiefgeht.*

Er hielt mit Javi Schritt, als dieser durch den langen Krankenhausflur eilte, vorbei an düster dreinschauenden Deputies, die versuchten zwei oder drei Personen gleichzeitig zu befragen.

„Wir haben nichts gesehen."

„Was ist passiert? Wir haben gerade einen Patienten aus der Notaufnahme hergebracht …"

„Ist jemand gestorben?"

„Bitte bleiben Sie einfach in Ihren Zimmern", forderte Ellie zwei besorgte Eltern auf, zwischen denen in ein Krankenhausnachthemd gehüllt ihre kleine lockenköpfige Tochter stand. Sie sah aufgeregt aus, ihre Eltern verängstigt. „Sie sind sicher, aber bleiben Sie in Ihrem Zimmer."

Das Mädchen schob sich zwischen den Beinen ihrer Eltern nach vorn. „Guckt mal! Das Hündchen durfte rein. Ihr habt mir verboten, Patchy mitzunehmen."

Bourneville wedelte dem kleinen Mädchen zu, als sie mit auf dem Linoleum klappernden Krallen vorbeitrabte. Sie schien es stets besonders zu genießen, wenn die Arbeit sie an einen Ort führte, den Hunde normalerweise nicht betreten durften. Cloister hielt in seiner knappen Zusammenfassung seines Morgens inne, als sie die Tür erreichten. Sobald sie einige Schritte hinter ihnen lag, fuhr er fort.

„Hewitt hatte ein Motiv, um Macintosh etwas anzutun", sagte er. „Aber er war kein Mörder. Wäre er einer gewesen, hätte der Mord auf der Straße tatsächlich stattgefunden. Was hat sich geändert?"

„Janet Morrow", antwortete Javi. „Sie hat allen Leuten in New York erzählt, ihre Familie sei tot, aber wir wissen, dass sie noch lebt … oder es zumindest bis vor Kurzem noch tat. Irgendetwas muss zwischen ihnen vorgefallen sein – vielleicht konnten sie ein schwules Familienmitglied akzeptieren, aber keines, das trans war – und sie musste ihren eigenen Weg gehen. Das ergibt mehr Sinn, nachdem wir jetzt wissen, dass Jessie ihren Tod wegen einer Affäre vorgetäuscht hat und nicht, um ihr Kind vor einem homophoben Vater zu beschützen. Als sie dann erst einmal allein da draußen war, nicht mehr von den Schuldgefühlen erdrückt, der Grund für die ganze Sache gewesen zu sein, haben einige Dinge, die ihr ihre Familie erzählte, nicht mehr zusammengepasst."

„Also ist sie weshalb zurückgekommen? Um es ihrem Vater zu erklären? Um zu beichten?"

Javi warf ihm einen schiefen Seitenblick zu. „Du bist wohl kein sehr nachtragender Mensch", stellte er fest. „Ich glaube, sie wollte nur Geld. Macintosh war nicht unbedingt der Vater des Jahres, bevor sie ihren Tod vortäuschten. Ich kann mir nicht vorstellen, dass sie geglaubt hat, er hätte sich geändert – nicht, bevor sie herkam."

„Ich weiß nicht", sagte Cloister. „Ich glaube, sie wollte vielleicht nur ihre Familie zurückhaben. Den möglicherweise nicht toxischen Teil davon."

„Jedenfalls war es ein Problem, das Hewitt nicht bereinigen konnte."

Vor der Tür war Collins abgestellt worden. Als sie ihn erreichten, warf er Javi einen reuevollen Blick zu. „Wir haben gestern Abend die Wachen vor ihrem Zimmer abgezogen, Agent Merlo", sagte er. „Nach Macintosh' Selbstmord dachten wir, die Gefahr wäre vorüber …"

„Und Sie hatten unrecht", antwortete Javi in kühlem, brüskem Tonfall. Plötzlich wirkte Collins mutlos. Javi erbarmte sich. „Es kommt vor. Machen Sie den Fehler nur kein zweites Mal."

Collins straffte die Schultern. „Das machen wir nicht", versicherte er. „Das mache ich nicht. Danke, Agent." Er trat zur Seite, um sie das nun leere Krankenhauszimmer betreten zu lassen.

Das Laken war sorgfältig zurückgefaltet, als hätte es eine Schwester getan und die Andeutung von Janets Körper war noch in die Matratze und die Kissen gedrückt. Ein langes, buntstiftrotes Haar hing am Schlauch der gelösten Kanüle, der sich auf dem Kissen krümmte.

„Das wäre hier alles, Collins", sagte Javi. „Fragen Sie doch Tancredi, ob sie etwas gesehen hat. Auch wenn sie Patientin ist, war außer ihr kein Deputy im Gebäude, als es passierte."

„Sir." Die Tür schloss sich und Collins Schritte entfernten sich über den Gang.

„Warum hat er sie nicht einfach hier getötet?", fragte Javi. Er ging um das Bett herum und warf einen finsteren Blick auf die gelösten Drähte. „Wenn er in der Nacht, in der du von ihm angefahren wurdest, noch Skrupel gehabt haben sollte, hat er diese inzwischen abgelegt. Jessie Macintosh und Andrew Junior könnten mittlerweile tot sein. Er hat den Mord an der Bezirkspathologin in Auftrag gegeben. Und trotzdem kann er sich nicht dazu überwinden, einer im Koma liegenden verletzten Frau den Rest zu geben? Warum sollte er sie wegbringen?"

Die Blumen waren verwelkt und rochen leicht nach Verfall. Für ein Krankenhauszimmer war es ein schlechter Duft. Cloister ging zum Fenster hinüber, um etwas Luft in den Raum zu lassen. Er öffnete es mühsam, sodass Zugluft hereinpfiff, und erstarrte dann, als ihm etwas klar wurde.

„Hewitt hat Jahre mit dem Aufräumen von Tatorten verbracht", sagte er. „Deputy. Reiniger. Er hat Hunderte von Verbrechen gesehen, Hunderte von Wegen, gefasst zu werden. Er wird dasselbe wie vor zehn Jahren tun und den Tatort so inszenieren, dass dieser sagt, was er möchte. Hewitt glaubt immer noch an eine Chance, sauber aus der Sache herauszukommen."

Bourneville erhob sich auf die Hinterbeine und legte die Vorderpfoten auf die Fensterbank, um ihre feuchte schwarze Nase gegen das Glas zu pressen und hinauszuschauen.

„Wie meinst du das?", fragte Javi. Cloister zeigte aus dem Fenster.

„Das ist Lieutenant Fromes Auto", antwortete er.

Javi brauchte nicht lange, um seinem Gedankengang zu folgen. Cloisters Bauchgefühl verschaffte ihm vielleicht einen Vorsprung, doch Javi konnte die Teile schneller zusammensetzen als er selbst.

„Alles, was Hewitt belastet, würde auch Frome belasten", sagte er, als er sich abrupt umdrehte und mit angespannten Schritten zur Tür eilte. Er riss sie auf und rief nach einem Deputy. „Frome hatte dasselbe Motiv, den gleichen – oder sogar besseren – Zugang zu Waffen und Akten und dieselben Gelegenheiten. Und da Hewitt seine Zweifel in Bezug auf Mord nun überwunden zu haben scheint, wird Frome keine Chance bekommen, sich zu wehren."

Während Javi den Deputies barsch befahl, hinauszugehen und Fromes Auto zu überprüfen, zeigte Cloister auf das Bett.

„Hopp", sagte er, woraufhin Bourneville von der Fensterbank sank, zum Bett tappte und hinaufsprang. Die zuvor makellosen Laken, auf denen ihre Pfoten nun schmutzige Spuren hinterließen, konnten die Mitarbeiter wechseln, bevor Janet zurückkehrte. Cloister klopfte auf das Kissen. Bourneville senkte ihre Nase und sog den kräftigen Schweiß-und-Öl-Geruch ein, der in den letzten Wochen in Baumwolle und Federn eingedrungen war. „Such, Bourneville. Such. Finde Janet."

Bei einem solchen Fall, wo jemand erneut verschwand, hatte Cloister stets das Gefühl, dass Bourneville ausgesprochen enttäuscht von ihm war. Sie hatte die Person doch schon einmal gefunden. Warum hatte Cloister sie wieder davonspazieren lassen?

Aufhalten ließ sie sich davon jedoch nicht. Ihre Ohren spitzten sich aufmerksam, als sie ein letztes Mal am Kissen schnüffelte. Nachdem sie den Geruch in ihrer Nase gespeichert hatte, sprang sie vom Bett und senkte sie zum Boden, während sie das Bett umkreiste.

Obwohl die Spur nicht so deutlich war, wie Janet sie hinterlassen hätte, wenn sie selbstständig gelaufen wäre, hatte Bourneville sie nach kurzem Suchen gefunden. Sie bellte einmal und lief los, den Kopf gesenkt und die Rute erhoben, als sie sich zwischen Servierwagen und uniformierten Beinen hindurchschlängelte.

„Was zum …?", rief eine überraschte Schwester, als Bourneville sich zwischen ihre Knie schob.

Cloister folgte seinem Hund eilig den Flur entlang. „Entschuldigung", rief er der Schwester im Vorbeilaufen zu.

Sie reagierte mit einem verblüfften Blick und einem eingeschüchterten „Okay?".

Die Spur führte Bourneville durch den Flur bis zu der schweren Schwingtür. Sie jagte hindurch und raste mit Höchstgeschwindigkeit die Treppe hinunter. Ihre Pfoten schlitterten auf den Treppenabsätzen und Cloister musste drei Stufen auf einmal nehmen, um ihr folgen zu können. Der dumpfe Schmerz, der endlich aus seiner Hüfte verflogen gewesen war, flammte wieder auf, als er mit beiden Füßen hart auf dem Beton aufkam.

„Cloister", brüllte Javi. „Warte! *Pendejo estúpido!*"

Der Fluch hallte durchs Treppenhaus. Cloister registrierte die Frustration – Javi griff nur dann auf Spanisch zurück, wenn er so sauer war, dass nur noch die Flüche seiner Großmutter ausreichten –, doch die Gewohnheit eines ganzen Lebens war schwer zu ändern. Er folgte Bournevilles wie eine Flagge aufragender Rute die Treppe hinunter, während sie Janets Spur folgte.

Auf dem vorletzten Absatz rutschte Cloister aus und stieß gegen die Wand. Der Aufprall erschütterte seine Schulter bis in seine verletzten Rippen hinunter und er stöhnte vor Schmerz. Als er einen Augenblick später wieder sicher auf den Füßen stand, hatte er Bourneville aus den Augen verloren.

„Scheiße."

Er schluckte das Blut aus der Wunde in seiner Zunge, auf die er sich gebissen hatte, und überwand das letzte Stück Treppe. Über ihm schlug eine Tür zu, doch er beachtete sie nicht, sondern zog seine Pistole aus dem Holster. Vor ihm befanden sich Brandschutztüren, die einen Spalt weit geöffnet waren, da das provisorische aus einer Kette bestehende Schloss nicht ausreichte, um sie ganz zu verschließen, und drei verschiedene Korridore führten in das Labyrinth aus tiefer liegenden Räumen und Fluren.

Hierher hatte man Cloister in seinem Rollstuhl geschoben, um sein Handgelenk zu röntgen, bevor ihm der Gips angelegt worden war. Er erinnerte sich an eine scheinbar endlose Reihe von Abzweigen und das flackernde Stroboskoplicht der beinahe erloschenen Neonröhren. Ein Teil dieser Verwirrung hatte vermutlich mit seiner Kopfverletzung zu tun gehabt, jedoch nicht alles davon.

„Bourneville", rief er und die Wände warfen seine Stimme zurück. „Gib Laut. Melde dich, Bon."

Als Antwort ertönte von links heiseres, geknurrtes Bellen.

Cloister hielt seine Pistole tief neben seinem Oberschenkel, als er in die entsprechende Richtung joggte. Die Wände waren in einem kühlen, industriell wirkenden Grau gehalten und hatten rissige Stellen, an denen der Putz abblätterte. Cloisters Schritte hallten so laut wider, dass er daran zweifelte, sich unbemerkt nähern zu können.

Er holte Bon an einem weiteren Notausgang ein. Sie lief davor auf und ab, während sie ein kaum hörbares, aber frustriertes Knurren und Brummen von sich gab. Als sie Cloister sah, stellte sie sich auf die Hinterbeine und zerrte mit den Pfoten an der schweren Metallklinke. Ihr Gewicht brachte sie zum Wackeln, jedoch nicht zum Nachgeben.

Sex und Kämpfe – zwei Gelegenheiten, bei denen zwei unversehrte Hände sehr angenehm gewesen wären.

Cloister schob Bourneville mit dem Knie von der Tür fort und schlug ungeschickt mit dem Gips auf die Klinke, um sie zu öffnen. Als ihm das gelungen war, stieß er sie mit dem Fuß weiter auf und Bourneville schoss mit einem feuchten, rasselnden Knurren, das aus ihrem tiefsten Innern zu kommen schien, durch die Lücke.

„Rufen Sie den verdammten Hund zurück", krächzte Hewitt.

Als Cloister sich mit der Schulter zuerst durch die Tür schob, wurde ihm klar, dass es sich um dieselbe Tiefgarage handelte, in der Macintosh sich das Leben genommen hatte. Das Absperrband hing noch schlaff von den Pfeilern und ein gereinigtes Stück verdächtig sauberen Betons verriet die Stelle des Todes.

Hewitt stand in der Mitte des Raums und presste eine Pistole an Janets Schläfe, die bewusstlos in einem Krankenhausrollstuhl zusammengesunken war. Ihre in Gips gehüllten Arme lagen in ihrem Schoß und ließen sie merkwürdig sittsam wirken.

„Rufen Sie den Hund zurück", wiederholte er, als er sich umwandte, sodass sich Janets schlaffer Körper als beweglicher Schutzschild zwischen ihm und Bons gefletschten Zähnen befand. „Oder ich verteile noch ein Macintosh-Gehirn auf dem Boden."

Cloister stieß zwischen den Zähnen hindurch einen Pfiff aus, ein kurzes, schneidendes Geräusch, welches dafür sorgte, dass Bourneville sich duckte und drei kurze Schritte zurückwich, bis sie beschloss, dass es reichte.

„Sie hat Ihnen nichts getan", sagte Cloister, während er sich am Rand der Grenze bewegte, die er gedanklich um Hewitt gezogen hatte. „Das arme Mädchen wollte nur die Wahrheit erfahren."

Hewitt stieß ein bellendes, freudloses Lachen aus. „Seit wann interessiert sich ein Macintosh für die Wahrheit?", verlangte er zu wissen. Seine Mundwinkel senkten sich, als er eine erschöpfte, finstere Miene aufsetzte. Cloister war nicht sicher, ob darin Reue oder lediglich Furcht mitschwang. „Ihr Vater war ein Lügner. Ihre Mutter war eine Lügnerin. Ihr Bruder war ein Lügner. Korrupte Schweine, jeder einzelne von ihnen."

Cloister trat einen weiteren Schritt zur Seite. Die Stoßstange eines geparkten Mercedes streifte seine Kniekehle und ihm ging der Gedanke durch den Kopf, dass der ungeduldige Arzt rasend vor Wut sein würde, weil er einen weiteren Tag auf sein Auto verzichten musste. Auf der anderen Seite seiner gedanklichen Grenze kopierte Bourneville seine Bewegungen. Hewitt musste sich nun auf sie beide gleichzeitig konzentrieren, wobei er Janet benutzte, um den Hund von sich fernzuhalten, während er seine verwässerte Aufmerksamkeit auf Cloister richtete.

„Sie haben Jessie und Andrew bei der Flucht unterstützt", wandte Cloister ein. Er war über die Affäre informiert worden, die Stokes vor seinem Arbeitgeber geheim gehalten hatte. „Sie waren verliebt. Sie …"

Hewitt schnaubte. „Sie waren nicht verliebt", sagte er. Trotz des rauen Tonfalls wirkte Hewitts Wut kühl und kontrolliert. Kurz richtete er seine Waffe auf Cloister, dann wieder auf Janets Kopf. „Es war Lust. Es war erbärmlich. Sie hatten keine Angst vor ihm. Sie wollten nur nicht sein Geld aufgeben."

„Warum haben Sie dann geholfen?", fragte Cloister. Er schob einen Fuß über den Boden, doch bevor er sein Gewicht verlagern konnte, schwenkte Hewitt die Pistole entschlossen in seine Richtung. Trotz des feuchten, nervösen Glanzes in Hewitts Augen war der Lauf der Waffe ruhig. „Es war Ihre Idee, nicht wahr?"

Es war zehn Jahre her, zehn Jahre, in denen er nicht über das Kühnste und Genialste reden durfte, das er jemals getan hatte.

Cloister war ziemlich sicher, dass Hewitt über glühende Kohlen gelaufen wäre, um die Gelegenheit zu bekommen, damit zu prahlen, und er behielt recht.

„Als ich sie gesehen habe", begann Hewitt. Ein schneidendes, schmerzerfülltes Lächeln verzog seinen Mund, als er die Hand vom Rollstuhl nahm, um energisch mit dem Finger gegen seine Schläfe zu tippen. Die Waffe richtete er wieder auf Janets Hinterkopf. „Kam mir sofort der Gedanke. Macintosh hat mein Leben ruiniert. Zwei Jahre immer wieder im Krankenhaus. Medikamente. Zittern. Und obwohl die da oben wussten, dass er sich vor Gericht ein beschissenes Märchen ausgedacht hatte, wurde ich von einem Schreibtisch an den anderen geschoben. Die Straßen hat mir niemand mehr zugetraut."

„Frome schon."

Hewitt öffnete und schloss seinen Mund mit einem feuchten Knacken, als er sich bemühte, den von dieser Aussage hervorgerufenen Schuldgefühlen auszuweichen. Letztendlich gab er schlicht vor sie nicht gehört zu haben und sprach weiter.

„Es war nur das, was mir zustand", sagte Hewitt ruhig. „Rache und Entschädigung. Es war freilich nicht genug, aber es war das mindeste, was man mir schuldete."

„Und der Plan?"

„Der dauerte länger", gab Hewitt zu. „Wir mussten warten, bis drei passende Tote im Leichenschauhaus waren, und sichergehen, dass Macintosh genug auf dem Konto hatte, um das Lösegeld zu zahlen. Er hat nicht einmal versucht zu feilschen. Er hat sofort bezahlt. Eigentlich sollte er wegen Mordes in den Knast, wissen Sie, aber da hat er sich ebenfalls rausgewunden. Ich dachte, jemand würde das mit der Affäre ausplaudern, aber alle waren zu feige. Niemand hat auch nur in meine Richtung gesehen … bis sie zurückkam."

Er schüttelte den Rollstuhl, woraufhin Janet zur Seite sank. Sie stöhnte, als ihr Körper unbeholfen über den eingegipsten Arm sackte. Ein nackter Fuß rutschte von der gepolsterten Stütze und streifte den Boden.

„Sie hat mir übrigens die Schuld gegeben, für alles. Als hätte ich irgendjemanden zu etwas gezwungen, als hätte ich ihnen befohlen, darüber zu lügen, dass ihr Vater sie zu einer Art Gefangenenlager schicken wollte. Das war ihre Schuld. Sie haben ihr die Lüge erzählt. Ich habe sie nicht dazu gebracht." In Hewitts Stimme schwang aufrichtige Entrüstung mit, als wäre er der Geschädigte. „Sie hat an diesem Abend aus Macintosh' altem Büro die Nummer angerufen, die ich Jessie für Notfälle gegeben hatte, betrunken und wütend, weil sie unter einer Brücke auf ihren Vater gestoßen war. Sie hat mir die Schuld an seinem Zustand gegeben, mir jedes erdenkliche Schimpfwort an den Kopf geworfen und mir gedroht, allen die Wahrheit zu sagen. Ihr war es sogar egal, dass sie damit ihr eigenes Leben und das ihrer Mutter ruiniert hätte."

„Da haben Sie beschlossen, sie zu töten, um Ihre Spuren zu verwischen."

Hewitt stieß ein Lachen aus, ein raues, krachendes Geräusch. „Nein! Das ist das verdammt Lustige an der Sache, Deputy, ich wollte ihr nicht wehtun. Ich wollte immer nur *ihm* wehtun. Ich wollte ihr nur die Wahrheit sagen, denn sie hätten nie vor ihr verheimlichen müssen, was für ein Monster Macintosh war. Das war er wirklich. Aber sie wollte nicht auf mich hören. Sie hat behauptet, Macintosh wäre ein besserer Mensch als ich. Er! Als hätte ich nicht dafür gesorgt, dass sie alle ein besseres Leben führen konnten. Ich sage Ihnen etwas, Witte: Die Korruption hätte niemals aus Plenty entfernt werden können, wenn Macintosh noch da gewesen wäre. Und trotzdem sagt sie, er wäre besser als ich? Ich wollte sie nicht verletzen, aber ich habe sie gepackt und wir haben gekämpft und dann … war sie endlich still."

„Und was dann?", fragte Cloister. „Sie wollten sie dort sterben lassen?"

„Es wäre leichter gewesen", antwortete Hewitt ruhig. „Ein gewöhnlicher Raubüberfall, kein Grund, ihn sich genauer anzusehen. Schließlich hatte sie schon vor Jahren ein anständiges Begräbnis. Aber dann sind Sie aufgetaucht und alles geriet außer Kontrolle. Tatsächlich ist alles, was passiert ist, Ihre Schuld. Hätten Sie einfach aufgegeben, wenn es jeder andere auch getan hätte, wäre ich nicht dazu gezwungen gewesen, all das zu tun. Das war weiß Gott nicht mein Wunsch."

„Sie haben versucht, Galloway zu töten."

„Nicht ich", antwortete Hewitt scharf. „Ich habe nie jemanden getötet. So viele Jahre im Dienst und ich hatte nie ein Todesopfer in meiner Akte. Deshalb habe ich Macintosh damals nicht einfach getötet. Ich dachte nicht, dass ich die Nerven dazu hätte, es tatsächlich ganz kaltblütig zu tun. Deshalb habe ich Macintosh geschickt. Er war dafür kaltblütig genug. Aber anscheinend hatte der ganze Suff Mackie Messer stumpf gemacht."

„Und Frome?", fragte Cloister. „Er ist Ihr Freund."

Hewitt vollführte wieder die wortlose Mundbewegung, als wollte er lieber noch nicht darüber nachdenken.

„Man tut, was man tun muss. Irgendjemand muss den Kopf dafür hinhalten", antwortete er. „Er hat meine Karriere bekommen, die Beförderungen, die mir zugestanden hätten. Also ist es vielleicht fair. Letztendlich lieber er als ich."

Cloister spuckte Schweiß von seiner Oberlippe. „Wird jetzt nicht mehr so ganz funktionieren, oder?"

„Ich denke, ich kann dafür sorgen, dass es funktioniert", widersprach Hewitt ganz sachlich klingend. Er hob die Pistole, womit er Cloister mitten im Vorwärtsschritt stoppte. „Wissen Sie, ich glaube, es wird doch nicht so schwer, wie ich dachte, jemanden zu ermorden."

Doch als er den Finger auf dem Abzug spannte, stürzte sich Bourneville über Janets Rollstuhl und ihre Krallen kratzten über das billige T-Shirt-Nachthemd der jungen Frau, als sie Hewitts Handgelenk packte. Ohne die Polsterung eines Schutzanzugs sanken ihre Zähne bis auf die Knochen in sein Fleisch. Völlig verblüfft stieß Hewitt ein schrilles Kreischen aus und sank nach vorn, als Bournevilles Gewicht ihn hinunterzog.

Dabei riss er den bereits ramponierten und zweckentfremdeten Rollstuhl mit sich und alle drei Körper schlugen auf dem Boden auf. Janet lag ausgestreckt da, an den mit Gips eingefassten Gliedmaßen steif wie eine Puppe, während die anderen beiden sich über sie hinweg rauften.

„Holen Sie das von mir runter", brüllte Hewitt. Er schlug blind um sich, wobei seine Fäuste ähnlich häufig Janets Rücken wie Bournevilles gepolsterten und ihre Schultern trafen. „Frome stirbt, wenn ich Ihnen nicht sage, wo er ist! So verdammt sicher wie Macintosh!"

Cloister schob sich eilig vor, um Janet zu packen. Sie wimmerte und klammerte sich mit schwachen Fingerspitzen an ihn, als er sie aus dem zerquetschten Rollstuhl zog. Über dunklen Ringen wirkten ihre Augen blicklos und leer und sie wusste offensichtlich nicht, wo sie sich befand, doch sie war wach. Das Ende ihres Zopfes verfing sich in den zerbrochenen Speichen des Rollstuhls und sie stöhnte, als er an ihrer Kopfhaut zerrte.

„Alles ist gut", versicherte Cloister ihr. Er verlagerte ihr Gewicht auf einen Arm, damit er sich vorbeugen und sie befreien konnte.

Beinahe hatte er das dicke Haarseil gelöst, als es Hewitt gelang, mit einem Tritt Bournevilles Bauch zu treffen. Sie stieß ein bellendes Keuchen aus, als die Luft aus ihrer Lunge gepresst wurde und der Griff ihrer Zähne lockerte sich so weit, dass Hewitt ihr sein Handgelenk entreißen konnte. Blut rann aus dem zerfleischten Gelenk und unter der zerfetzten Haut waren die Knochen zu sehen, als Hewitt ausholte und Cloister mit dem Griff seiner Pistole niederschlug.

Sie traf genau die genähte Wunde, deren Bluterguss noch immer die Haut bis zu seinem Haaransatz verfärbte. Der unerwartete Schmerz ließ heiße Röte in Cloisters Blickfeld aufflackern und rammte sich wie ein Bohrer in sein Hirn. Voll benommener Verwirrung wich er zurück und aus den aufgerissenen Stichen tropfte es rot in sein Sichtfeld.

Hewitt stieß den zerstörten Rollstuhl in Bournevilles Richtung und kam eilig auf die Beine. Er wich bis an die Motorhaube des Mercedes zurück und schob die Pistole ungeschickt von einer Hand in die andere. Cloister wischte sich gerade rechtzeitig das Blut aus den Augen, um zu sehen, wie Bourneville zum Sprung ansetzte.

Panik durchspülte ihn mit einer übelkeiterregenden Welle, die mehr schmerzte als sein Kopf. Er wusste, wie schnell Bourneville war und wie schnell eine Kugel war. Diesmal würde sie nicht schnell genug sein. Cloister versuchte sie zurückzurufen, brachte jedoch nicht rechtzeitig die Worte heraus.

Sie stieß sich vom Boden ab und Cloister kniff die Augen zu. Er hörte den Schuss und ein kurzes kleines Bellen.

Feigling, war sein verbitterter Gedanke.

„Man erschießt keinen Hund", sagte Javi. „Ich mag Hunde nicht mal, aber selbst ich weiß, dass es einen zum Arschloch macht."

Cloister öffnete die Augen. Sein Gesicht war wieder blutüberströmt. Er wischte es mit der Rückseite seines Gipses fort, während sich Bourneville, die gesund und unverletzt aussah, die größte Mühe gab, auf seinen Schoß zu klettern und den Rest abzulecken. Ihre Zunge landete in seiner Nase und in seinem Ohr, bis es ihm endlich gelang, ihre schmale Schnauze festzuhalten und zur Seite zu schieben.

Er sah zu Javi auf.

„Danke", sagte er.

Javi streckte ihm seine Hand entgegen. „Beim nächsten Mal?", knurrte er, als er Cloister ohne Umschweife auf die Füße zog. „Warte auf mich."

Cloister vermutete, dass er eine Gehirnerschütterung hatte. Er schluckte Galle herunter, als der Schmerz wie eine Murmel durch seinen Kopf rollte. Dann presste er einen Handballen gegen sein Stirnbein. „Ist er …?"

Hewitt stöhnte, bevor Cloister die Frage beenden musste. Sein Arm hing von den Überresten seiner Schulter herab, doch er atmete noch. Viel wichtiger: Janet tat es ebenfalls. Ungeschickt sank Cloister wieder auf die Knie und schob einen Arm unter ihre Schultern, um ihr dabei zu helfen, sich aufzusetzen.

„Wo bin ich?", jammerte sie. Ihre Stimme klang heiser und schwach, ausgetrocknet, nachdem sie tagelang nicht benutzt worden war. Sie versuchte ihre Lippen mit den Fingern zu berühren, nur um dann ihre eingegipsten Unterarme anzustarren. „Was … Ich erinnere mich nicht. Was ist passiert?"

„Alles ist in Ordnung", sagte Cloister. Er tätschelte ihr die Schulter. „Sie sind bald wieder in Ordnung."

Javi berührte das an seiner Weste befestigte Funkgerät und bellte hinein: „Schickt einen Arzt hier runter. Die Tiefgarage. Ja, schon wieder."

EPILOGUE

„Das ist doch lächerlich", sagte Frome. Er ließ sich in die gestärkten weißen Kissen sinken und schloss die Augen. „Das halbe Sheriff's Department liegt flach oder in irgendeinem Krankenhausbett. Ich habe keine Zeit, hierzubleiben. Ich muss arbeiten, muss mich um Probleme kümmern, schlechte Presse entschärfen."

Javi stand am Fenster und blickte auf den Schwarm von Reportern auf der Krankenhaustreppe hinab. Es erschien auf freudlose Weise ironisch, dass der Ersatz für das korrupte Police Department von Plenty nun seine eigenen schwarzen Schafe hatte, über die sich die Reporter zu freuen schienen.

„Wäre ich Sie", sagte Javi, „würde ich ein paar freie Tage im Bett ausnutzen."

Sie hatten Frome gefesselt und ohnmächtig auf dem Rücksitz seines Autos gefunden, unter einer Plane und einer Picknickdecke. Wie sich herausstellte, war Fromes Kopf nicht so robust wie Cloisters, weshalb die Beule an seinem Hinterkopf von einer Schädelfraktur begleitet wurde.

„Ich kann immer noch nicht glauben, dass es Hewitt war", sagte Frome müde. „Wir waren Freunde. Er war mein Partner. Er hat mir *leidgetan*."

„Jedem anderen auch", antwortete Cloister. „Deshalb wurde ihm jedes Mal Bescheid gesagt, wenn auf Akten zu Macintosh zugegriffen wurde. Alle dachten, sie würden seinen Glauben daran stärken, dass Macintosh schließlich seine gerechte Strafe erhalten würde."

„Stattdessen haben wir beinahe Galloway umgebracht", sagte Frome.

Javi wandte sich vom Fenster ab, um ihn anzusehen. Trotz seines Klagens, dass man ihn von der Arbeit abhielte, ragten auf seinem Nachttisch hohe Stapel von Berichten und anderen Unterlagen auf. Sein Laptop balancierte auf dem schmalen Streifen Bett neben ihm und in einer Word-Datei war seine angefangene Pressemitteilung geöffnet.

„Ich glaube nicht, dass sie nachtragend ist", sagte Javi. „Und es sieht so aus, als würde Janet Morrow wieder gesund werden. Ich habe gehört, dass Stokes ihr einen Job angeboten hat, sobald es ihr besser geht."

Frome nickte. Er nahm seine Brille ab und rieb sich mit Daumen und Zeigefinger die Augen. Der Druck seiner Finger machte die weiche Haut faltig. „Ich schätze, am Ende hatten Sie recht", gab er zu. „Es war ein Hassverbrechen. Nur ..."

„Nicht die Art, die in meinen Zuständigkeitsbereich fällt", beendete Javi trocken den Satz. Er war noch nicht sicher, wie sich seine Einmischung in den Fall auswirken würde – in Form eines positiven oder eines negativen Eintrags in seine Akte. Wenn er einen guten Tag hatte, konnte er sich davon überzeugen, dass es keine Rolle spielte. Er wusste, dass er dazu beigetragen hatte, das Leben einer jungen Frau und eines talentierten Hundes zu retten.

„Irgendeine Spur von Jessie und dem älteren Macintosh-Jungen?", fragte Frome.

Javi schüttelte den Kopf. „Immer noch unauffindbar", sagte er. „Ich vermute, nachdem sie Hewitt erzählt hatten, dass Janet zurückkommen würde, wurde ihnen klar, dass er nun richtig aufräumen musste. Wir finden sie noch. In der heutigen Welt ist es schwerer, zu verschwinden und diesmal haben sie keine Hilfe."

„In meinem Bericht wird stehen, wie unbezahlbar Ihre Unterstützung war", teilte Frome ihm mit. „Was das am Ende wert ist, müssen wir abwarten."

Javi nickte und schaute wieder aus dem Fenster. „Ich sollte jetzt gehen. Mein Spießrutenlauf durch die Presse dürfte einige Zeit in Anspruch nehmen. Ich bin froh, dass Hewitt noch nicht dazu gekommen war, Sie zu töten, Lieutenant."

„Ich auch", antwortete Frome. „Viel Glück."

Javi sagte ihm nicht, dass er dieses nicht brauchen würde. Aus Sicht der Presse war er zumindest vorerst als Sieger hervorgegangen. Erst hatte er ein kleines Kind gerettet, nun eine verletzliche junge Frau beschützt. Vermutlich würde es noch ungefähr einen öffentlichkeitswirksamen Fall dauern, bis sie sich gegen ihn wendete.

DREI STUNDEN später betrat Javi seine Wohnung. Er wurde angenehm davon überrascht, dass Cloister noch dort war und seinen unnötig langen Körper auf der Couch ausgestreckt hatte. Jetzt, da Cloister wieder aufrecht stehen konnte, ohne langsam nach links zu taumeln, bestand wohl eigentlich kein Grund mehr dazu, bei Javi zu bleiben.

Bourneville, die sich mit dem Kopf unter Cloisters Kinn neben ihm ausgestreckt hatte, verkündete brummend Javis Ankunft. Cloister schaute sich mit einem Grinsen zu ihm um.

„Ich habe dich im Fernsehen gesehen", sagte er. „Ich glaube, der CNN-Reporter steht auf dich."

„Welcher?"

„Der, der seine Augen nicht von deinem Schritt abwenden konnte."

„Welcher?", wiederholte Javi mit einem selbstgefälligen Grinsen, während er sein Jackett abstreifte und über eine Stuhllehne hängte. Sein Blick fiel auf die Weinflasche auf dem Tisch. Das sollte er. Die Flasche war sorgfältig in der Mitte des Tisches platziert worden wie ein Ausrufezeichen. „Wofür ist der?"

Er nahm den Wein am Flaschenhals vom Tisch und zog die Augenbrauen hoch, als er das Etikett las. Er stammte von einem seiner Lieblingsweingüter.

„Kommt darauf an", antwortete Cloister. Er wand sich unter Bourneville heraus und näherte sich Javi von hinten.

„Worauf?"

Cloister küsste die Vertiefung hinter Javis Ohr. Lust bebte durch Javis Nerven und sandte ein warnendes Zucken in seinen Schwanz. „Erinnerst du dich an das erste Mal, als ich mich bei dir eingeladen habe?", fragte Cloister. Er ließ eine Hand über Javis Taille bis zu seinen schmalen Hüften wandern. „Ich habe Hähnchen mitgebracht und gesagt, dass ich Wein mitgebracht hätte, wenn es ein Date gewesen wäre. Tja, jetzt habe ich Wein mitgebracht."

„Und wenn ich nicht möchte, dass es ein Date ist?", fragte Javi.

Cloisters Hand hielt auf seinem Hüftknochen inne. „Nun, dann ist es Wein zum Alleinetrinken, denn ich habe im Wohnwagen kein Bier mehr." Er küsste sich knabbernd von Javis Ohr zu seinem Schlüsselbein hinab. „Nichts für ungut."

„Natürlich nicht", sagte Javi. Er stellte die Flasche ab. „Erst muss ich mit dir reden."

Er spürte, wie Cloisters Lippen sich an seinem Hals zu einem Lächeln verzogen. „Noch nicht. Vielleicht morgen."

Javi wollte Ja sagen. Das wollte er wirklich. Stattdessen löste er sich und ging zum Fenster hinüber, vor dem sie das erste Mal Sex gehabt hatten. Die Handabdrücke waren fortgewaschen worden, doch er konnte in der Scheibe Cloisters Spiegelbild beobachten.

„Es geht um das, was in Phoenix passiert ist", sagte er.

„Das muss ich nicht wissen", antwortete Cloister.

„Du solltest es wissen wollen", sagte Javi. „Du solltest wissen wollen, für welche Art von Mann du guten Wein kaufst."

„Ich will nicht viel", antwortete Cloister. Er sah auf seine Füße hinunter und kratzte sich am Kopf. „Ich schätze, ich dachte nie, dass ich es verdiene – nicht nur, weil ich derjenige bin, der nicht verschwunden ist. Aber ich will diesen Geburtstagsdrink und ich will dich. Daran wird Phoenix nichts ändern."

„Vielleicht sollte es das aber", sagte Javi. Er hatte es so lange für sich behalten, so lange wie möglich aus den Augen und aus dem Sinn geschoben, dass es sich nun wie eine riesige Geschichte anfühlte. Nun, da er begonnen hatte, fielen ihm nur einige Sätze ein. „Wir hatten in Phoenix einen Zeugen – großes Korruptionsverfahren –, der vor seiner Aussage kalte Füße bekam. All unsere Vorbereitungen wären umsonst gewesen, und plötzlich lag es an mir, ihn zu überreden ... weil er sich zu mir hingezogen fühlte. Nur dass Überreden diesmal nicht ausreichte. Also habe ich mit ihm geschlafen."

Bourneville näherte sich, um ihre Nase in Javis Hand zu schieben. Javi streichelte behutsam ihren schmalen Kopf mit den scharfkantigen Knochen und dem samtigen Fell.

„Er hat dich geliebt", sagte Cloister.

„Das hat er. Ich habe ihn nicht geliebt. Später habe ich versucht mir einzureden, ich hätte es getan, aber es stimmt nicht", antwortete Javi. „Eines Abends kam er, um mich zu sehen, um sich noch einmal versichern zu lassen, dass er mit der Aussage das Richtige tat. Es entsprach nicht den Vorschriften. Er hätte nicht dort sein sollen, aber bis dahin war es nie ein Problem gewesen. Nur dass ich an diesem Abend nicht da war. Wir wissen immer noch nicht, wer es stattdessen war, doch derjenige hat ihn getötet. Ich habe ihn nicht geliebt, aber ich habe ihn gemocht und es war meine Schuld."

Sich das von der Seele geredet zu haben, brachte keine Erleichterung mit sich. Er verspürte keine Befreiung von der alten Schuld, lediglich neue Sorge, dass Cloister begreifen würde, was er war. Er war bestenfalls froh darüber, es endlich hinter sich gebracht zu haben.

„Ist das alles?", fragte Cloister.

Javi suchte Cloisters Spiegelbild. Es war nicht deutlich genug, um ihm Cloisters Gesichtsausdruck zu zeigen, doch er konnte die vertrauten Züge erkennen. „Der Zweigstelle von Plenty wurde ein neuer Supervisory Agent zugeteilt", sagte er. „SSA Joel war diejenige, die Paul an diesem Abend gefunden und ins Krankenhaus geschafft hat. Ich bezweifle, dass sich ihre Meinung über mich in den letzten Jahren verbessert hat."

Kincaid blieb ihm im Hals stecken. Vielleicht später nach einem Glas Wein … oder dreien.

Einen Augenblick lang wurde die Wohnung von Stille erfüllt und Javi sah zu, wie Cloister die Weinflasche vom Tisch nahm. Dann stieß Cloister plötzlich einen schrillen Pfiff aus.

„Bon, bring", sagte er.

Javi zuckte überrascht zusammen, als sich scharfe, kühle Zähne sanft um sein Handgelenk schlossen. Heißer Atem traf seine Haut, als Bourneville ihn vom Fenster fortzog. Stolz wedelnd brachte sie ihn zum Tisch, ließ seine Hand fallen und sah Cloister erwartungsvoll an.

„Braves Mädchen", sagte Javi.

Sie musterte ihn verwirrt, neigte den Kopf erst zur einen, dann zur anderen Seite, aber beschloss dann, es zu akzeptieren. Mit einem leisen Grummelgeräusch tappte sie wieder zum Sofa und streckte sich aus.

„Dieser Mann in Phoenix", sagte Cloister, als er Javi den Wein reichte. „Er fand, du wärst das Risiko wert."

„Ich war es nicht", antwortete Javi.

„Das ist nicht deine Entscheidung", teilte Cloister ihm mit. „Der Wein gehört dir. Willst du, dass ich auch bleibe?"

Javi legte eine Hand an Cloisters Kinn und zog ihn für einen langsamen, trägen Kuss zu sich herunter. Zumindest begann er so.

TA MOORE ist eine nordirische Autorin von romantischen Thrillern, Urban Fantasy und zeitgenössischen Liebesromanen. Ihre Kindheit in einer ländlichen Küstenstadt begünstigte ein misstrauisches Wesen, eine Vorliebe für Geheimnisse und eine kilometerlange Ader für schwarzen Humor. Wie ihre Großmutter immer sagte: „Die hier, die lacht auch über schlimme Dinge." Auch wenn das wohlgemerkt ein Fall von im Glashaus sitzen und mit Steinen werfen war. TA hat Geschichte, irische Mythologie und Englisch studiert, vor allem, weil sie schon immer gute Geschichten liebte. Sie war als Journalistin, Buchhalterin und im Kunstsektor tätig, bevor sie endlich ihrem lebenslangen Wunsch des Schreibens nachgab.

Kaffee, Doc Martens und gute Freunde sind die unverzichtbaren Dinge im Leben. Spinnen, Mayo und hohe Absätze sollten gemieden werden.

Website: www.nevertobetold.co.uk
Facebook: www.facebook.com/TA.Moores
Twitter: @tammy_moore

Von TA Moore

Gefährliche Liebe
Wanted – Bad Boyfriend

DIE SPÜRNASEN
Die Spürnasen
Die Spürnasen sind zurück

Veröffentlicht von DREAMSPINNER PRESS
www.dreamspinnerpress.com

DIE
SPÜRNASEN

TA MOORE

Die Spürnasen: Buch 1

Cloister Witte hat eine dunkle Vergangenheit und einen niedlichen Hund. Über den Hund redet er immer gern, doch seine von einem verschwundenen Bruder, einem nichtsnutzigen Vater und einem kriminellen Stiefvater überschattete Kindheit lässt er lieber in Montana. Heute gehört er zur Hundestaffel des San Diego Sheriff's Department und entrichtet seinen Tribut an die Geister seiner Vergangenheit, indem er tut, was niemand für seinen Bruder tun konnte: Er findet die Vermissten und bringt sie heim.

Er besitzt ein Talent dafür, schwierige Fälle zu lösen. Der Hund erst recht.

Diesmal handelt es sich bei der vermissten Person um einen zehnjährigen Jungen, der mitten in der Nacht in den Wald ging und nicht zurückkehrte. Mit der feindselig angehauchten Hilfe des ablenkend gut aussehenden FBI-Agenten Javi Merlo findet er schnell heraus, dass Drew Hartley nicht einfach fortlief. Er wurde entführt und die Spuren deuten darauf hin, dass er nicht das erste Opfer ist. Als die Suche voranschreitet, werden alte Bitterkeit und Tragödien der Vergangenheit ans Licht gezerrt. Gleichzeitig scheint es mit jedem neuen Hinweis weniger wahrscheinlich, dass Drew lebend gefunden werden kann.

www.dreamspinner-de.com

TA
MOORE

GEFÄHRLICHE
LIEBE

Der Scheidungsanwalt Clayton Reynolds ist ein überzeugter Zyniker, der an harte Arbeit und One-Night-Stands glaubt. Außerdem ist er der Meinung, dass er als exzellenter Anwalt nie mehr nach Hause – in die elende Wohnwagensiedlung, in der er aufgewachsen ist – zurückkehren muss. Mit ehrenamtlicher Arbeit für ein Frauenhaus versucht er das schlechte Gewissen zu beruhigen, das ihn gelegentlich plagt. Als Nadine Graham mit einem gebrochenen Arm und einem Sohn erscheint, den sie verzweifelt beschützen will, kann Clayton ihre Bitte um Hilfe daher nicht abschlagen.

Die Annahme des Falls bedeutet jedoch auch, den Ermittlungsbeamten „nennt mich einfach nur Kelly" um Unterstützung bitten zu müssen. Das wäre gar nicht so schlimm, wenn Kelly nicht ein hoffnungsloser Romantiker wäre und außerdem der heißeste Mann, dem Clayton je begegnet ist.

Kelly hat immer schon für den unerreichbaren Clayton Reynolds geschwärmt. Er willigt ein, zu helfen, obwohl er mit dem mutterlosen Baby, das sein verwitweter Bruder bei ihm gelassen hat, eigentlich schon genug um die Ohren hat.

Als Nadines Fall eine gefährliche Wendung nimmt und die zwei scheinbar gegensätzlichen Männer zur Zusammenarbeit gezwungen werden, entdecken sie, dass sie sehr viel gemeinsam haben. Die Lösung des Falls und die Rettung von Nadines Leben könnten Kelly jedoch alles kosten.

www.dreamspinner-de.com

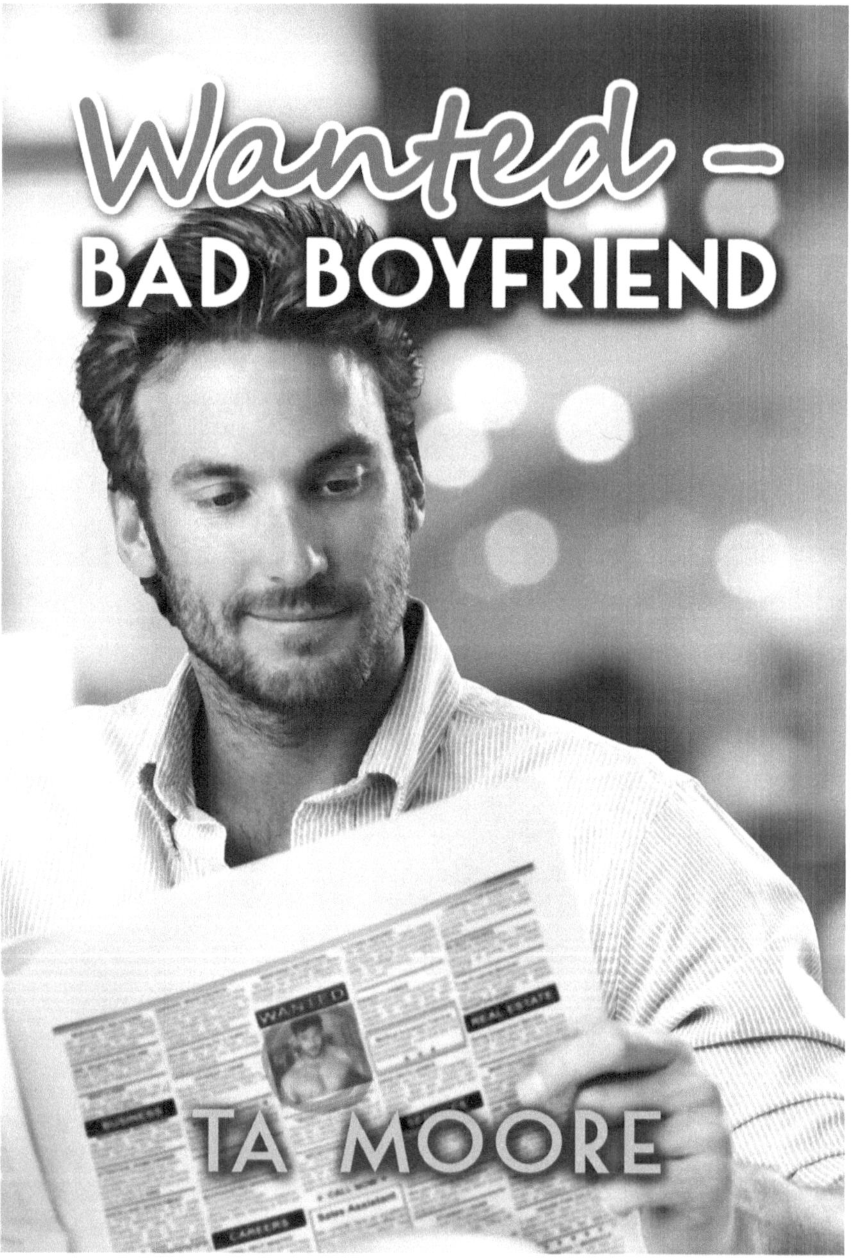
Wanted –
BAD BOYFRIEND
TA MOORE

Seine Mutter. Sein bester Freund. Die Bardame im ortsansässigen Pub. Sie alle sind entschlossen, einen Freund für Nathan Moffatt zu finden. Dabei ist es das Letzte, was Nathan sich wünscht. Nachdem er jeden Tag dafür sorgt, dass seine Kunden nichts als romantische Magie erleben, möchte der Hochzeitsplaner des Granshire Hotel nur nach Hause gehen, sich stundenlang Krimiserien ansehen und in Unterwäsche Pizza essen.

Da ihm jedoch leider niemand glaubt, muss er sich Vorträge über einen einsamen Tod anhören. Bis er eine Idee hat: Er muss die Menschen in seinem Leben dazu bringen, ihn ebenfalls lieber als Single sehen zu wollen. Er braucht einen schlechten Freund.

Und für diese Rolle ist ein Mann perfekt.

Obwohl Flynn Delaney daran gewöhnt ist, dass die Bewohner der Insel Ceremony von ihm das Schlechteste denken, ist er nicht sicher, ob er die zweifelhafte Ehre annehmen möchte, der schlimmste Freund auf der gesamten Insel zu sein. Andererseits kann er, wenn er bei der Sache mitspielt, Zeit mit dem umwerfenden Nathan verbringen und gleichzeitig die Besitzer des Granshire Hotel ärgern – sehr lohnenswert.

Es gibt nur ein Problem: In Wirklichkeit ist Flynn ein ziemlich guter Freund, weshalb sich Nathan nun fragt, ob es tatsächlich das Schlimmste der Welt ist, sich hin und wieder von seinem Sofa zu trennen.

www.dreamspinner-de.com

www.ingramcontent.com/pod-product-compliance
Lightning Source LLC
Chambersburg PA
CBHW031224260626
47169CB00007B/2182